『古事記』成立の背景と構想

遠山一郎 TŌYAMA ICHIRŌ

kasamashoin

笠間書院版

目次

第二章　『古事記』の構想

目　次

はじめに

『古事記』成立の背景と構想』は、『古事記』がなにをどのように伝えようとしたかを、二一世紀はじめのころに読みとこうとする試みである。この本の書きてはこの試みを背景と構想との二つの見かたによって進めようとしている。それら二つの見かたはおのおの別でありつつ、『古事記』という一つの文献を対象にすえている。それら二つの見かたのおのおのは、二つの章にそれぞれ示されている。それら二つの章は各々のこまかな問題にたちいっており、二つの章をつらぬく全体像が受けてに見えにくいかも知れない。そこで、はじめに全体像を示しておこう。

『古事記』が記されたのは、七世紀の終わりころから八世紀のはじめころであった。そのころまでの日本の朝廷を取りまくさまざまな情勢が『古事記』にふかく沁みとおっていたように見える。そのさまざまな情勢の一つは日本の朝廷がみずからの力を強めようとした動きであった。日本の朝廷が「帝紀」と「本辞」とを定めることが「邦家の経緯、王化の鴻基」をあきらかに示すことであることを、『古事記』の「序」に記されている天武のことばが述べている。日本の朝廷のこの方針なくしては、『古事記』そして『日本書紀』『風土記』は編まれなかったであろう。さらには『万葉集』もこの方針にうながされて編まれはじめたのであろう。

日本の朝廷のこの方針は政治の動きの一つであった。が、『『古事記』成立の背景と構想』は七世紀から八世紀ころの日本の政治を明らかにしようとするのではない。その方針のことばへの現われに、この本は目を注ごうとする。とはいえ、七世紀から八世紀にかかるころ、日本の朝廷においてことばを記すことは、その朝廷の政治の力を離れてあることができなかった。中国のことばを記すための字によって日本のことばを記すという事情がそこに働いていたからである。日本の朝廷が中国そして朝鮮の朝廷に関わることによってのみ、それが日本にもたらされたからである。中国のことばのための字は中国の朝廷のしくみにふかく結びついていた。日本の朝廷がその字を取りいれることは、中国の朝廷のしくみに関わることでもあった。一世紀の「委の奴の国の王」、三世紀の「邪馬台国」の王たち、そして五世紀の雄略は、後漢、魏、宋の各々の朝廷のしくみにみずから進んで組みこまれることによって、日本のそれらの王国を成りたたせていたようである。それらの成りたたせかたは、中国の帝の権威によってみずからを強めることだったようである。日本の各々の王が各々の王国のなかをまとめ、ひとりの王のもとに行政を整えるためには、中国の帝の権威とともに、それを支えていた考えかたとその考えかたを行なっていた行政のしくみとの取りいれが欠かせなかったであろう。その行政のしくみは中国のことばを記すための字によって働いていた。ただ、「委の奴の国」「邪馬台国」の王たちが各々の国をおさめたしくみが、中国のことばのための字をすでに用いていたかどうか明らかではない。それらの各々からほぼ四〇〇年そして二〇〇年のちの雄略のころに、雄略の朝廷とそのまわりとの人々は中国のことばのための字をたしかに使っていた。五世紀後半のころに中国のことばの字を雄略の朝廷とそのまわりとの人々に使わせていたのは、それより前の日本のもろもろの王国による中国の朝廷への関わりと同じ必要性だったのであろう。一世紀から五世紀にかけてそれら日本のもろもろの王国に外交を進めさせた考えは、七世紀から八世紀ころの日本の朝廷の人々が記したことにもふかく沁みとおっていたようである。『古事記』そして『日本書紀』に見いだされる「天皇」たちの描きかたは、中国の帝の描きかたに似たところを備えている。さきに引いた『古事記』「序」における天武の述べかたも、中国の帝の考えかたを受けついでいた。『古事記』そして、ことに『日本書紀』に著しいこの似よりは、中国の帝の権威を七世紀から八世紀ころの日本の朝廷の人々が受けいれていたことを、二一世紀の受けてに知らせている。

とともに、おそらく七世紀ころには、日本の朝廷とそのまわりとの人々は、中国のことばの字をかれらの母語を記すように使いはじめていたようである。かれらの日々の思いはかれらの母語に現われていたであろう。その現われに近い形で中国のことばのための字によって日本の朝廷とそのまわりとの人々がかれらの思いを記すことによって、中国の朝廷の記録に記された帝や臣の考えとは異なったかれらの考えを、かれらが字にとどめはじめていたと推しはかられる。ことに歌は、日本の朝廷とそのまわりとの人々の日々の思いをかれらの母語に近い言いあらわしかたで字にとどめたようである。その言いあらわしにうかがわれるさまざまな思いのなかでも、『古事記』そして『日本書紀』の骨ぐみに関わることがらに、天皇たちとその子たちとの描きかたがある。かれらの恋いや悲しみの言いあらわしのほかに、かれらの系譜への位置づけを表わした歌が『万葉集』に見られる。天武系の天皇たちとその子たちとが神である、と柿本人麻呂の歌は詠んだ。『古事記』成立の背景と構想』の筆者は、人麻呂の歌いかたの歩みを『天皇神話の形成と万葉集』においてかつて読みとこうとした。その論が述べたのはつぎの点である。(一) 天武系の天皇たち、子たちが神として、なかでも天武そして持統が天上界の神として人麻呂によって歌われた、(二) それが後に山部赤人、大伴家持によってほかの天皇たちの描きかたに押しひろげられた、(三) これらは特殊な描きかたであったことである。

歌に描かれた天皇たちの在りかたが特殊であったというその論の捉えかたは、天皇たちの特殊でなかった在りかたに引きくらべられないかぎり、それが特殊であったことが明らかにならない。特殊ではなかった天皇たちの在りかたの一つが、さきに触れた中国の帝によってみずからを権威づけた日本の王たちの在りかたである。宋の帝から「王」である「将軍」に任じられた雄略のばあい、その在りかたが「王」あるいは「大王」と呼ばれ、「天皇」から分けられるという捉えかたもできよう。その雄略が『古事記』そして『日本書紀』などで「天皇」と記されている。「天皇」という呼びかたを支えて、『古事記』そして『日本書紀』は「天皇」たちを天上界の神の子孫たちとして伝えている。この子孫たちは、しかし歌における描きかたと異なり、人として記されている。ことに『古事記』は第一代「天皇」神武を天上界からくだった神とその後の二代とからたしかに分ける描きかたを残している。すなわち、『古事記』は天上界からくだった神を一代ごとに人に近づけ、神武を地上界をおさめる人として第一代「天皇」にしている。それからのちの「天皇」たちは人の面をいよいよ強め、祖先の神から遠ざかってゆくように『古事記』は記している。「天皇」たちが人としてアメノシタをおさめたさまが、『古事記』の描いた「天皇」たちの在りかたである。

『日本書紀』と異なり、『古事記』は神たちのなかでことにアマデラスオホミカミを中心にたてて、人である第一代神武、第十五代応神をこの神にみちびかせている。対照的に、第十四代仲哀はこの神に従わなかったために、この神によってその命を奪われている。くわえて、第二一代雄略は葛城の神に従い、その神を祭ったさまが描かれている。これによって雄略は神に従う「天皇」たちの在りかたを引きついでいる。神にみちびかれた「天皇」たちは、他方で、人に目を向け、人をおさめたところも描かれている。その描きかたは第十六代仁徳とかれの系統の「天皇」たちとにいちじるしく現われている。この描きかたは中国の帝によく似た姿を見せている。これも人としての在りかたであり、仁徳たちは神として記されていない。『日本書紀』そして『懐風藻』が記した第三八代天智、第三九代天武もその枠のうちにおさまっている。

『万葉集』の歌が歌った天皇たちと、『古事記』の記した「天皇」たち、そして『日本書紀』『懐風藻』における「天皇」たちとの異なりは、日本の王たちの在りかたの七世紀から八世紀ころの説きかたが一通りではなかったことを、それらの文献の二一世紀はじめの受けてに告げている。七世紀から八世紀ころ、日本の朝廷とそのまわりとの人々は、日本をおさめる者をいくつかの異なった説きかたで表わしていた、と捉えられよう。

ほぼ同じころに、『万葉集』の歌のなかにひとりの思いの言いあらわしが見いだされる。日本をおさめるものの異なった描きかたは、歌に表わされたひとりひとりの思いに連なり、すくなくとも朝廷とそのまわりとの人々のあいだに、さまざまなことばの営みが八世紀までに育まれていたことを、二一世紀はじめの受けてに知らせている。

『古事記』成立の背景と構想』はみぎのことを主にことばに目をそそぎつつ、あとづけようと試みている。

『古事記』成立の背景と構想

凡例

引用本文

『古事記』…西宮一民『古事記　新訂版』（桜楓社）による。ただし、一部改めたところがある。

『日本書紀』…坂本太郎、家永三郎、井上光貞、大野晋校注、日本古典文学大系『日本書紀　上、下』による。

『古事記』歌謡、『日本書紀』歌謡…日本古典文学大系『古代歌謡集』中の古事記歌謡、日本書紀歌謡の部分（土橋寛校注）による。ただし、一部改めたところがある。

『万葉集』…原文は、佐竹昭広、木下正俊、小島憲之『万葉集　本文篇』（塙書房）による。訓読文は、伊藤博校注『万葉集　上、下』（角川文庫）による。ただし、一部改めたところがある。また、本論考の歌番号は旧『国歌大観』番号による。

『風土記』…秋本吉郎校注、日本古典文学大系『風土記』による。ただし、一部改めたところがある。

第一章　『古事記』の背景

第一節　母語の営み

一　口伝えを記すこと

斎部広成は『古語拾遺』に「序」をつけた。それはつぎのようにはじまっている。

蓋し聞けらく、上古の世に、未だ文字有らざるときに、貴賤老少、口口に相伝へ、前言往行、存して忘れず、ときけり。書契より以来、古を談ることを好まず。浮華競ひ興りて、また旧老を嗤ふ。遂に、人をして世を歴て弥新たに、事をして代を逐ひて変改せしむ。顧みて故実を問ふに、根源を識ること靡し。

みぎの文章はこう述べているように聞こえる、昔の事が口々に伝えられていたあいだは古い伝えが保たれていた、しかし、それが文字に記されるようになったときから、それは改められ知られなくなった、と。この述べかたは矛盾を含んでいる。すなわち、広成は口伝えに重きを置くにもかかわらず書きしるした。しかも、西宮一民(1)が説いているように、かれの書きしるしたことの多くは『日本書紀』に基づいていたらしい。

かれの矛盾した態度は『古語拾遺』の目的に主な原因をもっていたようである。すなわち、日本の朝廷の祭りにおける斎部氏の役わりを、かれは大きくしようとした。日本の律令に基づくしくみは太政官とともに神祇官を備えていた。このしくみのもとで朝廷の祭りをつかさどった斎部氏についての広成の主張は、政治の側面をつよく帯びた。政治は行政の形で日々の営みに具体的な形をとる。広成がみずからの主張を政治に取りいれさせようとしたとき、天皇を頭に据えていた行政の手続きをかれは考えにいれたであろう。事実、かれは『古語拾遺』をつぎのように結び、かれの主張がこの手続きに乗ることへの願いを表わしている。

幸に求め訪ねたまふ休運に遇ひて、深く口実の墜ちざることを歓ぶ。庶はくは、斯の文の高く達りて、天監の曲照を被らむ。

『古語拾遺』はその終わりに日づけを記している。その日づけ「大同二年」(八〇七年)のころ、行政はおもに文書によって運ばれていたらしい。広成が口伝えを書きしるし「斯の文」にまとめたのは、かれの主張をその文書による行政の手続きにのせるためだったであろう。

広成が文書を記したころよりかなり前から、日本の朝廷は文書による行政をおこなっていたらしい。「諸司に、令一部二十二巻班ち賜ふ」、と『日本書紀』持統三年(六八九年)六月の記事は記している。この『令』によって、日本の朝廷は行政のこまかなところまでも文書によって定めた。日本の朝廷が『令』をまとめた営みは七世紀前半にさかのぼるかもしれないうえに、のちに触れるように、五世紀なかごろには文書による行政がおこなわれていたようである。さらに、さきの『令』を配ったときからすこしおくれて、日本の朝廷は七一二年と七二〇年とに『古事記』と『日本書紀』とをあいついで編みおわった。二つの歴史書のうち『古事記』は、その「序」のなかで、これを編む目的を天武のことばによってこう示している、その目的が「邦家の経緯、王化の鴻基」を定めることにある、と。

七世紀から八世紀にかけて、日本の朝廷が行政を行なううえでの細かな基準から、その政治の大もとまでが文書によってすでに示されていたからには、斎部広成の主張も文書に記されずには政治に取りいれられなかったであろう。広成の矛盾した行ないの背後には、当時の文書による行政が潜んでいたと推しはかられる。

二　中国のことばによる文書

今に伝わっている文書は、『古語拾遺』のすこしまえ、七世紀から八世紀にかけて量を増しているだけでなく、質の面でも著しい進みかたを見せている。すなわち、物のやりとりの文書、税の記録、戸籍などに『古事記』『日本書紀』『風土記』が加わり、さらに『万葉集』が編まれた。日々の物の動きや行政に関わる文書から人の思いの言いあらわしにまで内容が広がっていた。天武が強い力を打ちたてたことが、量と質とのすみやかな広がりと高まりとをもたらしたのであろう。この広がりを示している文書のなかでも『古事記』などの文献が今に至るまで伝えられているのは、各々の文献の質の高さにおもに依っているのであろう。その質の高さのあかしの一つは、それらのもとの資料が今に伝わっていない点である。外山慈比古(2)が本文の残りかたについて述べているように、もとの資料がこれらの文献によって整えられてこれらに収められたので、もとの資料の重みがへり、資料の保存の必要性が低められたのであろう。それより前の資料を整え収めたという点でも、七世紀から八世紀にかかるころは、日本の文書の歴史のなかで区切りをなす時期であったといえよう。

もろもろの文献のもとになった資料のうち、「帝紀および本辞」について『古事記』の「序」は記している。これら「帝紀および本辞」のすべてが口伝えであったとは考えがたい。これらのうちの多くは文書の形をとっており、『古事記』の編みてたちはこれらを読んだのであろう。稗田阿礼の能力を称えて、太安万侶は『古事記』の「序」にこう記している、阿礼は「目に渡れば口に誦み」と。稗田阿礼ばかりでなく太安万侶も、なんらかの読みかたでもろもろの文献を読んでいたのであろう。

『古事記』の「序」とともに、『日本書紀』推古二八年（六二〇年）と皇極四年（六四五年）との記事がつぎのように記している。

皇太子、嶋大臣、共に議りて、天皇記及び国記、臣連伴造国造百八十部并せて公民等の本記を録す。（推古条）

蘇我臣蝦夷等、誅されむとして、悉に天皇記、国記、珍宝を焼く。船史恵尺、即ち疾く、焼かるる国記を取りて、中大兄に奉献る。（皇極条）

みぎの記事の記している文書は『古事記』の編みてたちの読んだ「帝紀および本辞」になんらかの関わりをもっていたであろう。が、その詳しいことは明らかでない。ただ、つぎの点が知られる。七世紀の早い時期から、日本の朝廷と豪族たちとに関わる文書が作られ伝えられていたらしいという点である。

さらにさかのぼり、『日本書紀』欽明二年（五四一年）三月にこう記されている。

帝王本紀に、多に古き字ども有りて、撰集むる人、屢遷り易はることを経たり。後人習ひ読むとき、意を以て刊り改む。伝へ写すこと既に多にして、遂に舛雑を致す。

小島憲之(3)が述べているように、この注は『漢書』叙例を引きうつしたらしい。とはいえ、この注は日本の朝廷の実状を離れた文章のうえの飾りにとどまっているのではなかろう。「第一章　第三節　血すじによる系譜」が述べるように、欽明の時にはその朝廷が「帝王本紀」を整える動機がつよく働いていたであろうと考えられるからである。しかも、六世紀なかごろの欽明のころよりさらに前から、文書がかなりひろく用いられていたらしいことが知られているからである。すなわち、埼玉県の稲荷山古墳出土鉄剣銘は、つぎに掲げるように雄略の名をきざんだ文のなかに「辛亥年」と記している。岸俊男(4)ほかが検討を加えつつ説いているように、この年はおそらく四七一年にあたる。

辛亥の年の七月中に記す。乎獲居の臣。上つ祖、名は意富比垝、其の児……（以下六代略）世々杖刀人の首と為り奉事し来り、今に至る。獲加多支鹵大王の寺、斯鬼の宮に在りし時に、吾、天の下を治めしことを左け、此の百練の利刀を作ら令め、吾が奉事の根原を記す也。

（前掲岸(4)の訓読文による）

この五世紀なかごろの銘はつぎの三つのことを読みとらせる。一、やまと地方にあった朝廷が雄略の時代に関東地方にもその力を及ぼしていたらしいこと、二、関東地方の一つの勢力の指導者とおぼしい人は、雄略の朝廷との関わりをみずからの力を強めるために利用したらしいこと、三、その際この人がその関わりを文字に記したこと、である。

やまとから遠い関東地方にまで広がっていた文字の力は、やまとの政府においてはより強く働いていたであろう。やまとの政府が関東地方にまで力を及ぼすには、文書に基づいた行政が欠かせなかったであろうからである。鉄剣銘に名を記されている雄略自身がそれをあかししている。すなわち、かれは宋の帝に文書を送った。関東地方の一指導者が雄略との関わりを誇ったように、雄略はみずからの力を強めるために宋の帝との関わりを使おうとしたらしい。『宋書』「夷蛮伝」は、雄略から送られたらしい文書を昇明二年（四七八年）の記事にのせている。

遣レ使上表曰、封国偏遠、作二藩于外一。自レ昔祖禰、躬擐二甲冑一。跋二渉山川一、不レ遑二寧処一。東征二毛人一、五十五国。西服二衆夷一、六十六国。渡平二海北一、九十五国。王道融泰、廓レ土遐レ畿。

雄略がみずからの支配を広げ固めたことをこの文書は記している。外交のつねとしてこの文書の内容は誇張を含んでいたであろう。しかし、その誇張はまったく根拠を持たなかったわけではなさそうである。というのは、さきの稲荷山古墳出土鉄剣銘が、関東地方にまで及んでいた雄略の力の大きさを裏づけているからである。くわえて、熊本県の江田船山古墳出土鉄刀銘にきざまれている王の名は、反正ではなく雄略であるらしい（前掲岸俊男(4)）。この古墳は稲荷山古墳とは反対方向の九州に作られており、雄略の支配の広がりを私たちに知らせている。この雄略の力が宋への使いに文書を持たせ、その外交文書がかれの力をより高めるという相互作用が雄略の朝廷では働きはじめていたらしい。

雄略が使いに文書を持たせたことはつぎのことをも推しはからせよう。すなわち、「表」を書くことのできた文書係りを、雄略の朝廷がその政治のしくみのなかに備えていたらしい点である。『日本書紀』雄略二年の条にはつぎの記事が見いだされる。

ただ、愛寵みたまふ所は、史部の身狭村主青、檜隈民使博徳等のみなり。

この記事が表わしている雄略に対する批判をこの論はいまは取りあげない。この論が目を向けるのは「史部」である。これは「学令」の定めた「史部」ではなかったであろう。が、『宋書』に収められている雄略の文書ばかりではなく、二つの古墳から得られている二つの銘文も雄略に関わっている。しかも、『日本書紀』は雄略の条にはすべての年ごとの記事を記している。対して、雄略より前の条では記事を欠いている年が多い。それらを見あわせると、この「史部」の記事は文書係りの設けられていたらしいことを推しはからせる。

さらに古く履中四年の『日本書紀』の条に、つぎの記事が記されている。

始めて諸国に国史を置く。言事を記して、四方の志を達す。

坂本太郎(5)はこれを事実の記録と受けとっている。が、津田左右吉(6)が論じているように、五世紀はじめころであろう履中のときに、履中の朝廷が「諸国」に文書係りを設けたかどうか疑わしい。これと異なり、雄略の条の「史部」は、雄略の朝廷の文書係りのことであろうし、そこに属していた人々の名によっても、事実を踏まえていたらしいことを見てとらせる。すなわち、かれらは朝鮮系の漢人であったらしい。同じ雄略にかかわる江田船山古墳出土の鉄刀銘を記した人の名が「張安」と記されている。この名は雄略の朝廷の「史部」に属していた人にかよう出身の人を思わせる。すると、そのころ日本の朝廷で文書を記していた人々は、日本の朝廷の人々のことばを母語にしていた人々ではなかったかもしれない。

あたかもそれを裏がきするかのような記事が『日本書紀』雄略の即位前の条に見いだされる。雄略の兄である安康がかれの妻に語ったことに一つの注が記されている。

吾妹 妻を称ひて妹とすることは、蓋し古の俗か、 汝は親しく昵しと雖も、朕、眉輪王を畏る。

この注は二つのことを私たちに知らせていよう。一つは、安康のころの日本の朝廷の人々のことばをよく知らなかった人がこの注を『日本書紀』に書いたらしいこと、二つは、その人の思いえがいたのが日本の朝廷の人々のことばをよく知らない受けてだったであろうことである。もっとも、二つめのことは一つめのことの結果であり、その注の受けてのありかたを確かには示していないかも知れない。

この注がいつ付けられたのか、たしかには分からない。が、この注を付けた人は七・八世紀ころの編みてかと考えられる。というのは、この注の「蓋し……か」と同じ書きかたがつぎの記事に見いだされるからである。すなわち、それらが大化二年（六四六年）三月二二日、天智四年（六六五年）是歳、天智十年（六七一年）五月六日、持統四年（六九〇年）七月七日に見いだされる。なかでもっとも新しい持統四年（六九〇年）七月の後のいつ、それらが書かれたのか確かではない。さらに、それらすべてが六九〇年より後に書かれたと確かに知られるわけでもない。ただ、「妹」についてのさきの注は、五世紀なかごろらしい安康のことばを「蓋し古の俗か」と見なしている。したがって、その注を記した人として、安康よりかなり後、すなわち七・八世紀ころの編みてを考えてよいであろう。

その人が日本の朝廷の人々の母語、あるいはそれに近いことば（これよりのち、これを日本のことばと呼ぶ）をみずからの母語にしていたとは考えにくい。というのは、『万葉集』の歌々に、「吾妹」「妹」という書きかたによってみずからの妻を表わしているばあいが、巻一・二二、四二、四四など、ふんだんに見いだされるからである。さきの注を付けた人に対して、『日本書紀』の編みはじめを記していると思われる記事には、日本のことばを母語にしていたらしい人々の名が記されている。

天皇、大極殿に御して、川嶋皇子、忍壁皇子、広瀬王、竹田王、桑田王、三野王、大錦下上毛野君三千、小錦中忌部連首、小錦下安曇連稲敷、難波連大形、大山上中臣連大嶋、大山下平群臣子首に詔して、帝紀及び上古の諸事を記し定めしめたまふ。大嶋、子首、親ら筆を執りて以て録す。（『日本書紀』天武十年三月）

さらに、それを編みおわった総責任者が天武の子舎人であったことを『続日本紀』養老四年（七二〇年）五月の条が記している。かれも日本のことばをかれの母語にしていたであろう。ところが、『日本書紀』がいくつかの異なる中国語音に基づいた記事を含んでいることを、森博達[7]が述べている。しかも、『日本書紀』のなかの一群の漢字音が唐代北方音に基づいていたこと、その部分がそれを母語にしていた人々によって記されたであろうことを森論文は説いている。この北方音に明るかったのであろう二人の記事が、『日本書紀』斉明七年（六六一年）十一月、持統三年（六八九年）六月、五年（六九一年）九月、六年（六九二年）十二月に見いだされる。なかで、持統五年（六九一年）九月の記事は「音博士大唐の続守言、薩弘恪」に続けて「書博士百済末士善信」と記している。この「百済」の「書博士」は『古事記』応神の条の記事を思いおこさせる。

又、百済国に、「もし賢しき人あらば貢上れ」とおほせたまひき。故、命を受けて貢上れる人、名は和迩吉師、即、論語十巻・千字文一巻を、この人に付けて貢進りき 此の和迩吉師は文首等が祖ぞ。又、手人韓鍛、名は卓素、亦、呉服西素二人を貢上りき。

『日本書紀』の同じ応神の条もよく似ている記事を収めている。これらの記事が事実を記しているとは考えにくい。が、日本の朝廷の文書係りの初めのころのありさまを、これらの記事が伝説の形で伝えているように見える。すなわち、日本の朝廷が文書を扱いはじめたころ、それを担ったのは中国の朝廷のことばと文字とをよく知っていた朝鮮系の知識人であったらしい。さきの雄略の条に「史部」として名を記されている人々、さらには江田船山古墳出土の鉄刀銘を記した人もそれに当たろう。くわえて、『日本書紀』継体七年（五一三年）七月、継体十年（五一六年）九月、欽明十五年（五五四年）二月の各々の条には「五経博士」が百済からきたことが記されている。のちには、さきの『日本書紀』持統五年（六九一年）九月の記事が記しているように、中国の知識人がそれに加わったのであろう。

さらに一つ、『古事記』の応神の条の伝説はつぎのことを記している。すなわち、知識人とともに、金属を作る人、布を作る人などが百済から送られてきた、と。『日本書紀』欽明十五年（五五四年）二月の記事のばあいには、百済からの「五経博士」に並べて「易博士」「暦博士」「医博士」「探薬師」「楽人」のきたことが記されている。さらに後に至ってもその事情は変わらなかった。崇峻元年（五八八年）、天智十年（六七一年）には、おもに百済からきたらしい朝鮮系の人々についてつぎのような記事がのせられている。すなわち、かれらが或るいは「僧」「寺工」「鑪盤博士」「瓦博士」「画工」であったこと（崇峻条）、或るいは「法官大輔」「学識頭」の官にあったこと（天智十年正月条）、或るいは「兵法」「薬」にくわしかったこと（同正月条）、或るいは「水臬」をもたらしたこと（同三月条）が記されている。日本の朝廷の人々が中国の朝廷のことばを習うことはこれら高度技術と一つに融けあった文明化であったことを、これらの記事は伝えている。それらの伝えはほぼ千年のちの十九世紀の日本のありさまを思いおこさせる。西ヨーロッパと北アメリカとの国々のことばは、自然科学から人文科学に渡る技術と知識とに結びついていた。十九世紀のころにそれらを学び近代化をいそいだ人々は、ことばだけを学んだのではなかった。

さらにふるく、ヒミコから使いの送られてきたことを、『三国志』「魏書　東夷伝」が景初三年（二三九年）の記事に記している。この使いを受けいれるにあたり、魏の朝廷の誰かが「邪馬台国」のことばを理解したとは考えにくい。魏の朝廷はみずからのことばを「邪馬台国」のことばの上に置いていたであろうからである。「魏書」がその記事を「東夷伝」におさめている点がそう推しはからせる。ほぼ二〇〇年のちの雄略の使いについて、

『宋書』がその記事を「夷蛮伝」に入れている。西嶋定生(8)の論じた中華帝国の考えかたが、王朝の入れかわりを越えて中国の歴史書の編みかたを貫いていたことを、日本についての記事の「東夷伝」「夷蛮伝」への配りかたが見てとらせる。さらに『隋書』「東夷伝」が、この考えかたをひとりの帝のことばによって示している。

大業三年（六〇七年―遠山注）、其王多利思比孤、遣レ使朝貢。…其国書曰、「日出処天子、致二書日没処天子一無レ恙、云々」。帝覧レ之不レ悦、謂二鴻臚卿一曰、「蛮夷書、有レ無レ礼者、勿二復以聞一」。

隋の帝が日本の王からの文書を「無礼」と受けとったわけを、西嶋定生(9)はその文書の書きかたに求めている。すなわち、日本が「蛮夷」の国であったにもかかわらず、その王の文書が対等な国の王からの文書の書きかたをとっていたことが「礼」にかなわない、と隋のその帝が受けとった、と。中国の朝廷が「蛮夷」の国々をその支配のもとに組みこむという中華帝国のありかたは、文書の書きかたとともに、その文書のことばの一つ一つに及んでいたであろう。中華帝国に限らず、帝国はその支配する地域の諸々のことばに対して、帝国を支配する朝廷あるいは政府のことばを、近代に至るまで上に据えてきた。雄略そして推古がそれぞれの使いに持たせた外交文書は、中華帝国とのこの関わりかたのなかで、宋そして隋の朝廷のことばを用いたであろう。ならば、『宋書』『隋書』に記されている日本の王からの外交文書は、『宋書』『隋書』あるいはその資料を記した人々がみずからの歴史書に取り入れるために書きかえた文書ではなく、雄略そして推古の送った文書、あるいはそれらに近い文書であったろうと推しはかられよう。雄略の朝廷の「史部」の伝えから持統の朝廷の「音博士」「書博士」にまで跡を残している日本の朝廷の文書を記した人々と、その人々に教えたらしい人々とのありかたに、この推定は合う。七世紀後半に「音博士」が日本の朝廷のしくみのなかに設けられていたのは、中国の新たな王朝のことばを日本の朝廷の人々が習うためだったのであろう。唐の朝廷に触れるにあたり、日本の朝廷が唐の朝廷のことばを用いたのでなかったならば、「音博士」「書博士」の必要の度あいは低かったであろう。

雄略の時代より古い三世紀のヒミコの時代の文書を、私たちは知ることができない。とはいえ、ヒミコが使いを送った理由によってそれが推しはかられる。すなわち、ヒミコの「朝献」に対し、魏の帝が「親魏倭王」の称号を与えたことを「魏書　東夷伝」は記している。ヒミコを中心にする政治勢力が中華帝国に組みこまれることを望んでいたことをそれは示している。魏の朝廷の力によってその政治勢力が「邪馬台国」の支配を固めることがその目的だったのであろう。その目的は雄略の使いのばあいと同じであった。ならば、「倭王因使上表」と記されているヒミコの使いが用いたことばは、雄略の使いが宋の朝廷のことばによって文書を記したらしいのと同じく、魏の朝廷のことばだったであろうと考えられる。

さらに古く、『後漢書』「東夷伝」がこう記している。

建武中元二年（五七年―遠山注）、倭奴国、奉レ貢朝賀。……光武賜以二印綬一。

一七八四年に志賀島で見いだされた金印とそこにきざまれている「漢委奴国王」という文字とは、この「奉貢朝賀」に関わっていたらしい（前掲西嶋定生（9））。この五文字はさきのヒミコに与えられた称号にかよう働きを担っていたようである。日本列島のおもに西よりに形づくられつつあったらしい政治勢力が、おそくとも一世紀のなかごろから中国の朝廷に近づこうとしていたことを、これらの記事が知らせている。

五世紀なかごろの雄略のころまでには、中国の朝廷のことばによって日本の朝廷が文書を記すという方針は、外交にとどまらず内政にも及んでいたようである。宋の帝への「表」だけではなく、雄略の朝廷のさまざまな文書が「史部」のような文書係りによって書かれていたのであろう。七世紀から八世紀のころの『律令』そして『日本書紀』の主な部分の書きかたもそれにならい、さらに、『日本書紀』を継いだ『続日本紀』などの歴史書もこの方針を保っている。このような日本の朝廷の文書のありかたに照らすとき、『古事記』そして『万葉集』の書きかたはかなり異なっているように見える。

三　母語の営み

中国の朝廷でおもに用いられていたらしいことばに基づかない文書は、日本の朝廷の文書のなかで普通でなかったらしいだけではない。日本のことばを母語にしていなかった人々にとっては、日本のことばに基づいた文書を書くことがむずかしかったであろう。『日本書紀』允恭四二年十一月条がつぎのようなことを記している、新羅からの使いが「国俗の言語を習」っていなかったせいで「訛」った言いかたをした、それを誤まって受けとった者が雄略に知らせた、雄略はその新羅の使いをとらえた、と。これがもとになり新羅との間がらがうとくなったという記事には雄略を批判する意図が読みとられる。が、これとはべつに、日本のことばを母語にしていなかった人々が日本のことばを使ったときに行きちがいの起こっていたことが、この記事の背景にあっただろうことがうかがわれる。このような人々が書くことができたのは中国の朝廷の文書であり、それに近いことば（これより後これを中国のことばと呼ぶ）による日常の文書であったろう。このような人々が作った文書は、中国の朝廷の人々あるいは中国のことばの知識をもった人々を受けてにしていたであろう。ただ、そのすべてが日本のことばを母語にしていなかった人々によって書かれ受けとられたとは考えにくい。後になるにしたがい、その書きかたを知識として持っていた人々がこれらを多く記し、読むようになったであろう。そのことばが母語でなくても、書きかたと読みかたとは知識として受けつがれ広がることができたであろう。

対して『古事記』は部分的にその書きかたをとりつつも、基本的には日本のことばに基づいている。『万葉集』ではその傾向がより著しく、日本のことばに基づいた表現が主な部分をなしている。それとともに、『古事記』は中国のことばの使いかたによって天皇たちの系譜を記し、それが各々の天皇の条の枠ぐみを作っている。日本のことばに基づいた表現は、この枠ぐみのなかの一部分とその他の部分とに現われている。『万葉集』においても、歌の分けかた、歌の作られた事情の説明など歌以外の部分に、中国のことばに基づいた書きかたが用いられている。すると、『古事記』と『万葉集』とのすべてではなく、この文献のなかの一部分が当時の文書の多くとは異なった部分であったにとどまる。中国のことばによった書きかたが『古事記』および『万葉集』を編んだ人々と受けてとにいかに深く沁みこんでいたかを、私たちは知ることができる。

中国のことばに基づいた文書が広がっていたけれど、日本の朝廷とそのまわりとの人々のなかで、そのことばを母語にしていなかった人々にとって、中国のことばによって文書を記すことはむずかしかったであろう。このむずかしさを裏がきするであろう文書が見いだされつつある。長屋王家木簡のなかに日本のことばに基づいて書かれた文書が多くあることを、東野治之(10)が述べている。それら木簡は八世紀の初めに記された。それらをさかのぼり、おそくとも七世紀終わりころまでに記されたらしい木簡が飛鳥池遺跡、観音寺遺跡から姿を現わしている。それらのなかにも、日々に取りかわされたらしい文書が日本のことばに基づいて書かれていたことを示している例が見いだされている。しかも、それらのなかにナニハツの歌の一部をすべて仮名書きした木簡が見いだされている。日本のことばを母語にしていた人々がその母語のままを書きしるしたばあいがあったことを、これらの木簡が知らせていよう。おそくとも七世紀の終わりころまでに日本のことばに基づいた日常の文書を書いていたのも、その歌を仮名で書いた人々に近い人々だったであろう。すると、ほぼ同じころに編まれつつあった『日本書紀』さらには『律令』は、日本のことばに基づく書きかたをとらない方針のもとで、中国のことばに基づいてことに手を加えられた文章であったらしいことが推しはかられよう。その書きかたが取られたわけは、それが日本の朝廷の公の動きを支えていたからであろう。その背景には、中国のことばが用いかたを整えられていたうえに、中国の文明と融けあい高い価値を伴なっていたという事情が見とおされよう。

この公のことば使いに対して日本のことばによる書きかたは、奥村悦三(11)が述べているように、中国のことばを使いこなしていないという否定的な面を帯びていたであろう。この面から推しはかると、日常の文書が日本のことばに基づいて書かれていても、それが公に受けいれられていたかどうか疑わしい。この七世紀後半の情況のなかでは、なんらかの切っかけなくしては、日本のことばに基づいた文書が日本の朝廷のなかで積極的な位置を占めることはできなかったであろう。その切っかけの一つに天武の政策があったのではないか。すなわち、かれがつぎのように命じたと『日本書紀』は記している。

所部の百姓の能く歌ふ男女及び侏儒、伎人を選びて貢上れ。（天武四年二月九日条）

凡そ諸の歌男、歌女、笛吹く者は、即ち己が子孫に伝へて歌笛を習はしめよ。（天武十四年九月十五日条）

これら六七五年（天武四年）、六八五年（天武十四年）にだされた命によって芸ごとが天武の前で行われたのであろうか、つぎの記事が同じ『日本書紀』の天武条の六八六年（朱鳥元年）に記されている。

御窟殿の前に御して、倡優等に禄賜ふこと差有り。亦歌人等に袍袴を賜ふ。（朱鳥元年正月十八日条）

『令』の「職員令」のなかの「雅楽寮」がつぎのように定めているのは、みぎの芸ごとを引きついでいるのであろう。

歌師四人。二人は掌らむこと、歌人、歌女教へむこと。二人は……。歌人四十人。歌女一百人。

これらに記されている「歌」が中国のことばに基づいていたとは考えにくい。日本のことばに基づいた「歌」を天武がかれの朝廷の行なうことのなかに位置づけたことは、その「歌」に公の位置をもたらす切っかけの一つになったであろう。犬飼隆(12)は徳島県観音寺遺跡のナニハツの歌の仮名書き木簡について、つぎのように推しはかっている、阿波国などの地方の役人たちがそれを書くことを習っていたのは、かれらが何らかの歌を公にもたらす必要があったからだろう、と。役人たちが歌を書いていたことと天武の命との関わりを犬飼(12)は取りたてて述べてはおらず、歌と公の場との関わりを天武のばあいに限られない日本の朝廷およびその地方機関の行なったこととして捉えているようである。たしかに、その関わりは天武だけに結びついていたのではなかったであろう。「吉野の国主等」が応神と仁徳とに歌をささげたことを『古事記』応神の条が記している。さきのワニキシたちのばあいと同じく、これも事実を記しているのではなく、「吉野の国主等」の行ないを伝説によって伝えているのであろう。天武はおそらくその伝統を受けつつ、かれの朝廷のなかで歌に積極的な位置をあらためて持たせたのであろう。

歌を公の行ないのなかに取りいれさせた切っかけとして、中国のことばについての中国の考えかたが働いたことも考えられる。『詩』の「序」はつぎのように述べている。

詩者志之所レ之也。在レ心為レ志、発レ言為レ詩。情動二於中一、而形二於言一。言レ之不レ足、故嗟二嘆之一。嗟二嘆之一不レ足、故永二歌之一。永二歌之一不レ足。不レ知二手之舞レ之、足之踏一レ之也。情発二於声一、声成レ文。謂二之音一。治世之音、安以楽。其政和。乱世之音、怨以怒。其政乖。亡国之音、哀以思。其民困。故正二得失一、動二天地一、感二鬼神一、莫レ近二於詩一。

この考えかたの影響を直接に辿るのはむずかしい。が、十世紀はじめに至り、『古今和歌集』まな序がこう記した。

夫和歌者、託二其根於心地一、発二其華於詞林一者也。人之在レ世、不レ能レ無レ為。思慮易レ遷、哀楽相変。感生二於志一、詠形二於言一。是以、逸者其声楽、怨者其吟悲。可二以述一レ懐、可二以発一レ憤。動二天地一、感二鬼神一、化二人倫一、和二夫婦一、莫レ宜二於和歌一。

この序が『詩』の「序」を踏まえたのは、『詩』「序」の考えかたが十世紀はじめの日本の朝廷の人々に広まっていたからであろう。その広まりが十世紀はじめにわかに起こったとは考えにくい。実際、「学令」はつぎのように定め、日本の朝廷に関わった人々にとって『詩』をおさめることが重要だったことをあかしている。

凡そ経は周易、尚書、周礼、礼記、毛詩、春秋左氏伝をば各一経と為よ。

凡そ礼記、左伝をば各大経と為よ。毛詩、周礼、儀礼をば、各中経と為よ。周易、尚書をば各小経と為よ。

しかも、『詩』のなかの言いかたが歌のなかに取りいれられているばあいが見いだされる。すなわち、『日本書紀』孝徳条におさめられている歌の一つ（紀一一三）に『詩』「関雎」のなかの詩が影響を及ぼしていることを、契沖(13)が指摘している。

しかし、『詩』「序」の考えかたを日本の朝廷の人々が取りいれたことを、それらがただちにあかしするわけではない。事実、『詩』「序」のなかでも「亡国之音」の考えかたを日本の朝廷は取りいれなかった。中国のばあいと異なり、天皇の支配する国が亡びず王朝の入れかわりがないという考えかたが、日本の朝廷が表に立てた考えかただったからである（第一章　第三節　血すじによる系譜、第四節　天武の述べかた）。日本の朝廷のこの考えかたを裏づけて、日本の『律』のうちの「名例」はその基づいた唐の『律』の「名例」を変えていた。すなわち、唐の朝廷の定めた「八議」を日本の朝廷は「六議」に改めたなかで、唐の『律』にはあった「議賓」を削った。日本思想大系『律令』(14)が記しているように、「前王朝の一族を国賓として待遇する制度は日本に無い」からであった。にもかかわらず、その他の「六議」においては、日本の『律』は唐の『律』にならった。このばあいに照らすと、つぎのように推しはかられよう、「亡国の音」の考えかたを日本の朝廷がとらなかったことは、『詩』「序」の考えかたを日本の朝廷がすべて斥けたことをただちに示しているわけではなかろう、と。

中国の考えかたの一部分の取りいれとして、『詩』「序」の述べている考えかたの影響によって歌が集められたように見えるばあいが、『万葉集』に見いだされる。その巻二十には、防人たちとかれらの家族たちとの詠んだ歌が八四首おさめられている。その歌のほとんどすべては、天平勝宝七歳（七五五年）に筑紫に送られた兵士たちによって詠まれた。その年より前に、やはり防人たちによって詠まれた歌が、同じ巻二十に七五五年の歌に続けて九首おさめられている。なかで七五五年の防人歌は、大伴家持によって集められたらしい。家持がそれを集めたわけを古永登(15)はつぎのように説いている、家持はこれらの歌を朝廷に示すことによって、防人のしくみをやめるように朝廷に働きかけた、と。これらの歌が防人たちの苦しみを表わしていたという読みとりが、この論の背後には潜んでいる。中国の「詩」が中国の朝廷の政治のありさまを映しだしたと『詩』の「序」が捉えたように、日本の歌は日本の朝廷に支配された人々の「情」を「声」に表わして歌の形をとり、その朝廷の政治の良し悪しを示した、と家持さらには日本の朝廷の人々が日本のことばの営みを位置づけていたかも知れないことを、吉永(15)は考えさせる。

しかし、家持は防人たちの歌のほぼ半分を「拙劣歌」として捨てた。家持がそれらを「拙劣」と見なしたのは、かれの歌の物差しにそれらの歌が合わなかったからであろう。この物差しが『詩』「序」の述べている「乱世の音」「亡国の音」だったとは考えにくい。というのは、防人歌の表わしている苦しみが新羅につかわされた日本の朝廷の人々の歌にも見いだされるからである。この使いたちの歌は『万葉集』巻十五におさめられている。この使いたちの歌すべてに渡って家持が或るいは編み或るいは手を加えたであろうことを、吉井巖(16)が説いている。ともに家持の手を経た防人歌と新羅への使いたちの歌との似よりは、家持の歌の物差しをこう考えさせる、すなわち、かれの歌の物差しは「民」の苦しみではなく貴族的な歌いかただったであろう、と(遠山一郎(17))。ならば、防人歌がおさめられていることをもって、『詩』「序」の考えかたの日本の朝廷への影響を辿るわけにはゆくまい。

『詩』「序」の考えかたとはべつに、日本のことばの現われが公に働いたらしいばあいを、『万葉集』のなかの他の歌に見いだすことができる。その巻の十九・四二六四、四二六五の題詞と左注とはつぎのように記しており、つぎの二つのことを伝えている。一つは、それら二首が孝謙の歌だったこと、二つは、それらの歌が七五〇年に命を受けた「入唐使」に与えられたことである。

従四位上高麗朝臣福信に勅して難波に遣はし、酒肴を入唐使藤原朝臣清河等に賜ふ御歌一首 併せて短歌

右、勅使を発遣はし、併せて酒を賜ふ。楽宴の日月、詳らかにすること得ず。

しかも、それらの歌はつぎのように小書きの字をまじえて記されており、日本のことばに基づいていたことをその書きかたによってただちに見てとらせる。

虚見都　山跡乃国波　水上波　土往如久　船上波　床座如　大神乃　鎮在国曽　四船　船能倍奈良倍　平安　早
渡来而　還事　奏日爾　相飲酒曽　斯豊御酒者　（四二六四）

反歌一首

四船　早還来等　白香著　朕裳裾爾　鎮而将待　（四二六五）

さきの題詞は「藤原清河」の名を記している。同じ清河に対してほぼ同じころに「藤原太后」が歌をおくったことがつぎのように記されている。

春日にして神を祭る日に、藤原太后の作らす歌一首

即はち、入唐使藤原朝臣清河に賜ふ。 参議従四位下遣唐使

大船にま梶しじ貫きこの吾子を唐国へやるいはへ神たち　（四二四〇）

これに続けて清河の歌がおさめられている（四二四一）。さらに「大納言藤原家」で催された宴で清河におくられた歌そして清河の歌が記されている（四二四二―四二四四）。くわえて、清河のばあいとはおそらく別に阿倍老人が唐につかわされたときに、かれがかれの母との別れを悲しんだ歌がおさめられている（四二四七）。これによく似た事情の歌として、天平五年（七三三年）に中国につかわされた使いの一人の母の詠んだ歌が巻九にのせられている。

吾がひとり子の　草枕　旅にしゆけば　竹玉を　しじに貫きたれ　いはひへに　木綿とりしでて　いはひつつ　吾が思ふ吾が子　まさきくありこそ　（一七九〇）

この歌をおさめている巻九は「雑歌」「相聞」「挽歌」の三つに分けられて編まれている。なかで、この歌は「相聞」に入れられている。その歌いぶりも「相聞」すなわち私の思いの言いあらわしであったことを明らかに読みとらせる。

巻一・六二、六三他がそれに当たるように、中国へつかわされた人々に関わった歌は右に触れたばあいにとどまらないけれど、それらの歌の性格は右に掲げた歌によってほぼ尽くされる。ひとりの天皇が「勅」によって表わした公の願いから、藤原氏の身内のなかでの言いあらわし、さらには使いたちの母たちの思いへ私の性格が強まっている。おそくとも八世紀の天皇を含む日本の朝廷とそのまわりとの人々は、右のたぐいの歌によってつぎの二つのことを知っていたであろう。一つは、公から私にわたって人々が思いをことばに表わしたとき、その思いにもっとも近い形でそれを具体化させたのがその人々の母語であったこと、二つは、これらの思いが中国のことばを記すための文字によって記されながらも、中国の朝廷の文書の書きかたに置きかえられなかったことである。

この知りかたはさらに古く七世紀なかごろに逆のぼりそうである。『日本書紀』孝徳条はその大化五年（六四九年）五月の記事に、中国のことばに基づいた散文とともに、日本のことばを表わした歌によって天智の嘆きを記している。

皇太子（天智―遠山注）、造媛徂逝ぬと聞きて愴然傷怛みたまひて、哀泣みたまふこと極めて甚なり。是に、野中川原史満、進みて歌を奉る。歌ひて曰はく、

山川に鴛鴦二つ居て偶よくたぐへる妹を誰か率にけむ　其れ一つ

本ごとに花はさけども何とかもうつくし妹がまたさき出来ぬ　其れ二つ

皇太子、概然頽嘆き褒美めて曰はく、「善きかな、悲しきかな」といふ。乃ち御琴を授けて唱歌はしめたまふ。

これらの歌は天智の心に触れたのであろう。そのわけは、これらの歌が天智の心に近い思いをことばに表わしたからであろう。「琴」を伴なった「唱歌」は、そのことばとは別の手だてを付けくわえつつ、そのことばを天智の心へさらに近づけたのであろう。音楽を伴なった、そのことばは中国のことばでなく日本のことばであり、天智の母語であった。朝鮮半島の三つの王国と中国とに対する外交のけわしさのなかで（西嶋定生(18)）、天智は中国の文明の取りいれに力をそそいでいたようである。が、この情況のなかでも、天智の心に触れたのが中国のことばではなく日本のことばによる歌であったらしいことは、天智とかれの朝廷の人々とにかれらの母語の働きをつよく訴えかけたであろう。さきにも触れたように、その歌の一は詩の言いあらわしかたを取りいれている。が、野中川原史満が天智にもたらしたのは、日本のことばの形をとった天智の悲しみの現われであった。ことばが心の現われであることを、時枝誠記(19)が述べているのは、『古今和歌集』「序」の考えかたを引きついでいる。が、その「序」より早くに、おそくとも七世紀のなかごろには、日本の朝廷の人々の母語がかれらの心の現われであることをかれらが具体的に知っていたであろうことを、右のばあいが推しはからせる。おそらく七世紀終わりまでには書かれていた飛鳥池遺跡の歌の木簡から見て、その時よりすこし前であろう天智のころの日本のことばも、その母語のままに記しとどめられえたであろう。ただし、それらの歌の歌われた六四九年五月にそれらが仮名書きによって記されたかどうか確かではない。というのは、その時より九年のち、六五八年五月に斉明が建王をいたんだ三つの歌について、『日本書紀』斉明四年五月条がこう記しているからである。

天皇、時時に唱ひたまひて悲哭す。

斉明がそれらの歌を口ずさんでいたことを、この条は私たちに知らせている。さらに、建をいたんだ別の三つの歌について斉明が言ったことを、その年の十月条が記している。

秦大蔵造万里に詔して曰はく、「この歌を伝へて世に忘らしむることなかれ」とのたまふ。

この万里がそれらの歌を口伝えで忘れずにいたのか、あるいは書きしるしていたのか明らかではない。『日本書紀』のなかのこれらの歌がいつ書かれたのかを確かめることができないものの、おそくとも七世紀なかごろまでには、日本のことばによる言いあらわしとそれを書きしるすこととは、中国のことばを書きしるすことに代えがたい位置を、日本の朝廷の営みのなかに占めていたようである。

中国の文明とそのことばとへの触れあいは一世紀なかごろには始まっていた。朝鮮半島の三つの王国を巻きこんだけわしい関わりかたのなかで、その触れあいは、六六三年の白村江の戦いにやぶれたころに日本の朝廷にとってもっとも危うい時を迎えていたようである。中国の文明とそのことばとのはげしい流れのなかで、その七世紀なかごろまでに、日本のことばは中国のことばを記すための字によって書きしるされながらも、日常の文書の骨組みに組みこまれてその姿を現わすに至っていたらしい。とともに、日本のことばは、それを母語にしていた人々の思いに深く連なっていたがゆえに、中国のことばのための字によりながらも、『万葉集』そして『古事記』の主な部分と『日本書紀』『風土記』の一部分とを日本のことばによって記すことを促すに至っていたようである。

【注】

（1）西宮一民『古語拾遺』「解説　四　内容」、岩波書店（文庫）、一九八五年。

（2）外山滋比古『近代読者論』「異本の原理」、垂水書房、一九六四年。

(3) 小島憲之『上代日本文学と中国文学 上』「第三篇 日本書紀の述作」、塙書房、一九六二年。
(4) 岸俊男『日本の古代 6 王権をめぐる戦い』「古代の画期雄略朝からの展望」、中央公論社、一九八六年。埼玉県教育委員会『稲荷山古墳出土鉄剣金象嵌銘概報』、一九七九年。
(5) 坂本太郎「古事記の成立」(『古事記大成 第四巻』、平凡社、一九五六年)。
(6) 津田左右吉『日本古典の研究 下』「第四篇 第二章 古事記の物語のある時代に対応すべき部分の書紀の記載」(『津田左右吉全集 第二巻』、岩波書店、一九六三年)。
(7) 森博達『古代の音韻と日本書紀の成立』「第六章 第二節 α群中国人表記説」、大修館書店、一九九一年。
(8) 西嶋定生『秦漢帝国』「第八章 四 東アジア周辺諸民族の動向」、講談社(学術文庫)、一九九七年。
(9) 西嶋定生『中国古代国家と東アジア世界』「親魏倭王冊封に至る東アジア情勢」、東京大学出版会、一九八三年。
(10) 東野治之『長屋王家木簡の研究』「第一部 長屋王家木簡の世界 長屋王家木簡の文体と用語」、塙書房、一九九六年。
(11) 奥村悦三「文字から、ことばへ」、『国文学』一九九九年九月号。
(12) 犬飼隆「観音寺遺跡出土和歌木簡の史的位置」、『国語と国文学』一九九九年五月特集号。
(13) 契沖『厚顔抄 中』(『契沖全集 第七巻』、岩波書店、一九七四年)。
(14) 日本思想大系『律令』井上光貞、関晃、土田直鎮、青木和夫。「名例律」の注解は青木和夫。岩波書店、一九七六年。
(15) 吉永登「防人の廃止と大伴家の人々」(『万葉学論叢』澤瀉博士喜寿記念論文集刊行会、一九六六年)。
(16) 吉井巖『万葉集への視角』「遣新羅使人歌群」、和泉書院、一九九〇年(初出一九八〇年)。同氏『万葉集全注 巻第十五』、有斐閣、一九八八年。
(17) 遠山一郎「『古今和歌集』が見た『万葉集』」(『平安朝文学 表現の位相』、新典社、二〇〇二年)。
(18) 西嶋定生『日本歴史の国際環境』「第3章 五 七世紀後半の東アジア動乱と倭国」、東京大学出版会、一九八五年。
(19) 時枝誠記『国語学史』「第一部 五 明治以前の国語研究の特質と言語過程説」、岩波書店、一九六六年。

第二節　歌が開くことば

一　歌のなかの人麻呂

九〇五年（延喜五年）四月、紀貫之たちは、初めての勅撰和歌集である『古今和歌集』を編みおわり、醍醐にささげた。この和歌集は序を二つ備えている。それらは内容をいささか異にしつつ、柿本人麻呂の名をともに挙げている。なかで、かな序はこう述べている。

かの御時に、おほき三つの位、柿本人麻呂なむ、歌のひじりなりける。これは君も人も身をあはせたりといふなるべし。

みぎの部分で柿本人麻呂について述べるにあたり、その序を書いた人は三つの点に触れている。一つは「おほき三つの位」、二つは「歌のひじり」、三つは「君も人も身をあはせたり」である。各々は人麻呂について異なる事がらを示しつつ、三つがともなって人麻呂を称えている。この節が目をむけるのは、この称えかたがうかがわせる柿本人麻呂の位置づけである。

まず、「おほき三つの位」が正三位を表わしている。しかし、記録のなかに裏づけが見いだされない。そもそも人麻呂は『古今和歌集』より前には『万葉集』にのみ名を伝えられている。かれの生きていたころの記事をおさめている『日本書紀』そして『続日本紀』に、かれの名がまったく現われていない。正三位は貴族のなかでも上級貴族に属していた。もしかれが「おほき三つの位」にのぼっていたのであれば、なんらかの記録が残ったはずである。しかも、『万葉集』はかれの死を「死」と書いている（巻二・二二三題詞、二二四―二二五題詞）。『万葉集』の題詞は人の死を記すにあたり、その人の位によって書きかたを変えている。「崩」「薨」「卒」の各々から分けられて、「死」は六位より低い位の人たち、あるいは位を持っていなかった人たちに用いられている。なかで、謀反の罪によって刑死した大津（『日本書紀』朱鳥元年十月三日）が「薨」と書かれているのが例外である（巻二・一六三―一六四題詞）。罪をえた人は官位を奪われたから、右の原則によれば、かれは「死」と記されたはずである。が、大津のばあい、かれのいたましい死のもたらす力を日本の朝廷の人たちがひどく恐れたらしい。巻二・一六五―一六六題詞および歌によれば、かれの屍はみやこの外に移されたらしい。それはこの恐れによるらしい。この特殊な事情が働き、大津はもとの身分の扱いによって「薨」と書かれているのであろう。理由の知られるこの例外をのぞき、それぞれの地位を示す語の分けかたはきびしかった。なかで「死」と書かれている人麻呂は、『古今和歌集』序の「おほき三つの位」を疑わせる。もし人麻呂が三位の人であったならば、「薨」と書かれたはずだからである。

もっとも、人麻呂の死に関わったこれらの歌は作りごとであったらしい（伊藤博（1））。この題詞が事実を記したのではなかったとしても、人麻呂が六位より下の位の人であったらしいことに変わりはない。人麻呂の死をそれらの題詞に記した人は、人麻呂の生きていたとき、あるいは死んだときから、あまり隔たっていなかったときの人であった。その人が人麻呂を六位より下の人として扱ったことを、その書きかたが知らせているからである。

「おほきみつのくらゐ」という本文を伝えているのは、藤原定家が書きうつし校訂した本文である。定家本の他は異なった本文を伝え、「おほきみ、つのくらゐ」と記している。これは「大き三三つの位」で六位を表わしているという考えを久曽神昇（2）が示している。古くには、定家本の「みつ」は「むつ」の写しあやまりという見かたを顕昭（3）が述べている。人麻呂は六位より下の位に置かれ貴族ではなかったという点に、これらの考えは合っている。人麻呂が六位より下であったことは『万葉集』の記しかたによって確かであるとはいえ、六位と記している記録もない。「三つの位」「六つの位」ともに充分な根拠を持っていない。

六位とは限らないものの、さきの序が人麻呂を低い身分の人として記しているのであれば、『古今和歌集』を編んだ人たちの一人、壬生忠岑が『古今和歌集』のなかの長歌（一〇〇三）で「人麻呂こそは…身はしもながら」と述べた歌に、その序の記していることが合っている。ところが、他の二つの点「歌のひじり」と「君も人も身をあはせたり」とは、「大き三つの位」にそぐわないわけではない。というのは、『古今和歌集』を編んだ人たちは当時の官僚たちの考えかたに基づいて歌を捉えており、人麻呂もこの考えかたで見られていたからである。これをよくうかがわせるのが、「第一章　第一節　母語の営み」で触れたように、その序のなかで『詩』「序」に基づいて記されている所である。「詩」が人の「志」の現われであり、政治のありさまが「詩」の響きに現われることを『詩』「序」は述べている。当時の官僚たちの考えかたは、中国の朝廷の文書とその基づいていた古典とによってつちかわれていた。『古今和歌集』を編んだ人たちにとっても、この歌集を編むことを命じた醍醐をはじめとする受けてたちにとっても、このような「詩」の考えかたによる歌の説きかたがもっとも分かりやすかったのであろう。

やや異なる見かたによりながらも、魏文帝（曹丕）作「典論論文」は『詩』「序」にかよう考えかたをこう述べている。

文章経国之大業、不朽之盛事。年寿有レ時而尽、栄楽止二乎其身一。…西伯幽而演レ易、周旦顕而制レ礼。

「文章経国之大業、不朽之盛事」というかれの考えに確かさを与えるためにかれが挙げているのは二つのばあいである。一つは、文王が『易』を説きあかしたという伝え、二つは、周旦が『礼』を定めたという伝えである。中国の朝廷の人たちの考えかたの中心をなした思想のなかで聖人として扱われた人たちに連なる「歌のひじり」

は、『易』『礼』そして『詩』に連なる歌をとおして政治との関わりをつよく持たされていた。『古今和歌集』かな序のなかの「君も人も身をあはせたり」という所は、この政治のなかの「詩」そして「文章」という考えかたに基づいていた。すると、人麻呂が歌によって政治的な力を示し、それに応じて高い位を占めていたという文脈に、「大き三つの位」というかれの位は当てはまっている。

もっとも、人麻呂は「六位」であり、「身はしもながら」「歌のひじり」であるという言いかたを、政治とはべつに読みとることができないわけではない。このばあい、「ひじり」は、文王、周旦らのような政治的に高い地位を占めた聖人という意味から離れ、かれの力の現われかたを歌に限られる。しかし、歌の自立はいまだ果たされておらず、政治のうえの権威に依りかかっていた。『詩』の「序」を踏まえた『古今和歌集』序の書きぶりがそれを見てとらせる。『古今和歌集』の編みてたちの考えのなかでは、「おほき三つの位」がやはりふさわしい。定家本がこの本文を伝えているのは、『古今和歌集』を編んだ人たちにとっての人麻呂の位置を、事実とはべつに示しているといえよう。

『古今和歌集』の編みてたちが十世紀の初めに称え、そののち二一世紀に至るまで、人麻呂は歌人として重んじられてきた。『古今和歌集』の編みてたちが主に政治との関わりによって権威づけようと試みたけれど、人麻呂は歌のなかで大きな位置を占めるにとどまっている。とはいえ、人麻呂がみずからの思いをことばに表わそうとしたとき、かれのことばの営みは歌を越える影響を及ぼした。かれが歌をことばに現わしたころに、日本のことばがその姿を字に現わしはじめていたからである。

二　母語を書くこころみ

柿本人麻呂が歌を詠んでいたのは七世紀の後半から八世紀の初めころであった。このころ歌は特殊な役割りを担っていた。すなわち、「第一章　第一節　母語の営み」が述べているように、日本の朝廷とそのまわりとの人々がかれらの思いをかれらの母語に現わすうえで、歌がその主な手だてであった。歌のこの特殊な役割りが、ひいては人麻呂に大きな役割りを果たさせた。

のちに十世紀から十一世紀にかけて、貴族のおもに女たちがみずからの思いをみずからの母語に基づいた散文に表わし、かな文による日記或るいは物語りという形を作った。かな書きされた散文がみずからの思いを表わすことができることを彼女たちが具体的に示したことによって、日本のことばが担うことのできる範囲は大きく広げられた。それよりのち、かな書きの日本のことばが、さまざまな試みを伴ないつつ、みずからの思いを表わすことのできる形として受けつがれ、二一世紀に至っている。彼女たちが十世紀ころに散文の新たな広がりを開いた働きは大きい。

しかし、その仮名書きによる散文は、彼女たちの思いをかならずしもすべて表わすのではないと彼女たちに思われていたようである。というのは、『かげろふ日記』を書いた人は、みずからの思いが彼女の夫、藤原兼家に伝わらないもどかしさを長歌に表わし、それを兼家に見せている。かれはその長歌によって彼女の思いが分かったようだ、と彼女は書きしるしている。歌の形がみずからの思いをよりよく表わすという彼女のことばの営みと、それを受けとった兼家のことばの営みとは、十世紀ころになっても散文の働きより歌の働きが大きかったことを私たちに知らせている。

歌のこの働きは、『古今和歌集』『後撰和歌集』などの歌集によって育まれていたのであろう。『万葉集』が彼女のことばの形の選びかたにおおきく影響したとは考えにくい。が、それらの歌集の歌に先だち、歌が人の思いを日本のことばで表わす手だてを切り開いていたからこそ、『かげろふ日記』作者の長歌とその日記の散文とへの、日本のことばの広がりがもたらされたことを、私たちは見落としてはなるまい。このような歌を切り開いた人の一人が人麻呂であった。

『古今和歌集』の序は、中国のことばを基に価値を定めた当時の考えかたを、かな序にまな序をそえる形に色こくにじませている。ところが、日本のことばは中国のことばとは異なる系統のことばであり、たがいに異なる文のしくみを備えている。中国のことばと日本のことばとのずれは、中国のことばを記すための字によって日本のことばを記す難しさをもたらした。二つのことばのあいだの深いずれに引きさかれつつ、日本のことばを書きあらわす難しさは、ことばに生きる歌人にとっては、内にある思いに形を与える難しさでもあったろう。『万葉集』に記されている人麻呂の歌は、この難しさとそれを乗りこえてみずからの思いを字に記そうとした試みとを、私たちに伝えている。

人麻呂のこの試みを解きあかすうえで手がかりになるのは、人麻呂の歌が大きく二つに分けられる点である。一つは、『万葉集』が柿本人麻呂歌集から取ったと記している歌、二つは、柿本人麻呂作と『万葉集』が記している歌である。人麻呂歌集歌と人麻呂作歌とは、たがいの関わりにおいて成りたつ呼び名である。たとえば大伴家持の歌においては、そのような分かれかたと関わりかたとは見いだされない。大伴家持の作った歌だけが伝えられているからである。

人麻呂に関わる歌のうちもっとも後の歌であると確かに知られるのが、七〇〇年（文武四年）の歌である（巻二・一九六―一九八、明日香皇女挽歌）。対して、家持の歌のうちもっとも早い歌のなかの一首と推しはかられるのが、七三三年（天平五年）の歌である（巻六・九九四、初月歌）。二人の歌人の営みはほぼ三十年を隔てていた。このあまり長くはないあいだに、歌はその性格をかなり変えた。二人の歌人の個性の違いが各々の歌の違いに関わっていたであろう。しかし、その違いはより大きな背景を負っていたようである。この背景との関わりのなかで、人麻呂歌集歌と人麻呂作歌とが家持に至る歌の変わりかたと奥ゆきとを見てとらせる。それが人麻呂より後への歌の移りにとどまらず、人麻呂より前の歌のありかたをも私たちの視野に導きいれるからである。

人麻呂の名を伴なった歌のなかに「簡古」に書かれた歌があることを、契沖(4)が十七世紀に指摘した。しかも契沖(4)はつぎのように述べた。

是ハ（「簡古」に書かれた歌—遠山注）彼集（人麻呂歌集—遠山注）ノマヽニ写サレタリケルニヤ。

『万葉集』を編んだ人たちが基にした資料はすべて失われ、もとの資料がまったく残っていない。人麻呂歌集も同じである。この資料のありかたのなかで『万葉集』の伝えている人麻呂歌集の書きかたを、慎重な言いまわしによりながらも、もとの形かと契沖(4)は推しはかった。

ついで、十八世紀に賀茂真淵(5)がこう述べた。

其人万呂集の本は、かくの如く助辞を略きて、詩体にならふさまに書べきにあらず、…たゞ奈良人の中にも、ひとへにかゝる好みする人のわざとこそ見ゆれ、

契沖(4)が「簡古」とさきに捉えていた書きかたを、賀茂真淵(5)は「助辞を略き」と説き、より具体的に示しつつ「詩体」と呼んだ。書きかたの違いを見てとっている点は契沖(4)と同じであるけれど、賀茂真淵(5)は契沖(4)と見かたを異にし、「奈良人」が書きかえて「詩体」に改めたと考えた。

右の二人の見かたは、人麻呂歌集歌の書きかたが示す問題の基本を示している。なかに賛同しかねる点があるけれど、それも人麻呂の試みを私たちが捉えるうえで在りうる見かたを示し、人麻呂の営みを立体的に捉える手がかりを私たちにもたらしている。

人麻呂歌集歌と人麻呂作歌という分けかたは、『万葉集』が基づいた資料の違いによっている。対して、契沖(4)ついで賀茂真淵(5)が見いだしたのは書きかたの違いである。書きかたという見かたによってながめると、人麻呂歌集歌が、「簡古」に「助辞を略きて」書かれている歌と「助辞」の略されていない歌とに分けられる。

残る人麻呂作歌は、人麻呂歌集歌のうちの後のもの、すなわち「助辞」の略されていない書きかたに属す。

たとえば、人麻呂歌集歌から二首、人麻呂作歌から一首をつぎに取りだす。

A春楊《はるやなぎ》　葛山《かづらきやまに》　発雲《たつくもの》　立座《たちてもゐても》　妹念《いもをしぞおもふ》　（巻十一・二四五三）

B細比礼乃《ほそひれの》　鷺坂山《さぎさかやまの》　白管自《しらつつじ》　吾尓尼保波尼《われににほはね》　妹尓示《いもにしめさむ》　（巻九・一六九四）

C潮左為二《しほさゐに》　五十等児乃嶋辺《いらごのしまへ》　榜船荷《こぐふねに》　妹乗良六鹿《いものるらむか》　荒嶋廻乎《あらきしまみを》　（巻一・四二）

前の二首A、Bが人麻呂歌集歌、後の一首Cが人麻呂作歌である。書きかたを基にすると、Aが「簡古」な「助辞を略」かれている歌、B、Cが「助辞」の記されている歌である。Aでは自立語だけが記され、付属語である助詞、助動詞が書かれていない。そのうえ、自立語である動詞であっても、活用語尾が書かれていない。他方、Bは第四句のなかの動詞を「尼保波」と書いている。「にほは」の形が書かれていることによって、続く「尼」が他の人に対して何かを望む気持ちを表わす助詞であることが、形にあきらかに示されている。すなわち、Aの書きかたとBの書きかたとの違いは、上の語と下の語との続きかたが形に示されているかいないかにある。上の語と下の語との続きかたは、意味によって支えられる語と語との関わりかたである。したがって、AとBとの違いは、語のあいだの関わりかたが形に表わされているかいないかにある、と考えられる。

同じ問題について、さらにべつの見かたによってAからCまでを視野におさめると、つぎのように考えられる。すなわち、Aの結びの句「妹念」という書きかたは、「妹」が私を「念」うのか、私が「妹」を「念」うのか、たしかには表わしていない。Aの歌全体から受けてが推しはかって、後のばあい、すなわち私が「妹」を「念」うのであろうと受けてが定めなければならない。対して、Bの結びの句「妹尓示」は「尓」を書きしるすことによって、私が「妹に示」すことを形のうえに確かに表わしている。

格助詞「尓」は歌人と対象である「妹」との関わりかたを明らかに示しているけれど、「妹尓示」のなかの

「示」は、この書きかた自身では、過去のことか恒常的なことか未来のことか、表わしていない。「示」はA全体の文脈に依りかかることによって、「示さむ」という作者の行ないの未来における実現を表わそうとしているにとどまっている。対して、Cの第四句のなかの「妹乗良六」は、「妹乗」という「妹」の行ないが現在のそれであり、かつ、作者がそれを見ておらず推しはかっていることを、「良六」という助動詞を形に表わすことによって、文脈に依りかからずに表わしている。

歌人と対象との関わりかたを表わす水準のこのような異なりかたは、書きかたの違いによってもたらされている。前の節において触れているように、日本の朝廷とそのまわりとの人たちは、人麻呂のころまでに、A、B、Cのいずれの書きかたでもかれらの母語を記すことができるようになっていたようである。すると、人麻呂が知っていたであろう書きかたがそれらであったという例をA、B、Cは示していると位置づけられよう。真淵[5]が「詩体」と呼んでいるAの形にしても、矢嶋泉[6]が述べているように、中国のことばの書きかたによったのではなく、日本のことばの順に自立語を記した書きかたの一つにおさまる。それらの書きかたを書きかたの次元にとどめず、作者のなかにあったであろう営みに及ぼすと、つぎのように推しはかられよう。すなわち、歌人と対象との関わりかたの表わしかたが弱い書きかたは、その関わりかたについての歌人の捉えかたの弱さを映しだしているのではないか、対して、その関わりかたの表わしかたが強い書きかたは、その関わりかたについての歌人の捉えかたが確かであることを映しだしているのではないか、と。

三　歌の奥ゆき

日本のことばに基づく歌と中国のことばのための字とのあいだのずれは、歌人の捉えかたをうかがわせるだけではない。そのずれが、古代の歌の持っていた奥ゆきを二つのことばの裂けめに潜ませているらしい。

つぎの歌は人麻呂歌集から取られている。

巻向之《まきむくの》　山辺響而《やまへとよみて》　往水之《ゆくみづの》　三名沫如《みなわのごとし》　世人吾等者《よのひとわれは》　（巻九・一二六九）

この歌いかたは、ことに結びの句「世の人われは」によって、「われ」を他の人たちに紛れさせずに、この歌の作りての思いの対象に据えているように響く。すなわち、この一首は、みずからの在りかたのはかなさに思いを潜めている「われ」をことばに表わしているように受けとられよう。

この歌には付属語が書かれている。ひとりの思いに焦点を絞るこのような詠みぶりは、同じ人麻呂歌集の歌であっても、付属語の書かれていない歌には見いだされない。書きかたがこまかになったことは、内にある思いの深まりにつよく関わっていたらしい。誰もが抱き人々に共通していた思いは、こまかい表現を求めなかったであろう。こまかい表現を伴なわなくても、たがいに分かりあっただろうからである。対して、人々に共通していたとは限らない思いは、その思いのこまかな所までが示されなかったならば、理解を成りたたせることができなかったであろう。すでに述べたように、日本のことばにおける語と語との関わりかたは、自立語だけでは表わされず、用言の活用語尾と付属語とによって主に示される。語のあいだの関わりかたを形に表わしている書きかたは、他の人たちと同じであったとは限らない思いを表わすために必要な条件を満たしている。ことばのこまかな所まで形に示しつつ、その歌の結びの句「世の人われは」は、人々から抜けでたひとりの思いを歌に表わしたかのような響きを備えている。

ところが、中国のことばの字で書かれた「世人吾等者」は、ひとりの思いがすべてを尽くしていたわけではなかったらしいことを私たちに知らせている。というのは、「われ」と読まれる所が「吾等」と書かれているからである。この「吾等」の使いかたについて、「等」が『万葉集』の歌のなかで複数を表わしているばあいがあること（巻十一・二四一五ほか）を考えにいれつつ、村田正博[7]はこう述べている、「吾等」と歌うことによって、人麻呂は歌の受けてとのあいだに共感の世界を作ろうとした、と。

この捉えかたは他の古代の歌と人麻呂の歌との連なりを私たちに辿らせる。たとえば、つぎの額田の歌は「吾等」の歌いかたに似ているところを備えている。

　額田王が歌

熟田津に船乗りせむと月待てば潮もかなひぬ今はこぎいでな

右、山上憶良大夫が類聚歌林を検するに曰はく、…天皇、昔日のなほ在る物を御覧し、当時忽ちに感愛の情を起こす。よりて、歌詠をつくり、哀傷をなす。すなはち、此の歌は天皇の御製なり。（巻一・八）

この歌の題詞は作りてを「額田王」と記している。対して、左の注は作りてを「天皇」と伝えている。くわえて、巻一の七の歌は、題詞に「額田王が歌」と記しながら、その歌の左に注をともない、その歌を「大御歌」、すなわち皇極の歌と伝えている。さらに、一七、一八の歌にも、題詞に「額田王、近江国に下る時に作る歌」、左の注に「都を近江の国に遷す時に、三輪山を御覧しし御歌」、すなわち天智の歌と記されている。

題詞と左の注とのあいだのこれらの食いちがいについて、伊藤博(8)はこう説いている、額田が天皇たちに成りかわって天皇たちの思いを歌った、その結果、これらの歌が天皇たちの歌であるという伝えをともなった、と。

この考えかたは、『万葉集』巻一の三、四の長歌と反歌とに付けられたつぎのような題詞をも解きあかすように見える。

天皇、宇智の野にみ狩りしたまふ時に、中皇命の、間人連老をして献ら使めたまふ歌

「間人連老」が「中皇命」のかわりに三、四の歌を作り、その歌が「中皇命」の名で「天皇」に贈られたのであれば(契沖(9))、額田と天皇たちとの歌をとおした関わりかたが額田にのみ特殊であったわけではない、と私たちに知られる。

これら二人のばあい、二人が成りかわったあいての地位が高かった。そのために、そのあいての名が『万葉集』に記されたのであろう。対して、さきの人麻呂の歌のばあい、「吾等」のなかの「等」によって表わされているらしい人たちは、作りての仲間であったか、或るいは仲間扱いされていたように見える。かれらの名が記されていないのは、かれらが名を記されるに当たらない人たちだったからであろう。けれど、位の高い低いにとらわれずに歌の働きかたを見ると、人麻呂の歌いかたは、額田と間人連老とのそれに通うところを備えているといえよう。

この作りてのありかたは私たちの理解を越えるわけではない。『大日本帝国憲法』は明治天皇が作ったのではなかった。が、それはかれの名によってかれの臣に与えられた。ただ、ほぼ一三〇〇年まえの額田のばあい、近代とは人々の心の在りかたが異なり、作りてと形のうえの作りてとの心の在りかが近かったしい。この近さのなかで、神野志隆光(10)が論じているように、皇極、天智らの天皇たちの心から離れていない所で額田が歌を詠んだがゆえに、それらが天皇たちの歌としてそれら天皇たちのまわりの人たちに受けとられたのであろう。

さきの三人のばあいと異なり、作りての名が記されないまま、表に立つ人の名だけが残されたらしいばあいがある。

『万葉集』巻一の一の歌は雄略の歌だと題詞に示されている。が、西郷信綱(11)が述べているように、この歌は伝えられてきた歌が雄略に結びつけられたと見られる。この見かたを支えるであろう歌が『万葉集』のなかで雄略の名を伴なっている他の歌に見いだされる。

泊瀬の朝倉の宮に天の下知らしめす大泊瀬稚武の天皇の御製歌一首

夕されば小倉の山に伏す鹿し今夜は鳴かず寝ねにけらしも

右、或る本に云はく、岡本の天皇の御製といふ。正指を審にせず。よりて累ね載す。　(巻九・一六六四)

目を引くのは歌の左に記されている注である。この歌は舒明の歌だと「或る本」は言う、とその注は記している。それに対応して、巻八はつぎのような歌を掲げている。

岡本の天皇の御製歌一首

夕されば小倉の山に鳴く鹿は今夜は鳴かず寝ねにけらしも　（一五一一）

ほとんど同じ歌が巻九と巻八とで異なった作りてに結びつけられているのは、伝えられていた歌と作りてとのつながりの弱さによるのであろう。巻一の一の雄略の歌についてのさきの考えが根拠をまったく持たないわけではないことを、巻九の一六六四と巻八の一五一一との歌の在りかたが示している。くわえて、天武の歌として『万葉集』に記されている歌が右の考えをいよいよ確からしく見せる。

天皇の御製歌

み吉野の　耳我の嶺に　時なくぞ　雪は降りける　間なくぞ　雨は降りける　その雪の　時なきがごと　その雨の　間なきがごと　隈も落ちず　思ひつつぞ来し　その山道を　（巻一・二五）

この歌につづけて、『万葉集』は「或る本の歌」と記してほぼ同じ歌をおさめている（二六）。しかも、これら二首によく似ている歌が巻十三にも見いだされる（三二九三、三二六〇も）。巻一・二五に対する「或る本の歌」と巻十三の二首とは作りての名がともに記されていない。これら三首に連なった天武の歌は、さきの雄略、舒明の歌にまさって、伝えられていた歌が天武に結びつけられて行ったらしいさまを見てとらせる。

作りてが一人に定まらない歌は『万葉集』の他にも見いだされる。『古事記』の雄略の条にはこう記されている。

天皇、鳴り鏑をもちて、その猪を射たまひし時に、その猪怒りて、うたき依りく。かれ、天皇、そのうたきを畏こみて、榛の木の上に登りましき。しかして、歌ひたまひて曰ひしく、

やすみしし　わが大君の　あそばしし　猪の　やみ猪の　うたきかしこみ　わが逃げのぼりし　ありを　の　榛の木の枝
（記歌謡九八）

『古事記』がこの歌を雄略の歌と伝えているのに対し、『日本書紀』の同じ天皇の条はこれとほぼ同じ歌を雄略の舎人に結びつけ、こう記している。

舎人、性懦弱くして、樹に縁りて色を失ひ、五情失主かりき。猪、直に来て、天皇を噬ひまつらむとす。天皇、弓を用ひて刺し止め、脚を挙げて踏み殺したまひつ。ここに、田罷みて舎人を斬らむとしたまひしに、舎人、刑に臨みて、歌作して曰ひしく、

一つの歌のなかで現われている人の人称が「わが大君」から「わ」へ変わっている点にも関わりつつ、この歌のばあいにはその作りてが確かな姿を見せないまま、この歌の歌いてが揺れ動いている。

雄略よりさらに古くに置かれている応神の条に、『古事記』はつぎの歌を伝えている。

ある時、天皇、近つ淡海の国に越え幸でましし時に、宇遅野の上に御立たしまして、葛野を望けて、歌ひたまひしく、

千葉の　葛野を見れば　ももちだる　家庭も見ゆ　国の秀も見ゆ
（記歌謡四一）

右の伝えにおける「天皇、…歌ひたまひしく」という記しかたは他の人たちをその歌のまわりから消しさっている。たとえ誰か他の人が作ったとしても、この記しかたはその作った人を「天皇」のうしろに斥け、「天皇」だけを前に立てている。

「千葉の　葛野を見れば」の歌が近代に残っている民謡とのあいだに似よりの点を持っているところから、土橋寛(12)は、その歌を人々に歌われていた歌謡だったと推しはかっている。その歌がもとは人々にひろく歌われていたのであれば、作った人の名が知られないことがむしろ多かったであろう。人々を支配していた天皇が人々

の歌を吸いとって歌ったとき、天皇はその人々にかわって歌ったとも捉えられよう。一人の人によって吸いとられることが妨げられなかったほどに、同じ質の表現が広まっていたことを、「天皇…歌ひたまひしく」という記しかたが私たちに知らせている。

作りてたちが或るいは名を現わす或るいは名を現わさないという点を異にしつつも、歌の作りてたちが、或るいは他の者に成りかわり、或るいは受けてと融けあって歌を作るという歌のありかたが、天武のころまでの歌に広く見いだされる。人麻呂の歌における「吾等」という字の使いかたがのぞかせているのは、このような古い歌の在りかたであるらしい。

四　ひとりの思い

人々の歌あるいは第三者の歌を吸いとり、天皇だけを表に立てている歌に対して、同じ質の表現を分けもちつつも、額田という作りてが人麻呂よりおそらく早くに名を現わしている点は、大きな違いとして認められなければなるまい。くわしくは知られないものの、額田王の名が推しはからせるように、この人は皇族であったらしい。しかも、『日本書紀』のなかの天武の記事によって（天武即位前紀）、額田がかれの妻たちの一人だったと確かに知られる。皇族でありかつ天皇の妻というもっとも上の層の範囲は狭かった。これらの人たちのあいだでは、心のありかたの似よりが生まれやすかったであろう。しかも、農業の生産力が低かったという社会的条件は、貴族に限らず農民たちにおいても、ひとりの考えかたを押さえ、この人々の生きていた社会のなかで互いの依りかかりをはぐくみやすかったであろう。額田の歌の作りかたはこの考えかたの現われの一つであろう。

額田の名の現われかたと先に見た雄略、舒明の歌さらに『古事記』のなかの三首の歌の作りてのありかたとを考えあわせると、額田のころまで、歌を作ることはひとりの営みとして認められていなかったらしいと推しはかられる。人麻呂より後になっても、作りての名の記されなかったばあいが多く見られる。たとえば、巻七の初めの歌(一〇六八)は左に注をつけ、こう記している。

右の一首、柿本朝臣人麻呂が歌集に出づ。

ところが、続いてのせられている一〇六九から一〇八六には作りての名も資料の名も書かれず、歌が並んでいるだけである。ついで一〇八七から一〇八八に、さきと同じ書きかたで人麻呂歌集の歌が現われている。そして、一〇八九から一〇九一まで作りての名、資料の名が記されていない。人麻呂歌集の後に並べられている歌はおそらく人麻呂より後の時代の歌であろう。べつのばあいではあるけれど、つぎの例から推しはかると、身分の低い人たちの名の記されないことが多かったのであろう。

右の一首は、作者の微しきによりて、名字を顕はさず。(巻八・一四二八左注)

このような『万葉集』のなかで、人麻呂の位が低かったにもかかわらず、かれの名が歌集の歌、作歌あわせてほぼ四七〇首に書きしるされている。しかも、額田と異なり人麻呂の名は異伝をほとんど伴なっていない。歌の作りてが人々から分かれはじめていたらしい。ともに、人麻呂歌集の歌は「吾等」から切り離されていなかったらしい。歌の作りてとそのまわりの人々とが分かれきっていなかったらしいなかで、作りてが「吾等」を字に残して人々をうしろへ押しやり、「われ」として表立っている点を見おとすわけにはゆくまい。この点で、稲岡耕二(13)が村田(7)の見かたを押しすすめ、七世紀後半の歌のありかたにさらに分けいってこう述べている点が注意される。すなわち、人麻呂が「吾等」と記したのは「吾等」から離れたところからワレを見はじめていたからだ、と。人麻呂の歌が人々の思いに根ざしていただけではなく、そこにいるみずからを見わけるところで作られ記されたらしいことを、歌の書きかたをとおして稲岡(13)は見いだしている。すると、巻向の水によせた「世人吾等者」という思いが「吾等」のなかのワレをどのように人麻呂に分けさせていたのかに、その歌の受けては思いをいたさなければなるまい。

その歌には左に注が付けられており、「右の二首、柿本朝臣人麻呂が歌集に出づ」と括られている。ほかの一首がこう歌っている。

　児等が手を巻向山は常にあれど過ぎにし人に往き巻かめやも

（一二六八）

恋い人がおそらく死んでしまっていたことへの悲しみをこの一首は表わしている。過ぎさってしまった人への思いはつぎの歌にも見いだされる。

　柿本朝臣人麻呂、近江国より上り来る時に、宇治の川辺に至りて作る歌一首

物乃部能《もののふの》　八十氏河乃《やそうぢかはの》　阿白木尓《あじろきに》　不知代経浪乃《いさよふなみの》　去辺白不母《ゆくへしらずも》

（巻三・二六四）

波のゆくえが知られないことを歌う右の歌が波の在りさまを写しているにとどまっているとは考えにくい。いずことも知られない波のゆくえにみずからを含む人のゆくえ知れなさが込められている、と受けとって誤まりないであろう。

　人麻呂が近江の国からみやこへ来るときに宇治の川のほとりで詠んだとその歌の題詞は記している。古代には、貴族にしろ農民にしろ、みずからの生まれ育った所を離れることがほとんどなかったらしい（伊藤博(14)）。人麻呂の生まれ育った所はくわしくは知られないものの、大和国櫟本のあたりがそれであったらしい（橋本達雄(15)）。それはやまと盆地の東北のあたりである。そこを離れて人麻呂が近江の国へ行ったのは特殊な事情によるのであろう。おそらく朝廷の命による旅だったのであろう。朝廷につとめていた人たちには公務による旅があった。それと異なり、農民たちにはこのような機会がほとんどなかったらしい。東の農民たちが九州へ向かったおりの歌を『万葉集』巻二十はおさめている。農民たちのこの旅には、かれらが防人として九州地方の守りに送られたという事情が潜んでいた。これも公務による旅であった。

人々が旅をほとんどしなかったときに、「氏河」の「浪」を人麻呂が見つめている歌は、人麻呂の他の歌との関わりを辿らせる。すなわち、つぎの人麻呂作歌も近江を歌に詠みこんでおり、同じ折りの歌であったらしいことを推しはからせる。

柿本朝臣人麻呂が歌一首

近江の海夕波千鳥汝が鳴けば心もしのにいにしへ思ほゆ　（巻三・二六六）

この歌の「いにしへ」への「思」いは人々のそれではあるまい。この思いはひとりのそれを色こくにじませている。他方で、「いにしへ」への思いは人麻呂自身のつぎの歌にも現われている。

大君の遠のみかどとあり通ふ島とをみれば神代し思ほゆ　（巻三・三〇四）

この歌は「神代」を思ってはいるけれど、目の前の「島と」を「神代」に引きくらべて称えている。人麻呂はこの歌で「心もしのに」「神代」を思っているのではない。「島と」を称えているこの歌よりも、他の作りてたちによるつぎの歌のほうが、「近江の海」における「いにしへ」への人麻呂の思いに近いであろう。

いにしへに恋ふる鳥かもゆづるはの御井のうへより鳴きわたりゆく　（巻二・一一一弓削）

いにしへに恋ふらむ鳥はほととぎすけだしや鳴きし我が思へるごと　（巻二・一一二額田）

弓削と額田とにとって、吉野で「鳥」の鳴くのは「いにしへ」への思いの悲しみをさそったのであろう。同じ吉野で鳥が鳴いても、山部赤人によるつぎの歌には、「いにしへ」への悲しみは響いていない。

ぬばたまの夜のふけゆけばひさき生ふる清き川原に千鳥しば鳴く　（巻六・九二五）

青木生子(16)が説いているように、この「千鳥」は吉野の盛んであることを表わしているのであろう。この歌が作られたときに、聖武はほぼ三十年まえの天武・持統のときを辿ろうとしていたようである。山部赤人の歌っている「千鳥」は人麻呂に「神代」を思わせている「島と」に近い。

目の前にあるものが「神代」から引きつづいてあるという歌いかたは、称え歌の根もとをなしていたようである。人麻呂は一方でその歌いかたを受けつぎながら、他方で「常に」あるものに引きくらべる見かたによって、かつてあったけれど今は目の前にないものに向ける悲しみを歌に表わしている。「巻向山」が「常に」あるのに「人」は過ぎさってしまったというさきの一二六八の歌いかたは、つぎの歌にほぼ重なっている。

ささなみの志賀の唐崎さきくあれど大宮人の舟待ちかねつ　（巻一・三〇。二九の第一反歌）

「志賀の唐崎」は変わらずにある、「大宮人の舟」はないという対比が読みとられる。この対比のなかの第五句「待ちかねつ」の主語は「唐崎」であると前掲契沖(9)は解いている。三〇に続いている人麻呂の歌がつぎのように詠んでいる。

ささなみの志賀の大わだ淀むとも昔の人にまたも会はめやも　（三一。二九の第二反歌）

第五句の「会はめやも」の主語について、契沖(9)はつぎのような一案を示し、三〇のばあいに通う読みかたを保っている。

大ワタハヨトミテ昔ノ舟ヲ待

この読みの正しさは、人麻呂の歌の後に置かれている高市古人（「或る書」では高市黒人）の歌によって裏書きされよう。

ささなみの国つみ神のうらさびて荒れたるみやこ見れば悲しも　（三二）

この歌は「ささなみの国つみ神」と「みやこ」との一つに融けあった関わりかたを捉えかたの根もとに持っている。すなわち、土地が神であり、その神の心のありかたがその土地に営まれたみやこの、盛りと衰えとを司るという考えかたが、この歌いかたからうかがわれる。人麻呂の歌二首も、契沖(9)が読みとっているように、「志賀の唐崎」と「志賀の大わだ」とを主語に据えている。この土地が変わらずにあるのに、「大宮人の舟」と「昔の人」とはないという歌いかたは、ひとり神の心を表わしているのにはとどまるまい。この歌いかたはその歌人の悲しみをもこめているのであろう。

あるいは土地の神の「昔の人」への思いを歌い、あるいは歌いて自身の「いにしへ」への思いを言いあらわしている歌が近江において歌人たちによって作られたのは、その土地が歌いてたちの心にことさらに沁みいる所だったからであろう。三〇、三一の反歌二首をみちびいている長歌にこう歌われている。

すめろきの　神のみことの　大宮は　ここと聞けども　大殿は　ここと言へども　春草の　しげくおひたる
霞たつ　春日のきれる　ももしきの　大宮ところ　見れば悲しも　（二九）

天智の営んだ近江の宮が六七二年に起こった戦いの後にうちすてられ荒れはててしまっていたことを、この歌は悲しんでいる。人麻呂のその歌にふかく関わって、さきに触れた高市古人（「或る書」では高市黒人）の歌が続けてのせられており、その近江から明日香へ、さらにそこから藤原へみやこが移された後に、べつの歌人によってこう詠まれている。

うねめの袖吹きかへす明日香風みやこを遠みいたづらに吹く　（五一）

くわえて、藤原から奈良へみやこが移され、さらにその奈良のみやこの荒れたさまが、べつの歌人によって詠まれている（巻六・一〇四四—一〇四九）。これら六首のなかで、つぎに掲げる田辺福麻呂の歌は、捨てられた奈良のみやこのあとに茂っている草によせて、人麻呂の近江の宮の「春草」への思いを受けついでいる。

たちかはり古きみやことなりぬれば道の芝草ながくおひにけり　（一〇四八）

これらを見ると、荒れたみやこを歌うことは伝統的な歌いかただったように見える。しかし、捨てられたみやこへの悲しみが歌の主題に取りあげられたことは、人麻呂の近江の宮の歌より前にはなかった。みやこについてそれより前に言いあらわされていたのは、新たな宮とその宮どころとを称えることばだったようである。

「此地は、韓国に向かひ、笠沙の御崎にまぎ通りて、朝日の直刺す国、夕日の日照る国ぞ。故、此地はいと吉き地」と詔らして、底つ石根に宮柱ふとしり、高天の原にひぎ高しりて坐しき。

（『古事記』上巻）

築き立つる　稚室葛根　築き立つる柱は、此の家長の御心の鎮りなり。取り挙ぐる棟梁は、

（顕宗即位前紀）

つぎの言いあらわしも宮を称えている。

纏向の　日代の宮は　朝日の　日照る宮　夕日の　日駆ける宮　竹の根の　根垂る宮　木の根の　根ばふ宮

八百土よし　い築きの宮

（記歌謡一〇〇）

人麻呂の近江のみやこの歌はこれらの称え歌とは異なり、捨てられ亡んだ宮とその宮どころとに寄せる悲しみを表わしている。荒れはてたみやこは当時の人々に悲しみの思いをもよおさせたらしい。が、思いが胸のうちに沸きあがっていたことと、それに歌の形をとらせたこととは異なる営みである。荒れたみやこへの悲しみをことばの美しさによって人麻呂が二九―三一の歌の形で人々に示したからこそ、その題材の悲しみの美しさに人々は初めて気づかされたのであろう。それよりのち、『万葉集』の時代に歌人たちが荒れたみやこを悲しむ歌を残しただけでなく、ほぼ一三〇〇年のちに土井晩翠作「荒城の月」が滝廉太郎の曲をともなって人々に今も歌われ、人麻呂の歌にとおく響きあっている。

荒れはてた近江のみやこによせた悲しみの言いあらわしをきっかけに、過ぎさった人への思いが近江のみやこの人々に限られない人のありかたへの思いをことばに現わしたのではないか。「氏河」の「浪」によせた思いを表わしている二六四の歌は、さきに示しておいたように、ひとりの思いが人々の思いから分かれていたことを書きかたに現わし、自立語から付属語、動詞の活用語尾にわたってこまやかに記しとめている。

五　ほかの伝えとの関わり

歌集歌から作歌にかけて人麻呂がことばのこまかな所までを形に示そうとしたのは、人麻呂のひとりの思いが人々の思いとは異なってゆき、その思いがみずからのことばを求めたことを、私たちに知らせているのであろう。とともに、人麻呂の歌はひとりの思いを人々から切り離すほうへ向かわず、人麻呂をはぐくんでいた人々の思いとのつながりを保っていたようである。それを人麻呂の歌においてもっとも明らかに示しているのが、天皇たちおよび皇子たちの系譜への位置づけであろう。というのは、天皇たち、皇子たちの系譜への位置づけは、それらの人たちが一人であったことを表わしているのではなく、朝廷とそのまわりとの人たちとの関わりかたを示しているからである。

『古事記』「序」に天武の考えがつぎのように伝えられている。かれのそのことばが当時の系譜の重さを示している。

斯れ（帝紀と本辞との正しさ―遠山注）すなはち、邦家の経緯、王化の鴻基ぞ。

この考えかたを分けもって、草壁挽歌の長歌（巻二・一六七）は天武を天上界からくだった神として歌っている。この歌いかたは天皇たちの祖先についての『古事記』と『日本書紀』との伝えに共通しているように見える。これら二つの文献は、六八一年の天武の命（天武紀十年三月十七日条）を直接的なきっかけに編まれたらしい。これらは、七世紀の終わりころの持統朝にはまだ編みおわっていなかった。が、編まれはじめた歴史書に記されるに至る伝えは、持統の朝廷とそのまわりとの人たちにすでに知られていたであろう。人麻呂はこの伝えを取りいれることによって、天武と天武の子である草壁とへのその人々の思いを歌ったように見える。この歌いかたは、「吾等」の思いを表わす歌いかたより明らかに、人麻呂ひとりの思いにとどまらない思いを言いあらわしているように見える。というのは、「吾等」の歌では、他の人たちの思いがその人たちによって表わされていない、対して、草壁挽歌において人麻呂の歌っていることは、他の人たちによって編まれた『古事記』そして『日本書紀』に記されていることに似かよっているからである。

草壁挽歌からほぼ七年ののち、人麻呂は高市挽歌を作った（巻二・一九九―二〇一）。そのなかの長歌は、草壁挽歌に歌いこまれている伝えと同じ祖先の神の伝えによって天武を描き、もうひとりの天武の子の死をいたんでいる。持統の朝廷とそのまわりとの人たちの共通のいたみが歌われているらしいことを、同じ歌いかたの繰りかえしが確かめさせる。

この草壁挽歌、高市挽歌に加えて、「吾等」の歌いかた、さらには額田たち、そして名の伝えられていない作りてたちの歌いかたを考えあわせると、人麻呂の歌の古いありかたが歌集歌から作歌を貫き、古い歌の働きを保っているように見える。人麻呂の歌のこのようなありかたは、人麻呂ひとりの営みを読みとることを受けてにためらわせる。というのは、「吾等」の思いを表わす歌、そして、それにまさって、持統の朝廷とそのまわりとの人たちに知られていたであろう伝えを詠みこむ歌に、人麻呂ひとりの歌いかたがはいりこむ余地は小さかったであろうと考えられるからである。

ところが人麻呂の歌いかたは、『古事記』の伝えとも『日本書紀』のそれともこまかなところで異なっている。草壁挽歌の長歌はつぎのように言いあらわしている。

日並みし皇子の尊の殯の宮の時に、柿本朝臣人麻呂が作る歌

天地の　初めの時　ひさかたの　天の河原に　八百万　千万神の　神集ひ　集ひいまして　神分かち　分かちし時に　天照らす　日る女のみこと　天をば　知らしめすと　葦原の　瑞穂の国を　天地の　寄りあひのきはみ　知らしめす　神のみことと　天雲の　八重かき別けて　神下し　いませまつりし　高照らす　日の

御子は　明日香の　清御原の宮に　神ながら　太敷きまして　すめろきの　敷きます国と　天の原　岩戸を開き　神上がり　上がりいましぬ』　我が大君　皇子のみことの　天の下　知らしめす世は（巻二・一六七）

第三五・三六句の後に内容の大きな違いが見いだされる。そこを』で示した。ここまでを前の段と呼ぶことができる。

前の段のなかには、「天地の初めの時」「天の河原」「八百万千万神」などの句が見いだされる。そのうえ、天上界から神がくだり、この神が地上界をおさめると歌われている。これらをもとに、前の段の表現を『古事記』『日本書紀』の神話に結びつける読みがひろく行なわれてきた（契沖[17]ほか）。たしかに、『古事記』そして『日本書紀』のなかに天上界から神がくだるに至る条に似ている表現が見いだされる。ところが、「第二章　第三節　地上界のおさめかた」が検討を加えるように、『古事記』は「高御産巣日の神」と「天照らす大御神」とを中心にすえ、『日本書紀』本書の第九段は「高皇産靈の尊」にすべてを統べさせている。くわえて、おなじ第九段のなかで一書の第一は、「天照らす大神」を地上界をおさめることと神がくだることとを司どる神として記している。ついで並べられている他の一書は、各々の記しかたを持ちつつも、右の二神、あるいは二神のうちの一神を中心に立て、似よりの内容を備えている　対して草壁挽歌は、二神のどちらにも地上界のおさめかたを決めさせていない。草壁挽歌が歌っているのは、「八百万千万神」が天上界と地上界とを「天照らす日る女のみこと」と「神のみこと」とに「分か」つという内容である。

この「八百万千万神」によく似ている名の神が『古事記』に現われている。

しかして、高御産巣日の神、天照らす大御神の命もちて、天の安の河の河原に、八百万の神を、神集へに集へて、思金の神に思はしめて…。しかして、思金の神また八百万の神、議りて白ししく、

右の条において、「八百万の神」は「高御産巣日の神、天照らす大御神」の「命」によって「集」められ、「思

金の神」とともに「議りて白ししく」と記されている。「八百万の神」の「議り」は神たちを司る二神の求めにこたえた動きである。実際、続く「白ししく」は「命」をくだした二神に対する答えである。この二神が草壁挽歌には現われていない。ならば、草壁挽歌における「八百万千万神」の働きは、『古事記』の「八百万の神」の働きとは異なっていると受けとらなければなるまい。

「八百万千万神」の働きの違いは「天照らす日る女のみこと」の位置づけに関わっている。すなわち、草壁挽歌における「天照らす日る女のみこと」は、「八百万千万神」によって天上界をおさめることを定められている。「天照らす日る女のみこと」のこの位置づけは「八百万の神」に「命」をくだす『古事記』の「高御産巣日の神、天照らす大御神」と違い、また、『日本書紀』本書の「高皇産靈の尊」、さらに一書第一の「天照らす大神」とも異なっている。すると、草壁挽歌のなかの「天照らす日る女のみこと」を、『古事記』そして『日本書紀』に現われている「天照らす大御神」「天照らす大神」や「大日孁貴」に結びつけて説くのは(岸本由豆流ほか(18))、人麻呂の歌っていることに合わない。そもそも名を異にする存在はべつの存在である。吉井巖ほか(19)がくわしく説いているように、たとえ一つにまとめられていても、「亦の名」「亦の号」によって異なる名を伝えられている存在は、各々の名で呼ばれていた別々の神たちであり人々であった。草壁挽歌が「天照らす日る女のみこと」と呼んでいる神を「天照らす大御神」「天照らす大神」「大日孁貴」と同じ神だと受けてが見なすのは、人麻呂の表現からそれた受けとりかたであろう。

六　主題との関わり

草壁挽歌は『古事記』と『日本書紀』本書と各々の一書とは異なる神たちの関わりかたを歌っている。これらの違いが各々の主題に関わらないのであれば、これらの違いはこれらの基づいた資料の違いによるとも考えられよう。ところが、草壁挽歌は『古事記』そして『日本書紀』本書などの主題ではなく、みずからの主題を歌っている。すなわち、草壁挽歌の主題は草壁の死へのいたみを表わすことにある。対して『古事記』そして『日本書紀』本書などの主題は草壁へのいたみの言いあらわしではない。

その主題を表わすにあたり、人麻呂は草壁を「我が大君皇子のみこと」と呼び、後の段の初めに現われさせている。主題である悼みの対象が後の段にはいってから現われているのにはわけがある。すなわち、草壁挽歌は草壁である「我が大君皇子のみこと」を、その父すなわち天武である「高照らす日の御子」の後継ぎとして歌うことによって、草壁の死へのいたみを表わしている。このいたみかたは後継ぎの正しさを裏づける「高照らす日の御子」の権威を欠くことができない。そこで、前の段はその「高照らす日の御子」である天武を神、それも神の時代に天上界からくだった神であると歌っている。この歌いかたが後の段に現われている後継ぎにもっとも高い権威を持たせるという運びかたが、草壁挽歌の骨ぐみをなしている。

草壁挽歌における神の現われかたと主題との深い関わりは、同じ人麻呂の歌であっても、主題が異なれば神の表現が変わるであろうことを予測させる。草壁挽歌からほぼ三年ののち、草壁の子、軽が安騎野において狩りを行なった。そのおりに、人麻呂はつぎのような長歌、短歌を詠んだ。

軽皇子、安騎野に宿ります時に、柿本朝臣人麻呂が作る歌

やすみしし　我が大君　高照らす　日の御子　神ながら　神さびせすと　太敷かす　宮処を置きて　こもりくの　泊瀬の山は　真木立つ　荒山道を　岩が根　禁樹押しなべ　坂鳥の　朝越えまして　玉かぎる　夕さり来れば　み雪降る　安騎の大野に　旗すすき　小竹を押しなべ　草枕　旅宿りせす　いにしへ思ひて（巻一・四五）

短歌

安騎の野に宿る旅人うち靡き寐も寝らめやもいにしへ思ふに　（四六）
ま草刈る荒野にはあれど黄葉の過ぎにし君が形見とぞ来し　（四七）
東の野にはかぎろひ立つ見えてかへり見すれば月かたぶきぬ　（四八）
日並みし皇子のみことの馬並めてみ狩り立たしし時は来向かふ　（四九）

この歌の歌っている狩りが行なわれたとき軽は十歳であった。十歳の子が行なった狩りは、これが軽を表に立てた行事であったことを示していよう。この狩りの行なわれた所「安騎の大野」は三年まえに死んだ草壁がおそらく狩りをかつて行なったのと同じ所であろう。ならば、長歌の結びが「いにしへ思ひて」と述べているのは過ぎさったことへの漠然とした思いではなく、その父すなわち草壁への思いであっただろうと推しはかられる。長歌は「いにしへ」の具体的内容をまったく示していないけれど、狩りの一行にも「宮処」に残っていた持統たちにも、そして人麻呂にも、「いにしへ」が草壁のことであると知られていたと考えられる。第一短歌（四六）が「いにしへ思ふに」、第二短歌（四七）が「過ぎにし君」と述べているのは、これら暗示的な言いかたによって亡き草壁のことを受けてに具体的に示せたからであろう。受けてのこの分かりかたが主語の広がりに現われている。すなわち、長歌の結び「いにしへ思ひて」という句において「いにしへ」を「思」っているのは、初めに現われている「やすみしし我が大君　高照らす日の御子」すなわち軽である。ところが、第一短歌は長歌の結びをほぼそのまま繰りかえしながら、「思」っている人を「安騎の野に宿る旅人」と表現している。山田孝雄(20)が説いているように、「旅人」は軽を含んだ狩りの一行をさしていると読みとられる。第二短歌も軽とかれの一行との動きを述べている。おそらく人麻呂も「旅人」に含まれ、「いにしへ」を「思」っていたであろう。また、一行を送りだし「宮処」に残っていた持統も、思いのうえで一行とともにあったであろう。なにも説かないまま軽から軽を含む一行へ主語を広げる歌いかたは、「いにしへ」と「過ぎにし君」とへの「思」いが持統の朝廷の人たちに共通の思いであったことに基づいていたのであろう。持統の朝廷の人たちが分けもっていた思いを歌の形に表わすところに人麻呂の働きがあったことを、安騎野の歌の歌いぶりが告げている。

とともに、人麻呂は草壁に新たな表現を与えている。それは第四短歌(四九)の「日並みし皇子のみこと」である。「日並みし皇子のみこと」は、その、もとの書きかた「日雙斯皇子命」の読みかたをめぐって議論があったけれど、これが草壁を指す呼び名として広がっており、人麻呂はその通称を用いたと考えられてきた。ところが、神野志隆光(21)はこれを人麻呂の作った名であったと考えている。「日」が「並」ぶ「皇子」だと人麻呂がこの歌で草壁皇子を言いあらわしたことによって草壁の地位を高めたと神野志(21)は説いている。

「日」は天皇を、ことに草壁の父である天武をさしていると受けとってよいであろう。この天武が草壁に「並」ぶという言いかたが草壁の地位を引きあげたという捉えかたは、草壁の立ちばに当てはまっている。というのは、草壁は皇太子に立った(天武紀十年二月条)けれど、天皇の位につかずに死んだ。かれの死を記録して、『日本書紀』は「薨」と書いている(持統三年四月十三日条)。天皇の死を記す「崩」との扱いの違いがきびしく守られている。これと異なり、人麻呂の歌が草壁を天皇「並み」へ引きあげたことは、草壁の子である軽の地位をも高めたであろう。というのは、天皇でなかった父が天皇「並み」に引きあげられたからである。

この狩りの四年ののち六九六年に、天武の子たちの一人、高市が死んだ(持統紀十年七月十日条)。そのとき、天武の孫に当たる軽ではなく、ほかの天武の子を持統の後継ぎに立てようとする動きが朝廷に現われたようである。『懐風藻』「葛野王」はこう記している。

高市皇子薨じて後に、皇太后、王公公卿を禁中に引きて日嗣を立てむことを謀らす。時に群臣、各私好を挟みて衆議紛紜なり。王子進みて奏して曰はく、「我が国家の法と為る、神代より以来子孫相承けて天位を襲げり。若し兄弟相及ぼさば則ち乱此より興らむ。仰ぎて天心を論らふに、誰か能く敢へて測らむ。然すがに人事を以ちて推さば、聖嗣自然に定まれり。此の外に誰か敢へて間然せむや」といふ。弓削皇子座に在り、言ふこと有らまく欲りす。王子叱び、乃ち止みぬ。皇太后、其の一言の国を定めしことを嘉みしたまふ。特閲して正四位を授け、式部卿に拝したまふ。

軽を支えた人たちにとって、軽の地位を固めるには、天皇にならなかった父草壁を経て祖父である天武に軽がつながっていたことを、ことさら強く述べることが必要だったであろう。軽を支えた人々の中心にいた持統はそのときの天皇であり、軽の祖母であり、亡き天武の皇后とはいえ、持統に並ぶ血すじの妻たちから、天武は子どもたちを他にも設けていた（天武紀二年二月条）。そのなかで、大津はすぐれた力を備えていたらしい（紀朱鳥元年十月条、『懐風藻』「大津皇子」）。が、天武の死んだのち、謀反の罪によってかれは早くに除かれていた（紀同条）。持統の後おしによって軽が天皇の位にもっとも近かったとはいえ、他の天武の子たちのだれかが天皇の位につく蓋然性は残っていたようである。

このような情勢が高市の死までなかったとは考えにくい。高市の死に当たってそれが表だち、葛野の伝えにたまたま記されたのであろう。持統の後の天皇をめぐる朝廷の人たちのさまざまな思いのなかで、草壁ゆかりの地を軽がおとずれる行事において、草壁に偉大な祖父天武に「並」ぶ高みを与えた「日並みし皇子のみこと」という表現は、軽を立てようとしていた持統たちが望んでいた表現だったであろう。人麻呂は、「いにしへ」への「思」いの分かちあいをことばに表わすにとどまらず、軽を立てようとしていた持統を中心にした人たちの願いを、ことばの形に表わしたのであろう。歴史書とは異なる歌による天武の子の位置づけは、人麻呂が人々の分かちもつ思いを歌という形で押しすすめる働きをも果たしたのであろう。

この狩りの五年ののち六九七年に、持統は天皇の位をしりぞき、軽がその位をついだ（持統紀十一年八月条）。『日本書紀』は持統が軽にその位をゆずったことを記して全ての記事を閉じている。この『日本書紀』は「日並みし皇子のみこと」という呼び名をまったく用いていない。対して、『日本書紀』を継いで日本の朝廷が編んだ『続日本紀』は、軽の時代から筆を起こし、かれを「日並みし皇子尊の第二子」と初めに記している。これが通称に基づいた記事ではなく人麻呂の作りだした表現であったとすれば、人麻呂の表現は歌を越えて朝廷の正規の歴史書にまで影響を及ぼしたことになる。『続日本紀』を編んだ人たちに「日並みし皇子尊」を用いさせた力は、朝廷のなかの持統を中心にする人たちだったであろう。が、人麻呂の歌が朝廷のなかの持統系の人々の思いに新たな形を与えたからこそ、この表現が支持され、力となり、歴史書に取りいれられたという道すじが考えられよう(遠山一郎(22))。通称にあらざる新たな表現という捉えかたは、人麻呂の歌の働きの広がりに新たな見かたをみちびきいれる。

くわえて、安騎野の歌からほぼ四年ののち、すなわち草壁挽歌からはほぼ七年ののち、もう一人の天武の子高市が死んだときにも、人麻呂は挽歌を詠んだ(巻二・一九九―二〇一)。この高市挽歌は長歌において天武の行ないを「あもり座して」と言いあらわし、草壁挽歌と同じく、天武を天上界からくだった神として現われさせている。この天武の位置づけが高市を称える働きを備えているところは、草壁挽歌のばあいと同じである。ところが、天武のしずまっている所が「明日香の　真神の原に　…　神さぶと　磐隠ります」と歌われている。「あもり」した神が「明日香の真神の原に」とどまっていると受けとられる(山田孝雄(23))。対する草壁挽歌では、前の段の終わりで天武は「神上がり」と歌われ、天上界に行っている。

天武の居所が草壁挽歌と異なっているのは、いたみの対象である高市の地位に関わっていたからであろう。草壁が皇太子に立ち後継ぎとして扱われたのに対し、高市は「太政大臣」の位につき(持統紀四年七月五日条)、天皇を助ける者の地位にとどまっていた。人麻呂の二つの挽歌はこの地位の違いをあきらかに歌いわけている。すなわち、一方の草壁は「天の下　知らしめす世は」、他方の高市は「天の下　申したまへば」と歌われている。草壁が「天の下知らしめす」ことをのぞまれ、天皇に立つはずであったのに対し、高市は助ける人であったから、「天の下申」す相手である天皇を離れてあることができなかったのであろう。天くだる神である天武によって二人が同じく権威を持たされながら、後継ぎと助ける人との違いによって、一方で天武が草壁から離れて「神上がり」、他方で天武は高市と同じ地上界に「磐隠ります」、と歌いわけられているのであろう。実際には、草壁が天武の皇太子、高市が持統の太政大臣という違いがあった。しかし、人麻呂の歌いかたは持統を天武から分けない見かたに立っている。

人麻呂の歌は、天武の二人の子たちの挽歌において、主題である悼みの対象によって各々の子と天武との隔りかたを変えているばかりでなく、安騎野歌においては草壁の位置づけを動かしている。たとえ「日並みし皇子の命」をこれまでの考えかたによって草壁の通称と受けとっても、草壁が「日」に「並」んでいるところは動かない。したがって、安騎野の歌が草壁の位置づけを草壁挽歌の表現より高めている点は認められよう。人麻呂の歌いかたは、各々の主題によってたがいに異なり、変わっている。

七　生きて動く神話

神を現われさせつつ作品ごとに異なる歌は、人麻呂が各々の主題に応じて神話を語り変えていたことを告げている。各々の主題に応ずる神話の語り変えは、神話が生きて動いていた姿を我々に伝えている。

人麻呂の草壁挽歌、高市挽歌、安騎野の歌が歌っているのは、ほかの文献が各々の主題のもとで記している神話ではなく、天武、草壁、高市、軽という天武系の三代を、当時の人々の分かちもっていた息吹きのなかに生かしている神話であろう。人麻呂の歌は、ほかの天武の子たちであった忍壁、長を「神」として歌い（巻三・二三五左注歌、二四一）、天武の皇后であった持統をも、吉野讃歌第二歌群（巻一・三八－三九）において神々を従える神として形造っている。これらの歌はさらに生きて動きつつ、七世紀終わりから八世紀にかけて栄えた天武系の天皇たちとそれらの子たちとを、あらたな神話に織りなしていったのであろう。

しかも人麻呂は近江荒都歌(巻一・二九―三一)、石中死人歌(巻二・二二〇―二二二)さらに人麻呂歌集の歌にべつの神たちを現われさせている。ことに石中死人歌の長歌が『古事記』『日本書紀』そして『先代旧事本紀』の記している国うみ神話に結びつけられてきたけれど(契沖(17)、ほか)、旅にたおれた死者に対する悼みの言いあらわしは、天皇の治める所の由来を語っている国うみ神話ではない。それらは主題をたがいに異にするからである。

人麻呂の歌による神々の物語りは、各々の主題を語る神話としてたがいに異なりつつ、べつの主題を表現している『古事記』そして『日本書紀』ともども、七世紀から八世紀にかけて生きて動く古代神話のさまざまな姿をことばにとどめているようである。人麻呂のこの営みが受けてに対して歌の形で現われたとき、その受けては人麻呂の歌いかたを受けいれたのであろう。『万葉集』が二つの挽歌、安騎野の歌、吉野讃歌などをともにおさめているから。受けいれに当たり、その受けてが語り変えをどう思ったか、私たちはくわしくは知ることができない。とはいえ、つぎのような受けとりかたがもっとも蓋然性が大きいように思われる。すなわち、その受けてが心のうちに抱いていながらことばに表わすことのできなかった思いがその語り変えによってことばを与えられた、と受けとったのではなかろうか。

人麻呂の歌が分けもつ古い歌のありかた、すなわち人々の思いに重なりあった言いあらわしは、このような人麻呂の営みに重なるところを備えている。けれど、人麻呂の歌はその古い歌のありかたを抜けでるところから始まったらしい。人々の思いからの人麻呂の離れは、人麻呂の歌いかたの巧みさの一つを解きあかすように見える。すなわち、『古事記』に記されている雄略たちの歌は、それらの作りてたちと登場人物たちとの関わりを、「わが大君」から「わ」への変わりかたに矛盾をただちに見てとらせる形で一つに融けあわせている。この歌いかたが受けいれられたのは、作りてたちと他の人たちとが分かれていなかったときには、三人称が一人称に入れかわっても、だれも怪しまなかったからであろう。対して人麻呂の「吾等」は、作りてと作りてではない人たちとを分けつつ融けこませている。すると、人麻呂の「吾等」の歌が分けもっているかのような古い思いのありかたは、稲岡耕二(13)の説いているように、その終わりの現われであったと位置づけられよう。

この捉えかたは、ことに草壁挽歌、高市挽歌、安騎野の歌のあいだの語り変えに、「吾等」から抜けでてゆくワレの姿に似る展開を見てとらせる。すなわち、三つの歌はこれらの歌の受けてたちの思いの言いあらわしでありつつ、それら受けてたちの分けもっていたであろう『古事記』そして『日本書紀』に記されるに至る神たちの伝えと異なっている。人麻呂の歌いかたは人々の思いをことばにこまやかに表わしつつ、その人々に伝えられていたこととは異なったことを言いあらわし、ことに三つの歌のあいだの語り変えのなかに人麻呂自身のことばの営みをうかがわせている。

この人麻呂の営みのなかで中心に据えられているのが、天武という一人の天皇を天上界からくだる神として位置づける表現である。この表現が七世紀の終わりころに行なわれていたからには、これに対してほぼ同じころに『古事記』が天上界からくだる神をどう位置づけているかがあらためて問われなければなるまい。『古事記』は天武の六代まえで記事を閉じている。したがって、それは天武について直接には記していない。が、天上界からくだる神と天武とのあいだの天皇たちについて『古事記』は記しており、天皇たちについての人麻呂とほぼ同じころの捉えかたを伝えている。ならば、人麻呂の歌とともに、『古事記』ひいては『日本書紀』もまた生きて動いていたことばの営みのなかにあったことが考えられなければなるまい。

【注】

（1）伊藤博『万葉集の歌人と作品　上』「第五章　第六節　人麻呂終焉歌」、塙書房、一九七五年。
（2）久曽神昇「古今集雑考」、『学苑』一九三一年九月。
（3）顕昭『柿本朝臣人麻呂勘文』（『群書類従　巻第二八三』、続群書類従完成会、一九三四年）。
（4）契沖『万葉代匠記』「惣釈　雑記」（精撰本）（『契沖全集　第一巻』、岩波書店、一九七二年）。
（5）賀茂真淵『万葉考』「人麻呂集」（『賀茂真淵全集　第二巻』、続群書類従完成会、一九七七年）。
（6）矢嶋泉「人麻呂歌集略体表記の離陸」（西條勉編『書くことの文学』、笠間書院、二〇〇一年）。
（7）村田正博「人麻呂の作歌精神―「吾等」の用字をめぐって―」、『万葉』第九〇号、一九七五年十二月。
（8）伊藤博『万葉集の歌人と作品　上』「第四章　第一節　代作の問題」、塙書房、一九七五年。
（9）契沖『万葉代匠記　巻第一』（『契沖全集　第一巻』、岩波書店、一九七二年）。
（10）神野志隆光『柿本人麻呂研究』「I　一　歌の「共有」」、塙書房、一九九二年。
（11）西郷信綱『万葉私記』、未来社、一九七〇年。
（12）土橋寛『古代歌謡全注釈　古事記編』、角川書店、一九七二年。
（13）稲岡耕二『人麻呂の表現世界』「第一章　四　共感の表現―「吾」と「吾等」―」、岩波書店、一九九一年。
（14）伊藤博『万葉のいのち』「三　I　古代和歌と異郷」、塙書房、一九八三年。
（15）橋本達雄『謎の歌聖　柿本人麻呂』「第一章　人麻呂のふるさと」、新典社、一九八四年。
（16）青木生子『日本抒情詩論』「七　赤人における自然の意味」、弘文堂、一九五七年。
（17）契沖『万葉代匠記　巻第二』（『契沖全集　第一巻』、岩波書店、一九七二年）。
（18）岸本由豆流『万葉集攷証　第二巻』（『万葉集叢書　第五輯』、臨川書店、一九七二年）。澤瀉久孝『万葉集注釈　巻第二』、中央公論社、一九五八年。伊藤博『万葉集釈注　一』、集英社、一九九五年。
（19）吉井巖『天皇の系譜と神話　二』「II　二　火中出産ならびに海幸山幸説話の天皇神話への吸収について」、塙書房、一九六七年。日本古典文学大系『日本書紀　上』補注「大己貴神と出雲神話の歴史的背景」、岩波書店、一九六七年。
（20）山田孝雄『万葉集講義　巻第一』、宝文館、一九二八年。
（21）神野志隆光『柿本人麻呂研究』「III　十二　「日雙斯皇子命」をめぐって」、塙書房、一九九二年。
（22）遠山一郎『天皇神話の形成と万葉集』「第二章　第七節　阿騎野歌における軽皇子の定位」、塙書房、一九九八年。

(23) 山田孝雄『万葉集講義　巻第二』、宝文館、一九三二年。

第三節　血すじによる系譜

一　継体についての記事

神の時代に天上界から神がくだってから神武を経て引きつづく天皇たちの系譜を、『古事記』そして『日本書紀』は伝えている。二つの文献の天皇たちの系譜は基本的に一致しており、天皇たちの妻たち・子たちのあいだに食いちがいを伴なうにとどまっている。ほぼ確かには欽明のころから、天皇たちの朝廷が試みてきた系譜を編む事業が二つの文献を支えるうえで蓄えとなっていたらしいことがうかがわれる。

ところが、この系譜のなかに疑いをただちに抱かせる所がある。第二六代継体への続きかたの記事がそれである。二つの文献のうち『古事記』は継体への続きかたをつぎのように記している。

①品太の王の五世の孫、袁本杼の命、伊波礼の玉穂の宮に坐して、天の下治らしめしき。（継体条）

ある天皇から「五世の孫」という遠いつながりの人が天皇の位を継ぐばあいは継体の他にない。しかも『古事記』によるかぎり、継体の父の名がどこの記事にも見いだされない。したがって、継体が「品太の王」（第十五代応神）の子たちのどの系統の子孫であるのか知られない。

みぎは真福寺本の本文である。これと異なり、卜部系の諸本は「品太王五世孫」の六字を欠いている。けれども、卜部系の諸本も真福寺本と同じく、まえの武烈の条に「品太天皇五世之孫袁本杼命」と記している。継体の条における六字を欠いている本文によっても、「袁本杼命」と「品太王（天皇）」との関わりかたを知ることができる。なお、真福寺本は継体の名を、武烈の条では「袁大梯今」と書き、継体の条では「袁夲梯命」と書いている。字に違いが見られるものの、異なる人物を表わしているとは考えがたい。

卜部系の『古事記』の下巻は真福寺本と異なり、継体の条にかぎらず、各々の天皇が前の天皇とどのようなつながりを持っていたかを記していない。ただし、真福寺本の下巻のなかでも、雄略、武烈の条は天皇たちの名だけを掲げ、まえの天皇とのつながりかたを示していない。けれど、この二つの条は雄略、武烈という特殊な天皇たちの記事であることによる例外と考えられる（神野志隆光（1））。よって、まえの天皇との関わりかたを下巻が記している系統の本文と記していない系統の本文との区別を、それらの例外は乱していないと考えてよいであろう。したがって、卜部系の本文が継体の条に「品太王五世孫」の六字を欠いていても、異なる系譜を伝えているのではないと認められる。しかし、武烈の条に基づいて読んでも、継体による天皇の位の継ぎかたがとてもおかしいことに変わりはない。

『日本書紀』を照らしあわせると、そこにはこう記されている。

男大迹天皇　更の名は彦太尊　は、誉田天皇の五世の孫、彦主人王の子なり。母を振媛と曰す。振媛は、活目天皇の七世の孫なり。（継体即位前紀）

継体が応神の「五世の孫」である点は『古事記』と一致している。継体の父と母との名が『古事記』には記されていないのに対して、それらが『日本書紀』の右の記事によってあらたに知られる。けれども、父である「彦主人王」と応神とのあいだの系譜が『日本書紀』にも見いだされない。本居宣長（2）が述べているように、『釈日本紀』に引かれている「上宮記」の記事のほかに、応神と継体とのあいだの系譜を辿る手だてはない。

この天皇をのぞく他の天皇たちは、まえの天皇たちとの系譜のうえのつながりが『古事記』そして『日本書紀』のどちらにもすべて記されている。二つの文献が天皇たちの系譜をことに重んじていることがうかがわれる。

この書きかたのなかにおける継体の記事の右のようなありさまは、継体による天皇の位の継ぎかたに、他の天皇たちとは異なった事情があったらしいことを疑わせる。津田左右吉(3)が示している見かたに主な源を発する研究は、継体の部分をも視野にいれつつ、天皇たちの系譜を解きほぐす歩みを辿ってきている。この歩みは、『古事記』そして『日本書紀』の記事をかならずしも事実の記されたものと見なさない見かたを確かにしてきている。とはいえ、二つの文献が一連なりの天皇たちの系譜を記している点は動かない。この節では、継体の所に他の天皇たちのばあいとは異なった事情が潜んでいたかのような記事を抱えながらも、『古事記』そして『日本書紀』が一連なりの天皇系譜を編みあげたのがどのような考えかたによっていたのかを考えようとする。

二　継体王朝

継体の天皇の位の継ぎかたについての記事をめぐる疑わしさに対し、一つの考えかたを示しているのは水野祐(4)である。水野(4)は継体の系譜を「擬制」と考え、まえの王朝とは血のつながっていなかった継体が新たな王朝を立てたと論じている。たしかに、まえの天皇から遠いうえに、その天皇とのつながりが明らかでない人による天皇の位の継ぎかたは、新たな王朝という考えかたによってよく説きあかされるように思われる。しかも、継体が天皇の位についた行きさつは、継体による新たな王朝という考えかたに具体的な道すじをも思いえがかせる。すなわち、『日本書紀』の継体の条はつぎのように記している。継体の父であるヒコウシは、かれ自身の妻を近江の国から越前の国の三国に迎え、ヲホド(継体)をもうけた、継体の幼いうちに父ヒコウシが死んだので、継体の母は越前の国の高向に移って継体をそだてた、継体が五七歳になったときに武烈が死に、武烈の一族が絶えた、そこで、大伴金村らが越前の国の三国に継体を迎えにきた、とその記事は記している。継体が五七歳になった時まで、かれは父の本拠地とおぼしい越前の国から動いていなかったらしい。つぎの年に、継体は河内の国の樟葉の宮で天皇の位につき、ほぼ四年半のちに山背の国筒城に、さらにほぼ六年半のちに山背の国の弟国に移り、その八年半のちに倭の国の盤余にみやこを定めた、と書かれている。ただし、「一本」はそれとはすこし異なり、こう伝えている、継体は天皇の位についたのち七年で盤余にきた、と。この「一本」の記事は『日本書紀』の本書とのあいだに十三年のずれをもっている。この「一本」によっても、継体が倭にただちにはいらなかったらしいことが知られる。

倭は第一代天皇からの天皇たちの本拠地のはずである。継体が天皇の位についてからそこにみやこを定めるのに二十年かかっていたことを『日本書紀』の本書が記しているのは、まえの天皇とのつながりをめぐる疑わしさとあいまって、継体がべつの王朝を立てたとする考えかたを支持する一つのあかしとして数えられよう。すると、武烈の死んだ後に倭の政権が衰えたのをとらえて、越前から起こった継体が倭の王朝をたおした、と直木孝次郎(5)が水野(4)の考えを受けつつ述べているのは、この年数のかかりかたを解きあかす考えかたといえよう。

くわえて、継体の後の天皇たちの位の継ぎかたの記事が入りくんだ在りさまを示し、継体があらたに王朝を立てたことの波だちが及んでいるように見える。すなわち、一方で、継体の子たちのうち安閑・宣化・欽明の三人の子たちがこの順に天皇の位についたという記事を、『古事記』そして『日本書紀』がともに記している。ところが他方に、安閑・宣化が天皇の位についたことを認めていなかったとおぼしい伝えが見いだされる。その二代を欠いている伝えとして、『上宮聖徳法王帝説』のなかの欽明に関わる記事がまず挙げられる。

②志帰嶋天皇（欽明─遠山注）、天の下を治らすこと四十一年辛卯年四月に崩りましき。

右に引いた文のなかの「辛卯年」は、『日本書紀』が伝えている欽明の死んだ年に一致している。ところが、②の文が欽明のおさめていた年の数を「四十一年」と書いているのに対し、『日本書紀』は「三十二年」と記している。これら二つの記事のあいだには九年のずれがある。二つの文献の一致している「辛卯年」は五七一年にあたる。ここから『上宮聖徳法王帝説』の記している「四十一年」をさかのぼると、辛亥の年（五三一年）がそれに当たる。すなわち、五三一年が『上宮聖徳法王帝説』の伝えている欽明のおさめた世の第一年にあたっている。この五三一年は『日本書紀』では継体二五年であり、あとの④に掲げるように継体の死が記されている。ということは、『上宮聖徳法王帝説』が記している天皇たちの位の継ぎかたは継体から欽明へであり、安閑・宣化が位についたことを認めていないことになる。

さらに、『上宮聖徳法王帝説』にはつぎの記事が見られる。

志癸嶋天皇の御世、戊午年

「戊午年」は五三八年、『日本書紀』によれば宣化の三年にあたる。この年を「志癸嶋天皇（欽明―遠山注）の御世」と記している『上宮聖徳法王帝説』の右の記事は、この文献のなかでは矛盾を生みだしていない。

もう一つ、『元興寺伽藍縁起并流記資財帳』も『上宮聖徳法王帝説』に一致する記事を残している。

③斯帰嶋の宮に天の下治らしめしし天国案春岐広庭天皇（欽明―遠山注）の御世、蘇我大臣稲目宿祢の仕へ奉る時、天の下治らしめす七年歳次戊午

欽明の「七年歳次戊午」は、『上宮聖徳法王帝説』のばあいと同じく『日本書紀』の宣化の三年にあたっている。ところが、その「七年」をさかのぼると、『元興寺伽藍縁起并流記資財帳』は五三二年から欽明の世を数えていると知られる。②の記事で「辛卯年」までの「四十一年」が欽明の世であると記している『上宮聖徳法王帝説』による数えかたとの間に一年のずれがある。この点、欽明が五三一年に位についた年から数えるか、そのつぎの年すなわち五三二年を第一年と数えるかによって、その一年のずれをきたしたと考えられないわけではない。実際、その二つの数えかたの例が見いだされる（敏達紀・用明紀）。あるいは、『元興寺伽藍縁起并流記資財帳』は、五三二年に欽明が位につき、この年を第一年としているとも考えられる。いずれにしても、これら二つの文献は

安閑・宣化の二代を欠いている点を共通にしている。

このような食いちがいはあるけれど、朝廷の編んだ『日本書紀』が記し、年こそ記されていないものの『古事記』にも位についたことを書かれている安閑・宣化を、私たちが見すごすわけにはゆかない。ところが、朝廷の編んだ『日本書紀』の年の立てかたのなかにも、『上宮聖徳法王帝説』と『元興寺伽藍縁起并流記資財帳』との記事に関わっているかと思われる記事が見いだされる。

『日本書紀』の継体の条の二五年は継体の死をこう記している。

④二十五年の春二月に、天皇、病甚し。丁未（七日―遠山注）に、天皇、盤余玉穂宮に崩りましき。時に年八十二。

安閑が位につく前の記事もつぎのように記し、継体の死の年月日に一致している。

⑤二十五年の春二月の辛丑の朔丁未（七日―遠山注）に、男大迹天皇、大兄（安閑―遠山注）を立てて天皇としたまふ。即日に、男大迹天皇崩りましき。

対して安閑の条は第一年をこう記している。

⑥是年、太歳甲寅。

この⑥の記事の「甲寅」は五三四年にあたる。④⑤の記している継体の死んだ二五年（五三一年）の三年あとがこの年である。継体の三人の子たちにおける第一年の立てかたを見ると、宣化・欽明はそれぞれ前の天皇の死んだ年のうちに位につき、そのつぎの年に第一年を立てている。『日本書紀』の記事⑤は安閑が継体二五年（五三一年）のうちに位についたと記しているから、つぎの年五三二年を第一年とするのが順当であったろう。それを『日本書紀』が⑥の記事で五三四年に当てているのは他のばあいと異なっている。しかも、五三二年、五三三年に、『日本書紀』は何事も記していない。すなわち、安閑が位についた年と第一年とのあいだの二年があいたままである。
一方、『日本書紀』の継体二五年は「或本」による伝えとしてつぎの記事を掲げている。

天皇、二十八年歳次甲寅に崩りましき。

『日本書紀』の本書が「或本」によって継体を二八年（五三四年）まで認めておけば、継体二八年が安閑の第一年にかさなる。このばあいの安閑の第一年は、触れたような宣化・欽明の第一年の立てかたと異なるものの、安閑が位についた年と安閑第一年との間で二年をあいたままにしておくよりも筋が通ったであろう。にもかかわらず、『日本書紀』の本書が「或本」を取らなかったのは、「百済本記」のつぎの伝えに基づいているからである。

又聞く、日本の天皇及び太子・皇子、倶に崩薨りましき。

「又聞く」ということわり書きの導く伝えを『日本書紀』を編んだ人々が強い根拠として扱ったのは、「百済本記」という文献に信頼をよせていたからであろう。実際、編みては継体の条のなかで、三年二月、七年六月、九年二月に「百済本記」を引き、高い資料価値を認めていたことを私たちに知らせている。

継体を二八年まで認めている「或本」の伝えが、安閑が位についた年と安閑第一年との間に二年のあきを作りださないにもかかわらず、『日本書紀』が継体の年を二五年で切っているのは、朝鮮の資料に基づきつつ、さきに掲げた②の『上宮聖徳法王帝説』の記事と③の『元興寺伽藍縁起并流記資財帳』の記事との伝えている欽明の年の数えかたに合っている。けれども、『日本書紀』はそれら二つの文献に伝えられている年の立てかたにまったく触れていない。二人の天皇たちを認めるか認めないかに関わる伝えを考えにいれないまま、継体のあとの天皇たちの位の引きつぎを記している『日本書紀』の書きぶりは、安閑・宣化の二代を欠いた伝えを斥けるなんらかの理由があったらしいことをうかがわせる。

その理由に関わるらしいのが、安閑・宣化と欽明とが並びたっていたと見る喜田貞吉(6)の考えである。それらの天皇たちが並びたっていたと考えると、『日本書紀』および『上宮聖徳法王帝説』『元興寺伽藍縁起并流記資財帳』との間で継体のあと欽明までの年の数えかたに諸々の食いちがいが生まれていることを、かなり合理的に説くことができる。『日本書紀』の記事はそれらの天皇たちの主張の折りあったところで作られたと見なすことができるからである。そこで、それらの天皇たちの妻たちを考えに入れてかれらの系譜を辿ると、つぎの図にまとめられる。その際、おもに『日本書紀』によって図をまとめている。『古事記』の記事では欠けているところがあるからである。

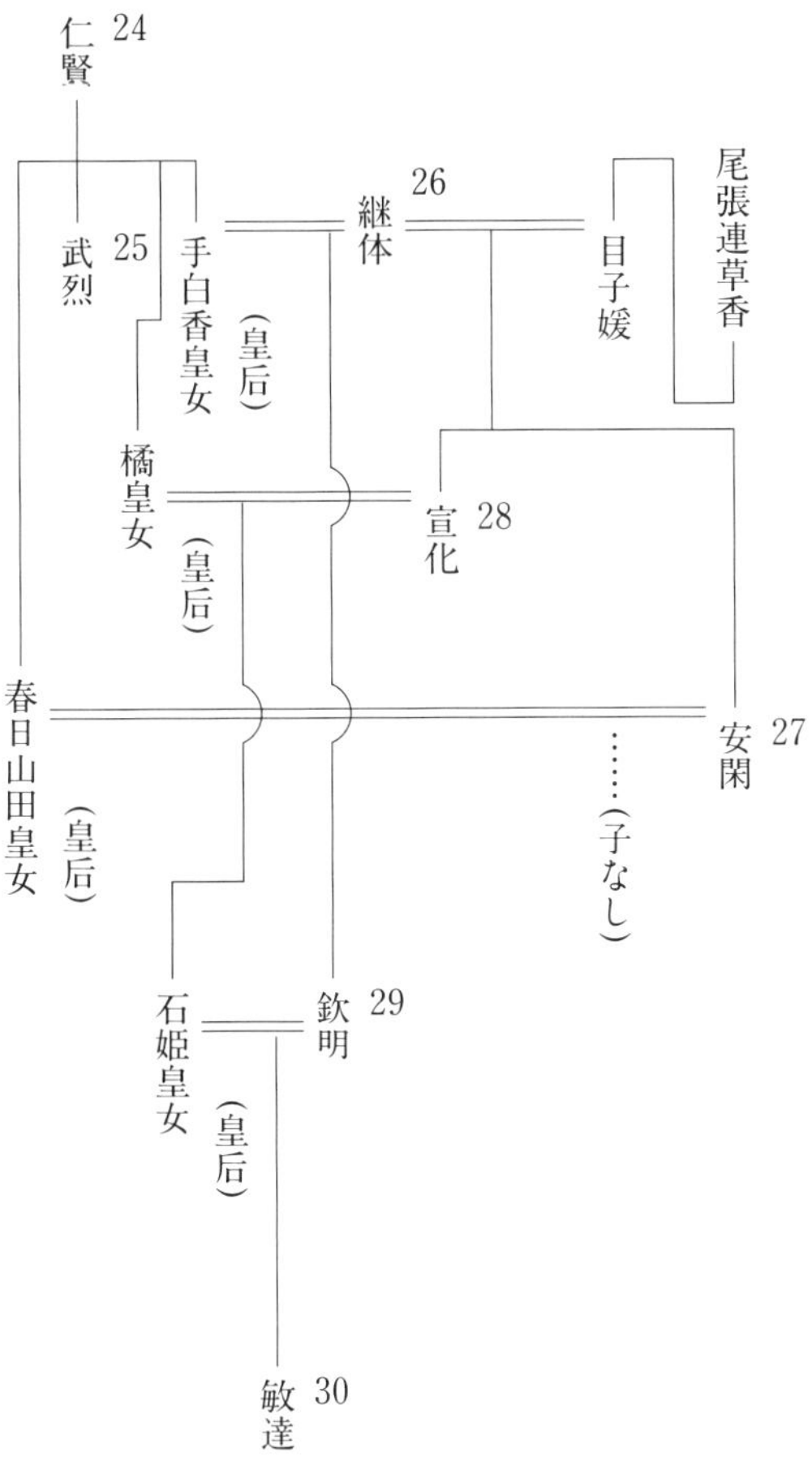

この図はつぎの二つの点を見てとらせる。第一に、継体から宣化まで「皇后」に立っているのがすべて仁賢の

娘である。異なる伝えのなかで位についたことを認められていない安閑と宣化との二代はともに、尾張氏から出た女を母にしている。かれらの母は「皇后」に立てられていない。対して欽明の母は「皇后」に立てられている。すると、安閑と宣化とは、継体の子たちではあっても、欽明と異なってかれらの母が仁賢の血すじではなかったために、かれらが天皇の位を継いだことを『上宮聖徳法王帝説』と『元興寺伽藍縁起并流記資財帳』とが認めていないかのごとくである。しかも、『古事記』の武烈の条はつぎのように記している。

故、品太の天皇の五世の孫、袁本杼の命、近つ淡海の国より上り坐さ令めて、手白髪の命に合はせまつりて、天の下を授け奉りき。

継体が「天の下」をおさめたことを記してはいるけれど、この記事の書きぶりは仁賢の娘である手白髪を中心に据えている。系譜から読みとられる仁賢の血すじの重みをこの書きぶりが裏がきしている。

第二に、仁賢の娘を母に持った欽明が宣化の娘を「皇后」にしている。この「皇后」も母をとおして仁賢の血すじを引いている。この婚姻によって欽明は宣化の娘を「皇后」に立て、安閑（子なし）・宣化の血すじをみずからのなかに合わせているかのようである。

これら二つの点はつぎのように考えさせる。すなわち、継体が仁賢の娘を「皇后」に立てて欽明をもうけたことによって、仁賢の血すじを引いていたか否かを軸に継体の子たちが分かれ、そして欽明に流れこんでいる、と。

その際、各々の天皇とそれぞれの「皇后」との間の年のずれが考えられる。『日本書紀』は継体、安閑、宣化の死んだときの年齢を記している。各々は、八二歳、七十歳、七三歳である。ただし、『古事記』は継体の年齢だけを記し、それを四三歳としている。しかも、「丁未年」（五二七年）をかれの死んだ年に定めている。『古事記』の記事は、『日本書紀』本書、『日本書紀』継体条の引いている「百済本記」そして『上宮聖徳法王帝説』『元興寺伽藍縁起并流記資財帳』との関わりを辿りがたく、孤立した伝えである。これを除き、『日本書紀』によってかれらの年齢に関わったことを考えてみる。

『日本書紀』の記している継体の死んだ年からさかのぼると、安閑と宣化とが生まれたとき、継体はそれぞれ十七歳と十八歳とに当たっている。継体と尾張氏との結びつきが婚姻をとおして早くに形づくられていたらしいことがうかがわれる。とともに、さきに触れた直木(5)が述べているように、越前・尾張の同盟が継体の地盤の一つであったらしいことをこの婚姻は推しはからせる。欽明の年齢は記されていない。が、武烈が死んだのは継体が五七歳の時であり、武烈の姉である手白香と継体との婚姻はそれより後である。すると、手白香の生んだ欽明は安閑・宣化と兄弟であっても、四十歳ほど若かったことになる。安閑・宣化と仁賢の娘との婚姻は、継体と仁賢の娘である手白香との婚姻の時から大きくは隔たっていなかったであろうから、宣化の娘と欽明との婚姻にたがいの年齢の大きな違いは見いだされない。なかで目だつのは、武烈の死んだつぎの年に継体が五八歳で手白香と婚姻を結んだ点である。ことに継体にとって仁賢の血すじがきわめて重かったらしいことをこの婚姻もまたうかがわせる。すると、井上光貞(7)が述べているように、継体は前の王朝に入り婿として結びつくことによって天皇の位を継いだと見なすこともできよう。しかし、仁賢の血すじが重みを持っていたにしても、継体を中心に婚姻の網が張りめぐらされ、継体を軸に据えた系譜が記されている点を軽く見るわけにはゆくまい。

尾張氏と仁賢の娘とに結びつく継体およびかれの三人の子たちの婚姻は、継体をべつの血すじの王朝と見る考えを強く支えよう。まえの天皇とは血のつながりのなかった継体であったからこそ、倭のそとの豪族とまず結びつき、ついで、まえの王朝の娘と結ぼうとし、安閑・宣化も父にならいつつ前の王朝の血のはいった欽明に対立した、という見とり図が描かれよう。二つの血すじの並びたっていたさまが十四世紀の南北朝のように内乱を伴なっていただろうという林屋辰三郎(8)の考えは、おおいにありえたであろうことを突いている。継体とかれの三人の子たちによる天皇の位の継ぎかたの記事は、「天つ神」の子である第一代神武から続いている天皇たちの系譜の連なりの記事に疑いを起こさせる。

継体は仁賢の血すじとの結びつきとともに、応神の子孫とも記されている。継体より前の天皇たちのなかでことに応神に継体が結びつけられているのには、なんらかの理由のあったことが推しはかられる。

三　まえの王朝

そこで、思いおこされるのは津田左右吉(9)の考えである。応神よりのち天皇たちの国風諡号が変わっていることを津田左右吉(9)は指摘している。私の論はこの国風諡号を原則として用いず、中国風の呼び名である漢風諡号を使っている。それが広く用いられているうえに、短いので使いやすいからである。『釈日本紀』によれば、天皇たちの漢風諡号は八世紀後半に淡海三船によって付けられた。すると、それは『古事記』そして『日本書紀』の編まれた後の呼びかたであり、それら二つの文献さらには『万葉集』『風土記』などを読みとくうえで正確さを欠くばあいを生じるおそれがある。が、それをわきまえていれば、漢風諡号を用いることに差しさわりはない。なお、漢風諡号は天皇に付けられた名であるけれど、それらの人々が天皇の位につく前でも私の論はそれらの名を当てている。呼び分ける必要がないからである。

応神の父に当たっている第十四代仲哀より前の三代はタラシの名を持ち、第三四代舒明・第三五代皇極に共通している。十九代を隔てて同じ名が現われているのは、あとの天皇たちの名をもとに応神の前に天皇たちの名が付けくわえられたことを示していよう（津田(9)）。津田(9)が付けくわえを論じたにとどまっているのに対し、さきにも触れた水野(4)はその考えを受けてこう述べている。応神より後が実在した天皇たちであり、継体の前にあったのが応神・仁徳に始まった王朝であった、と。ただし、水野(4)は、応神から武烈までのあいだにも架空の天皇があることを述べ、入りくんだ認めかたをしている。その認めかたは賛成しがたい点を含んでいるけれど、応神・仁徳の血すじと継体の血すじとを各々べつの王朝と見ている大すじは支持される。

しかも、応神より前の天皇たちについては、津田(9)の示している国風諡号の変わりかたと記事の内容とを考えあわせると、第十代崇神・第十一代垂仁の実在した蓋然性が高いように見える（吉井巖(10)）。崇神・垂仁の王朝と応神・仁徳の王朝とが祭りを異にするという指摘も（岡田精司(11)）、継体より前に二つの王朝があったことのなごりと見られよう。また、実在と非実在との認めかたを異にしながら、さきの水野(4)も崇神王朝のあったことを述べている。すると、継体が応神の「五世の孫」と記されている理由の一つを、それら二つの王朝のうちの後の王朝との関わりに求めることができよう。

継体より前の二つの王朝のうち、応神を祖とするかに思われる王朝については、応神をも架空の天皇のうちに繰りいれる吉井巖(12)の見かたが注意される。というのは、第十五代応神の子たちのなかから第十六代仁徳とワカノケフタマタとが分かれ、そのワカノケフタマタから継体が出ている（『釈日本記』の引いている「上宮記」）。したがって、応神は仁徳と継体との二つの血すじの祖という位置を占めている。つぎの図に示すように、継体が前の王朝に劣らない血すじであることを主張するうえで、応神は都合のよい位置に据えられているように見える。

そのうえ、伊藤博(13)の述べているように、『古事記』の三つの巻の立てかたが上巻に神の時代を置き、中巻を

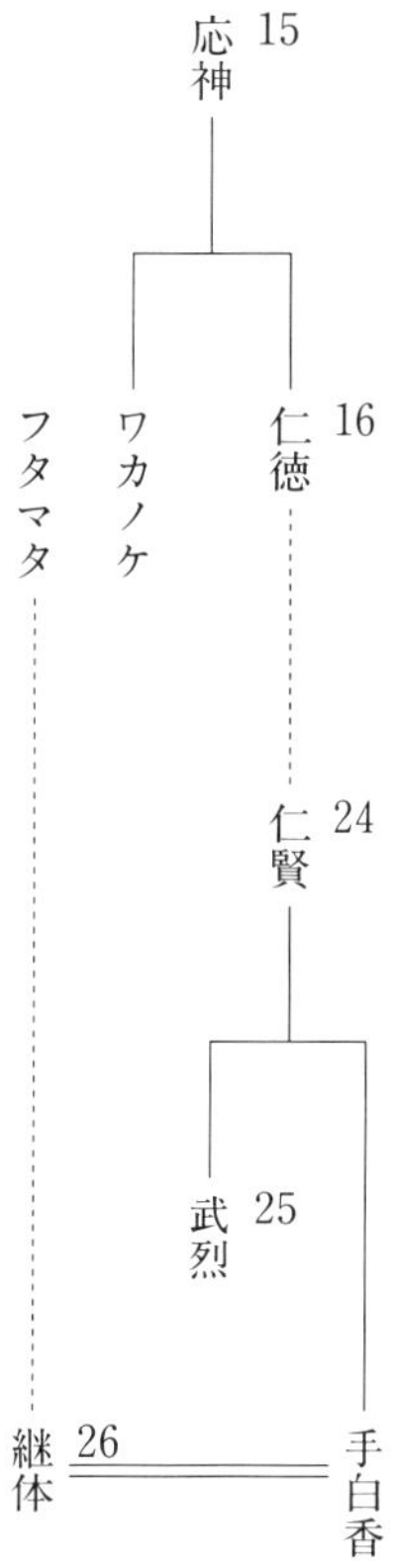

応神で切り、仁徳から下巻を起こす形を取っているのは、応神を仁徳より後とは別の天皇として重く扱う考えかたに基づいているように見える。同じ下巻におさめられている仁徳の血すじの天皇たちと継体の血すじの天皇たちとは、中巻を括っている応神からともに出ている血すじであったことを主張しているように見える巻の立てかたである。この巻の立てかたは継体の血すじの天皇たちにとって望ましい編みかたといえよう。津田[9]が目を向けた国風諡号を主な根拠にするばあい、応神の前に切れめが見いだされるから、『古事記』のこの巻の立てかたを解くことがむずかしい。やはり応神は仁徳と性格を異にする天皇であり、継体の血すじの天皇たちとの関わりのもとで付けくわえられたと考えるほうが目の届く範囲が広い。

さらに、『日本書紀』の伝えている仁徳と武烈との行ないが、中国の文献に記されている王朝の入れかわりの形をなぞったかのごとき内容である点も（水野[4]）、みぎの応神の位置づけに合っている。

仁徳は天皇の位につくに当たり、特殊な行ないを現わしている。すなわち、父である応神がウヂノワキイラツコに位を継がせる望みを示したので、仁徳は父応神の死んだ後も父の望みをかなえようとしてウヂノワキイラツコのすすめを拒んで天皇の位につかなかったことが記されている。この仁徳の行ないは孝の色づけの施されていることをあらわに示している。ウヂノワキイラツコがみずから命を断った後に仁徳がつぎのように言っているのも、孝の色づけを仁徳にいよいよ強く帯びさせている。

先帝、我を何謂ほさむや。　（仁徳即位前紀）

このような仁徳が位についた後に初めに記されているのは、みずからの母を尊んで「皇太后」と呼んだという記事である。これも同じく孝の行ないの現われと見られよう。ついで、難波にみやこを定めるに当たりこう記されている。

宮垣室屋、堊色せず、桷梁柱楹、藻飾らず。茅茨蓋くときに、割斉へず。此、私曲の故を以て、耕し績む時

を留めじとなればなり。　（仁徳紀元年）

この記事が『史記』などの伝えている中国古代における聖帝堯の行ないの記述をなぞっていることは明らかである。河村秀根・益根(14)は、その記事のより所として『史記』の他に『漢書』『六韜』『墨子』『韓非子』を掲げ、仁徳の記事が基づいている堯の行ないの記述が中国の文献にひろく見いだされることを示している。仁徳自身、みやこ作りの後にこう述べて「聖王」の行ないにならっていたことを明らかにした、と『日本書紀』は記している。

朕聞けり、古は、聖王の世には、人人、詠徳之音を誦げて、家毎に康哉之歌有り。今、朕、億兆に臨みて、茲に三年になりぬ。頌音聆えず。炊烟転疎なり。即ち知りぬ、五穀登らずして、百姓窮乏しからむと。

（仁徳紀四年）

仁徳の言っている「古」「聖王」は中国の文献に伝えられている内容をさしている。『古事記』そして『日本書紀』に記されている仁徳より前の天皇たちの記事に、「人人、詠徳之音を誦げて、家毎に康哉之歌有り」に当たる事がらが見いだされない。さらに『古事記』の仁徳の条はつぎのようにまとめて、仁徳に中国的な「聖帝」としての色づけを他のどの天皇たちよりも強く持たせている。

其の御世を称へて、聖の帝の世と謂す。

対して武烈は『日本書紀』のかれの条の初めにこう記され、典型的な悪帝として表わされている。

長りて刑理を好みたまふ。…又頻に諸悪を造たまふ。一も善を修めたまはず、凡そ諸の酷刑、親ら覧はさずといふこと無し。国の内の居人、咸に皆震ひ怖づ。　（武烈即位前紀）

これから後、武烈の条の記事には武烈の悪い行ないがしきりに記されている。他方、雄略にも悪帝としての記事が見いだされることを吉井巖(15)は指摘し、雄略の後の仁徳の血すじの天皇たちのなかに実在しない人のある点に言いおよんでいる。継体の結びつく血すじが入りくむものの、仁徳の血すじの天皇たちの枠ぐみは動かない。その枠ぐみは、付けくわえられた天皇として応神を別に置くと、継体の前にあったように記されている王朝の記事の初めに「聖帝」を置き、その終わりを悪帝によって閉じる形を取っている。

『日本書紀』の仁徳の条が表現をしきりに借りている中国の文献においては、夏・殷・周の各々の王朝の起こりと亡びとが有徳の人物に始まり暴君に終わる形で記されている。『史記』のなかの「太史公自序」に王朝の起こりと亡びとをまとめた文章が見いだされる。

非レ兵不レ彊、非レ徳不レ昌。黄帝、湯、武以興、桀、紂、二世以崩。可レ不レ慎歟。

「兵」と「徳」とを備えずしては国が栄えない道理の先例として、この文章は夏王朝に連なる「黄帝」、殷王朝の祖「湯」、周王朝の祖「武」と、夏、殷の各々に終わりをもたらした暴君「桀」「紂」とを対照し、戒めとすることを論じている。『史記』は「五帝本紀」から「孝武本紀」までの間の事がらを年の順に記しているので、「太史公自序」の論じている起こりと亡びとがその間の事がらによって具体的に知られる。歴史書とは異なる形を取っている『周易』も、王朝の起こりと亡びとの先例についてあい通じた見かたを踏まえている。その「革」の「彖伝」はこう述べている。

天地革而四時成、湯・武革レ命、順二乎天一而応二乎人一。革之時、大矣哉。

このように中国の文献を貫いている「革命」の考えかたが仁徳の血すじの天皇たちの記事にもうかがわれるからには、仁徳王朝の後に起こった王朝の第一代も徳を備えた人として表わされているであろうことが予測される。事実、『日本書紀』は継体の在りかたをつぎのようにまとめている。

⑦天皇、壮大にして、士を愛で賢を礼まひて、意豁如にまします。　（継体即位前紀）

また、継体を天皇におす臣下たちのことばがこう記されている。

⑧枝孫を妙しく簡ぶに、賢者は唯し男大迹王ならくのみ。（継体紀元年）

この記事はさきのまとめに一致する継体の在りかたを伝え、武烈とのあいだに著しい対照を見せている。しかも継体は仁徳に似た行ないを伴なっている。すなわち、大伴金村が他のものたちと話しあったうえで継体に天皇の位に即くことをすすめた時に、継体はそれをつぎのように拒んだと記されている。

男大迹天皇、西に向かひて譲りたまふこと三たび。南に向かひて譲りたまふこと再び。（継体紀元年）

この記事は仁徳が位につくことを拒んだことをただちに思いおこさせる。ただ仁徳のばあい、位につくことをすすめたのがかれの弟にあたるウヂノワキイラツコであるのに対し、継体は位につくに当たってこう記され、臣下たちの願いをいれる形を取っている。

大伴大連等皆曰さく、「…臣等、宗廟社稷の為に、計ること敢へて忽にせず。幸に衆の願に藉りて、乞はくは垂聴納へ」とまをす。男大迹天皇曰はく、「大臣・大連・将相・諸臣、咸に寡人を推す。寡人敢へて乖はじ」とのたまひて、乃ち璽符を受く。（継体紀元年）

継体の右のような位のつきかたが漢王朝の第一代の帝劉邦のばあいに見いだされる。『漢書』「高帝紀」はこう記している。

於㆑是、諸侯上疏曰、「…大王陛下…於天下功最多。存㆑亡定㆑危、救㆑敗継㆑絶、以安㆓万民㆒。功盛徳厚。…昧死再拝、上㆓皇帝尊号㆒」。

劉邦の「功」と「徳」とを言いたてる「上疏」を受けたかれはつぎのように述べ、それを一度は斥けている。

寡人聞、帝者賢者有也、虚言亡実之名、非㆑所㆑取也。

が、人々のかさなる願いによってかれは帝の位についたと記されている。しかも、『漢書』は劉邦についてこう記している。

高祖為レ人、…寛仁愛レ人、意豁如也。

さきに⑦に掲げた継体の人となりの描きかたがこの「意豁如也」をそのまま用い、「愛人」を「愛士」とすこし変えて使っているのは偶然ではあるまい。継体を劉邦と同じく別の王朝の第一代と見る考えが辞句の出どころをも解きあかす捉えかたをもたらす。

ただし、第十六代に当てられている仁徳の血すじの天皇たちのなかで、第十九代の允恭も臣下のすすめによって位についている（『古事記』『日本書紀』允恭条）。ある天皇が位につくときに臣下たちがそれにあずかるのが、第二六代として記されている継体のばあいだけではなかったことが知られる。そのときに允恭が「仁孝」であることを臣下たちがおす理由にあげているところを見ると（『日本書紀』允恭即位前条）、仁徳より後の記事は、その人が前の天皇たちの血すじを引くことだけではなく、儒教的な徳を備えていることが位の引きつぎに作用を及ぼしたように記されていると受けとられる。継体が人をひろく受けいれた「賢者」である（前掲⑦⑧）という理由で臣下たちによって天皇に迎えられる下地は、継体の前に整えられている。この点では継体は特殊な継ぎかたをしたように記されているわけではない。けれども、第十六代の仁徳と第二五代の武烈との記事が一つの王朝のまとまりの形を襲っている点は、第二六代として記されている継体の中国的な第一代の帝としての描かれかたを際だたせている。

ところが、『古事記』そして『日本書紀』はともに、王朝の入れかわりを表に立てることなく第二五代武烈から第二六代継体への引きつぎを記している。その際の拠りどころがさきの①に記されている「品太の王の五世の孫」という血すじである。継体が臣下たちにおされたのも「枝孫を妙しく簡ぶに」（前掲⑧継体紀元年）と条件を付けられているように、天皇の血すじの範囲のうちであればこそであり、「賢者」（同右）であることなどの徳は補助的要因にとどまっている。とりわけ『古事記』は継体の徳にまったく触れず継体の系譜を記しているだけである。

『古事記』そして『日本書紀』はこのように系譜に重みをかけることによって血すじのつながりを主張しながら、「五世」のなかに明らかでない代を残している。それとともに『日本書紀』は、「革命」の考えかたに基づいた王朝の入れかわりを主張しているかのような記事を伝えている。このような記事のありかたは編みかたの揺れを映しだしているように見える。

四　一つの血すじへのまとめ

『古事記』そして『日本書紀』は天皇たちの系譜に重きをおく編みかたを貫いているものの、天皇たちの現われる人の代から記事を起こさず、その前に神の時代を据えている。この作りかたは天皇たちをあからさまな人として記さずに、神の時代の神に包んで記す形をもたらしている。本居宣長(16)が述べているように、『万葉集』『風土記』においても神は人の力を越えた存在であり恐れられた存在であった。『古事記』そして『日本書紀』はこのような神に天皇たちを連ねることによって天皇たちを権威づけているわけである。

人の代の存在を神と神の時代とに関わらせて説いているのは『古事記』そして『日本書紀』に限られない。『万葉集』に記されている天智の三山歌はこう歌っている。

神代より　かくにあるらし　いにしへも　しかにあれこそ　うつせみも　妻を　あらそふらしき（巻一・一三）

「うつせみ」の妻争いのみなもとを「神代」に求めている歌いぶりは、具体的内容こそちがえ、天皇たちの由来の説きかたと同じ考えかたに基づいている。カミヨという語（「神代」「神世」）は『万葉集』に十五例見いだされ、いずれもが人の代のさまざまなことの源として位置づけられている。なかで、右の天智の歌は古い例に属している。より古い作として『万葉集』が伝えているのは「岡本の天皇」のつぎの例だけである。

神代より　生れ継ぐくれば　人さはに　国には満ちて　（巻四・四八五）

この歌の左の注に記されているように、「岡本の天皇」が舒明を指しているのか斉明を指しているのか、つまびらかでない。が、いずれにしてもその歌人は天智の父あるいは母に当たり、時代のうえで近い。阪下圭八(17)が述べているように、人の代の源としてのカミヨという考えはもっとも早くても舒明あるいは斉明のころに成りたったらしいと推しはかられる。すると、『古事記』そして『日本書紀』が同じ考えかたによって天皇を権威づけたときも、『万葉集』の例から知られるカミヨのできたらしい時から、著しく隔たってはいなかったと考えられよう。

くわえて、天智の子である持統の時代に見られる天皇の位の継ぎかたを考えにいれなければなるまい。『懐風藻』の記している葛野王伝はこう記している。

⑨高市皇子薨りて後に、皇太后（持統―遠山注）、王公卿士を禁中に引きて、日嗣を立てむことを謀らす。時に群臣各私好を挟みて、衆議紛紜なり。王子（葛野―遠山注）進みて奏して曰はく、「我が国家の法と為る、神代より以来、子孫相承けて天位を襲げり。若し兄弟相及ぼさば則ち乱此より興らむ。仰ぎて天心を論らふに、誰か能く敢へて測らむ。然すがに人事を以ちて推さば、聖嗣自然に定まれり。…」。

葛野のこの意見によって「皇太后」である持統の孫に当たる文武への位の引きつぎが実現し、持統はおおいに喜んだとその伝えは記している。葛野の主張は「子孫相承けて」をつよく述べて、それに対立する継ぎかたである「兄弟相及ぼさば」を斥けている。しかしこの主張は、持統の父である天智から持統の夫である天武への天皇の位の継ぎかたについての朝廷の記録に反している。すなわち、『日本書紀』は天智の子、大友が位についたことを認めず、天智の紀に続けて天武の紀を立てている。この継ぎかたは「兄弟相及ぼ」した形である。さらに、この二人に関わる系譜を図によって示すと左のようである。『古事記』はその記事を推古によって閉じているから、この図は『日本書紀』の記事によっている。

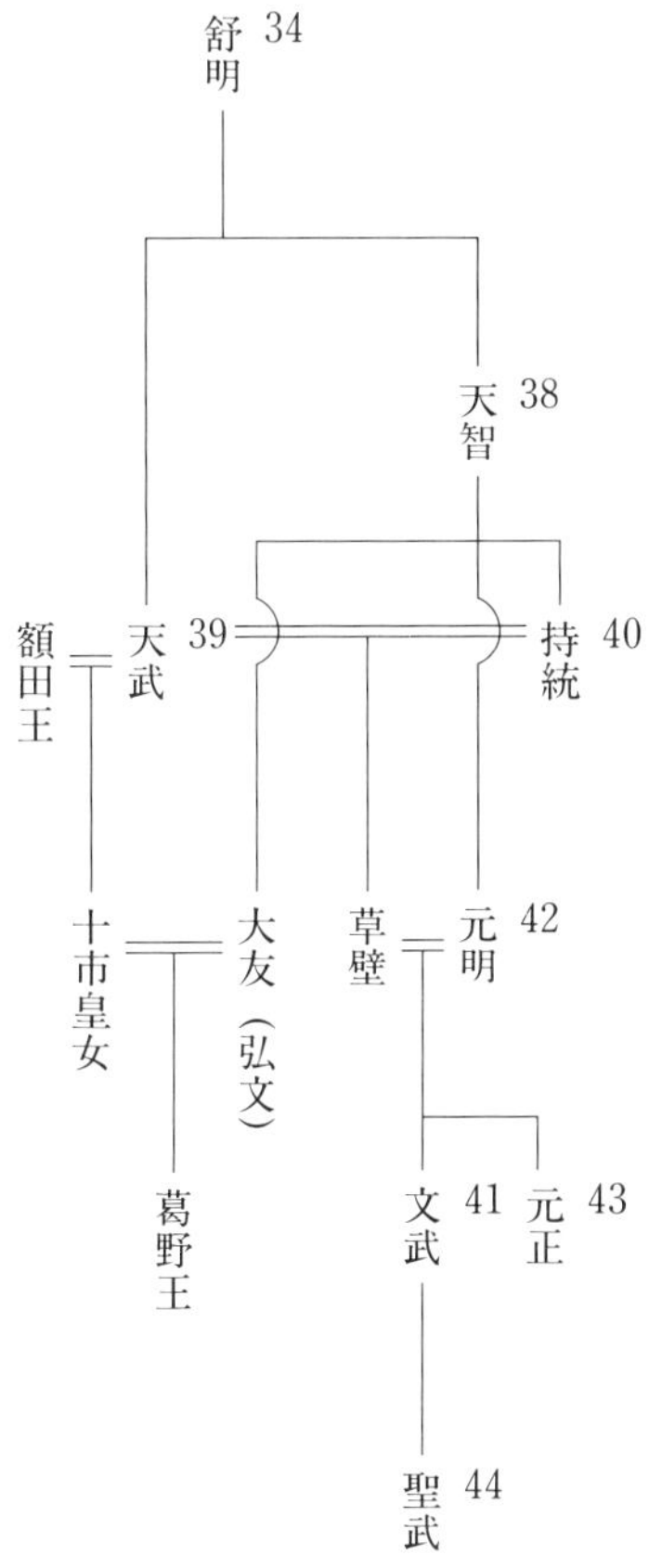

この系譜によって知られるように、『日本書紀』は持統の父から持統の夫へのばあいだけではなく、他にも兄弟による引きつぎがあったことを記している。もっとも、葛野王伝の記している「兄弟相及ぼさば」は殷王朝のことを言ったと小島憲之(18)は読みとっている。ならば日本の朝廷の記録に反するとは言えなくなる。しかし、井上光貞(19)の述べているように、葛野の主張は「我が国家」において兄弟による引きつぎがかつてあったことを考えに持った主張であったと受けとられよう。

天皇の位の引きつぎについて、葛野王伝は「群臣各私好を挟みて、衆議紛紜なり」と記している。しかも、さきの所に続けて天武の子たちの一人である弓削が異なる意見を唱えようとしたことを伝えている。「子孫相承けて」という継ぎかたが日本の朝廷を構成していた人々の共通の考えではかならずしもなかったことを、「群臣」

と弓削との意見の持ちかたが私たちに知らせている。

にもかかわらず、葛野は天武―草壁―文武の引きつぎを言いたてるに当たり、「我が国家の法と為る、神代より以来、子孫相承けて天位を襲げり」と主張している。この主張のしかたは、「高市皇子薨りて後」のころである持統朝の終わりころに、このような正当化が受けいれられる下地があったらしいことを告げている。

下地の一つは「神代」である。『懐風藻』が詩集であり、葛野王伝が中国のことばで書かれているものの、かれの意見のなかの「神代」は日本の朝廷における議論に現われている。文脈も「我が国の法と為る」から続いているのであり、中国の朝廷の人々の考えに基づいていたとは考えがたい。かれの持ちだした「神代」はさきに検討したカミヨと同じ語と認められよう。

しかし、いかに「神代」を持ちだしても、葛野一人が言いはるだけだったならば、持統の朝廷の人々が目のあたりにしていた天智と天武との間の兄弟による継ぎかたを、その人々が拒むことはできなかったであろう。ところが、かれの主張に対応して『古事記』そして『日本書紀』に記されている天皇たちの系譜は、天上界から神がくだったのち、神武が位についたことを経て第十三代成務まで、父子のあいだの引きつぎを貫いている。しかも、成務までの系譜のなかの国風謚号には、持統と持統より後の天皇たちとの名が見いだされる（津田(9)）。すると、神の時代に連なる天皇たちの父子のあいだの位の引きつぎは、持統のころに形を整えていたのであり、その系譜が葛野の主張の拠りどころだったのではなかったかと考えられる。葛野の述べた父子のあいだの引きつぎは新しい継ぎかたであったがゆえに、「群臣」や弓削がそれとは異なった意見を主張する余地を残していたと考えることができよう。

このように、舒明から後の考えかたに基づき、持統朝ころに至って形を整えたと見られるカミヨからの系譜の連なりによって天皇たちの権威を説く方法は、王朝の入れかわりを正当化する「革命」の考えかたとあいいれない。ならば、「革命」の考えかたによって継体への位の引きつぎを記しているかのような『日本書紀』の記事は、舒明のころより前に記されていたと考えられよう。

「革命」の考えかたによる正当化に加えて、継体はさらに一つ、位の引きつぎの根拠を持たされている。①の記事の伝えている応神との関わりがそれである。井上光貞(20)ほかが解きあかしているように、この応神の「五世の孫」という系譜には『令』の規定との対応が見いだされる。『令義解』によると「継嗣令」はこう定めている。

親王より五世は、王の名を得たりと雖も、皇親の限りにあらず。

「親王」とは「皇の兄弟皇子」を指す(同令)。継体のばあいに当てはめると、応神の子たち(「継嗣令」に言う「親王」)の「五世」からが「皇親」でなくなり、応神の「五世の孫」が「皇親」の終わりの代に当たる。「継嗣令」が「五世」と言うときの一世が「親王」を指していたのか「親王」の子を指していたのか、かならずしも明らかではない(日本思想大系『律令』(21))。けれども、『古事記』そして『日本書紀』ともに応神と継体とのあいだの人々の名を記していないから、その数えかたのいずれによっても継体を「皇親」と認めるうえで差しさわりにならない。ただ、「五世」の各々を記している『釈日本紀』の記事においては、そこに付けられている系図と『古事記伝』の読みとりとが食いちがっているように、数えかたの違いがその「五世」の認めかたに揺れをもたらす(第二章　第四節　神から人へ、再述)。

「継嗣令」に定めている「皇親」の終わりに継体が位置を占めていることは、『令』の決まりと継体の系譜との関わりを推しはからせる。「継嗣令」の作られた時が明らかではないけれど、さかのぼっても六四五年の大化改新までであり、たしかには七〇一年の『大宝令』までくだる。したがって、継体の系譜はもっとも早くて七世紀のなかごろ、もっともおそく見ると八世紀初めにはいったころになってから、応神の「五世の孫」に定められたと推しはかることができよう。

継体が「皇親の限り」に属し、まえの王朝に劣らない血すじであれば、王朝の入れかわりをあえて表だてずとも、位の引きつぎを正当化することのできるのが『令』の決まりによる引きつぎであった。すると、「革命」の考えかたに基づく仁徳・武烈および継体の伝えかたは、『令』の決まりより前に作られていたことが考えられる。この考えはカミヨと父子のあいだの引きつぎとの成りたちの時期を手がかりにしたさきの推定に合っている。そこで、『令』の決まりに関わらないうえに、カミヨの権威を押しださずに継体の正当化のために中国の考えかたを移しいれた段階として、六世紀前半の欽明のころが浮かびあがる。というのは、欽明の子たちについての記事のなかにつぎの注記が見いだされるからである。

帝王本紀に、多に古き字ども有りて、撰集むる人、屢遷り易はることを経たり。後の人習ひ読むとき、意を以て刊り改む。伝へ写すこと既に多にして、遂に舛雑を致す。前後、次を失ひて、兄弟参差なり。今則ち古今を考へあなぐりて、其の真正に帰す。一往識り難きをば、且く一つに依りて撰びて、其の異なることを註詳す。他も皆此に効へ。（欽明紀二年）

系譜を定める作業が行われたことをこの記事は伝えている。中国の文献による色づけが著しいものの（小島憲之(22)）、さきに述べたように、継体が新たな王朝の祖であり、欽明がこの新たな王朝の成りたちの波だちをおさめた存在であったらしい点を考えあわせると、系譜を整えたという記事が欽明の条に現われる必然性が認められる。よって、この記事のなかで「今則ち古今を考へあなぐりて」と言われている「今」は欽明の代を指していると読みとられよう。

「今」の系譜の整えがどの天皇たちに及んだのか明らかではないものの、異なる母から出た兄弟との並びたちを経ていたらしい欽明にとって、もっとも力を注ぎたかった点はみずからの位の継ぎかたの正しさを根拠づける点であったであろう。その根拠としては、父であった継体との関わりに重みがかかったであろう。継体の正しさが揺らぐと、欽明を支えていた基盤がくずれかねなかったからである。継体から「今」の欽明までが第一に整えられるべき所だったであろうと推しはかられる。

欽明にただちに影響を及ぼした継体の正しさを支えるために、その正しさを記すための中国のことばに伴なう中国の考えかたを欽明の朝廷が移しいれたことは充分にありえたでろう。「第一章　第一節　母語の営み」が検討を加えているように、五世紀後半の雄略のころには中国のことばによって文章を記すことが文章の営みであったことがほぼ確かに知られる。欽明のころはこの雄略のころからほぼ一〇〇年を隔てていただけである。欽明のときの記事がすぐ前の王朝との関わりかたを引きのばし、夏・殷・周に先例を見るように、中国の王朝の入れかわりの正当化を二度繰りかえすことによって、さらに前の崇神・垂仁の王朝の記事を取りこむことは可能だったであろう。しかし、継体より前の二つの王朝のあいだの記事には、王朝の入れかわりを述べたあとを見いだしがたい。そのうえ、持統のころに形を整えたと思われる父から子への引きつぎによる系譜のなかに崇神・垂仁が組みこまれている。欽明の段階では、すぐ前の王朝との関わりかたを記すにとどまったのであろう。『日本書紀』の継体の条は継体の母の血すじを「活目（垂仁—遠山注）天皇の七世の孫なり」と伝えている。継体が仁賢の娘を「皇后」に立てていることを考えあわせると、継体より前の二つの王朝の血すじが継体に集まる形を示している。垂仁との結びつきを付けくわえたのは、一連なりの系譜のなかに崇神・垂仁を取りこんだ段階だったであろうと考えられる。

七世紀前半の舒明のときより後の考えとあいいれない六世紀前半の欽明の段階における記事は、カミヨを先だてている『古事記』そして『日本書紀』の作りかたによって記事の奥へ押しやられている。ひとたびは移しいれた「革命」の考えかたを斥けるには、移しいれるのにまさる情熱を傾けることを要したであろう。継体から欽明に至る新たな王朝の息吹きにまさるとも劣らない熱気のあふれていたらしい時代として、ただちに思いおこされるのは七世紀の終わりにかかる天武・持統のころである。しかも、通説のように、『古事記』そして『日本書紀』を編んだ作業は『古事記』「序」および『日本書紀』天武十年（六八一年）に記されている天武の「詔」から起こったらしい。壬申の乱を勝ちぬき、古代の天皇たちのなかでもっとも強い力を握った天武が歴史書を仕上げへむけて突きうごかし、さらに、天武の政治の引きつぎを目ざした持統が天武・持統の血すじによって天皇の位が保たれることをみずからの政治の課題としていだき、「神代より以来」（前掲⑨葛野王伝）の天皇たちの位の引きつぎを固めることにつとめたとおぼしい。天武の力と天武・持統の血すじへの持統の思いいれとが、すでにまとめられ人々の目に触れていたであろう欽明のころからの記事を、カミヨからの一連なりの記事のなかに包みこみ、『令』の決まりに目を配りつつ、系譜を編みなおさせて歴史書に定めた力をなしたのではなかったろうか。

ただ、『古事記』そして『日本書紀』に受けつがれた系譜の骨ぐみの成りたちは天武・持統のころに求められるものの、吉井巖(23)の述べているように、『日本書紀』の皇極の条の記事は蘇我氏による天皇の位の引きつぎがありえた情勢を見てとらせる。さらに古くは平群氏が日本の王になろうとしたとの記事も見いだされる（『日本書紀』武烈条）。継体を「革命」の考えかたによって正当化することの危うさは、この情勢を経験した天皇の朝廷の人々にとって現実的だったであろう。というのは、「革命」の考えかたは政治のうえで力を握った人をだれでも「天命」によって正しくしたからである。蘇我氏の力をそいだ大化改新の後、「革命」を拒むように手が加えられていったことが考えられよう。天武が正しい伝えを定めるように求めた「詔」を出し、持統の引きついだその事業は、天皇の位が他の氏族に移ることを防ぐ方向を受けつつ、天武・持統の血すじに天皇の位を保つところに課題を絞ることを目ざしたであろうと考えられる。

五　神による正しさ

神の時代からの血のつながりによって天皇の系譜を伝えている『古事記』そして『日本書紀』の作りかたは、これら二つの文献のできた八世紀の初めころからあまりさかのぼらないころまで、その形のすべてを備えていなかったと考えられる。その形のすべてがなかなかできあがらなかった理由は、天皇たちの位の引きつぎの入りくんだ記録とそれに関わった氏族たちの主張とを一つにまとめあげる考えかたがなかったからではなかろうか。日本の朝廷とそのまわりとの人々が知っていたのは、中国のことばに組みこまれていた王朝の入れかわりを説く考えかただけだったであろう。

『詩』「大雅」はこう記している。

⑩侯服二于周一、天命靡レ常、

殷から周へ王朝が変わったことを「天命靡常」と記した中国の朝廷とそのまわりとの人々の考えかたは、中国の文献とともに日本の朝廷のもとへもたらされていた。天皇の朝廷の人々は「天命靡常」の危うさを体験していたであろうけれど、中国のことばと分かちがたく結びついていた「天命」「革命」の考えを捨て、異なった考えかたによってみずからの歴史を記すことはかれらにとってとても難しく、長い時を要した営みだったであろう。というのは、かれらが書き記す手だてとしては、中国のことばのための字しかなく、その字が記していた帝の力は「天命」「革命」の考えかたに基づいていたからである。さきに⑩に掲げた『詩』のなかの「天命靡常」の所にはつぎのような「鄭玄箋」が付けられている。

無レ常者、善即就レ之、悪則去レ之

この注は「天命靡常」の理由を説いて、「善」と「悪」とが「無常」の考えかたのもとであることを明らかに示している。この「善」と「悪」とを映しだした「無常」の「天命」は、同じ考えかたを『史記』「太史公自序」に「受命而王」と記させている。

天皇たちの歴史を記す営みをようやく実現した『古事記』そして『日本書紀』は、天皇たちの力のもとを殷王朝の祖湯王、周王朝の祖武王のような徳を備えていたことによって人々を従わせたという伝えかたに置いていない。仁徳、武烈と継体とに徳のあるないを言だてる記事を残しつつも、「高天の原」あるいは「天」の神の血すじという点に置いている。すなわち、「天命」のなかの「天」という字を用いながら、天皇だけに力を持たせるアメという考えかたによって、天皇は「善」「悪」に関わることなく正しさを与えられている。

「善」「悪」の条件をまったく伴なわない正しさの主張をそのまま受けとめて、本居宣長(24)はこう述べている。

天地の始より、大御食国と定まりたる天下にして、大御神の大命にも、天皇悪く坐まさば、莫まつろひそとは詔たまはずあれば、善く坐むも悪く坐むも、側よりうかがひはかり奉ることあたはず、天地のあるきはみ、月日の照す限は、いく万代を経ても、動き坐ぬ大君に坐り、故古語にも、当代の天皇をしも神と申して、実に神にし坐せば、善悪き御うへの論をすてて、ひたぶるに畏み敬ひ奉仕ぞ、まことの道には有ける、

この読みは、「天つ神」からの血すじを受けつぐ天皇たちについての「善悪き御うへの論」を斥けている点で、ことに『古事記』において的を射ている。というのは、『古事記』は『日本書紀』と異なり、「天地始めて発りし時」からすべてに先だってあった「高天の原」にこのうえない力を備えさせ(第二章 第一節「高天の原」による説きかた)、しかも武烈に「悪」の行ないをまったく伝えずに、かれの血すじを記しているだけである。『古事記』も仁徳を「聖の帝」として称えていながら、「革命」の考えにおいて組みとなる悪帝の記事を載せていないことによって、何の条件もなく尊い「高天の原」に始まるアメの力が『日本書紀』にまさって貫かれているからである。

アメの力への依りかたの度あいを異にしつつも、アメの力が二つの文献を支えているからには、二つの文献の作りかたが形を整えた時と見られる天武・持統のころに、そのアメの力の考えかたの成りたちの時も求められよう。はたして、国風諡号にアメを持った天皇たちの名が、つぎに掲げるように、かけ離れてある欽明を除いて、天智・天武の母であり、持統の祖母に当たる第三五代皇極からあと第四二代元明まで、一代も欠けずに続いている。

29欽明…アメクニオシハラキヒロニハ
35皇極…アメトヨタカライカシヒタラシヒメ
36孝徳…アメヨロヅトヨヒ
37斉明（皇極と同じ人）
38天智…アメミコトヒラカスワケ
39天武…アマノヌナハラオキノマヒト
40持統…タカアマノハラヒロノヒメ（オホヤマトネコアメノヒロノヒメ）
41文武…アマノマムネトヨオホヂ
42元明…ヤマトネコアマツミシロトヨクニナリヒメ

アメを名に持った天皇たちが七代（二度めに位についたときの斉明は数えない）のところにかたまり、欽明を除いて他に見いだされないことは、吉井巖(25)が論じているように、天武・持統のころがアメにこのうえない力を備えさせ、その力によってすべてを説いた時であったことを知らせていよう。

「天命靡常」の考えかたとともに、中国のことば「天」を受けいれた段階を経て、「天」ではないアメを作りだした営みは、神の時代における「高天の原」あるいは「天」を神だけの世界であり、このうえない力の源として立てつつ、人の代においては天皇がおさめることに視点を据えた呼び名であるアメノシタによって人の世界を表わし（遠山一郎(26)）、「天つ神」からの血すじの連なりによる系譜を軸に据えた歴史書に、世界観のうえでもまとまりをもたらしている。すなわち、アメの考えかたは天皇の血すじと天皇の世界とを貫いているにとどまらず、「高天の原」「天つ神」「天皇」さらにはアメノシタという語を一つに組みあわせて成りたたせている。

アメの考えかたは、さらに、『万葉集』におさめられている歌の考えかたにも関わっている。なかでも柿本人麻呂の歌には、アメの考えかたをうかがわせる詠みぶりが認められる（遠山一郎(27)）。天皇の力の依りどころであるアメの考えかたを得たことによって、日本の朝廷の人々はみずからの歴史を記すうえでことば使いに一貫性を備えさせ、天皇の系譜を一連なりにまとめあげて、中国のことばでなく日本のことばによって様々な営みを繰りひろげ、それを天皇の朝廷のまわりへも広げていったのであろう。

【注】

（1）神野志隆光『古事記の世界観』「第九章　「天下」の歴史」、吉川弘文館、一九八六年。
（2）本居宣長『古事記伝四十四之巻』（『本居宣長全集　第十二巻』、筑摩書房、一九七四年）。
（3）津田左右吉『日本古典の研究　上、下』（『津田左右全集　第一巻、第二巻』、岩波書店、一九六三年）。
（4）水野祐『増訂　日本古代王朝史論序説』「序論」、小宮山書店、一九五四年。
（5）直木孝次郎『日本古代国家の構造』「第III　一　継体朝の動乱と神武伝説」、青木書店、一九五八年。
（6）喜田貞吉「継体天皇以下三天皇皇位継承に関する疑問」、『歴史地理』一九二八年七月。
（7）井上光貞『日本国家の起源』「後篇　四　3　応神朝という時代」（『井上光貞著作集　第三巻』、岩波書店、一九八五年）。
（8）林屋辰三郎『古代国家の解体』「I　第一　継体・欽明朝内乱の史的分析」、東京大学出版会、一九五五年。
（9）津田左右吉『日本古典の研究　上』「第一篇　第五章　記紀の記載の時代による差異」（『津田左右全集　第一巻』、岩波書店、一九六三年)。
(10) 吉井巖『天皇の系譜と神話　一』「I　二　崇神・垂仁の王朝」、塙書房、一九六七年。
(11) 岡田精司『古代王権の祭祀と神話』「第I部　第二　即位儀礼としての八十嶋祭」、同書「第II部　第三　河内大王家の成立」、塙書房、一九七〇年。
(12) 吉井巖『天皇の系譜と神話　一』「I　五　応神天皇の周辺」、塙書房、一九六七年。
(13) 伊藤博『万葉集の構造と成立　上』「第三章　第一節　古事記における時代区分の認識」、塙書房、一九七四年。
(14) 河村秀根・益根『書紀集解巻第十一』、臨川書店、一九六九年。
(15) 吉井巖『ヤマトタケル』「六　2　雄略天皇以後の時代」、学生社、一九七七年。
(16) 本居宣長『古事記伝三之巻』(『本居宣長全集　第九巻』、筑摩書房、一九六八年)。
(17) 阪下圭八『初期万葉』「斉明天皇」、平凡社(平凡社選書)、一九七八年。
(18) 小島憲之、日本古典文学大系『懐風藻』頭注、岩波書店、一九六四年。
(19) 井上光貞『日本古代国家の研究』「古代の皇太子」(『井上光貞著作集　第一巻』、岩波書店、一九八五年)。
(20) 井上光貞『日本の歴史　1　神話から歴史へ』「古代国家への歩み」、中央公論社、一九六五年。
(21) 日本思想大系『律令』井上光貞、関晃、土田直鎮、青木和夫。「継嗣令」の注は加藤晃。岩波書店、一九七六年。
(22) 小島憲之『上代日本文学と中国文学　上』「第三篇　日本書紀の述作」、塙書房、一九六二年。
(23) 吉井巖『ヤマトタケル』「六　3　万世一系の天皇系譜の成立」、学生社、一九七七年。
(24) 本居宣長『古事記伝一之巻』「直毘霊」(『本居宣長全集　第九巻』、筑摩書房、一九六八年)。
(25) 吉井巖『天皇の系譜と神話　二』「II　一　古事記における神話の統合とその理念」、塙書房、一九六七年。
(26) 遠山一郎『天皇神話の形成と万葉集』「第一章　第一節　天皇の世界」、塙書房、一九九八年。
(27) 遠山一郎『天皇神話の形成と万葉集』「第二章　第八節　神々の展開」、塙書房、一九九八年。

第四節　天武の述べかた

一　天武の位の継ぎかた

七世紀おわりころまでの日本において、天皇の位の継ぎかたは二つのばあいを含んでいたように記されている。一つは、前の天皇の血すじを引いたものが天皇になったように記されているばい、二つは、ある父の血すじによって継がれてきた天皇の位がその血を引かないものによって継がれたように読みとれるばあいである。天武が天智から天皇の位を継いだことを伝えている『日本書紀』の記事は、それら二つのばあいを交わらせたような記しかたを取っている。というのは、一方で天武は天智の弟であり、同じ父の血すじを引いている。他方で、天武は天皇の位につくにあたり、みずからの新しさをことさら示そうとしていたように見えるからである。ある天皇がみずからの新しさを表に立てたばあい、さきに触れた天皇の位の継ぎかたにおける二のばあいに近づいて見える。天武とかれの朝廷の人々とがこのような記事を『日本書紀』にとどめたのがどのような考えかただったのかを、この節は考えようとする。

二　あらたに治めるもの

天武は天智の弟であり、この兄弟の父母は舒明とかれの妻、皇極（斉明）とであったと『日本書紀』は記している。同じ父の血すじを同じ母をとおして引き、みずからの兄から天皇の位を継いだように記されているにもかかわらず、天武は天皇の位についた六か月のちの外交の場で、みずからの新しさをつぎのように示したと書かれている。すなわち、天武は「耽羅の使人」に太宰府の長官をとおしてこう告げさせた。

①天皇、新たに天下を平けて、初めて即位す。是に由りて、ただ賀使を除きて、以外は召したまはず。すなはち、汝等のみづから見る所なり。亦、このごろ浪たかし。…故、疾く帰るべし。

（『日本書紀』天武二（六七三）年八月条）

「耽羅」は済州島をさしている。この国は六六一年（斉明七年）から日本の朝廷に使いを送りはじめたようである。『日本書紀』はそれをこう記している。

耽羅、始めて王子阿波伎等を遣して貢献る。

（斉明七年五月条）

この国は百済の勢力のもとにあったらしい。しかし、七世紀なかごろの百済の衰えにより、日本の朝廷との外交を持とうとしてその国は日本の朝廷に使いを送りはじめたらしい。天武が天皇の位についた年、すなわち六七三年（天武二年）の六月にも、耽羅が日本の朝廷に使いを送ってきたことがつぎのように記されている。

②耽羅、王子久麻芸・都羅・宇麻等を遣して、朝貢る。

この折りをとらえて、天武はみずからのありかたを①に記されている述べかたによって示した。その中心をなしていたのが「新たに天下を平け」たものという考えかたであった。

七世紀なかごろの東アジアの国と国との関わりのなかで、ある王が「新たに天下を平けて、初めて即位す」という趣を述べたばあい、その王が王の位に近ごろついたという意味だけでは受けとられなかったであろう。すなわち、その王が前の王朝をたおしたと受けとられたであろう。この表現と受けとりかたとは中国の朝廷の考えかたに基づいていた。「第一章　第一節　母語の営み」が述べているように、おそくとも一世紀からのち七世紀後半の天武のころまでを含めて、日本列島の王国の朝廷はその考えかたによってみずからの外交を推しすすめていたようである。日本列島の王国の外交の歴史が天武の朝廷の外交にも影を投げかけていたらしい。しかも、この外交の進めかたは、日本列島の王国に限らず、当時の東アジアの国々の関わりに広がっていたようである。

日本の王に関わることを東アジアの広がりでこの論が見ようとするのは右のような一般的な理由によるだけではない。天武のばあい、かれの新しさの主張が耽羅の使いとの関わりにおいて具体的に現わされている。しかも、新羅の使いに対する天武の扱いにも太宰府の長官をとおした述べかたは触れていた。すなわち、新羅の使いへの扱いを耽羅の使いが目のあたりにしていたらしいことを、①のなかの「汝等のみづから見る所」が受けてに知らせている。耽羅が使いを送ったのと同じ月に、新羅も使いを天武のもとに送っていたことを『日本書紀』はこう記している。

新羅、韓阿飡金承元・阿飡金祇山・大舎霜雪等を遣して、騰極を賀びしむ。併せて一吉飡金薩儒・韓奈末金池山等を遣して、先皇の喪を弔ひたてまつらしむ。（天武二年閏六月条）

耽羅と異なり、新羅は二つの使いをそのときに送っていた。一つは「騰極を賀びしむ」ためであり、二つは「先皇の喪を弔ひたてまつらしむ」ためであった。これら二つのうち「騰極を賀びしむ」使い、すなわち「賀使」（前掲①）だけを天武はみやこに入れ、「先皇（天智—遠山注）の喪を弔ひたてまつらしむ」使いを入れなかった。対して、耽羅の使いはさきの②の記事に「朝貢」とだけ記されている。したがって、耽羅がどのような性格の使いを送ったのか、こまかには知られない。が、天武がこの使いをみやこに入れずに帰したことから推しはかると、耽羅の朝廷の使いの使わしかたは天武の心にそぐわなかったのであろう。天武の外交のこの進めかたは、前の王であった天智からみずからを明らかに分けることを、東アジアの国々に向けておおやけに告げたことを意味していたであろう。中国の朝廷の考えかたにならった外交の進めかたのなかで、新しい王であることの宣言は天武に中国の帝に近い姿を取らせている。

外交という公のおりに天智からの王の位の引きつぎを拒んだ天武の述べかたは、天武の立ちばを弱めかねなかったであろう。というのは、もし天武の朝廷の人々が新たな王である天武の正しさを疑い、天武が王の位に新たについたことを支持しなかったならば、天武の力はいちじるしく弱まったであろうからである。王の力の弱いばあいを孝徳がよく示している。

孝徳は天武の母の弟、すなわち天武の叔父にあたる人であった。『日本書紀』はかれを天皇として立てつつも、かれの朝廷の人々がかれを支持しなかったさまを六五三年（白雉四年）の記事にこう記している。

③是歳、太子（天智—遠山注）、奏請して曰さく、「翼はくは倭の京に遷らむ」とまうす。天皇、許したまはず。皇太子、乃ち皇祖母尊、間人皇后を奉り、併せて皇弟（天武—遠山注）等を率て、往きて倭の飛鳥の河辺の行宮に居します。時に、公卿大夫、百官の人等、皆随ひて遷る。是に由りて、天皇、恨みて国位を捨りたまはむと欲して、宮を山埼に造らしめたまふ。

孝徳のこの立ち場を『万葉集』が裏書きしている。すなわち、『万葉集』はかれの前と後との天皇の代を立て、その各々の代に作られた歌を記していながら、かれに一つの代を当てておらず、かれの代に歌をまったく収めていない。これを編んだ人々は孝徳を天皇として扱わなかったようである。ただ、かれらは孝徳の子、有間の歌を孝徳のつぎの代すなわち斉明の代に収めている。

岩代の浜松が枝を引き結びま幸くあらばまた返り見む　（巻二・一四一）

家にあれば笥に盛る飯を草枕旅にしあれば椎の葉に盛る　（一四二）

これらの歌を詠んだのち間もなく、六五八年（斉明四年）に有間は処刑された。謀反の疑いであった（『日本書紀』斉明四年十一月条）。朝廷の人々に支持されなかった天皇とその皇子との立ちばがとても弱かったことをこれらの記事が知らせている。

はなはだしいばあいには天皇が殺された。天武より七代まえの崇峻について『日本書紀』崇峻五年（五九二年）十月条はこう記している。

馬子の宿祢、群臣を詐めて曰はく、「今日、東国の調を進る」といふ。之ち東の漢の直駒をして天皇を弑せまつらしむ。

蘇我馬子は当時の朝廷においてもっとも大きな力を持っていた人であった。それからほぼ五〇年のち、六四五年（皇極四年）に、その馬子の子、孫たちを、天智と藤原鎌足たちとが殺した（『日本書紀』皇極四年六月条）。

これが六世紀から七世紀ころの日本の王たちとその子たちとのありさまであった。しかも、天武自身、天智の子、大友と大友の朝廷とに対して、壬申の年すなわち六七二年に反乱を起こした。天武はこれによって大友の朝廷を亡ぼし、そのつぎの年、六七三年（天武二年）に王の位についた。したがって、天武が王の位についたことは、天武にとってはみずからの兄と兄の子との政治を拒んだことであったろう。この事情のもとで天武が「新たに天下を平けて、初めて即位す」と耽羅の使いに向けて述べたからには、この述べかたが天武にとってみずからの正しさの外交のうえでの主張だったのであろう。この述べかたが天武の正しさの国際的な主張になることができたのは、それが東アジアの国々に通じる考えかたに基づいていたからであった。

耽羅と新羅との使いに対してばかりではなくかれの朝廷に対しても、天武は中国の朝廷の考えかたに立ってみずからの正しさを主張したらしい。天武が王の位についた儀式の記事にその現われが見いだされる。すなわち、『日本書紀』はこう記している。

④天皇、有司に命せて壇場を設けて、飛鳥浄御原の宮に、即帝位す。（天武二年二月条）

その儀式の記録はこの一文だけである。が、これをつぎの一文に比べるとき、天武がその儀式によってなにを主張しようとしたか浮きぼりにされよう。

光武、於レ是命二有司一、設三壇場於二鄗南千秋亭五成陌一。六月己未、即二皇帝位一。

これは『後漢書』光武帝紀建武元年の記事である。この記事の文章はさきの④の天武の記事と同じことばを多く含んでいる。小島憲之(1)がくわしく示しているように、『日本書紀』の編みては『後漢書』による記しかたをしきりに用いている。天武の位のつきかたを記すにあたり、『後漢書』に記されている帝たちのなかで光武のばあいがことに選ばれた理由は、かれと天武との似よりにあったのであろう。すなわち、一方の光武は二五年に帝の位についた。光武は漢の帝の一族の血を引いていた。が、王莽の立てた新によって、その血すじは帝の位からしばらく隔てられていた。したがって、光武は前の王朝であった新を倒したとともに、そのさらに前の王朝であった漢をふたたび起こしたという位置にあった。他方の天武は天智の弟であり、天智の朝廷で皇太子の地位を占めていたようである(天智紀八年十月条、天武即位前紀、ほか)。が、天智は天智の子、大友にあとを継がせようとしたらしい。天智は天武を天智の朝廷から斥けたのち、六七一年(天智十年)十二月に死んだ。天武が反乱を企てたのは天智の死の六か月あとであった。七月二六日に大友の首が天武に届けられたことがこう記されている。

将軍等、不破の宮に向づ。因りて大友皇子の頭を捧げて、営の前に献りぬ。

天武の反乱は成功した。光武とまったく同じではないけれど、前の朝廷を亡ぼしつつそのさらに前の王の血を引くという点で、天武は光武に似ているところを持っている。

『日本書紀』が編まれてからほぼ一〇〇〇年のち、『大日本史』はおもに『水鏡』によって、天武の亡ぼした大友を天皇として認める記述を残している。一九世紀後半に至り、これらの記述によって大友が天皇に加えられ、弘文と名づけられた。対して『日本書紀』は大友を天皇と記していない。『日本書紀』が天武のがわから書かれていることを、大友についてのこの記しかたが示しているように見える。すなわち、大友を天皇に立てない記しかたによって、天武は前の天皇を殺したのではなかったと『日本書紀』は主張しているのであろう。

『日本書紀』が天武のがわから記されている点を別の面から見てとらせるのが、それを編みおわったときの責任者である。それが天武の子、舎人であったことを『続日本紀』がこう記している。

一品舎人親王、勅を奉けたまはりて日本紀を修む。是に至りて功成りて奏上ぐ。紀三十巻系図一巻なり。

（養老四年五月条）

日本の朝廷が『日本書紀』を編むうえでは天武の力がおおきく働いたようである。天武が歴史書を編むことを六八一年（天武十年）三月に命じたことを『日本書紀』はつぎのように記している。

天皇、大極殿に御して、川嶋皇子・忍壁皇子・広瀬王・竹田王・桑田王・三野王・大錦下上毛野君三千・小錦中忌部連首・小錦下阿曇連稲敷・難波連大形・大山上中臣連大嶋・大山下平群臣子首に詔して、帝紀及び上古の諸事を記し定めしめたまふ。大嶋・子首、親ら筆を執りて以て録す。

ほぼ四〇年のちの七二〇年に、おそらくその命が『日本書紀』に実を結んだのであろう。その歴史書のなかで大友を天皇として認めず、しかも天武が天智のあとを継いだのではないことを表わして、「天皇、新たに天下を平けて、初めて即位す」と耽羅の使いに告げたのが天武の主張であったといえよう。この主張は天智・大友のがわの述べかたではなかったであろう。

天武だけがこのような述べかたをしたのではなかった。この論がさきに③の記事を引きつつ触れたように、孝徳はかれ自身の朝廷の人々に支持されなかったように記されている。その孝徳の子、有間は謀反の疑いによって処刑された。有間の動きを謀反と見なし、そう記したのは、孝徳を支持しなかったがわの主張だったであろう。孝徳を支持しなかったがわの中心がその時「太子」であったことを③の記事のなかに記されている天智であった。歴史書を編んだ人が誰の立ちばによって述べたかによって、歴史が異なって見られ異なって記されたらしいことを、天智のばあいと天武のばあいとが辿らせる。

天武の立ちばによって記されている部分の『日本書紀』のなかで、さきに掲げた④において天武は帝の位につくにあたり「壇場を設け」と記されている。しかし、ほぼ六五〇年まえに中国の帝が作らせた「壇場」を、天武の朝廷がその形で作れたかどうか疑わしい。さらに、光武が行なった儀式の細かなところを天武の朝廷が行なえたかどうかも疑わしい。しかし、すくなくとも次の二つのことは知られよう。すなわち、一つに、天武とかれの朝廷とは天武の儀式を光武のそれにならって行なおうとしたらしいこと、二つに、かれらが『日本書紀』にそう記したということである。それを行ない記したのは、つぎの一点を天武が主張したかったからであろう。すなわち、天武が「帝位」についたのは正しい、光武が「皇帝位」についたのが正しいように、という一点がそれである。

三　開かれた説きかた

天武の正しさの主張はみずからのためだけではなかったであろう。天智・大友への反乱を天武のがわに立って戦った人々がいたからである。天武の主張はこれらの人々の正しさを天武が裏づけることでもあったろう。大友の首が届けられたほぼ一月あとに、これらの人々に天武がことばと物とを与えたことがこう記されている。

諸の有功勲しき者に恩勅して、顕に寵み賞す。（『日本書紀』天武元年八月条）

これを初めとして、これらの人々と子孫とに手あつい扱いが加えられつづけた。さきの記事からほぼ八〇年のち、七五七年に至ってもこう記されている。

⑤贈小紫村国連小依が壬申の年の功田一十町、贈正四位上文忌寸祢麿、贈直大壱丸部臣君手は並に同年の功田各八町、贈直大壱文忌寸智徳が同年の功田四町、贈小錦上置始連兎が同年の功田五町、五人は並に中功にして二世に伝ふべし。…従五位上尾治宿祢大隅が壬申の年の功田四十町、淡海朝廷の諒陰の際、義をもちて興

し蹕を駕せしめ、潜に関東に出でたまふ。時に大隅参り迎へて導き奉り、私の第を掃ひ清めて、遂に行宮と作し、軍資を供へ助けき。その功実に重し。大に准ふれば及ばず。中に比ぶれば余り有り。令に依るに上功なり。三世に伝ふべし。贈大雲星川臣麿が壬申の年の功田四町、贈大錦下坂上直熊毛が同年の功田六町、贈正四位下黄文連大伴が同年の功田八町、贈小錦下文直成覚が同年の功田四町。四人は並に戎場を歴渉りて、忠を輸し事を供ふ。功を立つること異なりと雖も、労効是れ同じ。比校するにもはら村国連小依らに同じ。令に依るに中功なり。二世に伝ふべし。

（『続日本紀』天平宝字元年十二月条）

これら物や位はかれらの生活を支えたとともに、かれらの行ないの正しさのあかしでもあったろう。しかし、物や位では足りなかったらしい。④に掲げたように天武が光武にならう儀式を行なってみせたように記されているのは、そして、①に掲げたような外交によって示したのは、その足りないところを天武が満たそうとしたのではなかったか。すなわち、物や位という外がわの飾りに加えて、正しさの意識を天武はもたらそうとしたのではなかったろうか。戦いの正しさが疑われたとき、戦った人々が心の傷にことに苦しみ、ひいては戦いをした国家に信を置かなくなることが近代の戦いにおいてひろく知られるようになった。同じ心を七世紀後半の天武の朝廷の人々が抱いていたというあかしは辿りがたい。しかし、天武が外がわの飾りを与えたにとどまらず、みずからの正しさを主張したのは、天武だけではなく、かれの朝廷の人々すなわち天武のがわで戦った貴族たちも天武の正しさを求めていたからではなかったか。それがひいてはかれら自身の正しさに連なっていたからである。それは近代の戦いのばあいとまったく異なっていたわけではなかったように見える。

ところが、かれらの正しさの論理は近代のばあいとはおおきく異なっていた。それが七世紀後半の日本の朝廷の人々の考えかたに基づいていたからである。天武がみずからの正しさのよりどころにした光武は「東都賦」においてこう称えられている。

⑥龔行二天罰一、応レ天順レ人、斯乃湯・武之所三以昭二王業一也。尚書、武王曰、今予龔行二天之罰一。周易曰、湯、武革レ命、応二乎天一而順二乎人一。礼含文嘉曰、湯、武順二人心一応二於天一。史記曰、天乙立、是為二成湯一。湯伐二夏桀一、桀奔二于鳴条一、湯践二天子位一。又曰、文王太子発之立、是為二武王一。伐二殷紂一、紂走、自爆死。武王革レ殷、受二天明命一。

この文章は『文選』におさめられている。この文献は、『後漢書』とともに、おそくとも八世紀はじめの日本の朝廷の人々に知られていた。しかも、平城宮址から出た木簡のなかに『文選』を習うために書きうつしたかと推しはかられる例が見いだされている（東野治之(2)）。『文選』がおそくとも八世紀の日本の朝廷の人々に知られていたにとどまらず、読まれ学ばれていたらしいことが確かめられる。この『文選』がさきの『後漢書』とは異なった視点から光武の描きかたに光を当てよう。注意されるのは、『文選』が小書きで記された注を伴なった形で読まれ学ばれたらしい点である。七世紀なかごろに注付きの『文選』が唐の帝に献られていたところから見て（前掲東野(2)）、中国の朝廷の人々も同じ方法で読んでいたようである。

「東都賦」の右の文章が『尚書』『周易』の文章を踏まえていたことを、その注は受けてに明らかに知らせている。それら古典から引かれた所が記しているのは、湯王、武王の行ないである。これら二人は理想的な帝として中国の文献に伝えられていた。「東都賦」はこれら二人になぞらえて光武を称えている。注に引かれている文献のなかでも『史記』がややくわしく示しているように、湯王は夏王朝の桀を亡ぼして殷王朝を開き、帝の位についたことが記されている。さらに、武王はその殷王朝を亡ぼして帝の位についた。かれの開いたのが周王朝であった。これら王朝の入れかわりを『周易』などの古典は、さきの「東都賦」の注に引かれているようにこう説いている、「革命、応乎天而順乎人」と。そして、これを行なったのが「受天明命」の人、すなわち「天子」であった、とそれら古典は記している。中国のもろもろの王朝の帝たちは、この「革命」の考えかたによってみずからの正しさを主張していた。日本の朝廷の人々がそれを読み学ぶことによって得たであろう光武像は、中国の理想的な帝たちのありかた、ことに儒教の主張した帝のありかただったであろう。

おそくとも八世紀の日本の朝廷の人々は『文選』などを通して儒教に触れていたばかりではなかったらしい。儒教が七世紀の日本の朝廷の人々に広まっていたことをつぎの記事が直接にうかがわせる。

（天智と藤原鎌足とは—遠山注）自ら周孔の教を、南淵先生の所に学ぶ。（『日本書紀』皇極三年正月条）

この条で、天智と鎌足とに「周孔」すなわち周公旦と孔子との「教」を伝えていたと記されている南淵は、六〇八年（推古十六年）に小野妹子ら遣隋使とともに隋につかわされ、六四〇年（舒明十二年）に日本にかえっていた（『日本書紀』推古十六年九月条、舒明十二年十月条）。また、『家伝』はさきの記事とほぼ同じ時代のことをこう伝えている。

⑦嘗群公子咸集㆔于旻法師之堂講㆓周易㆒焉。

旻が講義した『周易』はさきの⑥に掲げた「東都賦」の注に引かれている。この旻は、さきの南淵とともに隋へゆき、六三二年（舒明四年）に日本にかえっていた（『日本書紀』舒明四年八月条）。『文選』や『後漢書』などの本だけではなく留学生によっても、中国の朝廷の考えかた、ことに儒教は七世紀の日本の朝廷の人々に広められていたと知られる。

くわえて、『懐風藻』の序は天智についてこう記している。

淡海の先帝の命を受けたまふにおよびて、…庠序を建て、茂才を徴し、五礼を定め、百度を興したまふ。

この序は七五一年（天平勝宝三年）に書かれた。この序のなかの「命を受け」は、さきの⑥の「東都賦」の注のなかに引かれている『史記』に見いだされることばである。「淡海の先帝」すなわち天智は「天命」を受けた人すなわち「天子」としてその序に記されている。この天智が「庠序」すなわち学校を建て、人々に広めた考えかたが何であったか明らかであろう。そこに言われている教育のしくみがどのようであったか、くわしくは知られない。しかし、天智のころより前から、日本の朝廷は朝鮮そして中国の知識人たちの学問によってみずからの官僚たちを育てていたようである（第一章　第一節　母語の営み）。天智もそれに力をそそいだらしい。この天智から大友へ引きつがれたらしい朝廷を天武が亡ぼしたとはいえ、その朝廷の人々すべてを天武が斥けたわけではなかったようである。『日本書紀』天武元年八月条はこう記している。

　高市皇子に命して、近江の群臣の犯つ状を宣らしめたまふ。則ち重罪八人を極刑に坐く。仍、右大臣中臣連金を浅井の田根に斬る。是の日に、左大臣蘇我臣赤兄、大納言巨勢臣比等、及び子孫、併て中臣連金が子、蘇我臣果安が子、悉に配流す。以余は悉に赦す。

この記事によれば、大友の朝廷のおもだった人々が罰せられたにとどまったようである。ということは、天智・大友の朝廷をなした人々の多くが天武の朝廷に加えられたのであろう。行政の能力を備えた人々は短いあいだには育たなかっただろうからである。しかも、さきの⑦の『家伝』の記事に記されている「群公子」の学ぶさまから知られるように、天武のがわで戦った貴族たちも同じ学問をおさめていたようである。

天武がみずからの正しさを主張したのは、このような人々に向けてであった。その主張はかれの朝廷の人々のあいだに共通していた回路を通してのみ、その人々の内がわに届いたであろう。その人々の分かりかたはいくつかの回路を備えていたであろうことが考えられる。なかでももっとも太い回路が中国の朝廷の考えかただったであろう。それがかれらの身についていた学問だっただろうからである。外交において天武が中国の朝廷の考えかたに基づいたことばを東アジアの国々の使いたちに告げたのは、それらの国々の朝廷も中国の朝廷の考えかたによって外交を行なっていたからである。

ただ、福永光司[3]が述べているように、天武は儒教より道教に心を向けていたようである。が、それは天武とかれの朝廷との政治を支えた考えかたではなかったようである。日本を含んだ東アジアの国々に通じる帝のありかたは、道教に基づいていたのではなく、儒教的な徳を備え、「天命」を受けた人という捉えかたであったらしい。

この説きかたに関わっている記事が『日本書紀』天智七年七月の条に見いだされる。

時の人の曰く、「天皇、天命及らむとするか」と。

さきの考えかたのなかで、これは王朝の変わるきざしを意味している。みずからの亡びを人がうわさするのを天智・大友のがわがあえて記したとは考えにくい。天智が「天命」を失うことを、天武のがわの人が天智の時代の記事にちりばめたのであろう。

外交、儀式、人のうわさに渡り、中国の朝廷の人々の考えかたによって天武がみずからの正しさを主張したときには、しかし、危うさがつきまとったであろう。というのは、その考えかたを否定的な面から言いかえると、徳を備えていない人は「天命」を失い、帝の位から斥けられるという考えかたが浮かびあがるからである。すなわち、湯王、武王、そして光武が前の王朝を亡ぼしたのは、みずからが徳を備えていたとともに、まえの王朝の終わりの帝たちが徳を備えていなかったからだという組みあわせが表裏の関わりをなしていた。もし、天武を亡ぼすものが現われたら、その人は同じ考えかたによってみずからの正しさを主張することができる。王の血を引かないものにもそれができた。湯王も武王も前の王朝の王たちの一族ではなかった。日本においても、王の位をうかがったものたちの記録が残されていたらしい。『日本書紀』の武烈の条には平群真鳥についてこう記されている。

大臣平群真鳥臣、専国政を擅にして、日本に王とあらむと慾ふ。陽りて太子の為に宮を営るまねす。了りて即ち自ら住む。触事に驕り慢りて、都て臣節無し。

より近く、蘇我蝦夷、入鹿たちのふるまいを『日本書紀』は六四二年の条にこう記している。

蘇我大臣蝦夷、己が祖廟を葛城の高宮に立てて、八佾の舞をす。…又盡に国挙る民、併て百八十部曲を発して、預め双墓を今来に造る。一つをば大陵と曰ふ。大臣の墓とす。一つをば小陵と曰ふ。入鹿臣の墓とす。

（皇極元年是歳条）

ここに記されている「八佾の舞」は帝にのみ許されていた。また、「陵」は帝の墓だけをさしていた（第二章第九節　仁賢たち）。つぎの記事も同じむねを記している。

蘇我大臣蝦夷・児入鹿臣、家を甘橿岡に双べ起つ。大臣の家を呼びて、上の宮門と曰ふ。入鹿が家をば、谷の宮門と曰ふ。男女を呼びて王子と曰ふ。

（皇極三年（六四四年）十一月条）

天武の血を引くものたちにだけではなく、これらの氏族たちに対しても開かれた説きかたをその中国の考えかたは備えていた。

四　閉じられた説きかたへ

開かれた説きかたの危うさはたやすくは越えられなかったであろう。ふるく雄略は宋王朝の帝から「大将軍」の地位をさずけられていた。「将軍」は中国の帝の命によって軍を司った。おそくとも五世紀なかごろまでに、日本列島の王たちは中国の帝を頂点に据えた東アジアの国際関係のなかにみずからを組みこんでいた（西嶋定生(4)）。耽羅・新羅そして朝鮮半島の他の国々との外交はその一部をなしていた。この組みこみが、日本列島の王たちにとって、国の外へ向けてだけでなく国の内へ向けてみずからの力を強めたのであろう。このみずからを強める手だてのなかの重要な一つが朝廷の人々に文書を学ばせることだったであろう。文書を書き読むことのできる官僚たちなくしては、税、軍、外交などの行政が大きな国家のしくみとして働かなかったからである。その文書はすなわち中国の朝廷の文書であった。アジアの東にある日本列島の王たちの朝廷はそれより他に文書のしくみを知らなかったからである。

このしくみは細かなところまで一つの考えかたに貫かれていないと働かなかったようである。前の節で触れた継体の系譜における「五世」の数えかたについて、日本の朝廷の人々のあいだに異なった受けとりかたがあったらしい。この数えかたの揺れを別のばあいの「世」の数えかたが見てとらせる。すなわち、あらたに開かれた田の私有を日本の朝廷が認めることが七二三年に決められた。その私有には「三世」という制限が付けられていた(『続日本紀』養老七年四月条)。この「三世」に二つの受けとりかたがあったらしい。一つは田を開いた人を一「世」と数える受けとりかた、ほかの一つは田を開いた人の子から一「世」と数える受けとりかたである(日本思想大系『律令』(5))。この「世」の数えかたの及ぼす所は、開いた田の私有の限度の問題にとどまらない。さきの⑤の記事のなかに述べられていた壬申の乱の功臣への「功田」がどの「世」まで伝えられたかにも、それは関わっていた。さらには、継体が応神の「五世の孫」だと『古事記』そして『日本書紀』の系譜に記されている「五世」の範囲にも影響を及ぼす。日本の朝廷の文書がこまかなところまで一つの考えかたを貫いていなければならなかったことを、これらの連なりが知らせている。このこまやかさを満たすことができた文書のしくみは、七世紀後半の天武のころに至っても中国の朝廷のものしか知られていなかった。

東アジアの国々との関わりに身を置きつつ、天武はかれの朝廷に編ませた歴史書のなかで、この文書の書きかたによってみずからが王の位についたことを「即帝位」(さきの『日本書紀』の記事④)と表わしている。しかし、この表わしかたは日本のなかでしか通らなかったであろう。つぎの二つのばあいがそれをよく示している。一つは、推古とその朝廷とが六〇七年(推古十五年)に隋の帝に送った文書のばあいである。この文書は対等な国の帝が隋の帝へ送った文書の書きかたを用いつつ、推古みずからを「日出処天子」と呼んでいる。隋の帝はこの文書を斥けた。「蛮夷書有無礼」という理由であった(『隋書』東夷伝)。二つは、天智とその朝廷のつかわした軍が六六三年（天智二年）に唐と新羅との軍に破られたばあいである。推古の文書のばあいはことばのうえの外交であった。その文書が斥けられたことが推古とその朝廷とをただちに危うくしたという徴候は見いだされない。が、そのことばが軍の力によって裏づけられていなかったことを、白村江における六六三年のまけいくさが天智とその朝廷とにつきつけたであろう。実際、白村江の戦いののち、唐の朝廷は軍を日本へ向けたらしい。『日本書紀』天智十年（六七一年）十一月条につぎの記事が見いだされる。

唐国の使人郭務悰等六百人、送使沙宅孫登等一千四百人、総合べて二千人、船四十七隻に乗りて、倶に比知嶋に泊りて、

西嶋定生(6)がこの唐の朝廷の動きを軍事的示威と受けとっている見かたが支持される。唐のこの軍の派遣より前、六六七年（天智六年）に天智がみやこを近江へ移していたのは、白村江の戦いにやぶれたことの軍事的な影響を天智とかれの朝廷の人々とが予測していたからであろう。外交とそれを支えた軍事とのうえで、唐の朝廷に対しみずからの力が及ばないことを日本の朝廷の人々は知っていたと推しはかられる。

唐とのこの力関係という見かたのもとでは、いわゆる遣唐使を朝貢使だったであろうと東野治之(7)が述べているのが注意される。さきの②に掲げたように、この「朝貢」という捉えかたを日本の朝廷が使っている。日本の朝廷と耽羅の朝廷との関わりかたを日本の朝廷がみずからを上に見ていたからであろう。けれども、日本の朝廷はみずからの編んだ文献に唐の朝廷に「朝貢」したとはまったく記していない。他方、唐の朝廷は日本を朝貢してきた国として扱ったようである（西嶋定生(8)）。どちらから外交の進めかたを見るかによって、その外交の位置づけは異なる性格を帯びて記されている。

右のような関わりかたに基づいていた東アジアの枠ぐみを支えていた中国の朝廷の考えかたは、日本の朝廷の文書をも貫いていた。そこに潜んでいる開かれた説きかたに代わる考えかたは、そのことばの体系からは作りだ

されなかった。そのことばの体系によって育てられた人々には、中国の帝たちの正しさの説きかたとそれを支えた中国の朝廷のしくみとが一貫性を伴なって輝かしく見えたからであろう。開かれた説きかたの危うさを乗りこえる考えかたは、異なることばの体系からもたらされた。歌がそれであった。

　壬申の年の乱の平定りし以後の歌二首

大君は神にしませば赤駒の腹ばふ田居をみやことなしつ　（万葉巻十九・四二六〇）

大君は神にしませば水鳥のすだく水沼をみやことなしつ　（四二六一）

これら二首の歌は天武を「神」であると称えている。人が「神」として表現されたのはこれら二首による天武が初めてであった。これら二首は壬申の乱の後に作られたと題詞に記されている。天武が「天子」ではなく「神」であったならば、かれは人に向けて開かれていた説きかたを越えることができた。人が神を亡ぼすことはできなかったからである。

天武の死んだ三年のち、かれの子、草壁が六八九年（持統三年）に死んだ。その死をいたむために柿本人麻呂は歌を作った（万葉巻二・一六七―一六九）。この歌の長歌（一六七）において、人麻呂はそれをさらに進め、天武が天上からくだった神であり、天上へかえった、草壁がその天武のあとを継ぐはずであったという内容を、つぎのように歌っている。

天地の　初めの時　…　葦原の　瑞穂の国を　天地の　依りあひの極み　知らしめす　神のみことと　天雲の　八重掻き分けて　神くだし　座せまつりし　高照らす　日の御子は　飛ぶ鳥の　浄の宮に　神ながら　太敷きまして　天皇の　敷きます国と　天の原　石戸を開き　神あがり　あがりいましぬ　我が大君　皇子のみことの　天の下　知らしめす世は

七世紀から八世紀にかかったころの日本の朝廷の人々には、神々は地上の神々と天上の神々との二つの層をなすと考えられていたようである。さきの二首で歌われている天武は神として初めて描かれているけれど、みやこを作る神である。みやこ作りは地上の営みである。対して、草壁の死をいたむために人麻呂が右のように歌った「日の御子」天武は、天上の神が地上に現われた神である。神々のなかでもっとも高い地位を占めた神に天武は押しあげられている。草壁がこの神のあとを継ぐはずであったと歌われたとき、この王の位の引きつぎは人の行ないを越え、人には動かすことのできない神聖な性格を持たされている。いいかえると、「天命」による引きつぎという説きかたを人麻呂の歌いかたは斥け、王の位の引きつぎを天上の神の血すじに置きかえている。ここにおいて、「天命」のもとで人に開かれていた中国の思想家たちの説きかたは、天上の神の血すじ以外のものに対して閉じられた説きかたに変えられている。

この歌いかたは天智のころより後の考えかたに基づいていたようである。というのは、右のように描かれた天武とは異なった捉えかたによって天智が歌われているからである。天智が死んだとき、一人の「婦人」がこう歌っている。

天皇の崩りし時に、婦人が作る歌

うつせみし　神に堪へねば　離れ居て　朝嘆く君　放り居て　我が恋ふる君

（巻二・一五〇）

この歌を作った「婦人」が誰なのか知られない。天智のそばにつかえていた女たちの一人だったのであろう。天智の死をいたむに当たり、この「婦人」は天智を神と見ておらず、人の次元で悲しみの対象に据えている。すなわち、「嘆く君」「恋ふる君」という表現は、「嘆」いている「婦人」、「恋」いしく思っている「婦人」と同じ次元に、その「嘆」きと「恋」いとの対象であった「君」すなわち天智を置いている。「うつせみし　神に堪へねば」も、天智を「うつせみ」すなわちこの世の人、と捉えている。その「うつせみ」である天智が「神」にあらがうことができずに死んだという第一・二句の歌いかたは、さきの人麻呂の歌における天武とはまったく異なっている。

ただし、この第一・二句「うつせみし　神に堪へねば」はつぎのように解かれてきた。すなわち、「うつせみ」は「婦人」であり、「神」は天智を指している、と。ところが、神が人の命を司るという歌が『万葉集』のなかに見いだされる。

父母が　成しのまにまに　箸むかふ　弟のみことは　朝露の　消やすき命　神のむた　争ひかねて　…　遠つ国　黄泉の堺に　這ふ蔦の　おのが向き向き　天雲の　別れしゆけば　（巻九・一八〇四）

ちはやぶる神の持たせる命をば誰がためにかも長く欲りせむ　（巻十一・二四一六）

くわえて、第十四代仲哀は神によって殺されたことが『古事記』につぎのように記されている。

しかして、其の神いたく怒りて詔らししく、「凡てこの天の下は、汝の知らすべき国にあらず。汝は一道に向かひたまへ」。　（仲哀条）

これらの表現の伝えているのが七世紀から八世紀ころまでの、死をめぐる人と神との関わりかたであった。天智も例外ではなかったであろう。したがって、天智の命も「神」に司られているから、人である天智はその「神」にあらがうことができなかったと「婦人」も歌ったと読み解かれる。この解きかたが「嘆く君」「恋ふる君」という人としての歌いかたにも合っている（遠山一郎(9)）。

すると、歌のことばの体系のなかで、天智と天武とのあわいに大きな変わりめが見いだされる。しかも、それぞれの天皇の死をいたんだ歌のあいだに、それがあざやかに刻まれている。ところが他方、中国の朝廷のことばの体系においては、天智から天武への変わりめは別の現われかたを見せている。それがさきの①における「天皇、新たに天下を平けて、初めて即位す」であった。

五　さまざまな説きかた

天武を神として表わしたのが歌だけではなかったように見える記事が残されている。天武より前に、孝徳について『日本書紀』大化元年（六四五年）七月の条はこう記している。

明神御宇日本天皇の詔旨とのたまはく、

これによく似ている名のりが孝徳の条に計四回残されている。ところが、これらは七〇一年（大宝元年）から行なわれた『令』によって定められた書式のなかの名のりとほとんど同じである。孝徳のころに用いられていた名のりが『令』に取られたとも考えられる。が、逆の可能性もある。この節がさきにも触れ、また津田左右吉(10)が明らかにしているように、後の人の考えによって『日本書紀』のなかの前の記事が書かれたらしいばあいがあるからである。すると、天武を神として表わした歌の表わしかたが朝廷の人々に広まり、『令』にも影響を与えて孝徳の名のりに及ぼされたという可能性が大きい。

「明神」だけではなく「天皇」も新たな考えかたにおそらく関わっていよう。「天皇」という呼びかたが推古のころから用いられていたという津田左右吉(11)などの考えが受けいれられてきた。津田の考えを広く見つつも、太田善麿(12)の述べていることもその考えのうちにおさまるであろう。というのは、推古のころから使われていた「天皇」が天武・持統のころに至って広まったというのが太田(12)の見かただからである。対して、それが天武のころから使われだしたという意見が出されている（渡辺茂ほか(13)）。「天皇」が「天子」ではなく、「天つ神の御子」の人の代におけるありかたを表わしている（第二章　第四節　神から人へ）からには、右に述べてきた天武の描きかたとの関わりによって「天皇」を捉えるべきであろう。「天子」ではない「天皇」は、新たな日本の王のありかたを表わそうとして、日本の朝廷が天武のころから使おうとしたことばだったようである。

しかし、これら「明神」「天皇」ということば使いは日本でしか通らなかったようである。「公式令」がこれら二つのことばを「明神御宇日本天皇詔旨」という書きかたのなかに取りこんだ条に注が付けられている。『令集解』がおさめているその注のなかで、二つの点が目を引く。一つはこの書きかたが用いられたあいてである。

御宇日本天皇詔旨、対二隣国及蕃国一而詔之辞。

このすぐ後に二つの「国」の別について「隣国者大唐、蕃国者新羅也」と述べられている。二つは、この書きかたの決まりにもかかわらず、こう記されている点である。

通二隣国一者合二別勅一。不レ依二此式一。

ところが、ここに記されている「別」の書きかたは示されていない。

二つのことばのうちの「天皇」について、日本の朝廷は唐の朝廷への文書に「天皇」と記さなかったであろう、と西嶋定生(14)は推しはかっている。もう一つのことば「明神」について、それが「天皇」を表わしていたとは唐の朝廷は受けとらなかったようであることを、さきの西嶋定生(8)は述べている。すなわち、つぎの文書のなかの「神霊所扶」という部分が「明神」についての唐の朝廷の受けとりかただったのであろうと西嶋定生(8)は解いている。この文書は日本の朝廷に対する唐の朝廷からの返書として知られている。

勅二日本国王主明楽美御徳一。彼礼儀之国、神霊所レ扶。蒼溟往来、未二嘗為レ患。

（張九齢「勅日本国王書」『唐丞相曲江張先生文集』）

日本の朝廷の定めた言いかたが、中国のことばとしてはそのような意味を表わした（西嶋(8)）という点とともに、「神」であるものが国をおさめるという主張は、唐の朝廷の人々にとって蛮夷の王のありかたでしかなかったのかも知れない。さらに右の返書のなかで目を引くのが「主明楽美御徳」である。日本の朝廷の使いが「天皇」と記されていた文書を読んで日本のことばで声に表わしたのを、唐の朝廷の人々がそう聞きとったとも考えられる。が、日本の朝廷の使いの文書にそう書かれていたとも考えられよう。これが「別」の書きかたの一部分だったのかも知れない。いずれにしても、唐の朝廷の文書或るいはその案であろう右の文書は日本の王を指して「天皇」と記していない。そして唐の朝廷の人々は「明神」を日本の朝廷が表わした意味で受けとらなかったのであろう。唐の朝廷は七世紀から八世紀ころの東アジア世界の枠ぐみを作りだしていたから、その朝廷に受けいれられなかった考えかたは、東アジア世界に対して閉じられた説きかたにとどまっていたであろう。だからこそ、①に掲げたように、耽羅と新羅との使いに対して、天武とその朝廷とは神である天皇の位の引きつぎを述べず、中国の朝廷の考えかたによってみずからの正しさを伝えたのであろう。

一方で、「大君は神にしませば」と「明神」と「天皇」とが日本の王の閉じられた説きかたを表わしていたのに並んで、他方で、新たな王朝という天武とかれの朝廷との主張がおそくとも一世紀ころから日本列島の王国が取りいれてきた考えかたを引きついでいた。しかも、「大君は神にしませば」と歌われたありかたからさらに進み、同じ天武が天上の神による統治と継承という考えかたによって歌われるという複雑な天皇像がほぼ同じころに現われていた。七世紀の終わりにかかるころに至って、日本の朝廷とそのまわりとの人々は、王の正しさのさまざまな説きかたを開きはじめていたようである。

【注】

(1) 小島憲之『上代日本文学と中国文学　上』「第三篇　第三章　(二) 日本書紀と中国史書」、塙書房、一九六二年。

(2) 東野治之『正倉院文書と木簡の研究』「平城宮出土木簡所見の『文選』李善注」、同書「奈良時代における『文選』の普及」、塙書房、一九七七年。

(3) 福永光司『道教と古代日本』「天武天皇と道教」、人文書院、一九八七年。

(4) 西嶋定生『日本歴史の国際環境』「第2章　四—六世紀の東アジアと倭国」、東京大学出版会、一九八五年。

（5）日本思想大系『律令』井上光貞、関晃、土田直鎮、青木和夫。「禄令」第十五13頭注。担当笹山晴生。岩波書店、一九七六年。
（6）西嶋定生『日本歴史の国際環境』「第3章　五　七世紀後半の東アジア動乱と倭国」、東京大学出版会、一九八五年。
（7）東野治之『遣唐使船』「1　唐と日本」、朝日新聞社（朝日選書）、一九九九年。
（8）西嶋定生『倭国の出現』「第一一章　五　唐に対する国書の形式は何か」、東京大学出版会、一九九九年。
（9）遠山一郎『天皇神話の形成と万葉集』「第二章　第八節　神々の展開」、塙書房、一九九八年。
（10）津田左右吉『日本古典の研究　上、下』（『津田左右吉全集　第一巻、第二巻』、岩波書店、一九六三年）。
（11）津田左右吉『日本上代史の研究』「天皇考」（『津田左右吉全集　第三巻』、岩波書店、一九六三年）。
（12）太田善麿『古代日本文学思潮論　II』「第三章　第一節　六　道教思想の背景」、桜楓社、一九六二年。
（13）渡辺茂「古代君主の称号に関する二、三の試論」、『史流』八号、一九六七年二月。東野治之『正倉院文書と木簡の研究』「付録　天皇号の成立年代について」、塙書房、一九七七年。
（14）西嶋定生『倭国の出現』「第一一章　四　隣国・蕃国への詔書の形式は何か」、東京大学出版会、一九九九年。

第五節　さまざまな営み

一　あとを継ぐ文献

『古事記』ついで『日本書紀』は七一二年（和銅五年）と七二〇年（養老四年）とに各々が編みおわった。ほぼ同じ時に他方で『万葉集』を編むことが進められ、また、七一三年（和銅六年）に『風土記』を編むことが国々に命じられたことが『続日本紀』のその年五月条にこう記されている。

畿内と七道との諸国の郡・郷の名は好き字を着けしむ。その郡の内に生れる、銀・銅・彩色・草・木・禽獣・魚・虫等の物は、具に色目を録し、土地の沃堉、山川原野の名号の所由、また、古老の相伝ふる旧聞・異事は、史籍に載して言上せしむ。

これらの文献より前にも記録などの作られていたらしいことが『古事記』「序」、『日本書紀』欽明二年三月条、『万葉集』巻一・六左注などによって知られる。おそらくそれらが『古事記』などの資料として用いられ、八世紀のもろもろの文献に取りいれられたのであろう。古くから行なわれてきたらしい記録を集め、まとめることが、この時期にあいついで完成されたといえよう。

これら、もろもろの文献のなかで、『古事記』と『日本書紀』とはたがいによく似る神々や人々の行ないを記し、強い関わりを見せている。しかし、これら二つの文献はたがいに異なる原理に立ちつつ（神野志隆光(1)）、それぞれの記述を繰りひろげることによって、強い関わりのなかに各々の独自性を潜ませている。これら二つの文献の独自性は、その目じるしを内に備えているとともに、外へ向かっても他の文献への関わりかたに違いを現わしている。

一方の『日本書紀』はつぎの時代に『続日本紀』を生みだした。『日本後紀』延暦十六年（七九七年）二月条の記している桓武の「詔」は「前日本紀」を継いで「続日本紀」が編まれたことをこう述べている。

天皇が詔旨らまと勅りたまはく、菅野真道朝臣等三人、前日本紀より以来未だ修め継がざる久しき年の御世御世の行なふ事を勘へ捜り修成て、続日本紀四十巻進める労、勤み誉みなも念ほす。故是を以ちて、冠位を挙げ賜ひ治め賜はくと勅りたまふ御命を聞こし食せと宣る。

ここで言われている「前日本紀」は『日本書紀』を指し（小島憲之(2)）、「続日本紀」という文献の名の由来を私たちに知らせている。ただ、「前日本紀」『続日本紀』ともに「日本紀」という呼びかたによっていわゆる『日本書紀』を指しているらしい。これらの名のずれについて、折口信夫(3)の考えに重なるところを含みつつ神田喜一郎(4)の述べている見かたが目をひく。すなわち、その文献は「日本書」として作られた、が、その内容は「紀」であった、そこで「日本書」のなかの「紀」であることが記され、のちに『日本書紀』になったという見かたである。しかし、右に触れたように、その文献が「前日本紀」と呼ばれ、その文献を継いだ文献が『続日本紀』と名づけられている。いずれのばあいでもその文献が「日本紀」と呼ばれており、「日本書」という名が引きつがれていない。神田(4)の見かたは「書」と「紀」との関わりかたを考えに入れた見かたであるけれど、八世紀の見かたではなさそうである。

文献の名だけではなく記事の範囲によっても、『続日本紀』は『日本書紀』を継ぐことを目ざしていたことをその編みかたに表わしている。すなわち、『日本書紀』が第四十代持統の文武への「禅天皇位」をもって記事を閉じ、『続日本紀』が第四一代文武の持統からの「受禅即位」を初めに記している。他方、『古事記』は第三三代推古の条をもって記事を終わり、『続日本紀』へつながっていない。

『古事記』そして『日本書紀』は各々の天皇の代ごとに記事のまとまりを付けている点と、推古までの天皇の代の立てかたとに一致を見せている。ところが、一方の『日本書紀』は持統の後に続く天皇たちの記事を記す『続日本紀』を生み、さらにそれを継いだ『日本後紀』そして『続日本後紀』『日本文徳天皇実録』『日本三代実録』に連なっている。対して、他方の『古事記』は『古事記』を引きついだ文献を持っていないかのようである。けれども、『古事記』の終わる推古のつぎの代すなわち舒明の代から記事を始めている文献がある。『万葉集』がそれである。

『万葉集』は歌を集めた文献であり、神や人の行ないを散文によって記した『古事記』そして『日本書紀』などの文献とは性格を異にしている。しかし、見かたを変えて時代の取りかたを見ると、『万葉集』は実質的には舒明の代より後の歌々を収めている。ただし、舒明の代より前の代の歌々が実際には収められている（巻二・八五―八八磐姫、巻四・四八四難波天皇妹、巻十三・三二六三軽太子、巻二・九〇衣通王、巻一・一、巻九・一六六四雄略、巻三・四一五上宮聖徳皇子）。しかしこれらは、あるいは伝えられてきた歌々がこれらの人たちに結びつけられ（沢瀉久孝(5)）、あるいは、類歌が見あわされて『万葉集』に記されているのであろう。しかもこれらの人たちは時代のうえでまとまりを欠いている。対して舒明の代より後の歌々は、『万葉集』において天皇として代を立てられていない孝徳の他は、天皇たちの代の順に並べられている。よって『万葉集』の歌々が実質的に始まるのは第三四代舒明の代であると認められよう。

くわえて、巻一の初めの歌から五三までと巻二の初めの歌から二二七までとは、「〇〇宮御宇天皇代」という書きかたによって各々の天皇の代を記している。ただし本文によっては「御宇」を欠いているばあいがある（西本願寺本等二二一―二二七標題）。が、これらもこの書きかたに準じて扱ってよいであろう。これに似て『古事記』は

「坐〇〇宮治天下也」という書きかたによって天皇の代を示しつつ（治世年数の記されている例もここに含める）、第一代天皇から順に記事を並べている。『日本書紀』が「即帝位」（神武条）、「即天皇位」（綏靖条ほか）などと記しているうえに、宮の名を欠いているばあいの多いことに比べるとき、『古事記』と『万葉集』とにおける天皇たちの代の書きかたの似よりが際だっている。そこで注意されるのが伊藤博（6・7）の捉えかたである。すなわち、右の書きかたによって天皇たちの代を記され、その各々に歌がおさめられている部分を『万葉集』の編みはじめのころの書きかたと見なしつつ（伊藤（6））、『古事記』を歌によって継いだ文献が『万葉集』であったと伊藤（7）は述べている。

天皇たちの代の立てかたから眺めることによって、『古事記』そして『日本書紀』のそれぞれを継ぐ文献の見通しが得られるかのようである。しかし、『万葉集』が見あわせている文献の名は、この見通しにかならずしも合わない。「古事記」の参照が二箇所（巻二・九〇題詞および左注、巻十三・三二六三左注）にとどまるのに対し、「日本書紀」（巻一・六左注ほか）、「日本紀」（巻一・二四左注ほか）、「紀」（巻一・一五左注ほか）への言及が十五箇所見いだされるからである。もっとも、山田孝雄（8）が記しているように、「日本書紀」「日本紀」「紀」が今に伝えられている『日本書紀』を指すのかどうか疑いは残る。さきの「日本紀」「日本書」の問題にも関わるけれど、『万葉集』の編みてが照らしあわせていたのは、今に伝えられている『日本書紀』、あるいは、これに近い文献を指しているのであろう。この文献の参照、引用が『古事記』の参照、引用をはるかにしのいでいる。

参照の数や引用の量が文献のあいだの関わりの全てを語っているわけではないであろう。けれども、「柿本朝臣人麻呂歌集」（巻二・一四六題詞ほか）が『万葉集』に四十度（巻十三・三三〇九題詞の「柿本朝臣人麻呂之集」を含む。巻十一・二六三四、二八〇八左注の「柿本朝臣人麻呂之歌」を除く）参照されて『万葉集』との深い結びつきを示しているのに比べ、『古事記』が『日本書紀』をしのいで『万葉集』にことに深く関わっているという捉えかたは直接的なあかしに乏しい。くわえて、『続日本紀』を編んだ人々が桓武の「詔」を受けて『日本書紀』を継ぐ時代の記録を目ざしたであろうと推しはかられるのに対し、『万葉集』の収めている歌々を作った人々が『古事記』を継ぐ代のことを歌おうとしたとは考えにくい。というのは、『古事記』がもろもろの資料に基づきつつも、それらをみずからの主題のもとにまとめることによって、神々の時代から天皇たちの時代への移りを記している（第二章『古事記』の構想）のとは異なり、『万葉集』の収めている歌々は各々の主題を表わしており、各々の歌でその主題を閉じている。しかも歌々のなかには、感情を表わしこそすれ時代を歌うことを目ざしていない表現も多い。するとこ『古事記』と『万葉集』との関わりかたは、それら二つの文献の内容ではなく編みかたにおいて認められるにとどまる。さきの伊藤（6・7）が『万葉集』の成りたちを論じているなかで『万葉集』と『古事記』との関わりかたについて述べているのは、右の事情を考えあわせているのかも知れない。ならば、『万葉集』に収められている各々の歌に『古事記』がどのように関わっているのかをも検討せずしては、それら二つの文献の関わりかたを定めるわけにはゆくまい。『古事記』と『万葉集』との表現の関わりかたの検討は、べつの流れを作っている『日本書紀』の表現が『古事記』そして『万葉集』に対して占める位置の検討でもある。

二　『古事記』の時代の分けかた

『古事記』は神々の行ないの記事に継いで天皇たちの代の順に記事を並べている。天皇たちの時代が神々の時代にみなもとを発して続いてきていると『古事記』が述べようとしていることを、この記しかたは予想させる。実際『古事記』はその記事を上、中、下の三つの巻々に分かち、上巻で神々の行ないを記したのち、中巻そして下巻の順にそれぞれを上巻からより遠くに位置づけている。これら三つの巻々のあいだの隔たりの目じるしとして二つが挙げられる。一つは各々の巻の世界の設けかたであり、二つは各々の巻に現われている者たちの性格である。

上巻は天上界と地上界とを主に設け、それらを「高天の原」あるいは「天」と「豊葦原（の千秋の長五百秋の）瑞穂国」あるいは「葦原の中つ国」とに分けて各々を呼んでいる。ほかに、「黄泉つ国」「根の堅州国」などがあるけれど、中、下巻との関わりかたの目じるしにはならないので考えに入れない。対して、中、下巻には「天の下」という呼びかたが現われている。上巻で「葦原の中つ国」などと呼ばれている対象と、中、下巻で「天の下」と呼ばれている対象とはほぼ同じ所を指している。同じ所の呼び名が巻々によって現われかたを異にしている（遠山一郎（9））。

巻ごとの世界の呼び名の入れかわりに並んで、登場している者たちが変わっている。すなわち、上巻では神々が活動し、原則として人が現われていない。対して、中、下巻には人々が登場している。すると、巻ごとの所の呼び名は現われる者たちに対応して変わり、神々と人々とが別々の所に属して各々の世界を作っていることを表わしていると知られる。

ただし、中、下巻の「天の下」にも神々が現われている。神々のこの現われかたには二種類ある。一つは間接的な現われかた、二つは直接的な現われかたである。中、下巻における神々の間接的な現われかたの典型として、「天照らす大（御）神」のばあいが挙げられる。この神は上巻に現われているだけでなく、中巻にも二度現われている。下巻には姿をまったく見せていない。この神が現われている上巻と中巻とのうち、一方の上巻で直接に登場しているのに異なり、他方の中巻においてこの神は間接的に現われている。すなわち、一度めはタカクラジの夢に（神武条）、二度めは神功への依りつき（仲哀条）という形がそれである。夢は神の力の人への働きかけである（第二章　第六節　神武から崇神・垂仁へ）。依りつきは神が人をして神のことばを語らせる行ないである。「天照らす大（御）神」を神の世界には直接に登場させ、人の世界に現われさせるときには二度とも人の仲立ちによっている記述は、この神を神の世界に囲いこみ、人の世界から分ける扱いをうかがわせる。対して、中、下巻に直接に現われている神々は上巻にも直接に登場すると解してよいであろう。「大国主の神」が地上界をおさめる力を保つことを主張する「建御名方の神」(上巻地上界平定条)と、神武を衰えさせる熊野の神(中巻神武条)とは同じ性格の神であると見なすことができるからである。くわえて、この性格の神が、「葛城の一言主の大神」だけとはいえ、下巻にも現われている(雄略条)。これらの神々は三つの巻々にわたって直接的に活動し、巻々の分けかたに縛られていない。

巻々を越えられる神々には、しかし、越えることのできない線が引かれている。「高天の原」がそれである。すなわち、中、下巻で活躍するのと同じ性格の神々が上巻にも現われることができるのは、「高天の原」ではない世界すなわち「葦原の中つ国」「黄泉つ国」などに限られている。巻々の分けかたに応じて世界が入れかわっているなかで、「葦原の中つ国」などと異なり、「高天の原」はそこに現われることのできる神に強い限定をつねに働かせている。上巻にも「人」と記されている存在が現われているものの(八岐の大蛇条)、これらの人々が現われているのは地上界だけである。「高天の原」に人が現われていないことは、中、下巻に直接に現われている神々が「高天の原」に現われていないことと相俟ち、この世界の特殊性を知らせている。

『古事記』が巻ごとの世界を設け、各々の世界に現われる者たちを分けているなかでも、現われる者たちのきびしく限られている「高天の原」は、巻々と登場する者たちとの分けかたにほぼ対応している各々の世界に、分けかたの基準をもたらしているらしい。事実『古事記』はつぎのように始まっている。

天地初めて発こりし時に、高天の原に成りませる神の名は、天の御中主の神。…次に高御産巣日の神。次に神産巣日の神。

みぎの記事は存在の由来をまったく記さないまま、「高天の原」を天地の初めにすでに存在させている(第一章

第一節　「高天の原」による説きかた)。これより後の『古事記』の記事はこの「高天の原」に「成」る神々の行ないである。その神々の働きの一つによって地上界が作られるという進みかたは、「高天の原」が絶対的な大もとをなすことを告げていよう。「天照らす大(御)神」は地上界で生まれるものの、「高天の原を知らせ」というイザナキのことばからのち、「高天の原」にその居所を限られている。さきに触れたように、中巻においてこの神が間接的に現われているのは、この神の居所が「高天の原」に限られていることを、「天の下」という地上界の側から示している。とともに、「天照らす大(御)神」の現われかたが上巻では直接的、中巻では間接的であるのは、上巻が「高天の原」に近く、中巻がそこから遠いことを受けてに告げていよう。下巻に至ってこの神が間接的にも現われていないのは、下巻が「高天の原」からいよいよ遠いことを表わしていよう。

「高御産巣日の神」を目じるしに取っても同じ結果が導かれる。「天照らす大御神」が地上で「成」っているのと異なり、この神は「高天の原」で「成」っている。しかも、その「成」るときは「天照らす大御神」より前である。この神は上巻で直接に活動し、中巻にはいった後に「天照らす大神」とともにタカクラジの夢に現われ、ついで神武に「八咫烏」を遣わしながら直接には登場せず、下巻に至ってまったく姿を見せていない。中巻さらに下巻が上巻から順に隔たってゆくことをこの神の現われかたも示していよう。

ただ、この神がタカクラジの夢に現われるときに「高木の神」と呼ばれ、烏を遣わすに当たっては「高木の大神」と呼ばれ、『古事記』の初めにおける名である「高御産巣日の神」が用いられていない。これらが同じ一つの神を指していることが受けてに分からないわけではない。「高木の神は、高御産巣日の神の別の名ぞ」と上巻の地上界平定の条が記しているからである。そこに用いられている「別の名」さらには「亦の名」について、吉井巖(10)はくわしく検討を加えてこう述べている、「別の名」「亦の名」はもともとは別々であった神々を後の編みてがまとめたときに、もとの名を残すために用いた表現であったらしい、と。すると、「高木の(大)神」と呼ばれている神は『古事記』の初めに記されている「高御産巣日の神」とは異なった神であり、その神より「高天の原」から遠い位置に置かれている、と考えられないではない。しかし、この神の「別の名」の説明が地上界平定の条に記され、そこでは「高木の神」が「天照らす大御神」に並んで直接に現われている。ならば「高木の(大)神」が「天照らす大(御)神」とともに上巻で直接的に働き、中巻で間接的に現われ、下巻で姿を消すという記しかたが、「高天の原」を大もとに据える三つの巻々の関わりかたを具体的に示している点は動くまい。

みぎの検討によって『古事記』の記しかたはつぎのように捉えられよう。すなわち、『古事記』は(一)形のうえでもっとも見やすい巻々の分けかたを登場する者たちの性格の違いにほぼ対応させている、(二)各々の巻における世界を設けている、(三)それらの世界の大もとに「高天の原」を据え、この大もとの神々の現われかたの変わりかたによって、大もとである「高天の原」からの隔たりを表わしている、と。くわえて、さきに引いた初めの部分のなかにも見いだされる「次に」という表現や、前の天皇の子がつぎの天皇になるなどの記事も、事がらのあいだの前と後との関わりかたを表わしている。しかし、これらは相対的な関わりかたを示しこそすれ、何に基づいた相対的な位置であるかを表わしていない。相対的な関わりかたを表わすことにとどめる方法がありうるけれど、『古事記』は「高天の原」という絶対的な大もとに基づいて相対的な関わりかたを定める方法を取っている。

上巻の世界のなかの「高天の原」がそこに現われる者たちに対応しつつ、中、下巻の世界「天の下」とそこに登場する者たちとの位置を定める働きは、中、下巻の世界をおさめる天皇たちにも及んでいる。すなわち、天皇たちもまた、「高天の原」とそこの神々とによって、おもに血すじをとおして力を与えられている。『古事記』の世界の設けかたは神々と天皇たちとを組みこみつつ、絶対的な座標のなかの相対的な位置づけによって、神の時代から人の時代への移りを、上、中、下の三つの巻々の順に記していると捉えられる。

三　歌のなかの歩み

『万葉集』の初めの歌の標題は、初めの歌が雄略の時代に属していることをつぎのような書きかたのなかで示している。

泊瀬朝倉宮御宇天皇代

雄略が神武から数えて第二一代に当たることを、『古事記』そして『日本書紀』はともに記している。もしこの部分を編んだ人あるいは人々が『古事記』を考えに入れていたのであれば、『古事記』の設けている世界の関わりかたのなかで、第二一代天皇の時代にこのような歌があったという位置づけが施されていると考えられよう。さらには、ついで記されている舒明の時代より後の歌々も、この位置づけにならいつつ、『古事記』の記していない時代に幅を広げていると見られよう。

たとえ『古事記』より後まで時代を広げるにしても、『万葉集』の収めている歌々が同じ歌いぶりを保っているのではないことが、賀茂真淵(11)などによって述べられている。これらによって示されている捉えかたは、しかし、歌いぶりの変わりかたを主な目じるしに立てているのであり、『古事記』における世界と時代との分けかたを目じるしに据えた捉えかたではない。文献のあいだの関わりかたを定めるには共通の目じるしにおける検討が求められよう。

ところが大久保正(12)が述べているように、『古事記』の中心をなしている神々が『万葉集』の歌々にほとんど詠まれていない。この神々の在りかたは共通の目じるしを探りあてるうえで難しさをもたらす。なかで、大久保(12)が関わりを見いだしているのが柿本人麻呂と大伴家持とのつぎのような歌々の一部である。

日並みし皇子の尊の殯の宮の時に、柿本朝臣人麻呂が作る歌

天地の　初めの時　ひさかたの　天の河原に　八百万　千万神の　神集ひ　集ひいまして　神分かち　分かちし時に　天照らす　日る女のみこと　一云指し上がる日る女のみこと　天をば　知らしめすと　葦原の　瑞穂の国を　天地の　寄りあひのきはみ　知らしめす　神のみことと　天雲の　八重かき別けて　神下し　いませまつりし　高照らす　日の御子は　明日香の　清御原の宮に　神ながら　太敷きまして　すめろきの　敷きます国と　天の原　岩戸を開き　神上がり　上がりいましぬ　我が大君　皇子のみことの　天の下　知らしめす世は
（巻二・一六七）

七夕歌一首　併せて短歌

天照らす　神の御代より　安の川　なかに隔てて　向かひ立ち　袖振りかはし　息の緒に　嘆かす子ら
（巻十八・四一二五）

たしかに、人麻呂は「天照らす日る女のみこと」を歌い、家持は「天照らす神」を詠みこみ、『古事記』の記している神々との関わりを垣間見せているかのようである。しかし、家持の詠んでいる「天照らす神」は「七夕歌」（同歌題詞）に現われている。対して『古事記』の「天照らす大（御）神」は七夕にまったく関わっていない。家持の歌に見いだされる「天照らす神」は『古事記』との関わりを裏づけない。ただし、牽牛織女の恋いが世界の初めから定められていたことを語るために、続いて詠みこまれている「安の川」ともども、家持が『古事記』の神話を用いたと受けとることはできる（土屋文明(13)ほか）。この受けとりかたは関わりを否定しないけれど、その関わりは神と所との名の借りいれにとどまっている。神々と時代とを一つに融けあわせる『古事記』の設けかたは、家持のこの歌とはおおきく隔たっている。

これとやや違い、人麻呂の歌っている「天照らす日る女のみこと」は天上界と地上界とを神々が分けたことを語る文脈のなかに見いだされる。この名の神が現われている前半の部分は、神の時代を設けつつ、「天照らす日る女のみこと」の司る「天」に対し、地上界に下った神が「葦原の瑞穂の国」をおさめたことを歌っている。しかもその長歌は後半の部分を人の時代へ移して人々だけを現われさせ、場を「天の下」に変えている。さらにその歌は人の時代の世界をおさめる者を天上界から下った神によって権威づけている。この歌いかたが『古事記』の世界とそこに現われている者との設けかたに近いことが見て取られる。

とはいえ、草壁挽歌の主題は『古事記』の主題に合わない。というのは、一方の草壁挽歌の主題が草壁の死への悼みを表わすことであり、他方の『古事記』の主題が「高天の原」を大もとに持つ天皇たちの正しさを史的に示すことだからである。主題のこの違いによって見ると、「天照らす日る女のみこと」と「天照らす大（御）神」という神々の名の違いが重みを持ってくる。

『古事記』とのあいだで名が食いちがうばかりではない。「天照らす日る女のみこと」の名の現われているのが本文の歌詞のなかであるのに対し、それに当たる所は「一云」と記して「指し上がる日る女のみこと」という名を伝えている。この名は本文の歌のなかの「天照らす日る女のみこと」よりさらに大きく、『古事記』の記している神の名「天照らす大（御）神」から離れている。さきに触れた吉井(10)の考えかたをここに当てはめるならば、これらの名が互いに別々の神々を表わしているとも考えられる。しかし、人麻呂の草壁挽歌長歌における神々のこれらの名の違いは、異なる神々が歌われていることを示しているのではなく、その長歌と『古事記』とのあいだの違いであろう。というのは、本文の歌と「一云」の歌とのあいだの「天照らす」と「指し上がる」との違いが、一つの作品のなかの推敲と考えられる（曽倉岑(14)ほか）からである。

人麻呂の歌のなかのことばの異なりを推敲という見かたで捉えたうえで『古事記』との関わりかたを問うという考えかたは、すでにあった表現を人麻呂が繰りかえしたという考えかたを取らないことを意味する。事実、他の人麻呂の作品、代表的には吉野讃歌（巻一・三六―三九）、安騎野の歌（巻一・四五―四九）、高市挽歌（巻二・一九九一二〇一）などが『古事記』そして『日本書紀』とはべつの表現をくりひろげている（神野志隆光(15)、遠山一郎(16)）。すると、「天照らす大（御）神」が『古事記』の主題と一つになって現われているのと同じく、「天照らす日る女のみこと」は草壁挽歌の主題を担っていると考えられる。この草壁挽歌のなかで、「指し上がる日る女のみこと」が草壁挽歌自身の主題にすこし違う表現を与えているという関わりかたが見とおされよう。

この関わりかたを裏づけるのが、『万葉集』のなかの人麻呂より後の時代の歌々である。人麻呂から三十数年ののち、八世紀の初めから中ごろにかかった元正の代、聖武の代に至り、笠金村、山部赤人たちが吉野で天皇讃歌を詠み、吉野の宮が「神代」から営まれてきたと歌っている。

滝の上の　御舟の山に　瑞枝さし　しじに生ひたる　とがの木の　いや継ぎ継ぎに　万代に　かくし知らさむ　御吉野の　あきづの宮は　…　山川を　清みさやけみ　うべし神代ゆ　定めけらしも

（巻六・九〇七笠金村）

神代より吉野の宮にあり通ひ高知らせるは山川をよみ　（巻六・一〇〇六山部赤人）

この「神代」は『古事記』あるいは『日本書紀』の記している神々の時代、また、吉野での活動を記されている応神などの時代を指している、と窪田空穂(17)ほかは受けとっている。これに対し、吉井巖(18)はこう解いている、人麻呂が吉野讃歌で持統の世を「神の御代」と称えたつぎのような表現を赤人たちが受けついだ、と。

やすみしし　我が大君　神ながら　神さびせすと　吉野川　たぎつ河内に　高殿を　高知りまして　登り立ち　国見をせせば　…　山川も　よりて奉ふる　神の御代かも　（巻一・三八）

人麻呂が歌っている「神の御代」という表現と異なり、金村と赤人との用いている「神代」という表現はウツセミの起こりを語る文脈に用いられている。これらの表現の違いはつぎのことを告げていよう。すなわち、人麻呂が作ったのは持統の世を「神」の時代として称えた歌であった、金村、赤人たちはその歌いかたを元正そして聖武の時代の起こりを説く神話に変えることによって、元正・聖武を称える歌をあらたに生みだした、と。赤人たちが受けついだのは、『古事記』あるいは『日本書紀』の記している天皇たちの神話ではなく、人麻呂による天武系の天皇たちの神話だったのであろう（遠山一郎(19)）。この受けつぎかたは、『古事記』などが天皇たちについてのただ一つの説きかたではなかったことを告げていよう。

さらに大伴家持は天上界から下る神と聖武とを結びつける歌を作っている。

葦原の　瑞穂の国を　天下り　知らしめしける　すめろきの　神のみことの　御代重ね　天の日継ぎと　知らしくる　君の御代御代　敷きませる　四方の国には　山川を　広み厚みと　奉る　御調宝は　数へえず　尽くしもかねつ　しかれども　我が大君の　諸人を　いざなひたまひ　善きことを　始めたまひて

（巻十八・四〇九四）

これは聖武を神に高めるに当たり、聖武までのすべての天皇たちを天上界からくだった神に結びつける歌いかたによって、さらに新たな表現を作りだしている（遠山一郎(20)）。天皇を神に関わらせて権威づける表現は、『万葉集』の歌々のなかで『古事記』とは異なるみずからの歩みを進めていたと考えられる。

四　さまざまな在りかた

『古事記』の設けかたにもっとも近い位置を占めているかのように見える人麻呂たちの歌々が、『古事記』とは異なる天皇神話を生みだし、それを押しすすめていたからには、『古事記』と同じ考えかたでそれを継いだ表現はたやすくは見いだされない。そこで、同じ考えかたの範囲を抽象的な捉えかたに広げ、『古事記』と『万葉集』のなかの歌々とにともに見いだされる要素を探るという方法も考えなければなるまい。というのは、天上界から神が下る、この神が地上界をおさめる、この神の血すじを引く者がおさめる者の位を継ぐという要素が、『古事記』『万葉集』だけでなく『日本書紀』からも取りだされるからである。それらの要素は、それらのもとになった日本古典神話を受けてに思いえがかせて、もろもろの文献のあいだの関わりを解きあかすように見える。

はやく十三世紀に仙覚(21)が高市挽歌の読みにあたって「日本記」を引き、十七世紀には契沖(22)が草壁挽歌の注で「神代紀」を照らしあわせ、さらに「旧事紀」を引いている。これらの照らしあわせの基をなしているのは、『万葉集』の歌々を読むために他の文献のことばを探るという手続きである。これは合理的な面を備えている。この手続きはことに十七世紀からのち、古典を読みとくうえでの考えの進めかたの基をなした。

この考えかたは、しかし、同じことば、あるいは、よく似ていることばと各々の表現の主題との関わりを捉える見わたしを欠いている。『古事記』とは異なった人麻呂自身の表現を担っている、とこの論がさきに認めた「天照らす日る女のみこと」について、沢瀉久孝(23)はこう述べている、

> 天照大神に同じ。古事記(上)には天照大御神とあり、神代紀(上)には「生日神。号大日孁貴」とあり、注して「大日孁貴。此云於保比屢咩能武智」また「一書云、天照大神、一書云、天照大日孁尊」とある。こはその書紀の注に見える一書の呼名によつたものである。

同じ神が呼び名を変えつつ、もろもろの文献を貫いて現われているという読みかたが右の所に明らかに現われている。この読みかたは歌々の訓みかたを根拠づけることばの扱いにとどまらず、歌々の文脈の読みにも沁みとおっている。すなわち、沢瀉(23)はその挽歌の注のなかでつぎのように記している。

> 天の八重雲をわけて降臨された天孫と浄の宮に宮居を定められた天武天皇とが「神下座奉之」の句のところで二重写しのやうになつて、日の皇子がいつの間にか天武天皇になつたと見るべきだと思ふ。

地上界に下る神が「天照らす日る女のみこと」の孫であるとその挽歌はまったく記していない。にもかかわらず、「天孫」と読みとられているのは、「天照らす日る女のみこと」と「天照らす大(御)神」との同一視に基づ

いている。

　同じ要素の認めかたは原因になり結果となって、『古事記』そして『万葉集』の歌々の読みを支え、ほかの研究分野にも及んでいる。神話学における松村武雄(24)など、歴史学における津田左右吉(25)などは、もろもろの文献のあいだに共通する要素を取りだすことなくしては成りたたない。これらの研究が文学研究の見かたを広げ、また、他の文献の例を踏まえる考えかたがより客観的な、そしておそらく、作者たちの考えに近づくであろう道すじを開いた点はたかく評価される。けれど、同じ要素の取りだしがもとの形を思いえがかせ、各々の具体的な表現をそのもとの形へ押しこめる方向へ傾くとき、それぞれの表現はひとりひとりの作者の営みを切りすてられ、それぞれのみずみずしい息吹きをそがれる。私の論の考えかた、すなわち、一方で、『古事記』が天皇の世界の初めから大もとに据えている「高天の原」を目じるしに、史的な見かたによって天皇たちの権威づけをはかった、他方で『万葉集』のなかの歌々がほぼ同じ時代に生きていた天武と持統とを大もとに据えた天皇たちの権威づけを押し進めたという捉えかたは、共通の要素の取りだしに基づく捉えかたにかならずしも合わない。

　くわえて『日本書紀』が『古事記』と異なって「高天の原」を設けず（中村啓信(26)）、べつの原理に立つ権威づけを文献に表わしている。『万葉集』の歌々の繰りひろげている天皇たちの世の在りさまを『日本書紀』も記していながら、それは天武を天上界から地上界へ下る神と見なさず、持統を「神代」に位置づけていない。『日本書紀』の記しかたは歌による表現とは異なった記しかたを貫いている。さらには『風土記』がそれぞれの土地の伝えを記しつつ、天皇のおさめる領域の在りさまを、史的な見かたからでなく、おもに空間的な見かたによって記している。

　これら諸々の表現は、七世紀から八世紀ころの天皇たちの力の在りかたの正しさを時間と空間とに渡って説くという大きな主題を担いながらも、この主題のことばへの表わしかたに違いを伴ない、さまざまな在りかたを見せている。それらさまざまで在ることに、それぞれの作者たちと編みてたちとの営みが現われているからには、ことばに基づく捉えかたを目ざすかぎり、文学のうえでの位置づけはさまざまであることを認めなければなるまい。

ことばのさまざまな営みが試みられつつ、もろもろの資料のまとめが八世紀にあいついで行なわれたことは、この世紀が古代王権の盛りのときであったことをあかししていよう。のみならず、この時に至りつくまでに、日本の朝廷とそのまわりの社会とが人々の考えかた、すくなくとも貴族たちの考えかたをこまかに分かれさせ、個の営みを育んでいたことを、さまざまなことばの営みが私たちに知らせている。『万葉集』のなかでもっとも古い歌として収められている巻二の初めの歌々は、さまざまな個の営みを映しだして、伊藤博(27)が説いているように、『古事記』の伝える盤姫とは異なる女の姿を作りだしている。同じ一人の人について、ことばによる表現の今に伝わっているもっとも古い形の一つが『万葉集』において『古事記』そして『日本書紀』とは異なった盤姫のありかたを形造っているさまは、それより後のことばによる営みの広がりが早いときからかもしだされていたことを私たちに告げていよう。

【注】

(1) 神野志隆光『古代天皇神話論』「第三章　一　多元的な神話と正統性の論理」、若草書房、一九九九年。
(2) 小島憲之『上代日本文学と中国文学　上』「第三篇　第一章　書名考」、塙書房、一九六二年。
(3) 折口信夫『古代研究（国文学篇）』「日本書と日本紀と」（『折口信夫全集　第一巻』、中央公論社、一九六五年）。
(4) 神田喜一郎「『日本書紀』という書名」、日本古典文学大系「月報」、一九六五年七月。
(5) 沢瀉久孝『万葉の作品と時代』「伝誦歌の成立」、岩波書店、一九四一年。
(6) 伊藤博『万葉集の構造と成立　上』「第二章　第一節　雄略御製の場合」、塙書房、一九七四年。

（7）伊藤博『万葉集の構造と成立　上』「第三章　第一節　古事記における時代区分の認識」、塙書房、一九七四年。
（8）山田孝雄『万葉集講義　巻第一』二四番歌の注、宝文館、一九二八年。
（9）遠山一郎『天皇神話の形成と万葉集』「第一章　第二節　『古事記』『日本書紀』『風土記』における世界の区分」、塙書房、一九九八年。
（10）吉井巖『天皇の系譜と神話　一』「II　二　火中出産ならびに海幸山幸説話の天皇神話への吸収について」、塙書房、一九六七年。
（11）賀茂真淵『万葉考』「万葉集大考」（『賀茂真淵全集　第一巻』、続群書類従完成会、一九七七年）。
（12）大久保正『万葉集の諸相』「第五章　四　万葉の神々」、明治書院、一九八〇年。
（13）土屋文明『万葉集巻第十八私注』、筑摩書房、一九七〇年。
（14）曽倉岑「万葉集巻一、巻二における人麻呂歌の異伝」、『国語と国文学』一九六三年八月号。
（15）神野志隆光『柿本人麻呂研究』「II　五　天皇神格化表現をめぐって」、塙書房、一九九二年。
（16）遠山一郎「人麻呂の神話的表現」、『国文学』一九九四年五月号。
（17）窪田空穂『万葉集評釈　第四巻　万葉集　巻第六』、東京堂出版、一九八四年。
（18）吉井巖『万葉集全注　巻第六』、有斐閣、一九八四年。
（19）遠山一郎『天皇神話の形成と万葉集』「第三章　第一節　吉野における讃歌の継承」、塙書房、一九九八年。
（20）遠山一郎『天皇神話の形成と万葉集』「第三章　第二節　天皇神話の到達点」、塙書房、一九九八年。
（21）仙覚『万葉集註釈巻第二』（『万葉集叢書　第八輯　仙覚全集』、臨川書店、一九七七年）。
（22）契沖『万葉代匠記　巻第二』（『契沖全集　第一巻』、岩波書店、一九七三年）。
（23）沢瀉久孝『万葉集注釈　巻第二』、中央公論社、一九五八年。
（24）松村武雄『日本神話の研究　第一巻―第四巻』、培風館、一九五四年―一九五八年。
（25）津田左右吉『日本古典の研究　上、下』（『津田左右吉全集　第一巻、第二巻』、岩波書店、一九六三年）。
（26）中村啓信『古事記の本性』「第一章　三　高天の原について」、おうふう、二〇〇〇年。
（27）伊藤博『万葉集の構造と成立　上』「第二章　第二節　巻二磐姫皇后の場合」、塙書房、一九七四年。

第二章　『古事記』の構想

第一節　「高天の原」による説きかた

一　「高天原」と「ただよへる国」と

『古事記』の本文は、つぎのようにはじまっている。

①天地初めて発りし時に、高天原に成りませる神の名は、天の御中主の神。高の下の天を訓みて阿麻と云ふ。下これにならへ。次に、高御産巣日の神。次に神産巣日の神。この三柱の神は、みな独神と成りまして、身を隠したまひき。

この部分には「天」が三つ続いて現われている。なかで二つめの「天」は、「高天原」という一つの呼び名に組みこまれている。が、この呼び名のなかの「天」は、他の二つの「天」にふかく関わっている。すなわち、「天地」のうちの「天」が「高天原」にただちに結びつけられ、この「高天原」に「天の御中主の神」が「成」ったという関わりが同じ「天」によって示されている。続いて「成」った「高御産巣日の神」「神産巣日の神」は「天」を名のなかに持っていない。しかし、これら二神も「高天原」に「成」ったと受けとられる。これら二神が「天の御中主の神」と合わせて「三柱」と数えられているからである。しかも、これら二神の「成」りかたは「次に」「次に」という続けかたで導かれている。イザナキ・イザナミの「成」るまで、この「次に」という続けかたがつづいて用いられている。イザナキとイザナミとが子どもを「生」むときにも、「次に」という表現で子どもの名が記されている。また、天皇たちの子どもが或る妻から二人以上うまれるときにも、それらの名が

「次に」という続けかたによって並べられている。前の名と後の名とによって呼ばれている神、人が前、後の順にありつつ、時あるいは間がらのうえで隔たっていなかったことを、「次に」という続けかたが示していると受けとられる。すると、はじめの三神ばかりではなく、イザナキ・イザナミまでの神たちがすべて「高天原」に「成」ったことが記されている、と考えられよう。

右のように受けとるうえで、つぎの部分が差しさわりになるように見える。すなわち、初めの三神について記している①に続いてこう記されている。

②次に、国稚く、浮ける脂のごとくして、くらげなすただよへる時に、（注を略す）葦芽のごとく萌え騰る物によりて成りませる神の名は、うましあしかびひこぢの神。（注を略す）次に、天の常立の神。（注を略す）この二柱の神も、みな独神と成りまして、身を隠したまひき。

上の件の五柱の神は、別天つ神ぞ。

「うましあしかびひこぢの神」は、「天の常立の神」とともに「二柱」と数えられている。つづいて記されている「上の件の五柱」は初めの①に記されている「三柱」にこの「二柱」を加えた数である。すると、「うましあしかびひこぢの神」と「天の常立の神」との「二柱の神」も「高天原」に「成」ったと『古事記』は述べているのであろう。右の部分の初めに置かれている「次に」の働きが「五柱」という神たちの数のまとめに合っている。

ところが、「うましあしかびひこぢの神」と「天の常立の神」とが「高天原」ではなく「国」に「成」った、とこの②の部分は記しているように見える。ことに「国稚く、…くらげなすただよへる時に、…成りませる神の名は」という文脈は、「うましあしかびひこぢの神」と「天の常立の神」との「成」った所を「国」につよく結びつけている。ところが、右に述べたように、これらの神たちが「二柱」さらに「五柱」にまとめられている扱いは、これらの神たちを「高天原」の神たちと考えさせる。ならば、「国」と「高天原」とは同じ所を表わしているのか。

この「国」は後にも現われ、「高天原」ではない所を指しているかのようである。すなわち、つぎのような「天つ神のもろもろの命」がイザナキ・イザナミに与えられている。

③このただよへる国を、修理め固め成せ。

「このただよへる国」はイザナキ・イザナミによって「大八島国」「六島」の形を持たされ、これらが天皇たちによって後におさめられたと『古事記』は記している。すると、この「ただよへる国」は、「五柱」の「別天つ神」の「成」った所でありつつ、天皇たちのおさめる所になったかのようである。

この説きかたは天皇たちの力のよりどころを分かりにくくする。というのは、「高天原」から神がくだった、天皇たちはその子孫であるという点が天皇たちの力のよりどころである（第一章　第三節　血すじによる系譜）。「国」が「高天原」であるならば、天皇たちの力のよりどころは天皇たちのおさめる所であるという繰りかえしに、『古事記』の主張が落ちいるように見える。『古事記』は「高天原」を「ただよへる国」にどう関わらせてその主題を説いているのか。この節は『古事記』における「高天原」の位置づけを考えようとする。

二　「高天原」と「国」と

「国」ということばの使いかたに限るならば、「うましあしかびひこぢの神」と「天の常立の神」とが「国」に「成」ったことと、これら二神が「高天原」の神たちであることとの間に食いちがいはない。「国」は或る領域を表わすだけであり、天上にも地上にも「国」があるからである。スサノヲが「天に参上りし時」、アマテラスがこう言ったと『古事記』は記している。

わが国を奪はむとおもほすにこそ。

アマデラスは、これより前にイザナキによってこう定められている。

④ながが命は、高天原を知らせ。

したがって、アマデラスの言っている「国」は「高天原」を指していると受けとられる。

地上の「国」についてはイザナキがイザナミに言ったことばが一例として挙げられよう。

吾と汝と作れる国、未だ作り竟へず。

右のような「国」のありかたは「高天原」と地上界との違いをぼやけさせる。さきの②と③とにおいてこのぼやけかたがことに著しい。すなわち、『古事記』の文脈のなかでは、「国」が②のときに「ただよ」っていたから、③で「修理め固め成せ」とイザナキ・イザナミが命じられたという連なりが辿られる。この②と③との「ただよへる国」が「高天原」であるならば、③において「天つ神のもろもろの命」がイザナキ・イザナミに「国」すなわち「高天原」を「修理め固め成せ」と述べたと読める。さきに触れた神たちの括りかたもこの読みを支えよう。②において「国」に「成」ったのが「うましあしかびひこぢの神」「天の常立の神」であり、これら「二柱の神」が「五柱」の「別天つ神」に数え入れられているからである。

「高天原」の天上と地上とに渡るありかたは、天上界と地上界との神たちのぶつかりあいを記している条と食いちがっているように見える。が、そのぶつかりあいの条は後に置かれている。後の条を初めの条に持ちこまずに「高天原」を辿ってゆくと、アマデラスの「成」りかたと「高天原」のありかたとの間に並んでゆく関わりかたが見いだされる。すなわち、アマデラスはイザナキの左の目から「成」る。さきの④に記されているように、イザナキはこの神に「高天原」をおさめさせる。この神が「高天原」で「成」るのではないにもかかわらず「天」を名に持っているのは、④に記されているイザナキの委任によっている。この④からのち、『古事記』のなかでアマデラスは「高天原」をおさめる神という地位を保っている。スサノヲの行ないの悪さのためにこの神が

「天の岩屋戸」に身をかくす条では、この神が光りであり、すべての良いことのみなもとであるように『古事記』は記している。また、「高天原」の神が地上界をおさめる条はその始まりをこう記してアマテラスを中心に据えている。

⑤天照らす大御神の命もちて、「豊葦原の千秋の長五百秋の瑞穂の国は、あが御子正勝吾勝勝速日天の忍穂耳の命の知らす国ぞ」と言因さしたまひて、天降したまひき。

「国」を「作」ったイザナキの体からこのように重い地位をしめる神が「成」り、そのうえ、「高天原」をおさめる力をイザナキによって与えられる。イザナキとイザナミとが「国」すなわち「高天原」を「修理め固め成」したと『古事記』が記しているという受けとりかたは、「高天原」とイザナキとアマテラスとの関わりかたに合っている。

ところが、「ただよへる国」を「修理め固め成」したのがイザナキ・イザナミの二神であったのに対し、アマテラスを「高天原」に結びつけたのはイザナキであり、イザナミはそれに関わっていなかった。この違いをもとに「ただよへる国」と「高天原」とを違う所だと捉える解きかたをみちびくこともできそうである。けれども、「修理め固め成」しの条はイザナキに重みをかけている。この重みのかけかたは、つぎの三点によって受けてに知られる。すなわち、(一)二神がことばを初めてかわすとき、イザナキがさきに問いかける、(二)二神が「天の御柱」をめぐるところで、「女人の言先だちしは良くあらず」とイザナキが言う、(三)この考えかたが「天つ神」による「卜相」にも現われる、という三点である。したがって、イザナキ・イザナミ二神のうちのイザナキから「高天原」の中心の神が「成」ったと記されている条は、二神のうちのイザナキに重みをかけた「修理め固め成」した行ないからの連なりによって説かれていると受けとってよいであろう。

「ただよへる国」と「高天原」とを分けない受けとりかたは、つぎのようなさまをもよく説くことができよう。

アマデラスがスサノヲを迎えようとしたさまがこう記されている。

堅庭は、向股に踏みなづみ、沫雪なすくゑはらかして、

アマデラスのこの動きは、つぎのようなスサノヲの動きに応じている。

天に参上る時に、山川ことごと動み、国土みな震りき。

アマデラスばかりでなくスサノヲも人をはるかに越えた存在であったことを、これらは表わしている。ととも

に、これらの神たちの動きがどのような時のことであったかを、さきの捉えかたが明らかにしよう。すなわち、

イザナキ・イザナミが「国」を「修理め固め成」しはしたけれど、「くらげなすただよへる時」からまだ隔たっ

ていなかったのがその時である。アマデラスの出むくところが「堅庭」であることは、このような時の捉えかた

の差しさわりにならない。「堅」が称えことばとして主に働いていると受けとることができるからである。その

「庭」をその神が「沫雪」のように蹴ちらかしたことは「国」の「ただよへる」に近いありかたに合っている。

「国土みな震りき」も同じである。

他方で、イザナキ・イザナミが「高天原」である「国」を「修理め固め成」したという捉えかたは、これら二

神のしたことに合っていないようにも見える。というのは、これら二神の働きによってできた島々が「高天原」

より低い所にあったように記されているからである。すなわち、イザナキ・イザナミは「天の浮き橋」に立ち、

「そのぬ矛を指し下して…引き上げ」た、潮がその矛から「垂り落」ちて「成」った島にこの二神が「天降りま

して」と記されている。したがって、イザナキ・イザナミがこの島すなわち「おのごろ島」で「生」んだ「大八

島国」「六島」も「高天原」より低い所にあったのであろう。これら「大八島国」と「六島」とをまとめて「葦

原の中つ国」と『古事記』は後に記している。この「葦原の中つ国」にアマデラスの子が行ったのは上から下へ

の動きであり、これらの島々の位置に合っている。これらの島々すなわち「葦原の中つ国」が「高天原」である

と『古事記』が記している、とは考えがたい。ならば、「ただよへる国」に「成」った「うましあしかびひこぢの神」「天の常立の神」は「高天原」の神ではなかったのか。

三 「おのごろ島」の位置

イザナキ・イザナミが「ただよへる国」に働きかけた所は初めに「天の浮き橋」であり、ついで「おのごろ島」であったと記されている。その「天の浮き橋」が地上にあったとは受けとりがたい。地上に初めて形を現わしたのは「おのごろ島」だったのであろう。この島の現われたところまで、すべての神たちの現われかたを『古事記』は「成」ルという自動詞によって言いあらわしている。この表現が七たび繰りかえされた後に、「このただよへる国を修理め固め成せ」というところに至って、「成」スという働きかけを「天つ神」がイザナキとイザナミとに求めたという表現に変わっている。「おのごろ島」はこの「成」ルから「成」スの変わりめに現われている。イザナキ・イザナミが「ただよへる国」に対して「天のぬ矛」を用いた働きかけをした結果、「成」ルという自動詞がつぎのようにふたたび現われている。

⑥其の矛の末より垂たり落つる塩の累なり積もれる、島と成りき。

この「成」ルはイザナキ・イザナミという主体の働きかけがもたらしたことである。対してこれより前の「成」ルは「成」らせた主体を持っていなかった。この主体のありかたについて、ムスヒの神がすべてをあらせたという解きかたを神野志隆光(1)は述べている。この考えかたを「成」ルに置きかえると、自動詞「成」ルによって言いあらわされている神たちを在らせた主体はムスヒの神だ、とその解きかたは見なしているようである。けれども、そのムスヒの神も「成」った神であったことをさきの①が記している。ただ、①の記している「成」ルは「成りませる神の名は、天の御中主の神」であり、「高御産巣日の神」と「神産巣日の神」とについて「成」

ルが直接には用いられていない。しかし、すでに触れたように、二つの「次に」がこれらの神たちの名をみちびきだしている。これら二つの神たちも「天の御中主の神」と同じく「成りませる神の名は」と述べられている、と受けとってよい。ならば、「成」ったムスヒの神を成らせた何かもまた説かれなければなるまい。ところが、イザナキ・イザナミが「おのごろ島」を「成」らせるより前に神たちを成らせた何かについて、『古事記』は記していないように見える。すべての神たちの現われが自動詞「成」ルによって言いあらわされているからである。

その何かを受けてに捉えさせる手がかりがつぎの記事に見いだされる。イザナキ・イザナミが子どもを「生」みそこない、どうするべきかを「天つ神」にたずねた条がその記事である。

⑦しかして、天つ神の命以ちて、ふとまにに卜相ひて詔らししく、

この「天つ神」は、イザナキ・イザナミに「このただよへる国を修理め固め成せ」と命じた神である。この命より前に「天つ神」と呼ばれているのは、「天の御中主の神」から始まりつぎつぎに「成」った「天の常立の神」までの「別天つ神」だけである。イザナキ・イザナミが問いかけたのはこの「天つ神」であろう。この「天つ神」がウラナヒによって知ろうとしたのは何だったのか。つぎに掲げる『古事記』垂仁の条のばあいを見あわせると、いずれかの「神の心」だったのであろう。

此く覚したまふ時に、ふとまにに占相ひて、何の神の心ぞと求めしに、その祟りは出雲の大神の御心にありき。

ところが、⑦でウラナヒをした「天つ神」より前に神があったことを『古事記』は記していない。前にあったのは「高天原」だけである。そこに「天つ神」が「成」っていた。ただし、『古事記』は初めに「天地初発之時」と記している。この「天地」もあったと考えられないわけではない。が、さきに触れたように、この「天地」は後に記されている「高天原」「国」であると受けとられる。本居宣長(2)は「高天原」と「国」とを別に受けとり

つつも、『古事記』の初めを「此世の初を、おほかたに云る文」と読みとっている。この読みが支持される。この宣長の読みが「初発之時」をハジメノ時ニと訓ませている。この訓みは「天地」の現われかたをこまかに示さないことによって、「おほかたに云る」という捉えかたをよく言いあらわしている。ただ、その根拠の一つが人麻呂の草壁挽歌の長歌（巻二・一六七）の「天地之　初時」である。ところが草壁挽歌は『古事記』とは異なっている（第一章　第二節　歌が開くことば）。そのうえ、『古事記』の「初発」を人麻呂の歌の「初」に基づいて訓むのは当たるまい。その訓みにおいては『古事記』が「初」とともに記している「発」がことばに現われないからである。対して、西宮一民(3)が頭注に意味を解いて「発生する意」と述べ、ハジメテオコリシ時ニと訓んでいるのがよい。この訓みが「初」と「発」とをことばに示しつつ、「天地」の現われかたについて、おのずからの現われであったことを言いあらわしているからである。

何もなかったときに「天つ神」に先だって現われていたのが「高天原」であったからには、「天つ神」がウラナヒによって知ろうとしたのは「高天原」の考えだったと読みとられよう。さきに見あわせた垂仁の条の表わしかたによって言いかえると、「天つ神」は「高天原」の「心」をたずねたのであろう。

「高天原」という所の「心」の現われかたを神が求めるという知りかたは、歌に連なった考えかただったようである。すなわち、『万葉集』は舒明の歌としてつぎの歌を記している。

国原は　けぶり立ちたつ　海原は　かまめ立ちたつ　うまし国ぞ　あきづ島　やまとの国は　（巻一・二）

この歌の歌いてが見ていた「けぶり」「かまめ」は、土橋寛(4)が「国霊や水霊の盛んに活動する姿」と説いているように、「国原」「海原」に備わっていた力の現われだったのであろう。「国原」「海原」の力の現われとしての「けぶり」「かまめ」という見えかたを欠いては、「うまし国」は称えられる根拠を持っていない。

つぎの歌にも同じ捉えかたがうかがわれよう。

み吉野のきさ山のまの木末にはここだもさわく鳥の声かも　（巻六・九二四）

ぬばたまの夜のふけゆけばひさき生ふる清き川原に千鳥しば鳴く　（九二五）

「鳥」が「み吉野」の力の現われだったことがその「声」によって歌いてに捉えられている（第一章　第二節　歌が開くことば）。

右に歌われている「けぶり」「かまめ」「鳥」がそれぞれの所の備えていた力の現われとして捉えられていたのであろうように、「天の御中主の神」たち、すなわち「天つ神」たちも、「高天原」の力の現われとして『古事記』の初めに記されているのではないか。「高天原」の力の神の形への現われかたをたとえによって示しているのが、さきの②に記されている「うましあしかびひこぢの神」のばあいであろう。すなわち、「葦芽のごとく萌え騰る物によりて成」ったという「神」の現われかたは、益田勝実(5)の説いているように、それが植物の芽ぶきの神格化であったことを受けてにただちに見てとらせている。植物の芽がその植物の内に備わっている力の現われであるように、「高天原」の備えていた力が「うましあしかびひこぢの神」を含んだ「天つ神」たちを「成」らせたことが、「成りませる神」という自動詞によって言いあらわされているのであろう。さきに触れた神野志隆光(1)が述べているように、のちに現われている『古事記』の神たちにムスヒの神たちはふかく関わっている。これら二つの神たちがムスと名づけられている点と、これら二つの神たちの後の働きとを見あわせると、これら二つの神たちは「高天原」の成らせる力の神格化だったのであろう。しかし、その力のもとは「高天原」であり、ムスヒの神たちが他の神たちを成らせたことが記されているのではなかろう。

「高天原」が「天つ神」たちを「成」らせたという考えかたによって『古事記』が記されているという解きかたは、さきの⑦における「天つ神」の「ふとまにに卜相ひ」という行ないを解きあかすことができる。すなわち、イザナキ・イザナミに問われた「天つ神」は自分たちを「成」らせた「高天原」の「心」をウラナヒによってたずねたのであろう。何かの手だてなくしては人が神の心を知りがたかったように、「天つ神」たちは「高天原」の「心」をウラナヒによらずには知りがたかったのであろう。

「高天原」という所に「心」があると考えられていたであろうことは、つぎの歌によってあかしされよう。

ささ浪の国つ神のうらさびて荒れたるみやこ見れば悲しも　（万葉巻一・三三）

この歌において「うらさび」という心のありかたにあったのは「み神」である。この神が「ささ浪の国」であったことを、この歌の前におさめられている歌が推しはからせる。

ささ浪の志賀の唐崎さきくあれど大宮人の舟待ちかねつ　（三〇）

「第一章　第二節　歌が開くことば」で触れているように、契沖(6)は「待ちかねつ」の主語を「唐崎」と読みといている。この「唐崎」はこの所の神をみずからから分かれさせておらず、所のままであった在りかたによって「高天原」に近い。

「高天原」という所ではなく或る神がその心のありかたを別の神の形に現わしたばあいも『古事記』は記している。

御涙に成りませる神、香山の畝尾の木の本に坐す名は泣沢女の神ぞ。

イザナミが去ったときにイザナキは悲しんだ。イザナキのその心のありかたが神の形に現われたのがこの「泣沢女の神」なのであろう。所や神の心のありかたが、あるいは「荒れたるみやこ」あるいは「泣沢女の神」に形を現わしたように、「天つ神」に問われた「高天原」の「心」がウラナヒによって形を現わしたのであろう。ところがウラナヒに心を現わした後に、「高天原」は成らせる力を直接には現わさなくなったように『古事記』は述べている。さきに触れた「泣沢女の神」は、イザナキの悲しみの心が「御涙」によってその神を「成」らせた。「泣沢女の神」のこの「成」りかたに「高天原」の力の働きを読みとるわけにはゆくまい。「成」らせる力が

「高天原」からそこに「成」った神へ移った初めにイザナキ・イザナミが働いたことを、『古事記』は記しているのであろう。すなわち、イザナキ・イザナミ二神の初めての働きかけが「成」らせたのが「おのごろ島」であったことを『古事記』は記していると読みとられる。

四　天上界から地上界へ

「おのごろ島」の現われからのちイザナキ・イザナミが働きかけの主体であったことを示して、イザナキは「おのごろ島」でイザナミにこう言っている。

国土を生み成さむとおもふ。

この「国土」の「生み成」しは「淡道の穂の狭別の国」から「両児の島」までに及んでいる。さらに、イザナキ・イザナミが神々を「生」むことを『古事記』は続けて記し、その後でこうまとめている。

おほよそに、いざなき・いざなみの二神、共に生みたまへる島壹拾四島。又、嶋・神参拾伍神ぞ。こはいざなみの神いまだ神避りまさぬさきに生みたまへり。ただ、おのごろ島のみは生みたまへるにあらず。また、蛭子と淡島とは子の例には入れず。

このまとめの部分は二つの点で受けての注意をひく。一つは、『古事記』が島々に神々を加えてまとめている点である。二つは、『古事記』が「おのごろ島」について注を付けている点である。

一つめの点は「嶋・神参拾伍神」という数に現われている。すなわち、毛利正守[7]が解いているように、その数は島々をなしている神々の合計であろう。「地」における島々と神々とのこの組みあわせに対応して、「天」すなわち「高天原」にも神々が「成」り、その神々の数がまとめられ、さきの①に「三柱の神」、②に「二柱の神」、あわせて「五柱の神」、さらに「神世七代」が記されている。すると、『古事記』は各々の所だけではなく、その各々の所に或るいは「成」り或るいは「生」まれた神々を加えて二つの世界を成りたたせている、と知られる。これら二つの世界が初めの「天地」であろう。したがって、イザナキ・イザナミが島々と神々とを「生」みおわるまでが、「天地初めて発りし時」の範囲であると捉えられる。この後には「黄泉つ国」という別の世界が現われている。この「黄泉つ国」がどのように「成」ったのか、あるいは「生」まれたのか、あるいはそれらではなかった現われかただったのか、『古事記』は記していない。その現われかたが『古事記』の主題にただちには関わらないからであろう。さらに別の世界であった「根の堅州国」も同じである。

二つめの「おのごろ島」についての注は、あとの部分に「おのごろ島のみは生みたまへるにあらず」と述べて、この島をイザナキ・イザナミによって「生み成」された世界、すなわち地上界から分けている。この島を地上界から分けている注は、この島と「高天原」との近さを受けてに知らせている。とともに、「おのごろ島」と「高天原」とのあいだには大きな違いがある。すなわち、一方の「おのごろ島」がイザナキ・イザナミによって「成」らされたのに対し、他方の「高天原」はそれを成らせた何ものをも記されていない。「おのごろ島」より前にあったのは、初めからあった「高天原」とそこに「成」った神々とである。これら二つをもとにして「おのごろ島」が「成」ったさまを記しているのが、さきの⑥である。そのときにイザナキ・イザナミが矛によって働きかけた対象が「ただよへる国」であった。この「国」はすでに述べたように「高天原」から分かれていなかったように記されている。すると、「おのごろ島」は「ただよへる国」すなわち「高天原」から、「高天原」に「成」ったイザナキ・イザナミの働きによって「成」ったと『古事記』は記していると受けとられよう。この「おのごろ島」におりたイザナキ・イザナミの「生」んだ「島壱拾四島」「嶋・神参拾伍神」が地上界をなしたという『古事記』の説きかたは、「天」と「地」とを断ちきらずに「ただよへる国」すなわち「高天原」から「おのごろ島」を経て「地」を成りたたせていると考えられる。これが『古事記』の記している「天地」の成りたちであろう。

この「天地」の成りたちかたは、「天」と「地」との各々で或るいは「成」り或るいは「成」らされた神々のあいだの関わりかたをも貫いている。すなわち、天上界をおさめる神たちと地上界をおさめる神たちとは系譜によってつながりを持たされ、たがいを断ちきられていない。「大穴牟遅の神」は「兄弟、八十神」を斥けて「大国主の神」になり地上界をおさめる。このおさめる力はつぎに掲げる条においてスサノヲによって与えられている。

大穴牟遅の神に謂らして曰ひしく、「その、なが持てる生大刀・生弓矢もちて、なが庶兄弟は、坂の御尾に追ひ伏せ、また、河の瀬に追ひ撥ひて、おれ、大国主の神となり、また、宇都志国玉の神となりて、そのわが女、須世理毘売を適妻として、

こうして地上界をおさめる「大国主の神」は地上界をおさめる力を与えるスサノヲの子孫である、と『古事記』は記している。地上界をおさめる力をスサノヲがこの神に持たせる理由の一つは、系譜のうえのこのつながりに基づいているのであろう。くわえて、この神とスサノヲの娘との婚姻がこの神とスサノヲとの結びつきをさらに強めている。

地上界をおさめる力をスサノヲが与えるからには、スサノヲはそれを与える力を備えていなければなるまい。スサノヲの力のみなもとは、さかのぼって、スサノヲがイザナキの体から「成」ったところにゆきつく。スサノヲの地上界での行ない、すなわち、ヲロチ殺し、クシナダヒメとの婚姻は、地上界をおさめることに直接には関わっていないと受けとられる。それらの行ないの後にスサノヲが地上界をおさめたとは記されていないからである。地上界をおさめる神は「大国主の神」まで現われていない。

おなじくイザナキにゆきつかせる説きかたによって、『古事記』は地上界をおさめる力をべつの神にも持たせている。アマデラスがその神である。⑤としてさきに掲げたように、その神の子が地上界をおさめるとその神は

ことばに表わし、それが実現する。なぜアマデラスの子が地上界をおさめるのかについて『古事記』は記していない。理由として受けての見いだすことができるのは、つぎの一点である。その子が「高天原」をおさめるアマデラスの子だからである。このアマデラスがイザナキの体によって「成」り、「高天原」をおさめる力をイザナキによって与えられている。

地上界をおさめる力をアマデラスとスサノヲとの各々からべつべつに持たされた神たちは後にぶつかりあう。このぶつかりあいは、しかし、もとから対立する関係には置かれていない。すなわち、地上界をおさめる力をめぐってぶつかりあう神たちは、系譜のうえで、もともとイザナキの体から「成」ったことが記されている。アマデラスとスサノヲとが「成」った時に、ほかに「月読の命」が同じイザナキの体から「成」っている。が、『古事記』の主な部分にこの神は関わっていない。この神を除き、『古事記』はアマデラスとスサノヲとを系譜のうえでことに結びつけ、その結びつけを二神各々のことばによってさらに裏づけている。すなわち、スサノヲが「天に参上」ってきたときに、アマデラスはスサノヲを「わがなせの命」と呼んでいる。これに応じて、スサノヲは地上界に追いはらわれたときに、地上界の神々に対してみずからを「あは、天照らす大御神の伊呂勢ぞ」と言っている。犬飼隆(8)が述べているように、『古事記』においてイロという表わしかたが字に示されているのは、その関わりをことに強く言い表わしているばあいである。スサノヲがアマデラスの「伊呂勢」だと言っているのは、同母の弟という解きかたによる限り、イザナキだけから「成」ったそれら二神のありかたに合わない。しかし、犬飼(8)の解いているように、イロは強い絆を表わしていた語であり、スサノヲはアマデラスとの強い関わりをことさら言っているのであろう。

受けてにこのように示されている系譜のうえのつながりは、天上界と地上界とのそれぞれをおさめる力のみなもとをイザナキに行きつかせる。このイザナキがイザナミとともに「おのごろ島」で島々と神々とを「生」みだした行ないは「天つ神のもろもろの命」によっており、さらに、この「天つ神」もイザナキ・イザナミも「高天原」で「成」り、その「高天原」が初めからあったと『古事記』は記している。『古事記』のこの説きかたは、初めからある「高天原」からすべてを起こし、天皇たちの力もこの「高天原」の神から起こったという連なりのなかで、「天地初めて発こりし時」から天皇たちのありかたまでを貫いている。「高天原」から「おのごろ島」を経る「地」の成りたちの神話は、天皇たちの力にゆきつく連なりを初めの部分で説き、『古事記』の主題へ受けてをみちびく役わりを果たしていると言えよう。

五　新たなことばの営み

「高天原」は「天つ神」たちを「成」らせ、その「天つ神」たちの働きをとおして地上界を「成」らせながらも、みずからは一つの神の形をとっていない。しかも、『古事記』は「高天原」の成りたちをまったく説いていない。「高天原」のこのありかたは、神を初めから存在させ、その神の成りたちを説かない一神教に通うところを備えている。とともに、「高天原」が「成」らせた神たちがそれぞれに働いてゆく面で一神教と異なっている。神の形をとっていないありかたによって、神たちと天皇たちとの力のみなもとである「高天原」は、①において『古事記』に初めて現われている。その①は「高天原」のなかの「天」に注をつけ、「天を訓みて阿麻と云ふ」と記している。この注は「高天原」の訓みかたを示しているように見える。

吉田留(9)はその注に従い、「高天原」をタカアマハラと訓んでいる。この訓みは本居宣長(10)の訓みタカマノハラをあらため、『古事記』の注「阿麻」のままに訓もうとしていることが明らかである。しかし、『古事記』の記しかたについて吉田(9)はつぎのように述べ、宣長(10)の考えかたを引きついでいることをうかがわせている。『古事記』は「あらゆる方法に依つて古い訓読を残して居る。其の上、其の説話も古伝説の儘に伝へよう」としている、と。武井睦雄(11)は、一方でその注についての吉田(9)の考えかたによりつつ、吉田の訓みをやや改めてタカアマノハラと訓んでいる。他方で、「高天原」が「高」＋「天原」であるという意味のうえのまとまりをその注が示そうとしていると武井(11)は論じている。その注が訓みかただけでなく意味を表わしているという武井(11)の解きかたを受けながら、小松英雄(12)は宣長たちとは異なる見かたに立っている。すなわち、亀井孝(13)の考えかたを支持し、『古事記』が意味を伝えることをおもに意図し、古いことばを保つことをかならずしも目ざさなかったことを小松(12)は論じている。

『古事記』の編みてが「高天原」の「天」に注を付けたのは、その字の訓みかたが「阿麻」でなければならなかったからであろう。その一つの訓みかたがことに求められたわけについて、右に辿った五つの考えかたは、訓みかたと意味との各々の見かたによって解こうとしている。もとより訓みかたと意味とは互いにふかく関わっている。「高天原」のばあいにはもう一つの要素が加わっている。「高天原」を古いことばと見るかどうかという点がそれである。この点の見かたの違いは『古事記』の説きかたをどの時代に位置づけるかという点にただちに連なっている。すなわち、「高天原」が古いことばであったならば、「高天原」によってすべてを説いている『古事記』の説きかたはそのことばとともに古いと認められよう。もし、「高天原」が古いことばではなかったならば、『古事記』の説きかたの、すくなくとも「高天原」に関わっている部分は新しかったと受けては考えなければなるまい。そこで、他の文献における「高天原」の現われかたに視野を広げてみよう。もしそれが古い伝えを担った古いことばであったならば、長い時の流れにともなって日本の朝廷とそのまわりとの人々のあいだに広く行きわたり、他の文献にも記されているであろうと考えられる。

『日本書紀』は『古事記』とほぼ同じころに編まれただけでなく、天皇たちの力のよりどころを説こうとする点でも『古事記』に似ている。ところが、中村啓信(14)は『日本書紀』の本文に批判を加えつつ次の点を指摘している。すなわち、『日本書紀』巻一・巻二の本書には「高天原」がないこと、「高天原」は巻一・巻二の一書に四例、巻三に一例見いだされるにとどまっていること、『万葉集』の歌には「高天原」が歌われていないことである。『万葉集』において神が天上界からくだったことを歌っている作品のなかで、柿本人麻呂の歌（巻二・一六七）が『古事記』の説きかたに近いように見える。しかしそれも、天武が「天」からくだり「天の原」へ「神上がり」と述べており、「高天原」を歌いこんでいない。『万葉集』に見いだされる「高天原」は「高天原広野姫」という名のなかの例だけである。『風土記』では、「高天之原」「高天原」の各々が一度だけ、常陸国香島郡のなかの一まとまりの条に現われている。対して「天」は、これらの文献すべてに数おおく現われており、「天の原」にもかなりの広がりが見いだされる。

このような八世紀の文献の状態のなかで、『古事記』に「高天原」が十例見いだされる。「天」そして「天の原」と異なり、他の文献で重い位置を占めていないように見える「高天原」が『古事記』に片よって現われ、述べたような大きな役わりを担っている点が際だっている。この片よりは受けてにつぎのような疑いをいだかせる。すなわち、「高天原」をみなもとに据えた『古事記』の説きかたが古い伝えなのかどうか、やや具体的には、『古事記』のその説きかたが七世紀から八世紀ころの日本の朝廷とそのまわりとの人々にゆきわたっていた考えかたに基づいていたのかどうか、と。

そこで、「高天原」の注が意味を示しているという解きかたがあらためて注意される。というのは、「高天原」が「高」と「天原」という別々のことばの組みあわせであることを、その解きかたが見いだしているからである。「高」と「天原」との例が八世紀の文献にひろく見いだされることによって推しはかられるように、「高」と「天原」とは日本の朝廷とそのまわりとの人々によく知られていたことばだったであろう。「高天原」がこれら知られていたことばの組みあわせであることを、『古事記』の編みては注によって示したのではないか。ただ、「高天原」「高天之原」が『日本書紀』の一書と『風土記』常陸国とに記されている。すると、天上界のこの呼び名は『古事記』の編みてが作りだしたものとは考えにくい。もっとも、『古事記』の編みてが作りだした呼び名を『日本書紀』一書と『風土記』常陸国との編みてたちが取りいれた、と考えられないわけではない。人麻呂の歌にその呼び名が現われていない点がその考えかたを支えよう。人麻呂の歌が『古事記』の編まれたときより古いからである。けれども、「高天原」という呼び名がすでにあり、それを『古事記』『日本書紀』一書、『風土記』常陸国の編みてたちが記したという可能性は消えない。したがって、『古事記』が編まれた八世紀初めという時をもとに、「高天原」がより古くからあった呼び名か、その時の新しい呼び名かという点は確かには定めがたい。とはいえ、この呼び名が『古事記』の説きかたの大もとに据えられていることと、この呼び名がほぼ同じ時代に作られた他の文献にまれに見いだされるにとどまっていることとはあいまって、つぎの点を告げていよう。すなわち、日本の朝廷とそのまわりとの人々にかならずしも沁みこんでいなかった「高天原」という天上界をすべてのみなもとに据え、天皇の力の起こりもこの「高天原」によって説こうとしたのは『古事記』の編みての営みであった、と。『古事記』のなかで「高天原」が初めて記されている所で、その訓みかたの注によって意味が示されているのは、その呼び名が人々にかならずしもなじんでいなかったからであろう。人麻呂の歌がその呼び名を用いていないのも、その呼び名が歌いての心のなかに住んでいなかったからであろう。

「高天の原」によるあらたな説きかたという捉えかたは、しかし、『古事記』のすべてがその編みてによって作られたことをただちに意味するわけではない。さきにも述べたように、「高天の原」の神たちの「成」りかたに、舒明の歌における「国原」「海原」の力の現われに通うところが見いだされる。くわえて、つぎの歌に現われている「天の原」も力を内に備えていたのであろう。

天の原振りさけ見れば大君の御いのちは長く天足らしたり　（万葉巻二・一四七）

この歌における「天の原」と「大君の御いのち」との関わりかたはかならずしも明らかではない。「国原」「海原」が「けぶり」「かまめ」を現われさせ、「み吉野」が「鳥」の声を満ちさせているという歌いかたから推しはかると、この「天の原」も「大君の御いのち」を現わし満ちさせていたのであろう。

七世紀から八世紀にかけて歌に引きつがれてきた、おそらくより古くからの「国原」「海原」「天の原」などのハラ、さらに「み吉野」などの所に備わっていた力という考えかたに基づきつつ、『古事記』の編みては「高天の原」という力のみなもとを大もとに据えて、神々と人々とのありかたを体系的に説こうとしたのであろう。対して『日本書紀』本書は、さきに触れた中村啓信(14)が明らかにしているように、「高天の原」を記事のなかに持っていない。これに応じて、イザナキ・イザナミが「高天の原」とそこの神たちとに関わりなく地上界を生み、オホヒルメノムチを生んでいる。神野志隆光(15)が説いているように、陰陽の原理によって『日本書紀』本書は記されているといえよう。中国のことばに基づいた『日本書紀』の説きかたは、前掲吉田留(9)の述べているような『古事記』と共通の「原本を漢訳したもの」ではなかろう。小島憲之(16)の言っている『日本書紀』の文章における「潤色」も吉田(9)の考えかたに近い。

各々のことばによって『古事記』と『日本書紀』とが異なる説きかたを実現しており、人麻呂の歌による天皇たちの表わしかたもまた別であったという捉えかたは、おそくとも七世紀から八世紀ころまでに、日本の朝廷とそのまわりとの人々のあいだで、ことばの営みがさまざまな現われを伴なって広がっていたことをうかがわせる。そのなかで、「高天の原」を大もとに据えた『古事記』の説きかたは、その豊かな多様性のなかの一つのありかたを示しているように思われる。

【注】

（1）神野志隆光『古事記の世界観』「第二章　ムスヒのコスモロジー」、吉川弘文館、一九八六年。
（2）本居宣長『古事記伝三之巻』（『本居宣長全集　第九巻』、筑摩書房、一九六八年）。
（3）西宮一民『古事記　新訂版』桜楓社、一九八六年。同氏『古事記』（桜楓社、一九七三年）も同じ訓みを示している。が、その頭注は新訂版とはすこし異なった説きかたをしている。
（4）土橋寛『古代歌謡と儀礼の研究』「第四章　第一節　2国見的景物としての花、鳥、雲、煙など」、岩波書店、一九六五年。
（5）益田勝実『火山列島の思想』「幻視」、筑摩書房、一九六八年。
（6）契沖『万葉代匠記　巻第一』（『契沖全集　第一巻』、岩波書店、一九七三年）。
（7）毛利正守「古事記上巻、岐美二神共に生める「嶋・神参拾伍神」考」、『万葉』第一四四号、一九九二年九月。
（8）犬飼隆『上代文字言語の研究』「第三部　第三章　接頭辞「いろ」を万葉仮名と正訓字とで表記した意図」、笠間書院、一九九二年。
（9）吉田留「古事記の訓注について」、『国学院雑誌』第四七巻第一号、一九三一年一月。
（10）本居宣長『古事記伝一之巻』（『本居宣長全集　第九巻』、筑摩書房、一九六八年）。
（11）武井睦雄「『古事記』訓注とその方法」、『国語学』五九、一九六四年十二月。
（12）小松英雄『国語史学基礎論』「本論　第Ⅰ部　第3章　訓注の機能についての考察」、笠間書院、一九七三年。
（13）亀井孝『日本語のすがたとこころ（二）　亀井孝論文集4』「古事記はよめるか」、吉川弘文館、一九八五年。初出、一九五七年。
（14）中村啓信『古事記の本性』「第一章　三　高天原について」、おうふう、二〇〇〇年。
（15）神野志隆光『古事記をよむ　下』「13　『日本書紀』の神話的物語」、日本放送協会、一九九四年。
（16）小島憲之『上代日本文学と中国文学　上』「第三篇　第四章　日本書紀の文章」、塙書房、一九六二年。

第二節　大国主の神話

一　二つの部分

『古事記』がオホクニヌシについて記している神話は、おおきく二つの部分に分けられる。一つは、この神が地上界をおさめるに至る道すじを記している部分であり、二つは、天上界の神がこの神にかわって地上界をおさめるに至る道のりを記している部分である。二つは右の順に記されているので、各々を前半、後半と呼ぶことができる。

前半はまた、オホクニヌシに敵対する八十神をオホクニヌシが斥ける部分と、それに続いているヌナカハヒメとの結びつき、それに伴なうスセリビメのねたみを歌によって記している部分とを分けることができる。その前半は、一つが国をおさめることを主題に、他の一つが女との結びつきを主題にしており、たがいに異なっているように見える。そのうえ、スクナビコナと御諸山の祭りとについての記事が加えられており、入りくんだ内容を備えている。それでいて、それらすべてがオホクニヌシを中心に立てている所では一致している。対する後半は、アマテラスのミコトに始まり、タケミカヅチがオホクニヌシを斥けるに至るまでを記しており、それらの間のつながりを辿りやすい。それらを通して中心に立っているのは天上界の神々であり、オホクニヌシは前半の神話とは立ちばが変わり、斥けられるべきあいてという位置に押しやられている。

おなじくオホクニヌシを現われさせている神話であっても、前半と後半とのあいだにこのような違いが見てとられるなかで、この神について主に記しているのは前半である。ところが、オホクニヌシを現われさせている上巻に続いている中巻と下巻とは、天皇たちによる地上界のおさめかたを説いている。すると、天皇たちの祖先の神々である天上界の神々を中心に立てている後半こそが、『古事記』にとって主な部分であることは疑いない。ならば、入りくんだ内容を備えつつもオホクニヌシを中心に立てている前半は、後半に対してどのような位置を占めているのか。この節はおもに前半の記事に検討を加えることによって、後半との関わりかたを探ろうとする。

二　スサノヲのことば

「大国主の神」と記されている神は、スサノヲの子孫の系譜のなかで『古事記』に初めて現われている。その系譜はつぎのように記されている。

①此の神（スサノヲの子孫、天の冬衣の神―遠山注）、刺国大神の女、名は刺国若比売を娶りて生みたまへる子、大国主の神。亦の名は大穴牟遅の神と謂ひ、亦の名は葦原色許男の神と謂ひ、亦の名は八千矛の神と謂ひ、亦の名は宇都志国玉の神と謂ひ、并せて五つの名有り。

異なる名を「亦の名」として掲げる書きかたは、吉井巖(1)が説き、また、オホクニヌシをめぐって石母田正(2)が論じているように、もとは別々であった神々を編みてが一つの神にまとめた跡を残していると考えられる。みぎの系譜が五つの名をあげているなかで、「大国主の神」の名は初めに記され、ついで四つの「亦の名」が掲げられている。しかもつぎに引くように、その系譜に続いている部分も「大国主の神」の名を初めに立てている。

②故、此の大国主の神の兄弟、八十神坐しき。然あれども、皆、国は大国主の神に避りまつりき。避りまつりし所以は、其の八十神、おのもおのも稲羽の八上比売を婚ばはむの心有りて、共に稲羽に行きし時に、大穴

牟遅の神に袋を負せ、従者と為て、率往きき。

目を引くのは、初めの神の名に「此」という指示代名詞が付けられている点である。「此」が指ししめしている所はすぐ前の系譜①のなかの神の名をおいて他にはない。「大国主の神」の神話は①②にうかがわれるように系譜と物語りとから成っている。これら二つは並べられているだけではなく、物語りが系譜を受けて受けとられるように作られていることを、この②の初めの「此」による指ししめしかたが知らせている。

物語りの初めに現われている「此の大国主の神」に続いて同じ名がふたたび用いられた後に、この神の呼び名が何のことわりもなく「大穴牟遅の神」に変わっている。しかし、「此」が指ししめしている系譜①のなかで「亦の名」として同じ一つの神であることがすでに示されている。のみならず、「大国主の神」から変わった「大穴牟遅の神」は、その系譜のなかで「大国主の神」のつぎに名を記されている。さらに物語りのなかで三番目に名を現わしている「葦原色許男の神」も、系譜に名を記されている順に現われている。この神の系譜と物語りとが深い関わりのもとで記されていることを、この名の順も知らせている。

ところが「亦の名」のうちの残る二つは、系譜と物語りとのあいだで現われている順が逆になっている。すなわち、系譜において「八千矛の神」の後に置かれていた「宇都志国玉の神」が物語りではさきに現われている。系譜と物語りとの関わりという見かたからながめると、一致してきた順を乱している「宇都志国玉の神」は特異な神であるように見える。この名が現われているのは、「根の堅州国」から地上界へ逃げかえろうとしている「大穴牟遅の神」に対してスサノヲがつぎのように呼びかけている所である。

③はろはろに望けて、呼ばひて大穴牟遅の神に謂らして曰ひしく、「其の、汝が持てる生く大刀、生く弓矢以ちて、汝が庶兄弟は、坂の御尾に追ひ伏せ、亦、河の瀬に追ひ撥ひて、おれ大国主の神と為り、亦、宇都志国玉の神と為りて、其の我が女、須世理毘売を適妻と為て、宇迦の山の山本に、底つ石根に宮柱太しり、高

天の原に氷椽高しりて居れ。是の奴や」。

「宇都志国玉の神」の名は系譜と右の呼びかけとに一度ずつ現われているだけである。したがってこの神がどのような神であるのか分かりにくい。が、この神に結びつけられている「大国主の神」の性格の一つを、この「宇都志国玉の神」が示しているようである。

まず知られるのは二つの名がともにスサノヲによって「為」らされていることである。くわえて「葦原色許男の命」もスサノヲによってその名を現わされている。すなわち、スサノヲの娘がみずからは名を知らない神を夫にすることを決めて父スサノヲにあわせたときに、スサノヲがつぎのようにその名を言だてている。

④此は、葦原色許男の命と謂ふ。

「大国主の神」「宇都志国玉の神」と「葦原色許男の命」とがスサノヲのことばに現われている点で共通しているなかで、「葦原色許男の命」はカムムスヒから同じ名で後に呼ばれ（スクナビコナの条）、『風土記』（播磨国）にもその名が現われている。この名が広く通用していた名であったらしいことが推しはかられる。対して、「大国主の神」「宇都志国玉の神」の名は広く用いられていた名ではなかったようである。これら二つの名はさきの③のなかで「○○と為り」と言だてることによってスサノヲが与えている名である。「たらちねの母が呼ぶ名を申さめど」（『万葉集』巻十二・三一〇二）などの例から知られるように、名づけること、そして、その名を告げることが古代ではことに重い意味を持っていた。しかもこのような重い名づけを行なっているスサノヲが、オホクニヌシの物語りにおいて、初めに二度「須佐能の男の命」と記されている他は、「大神」と呼ばれている。ただし、「其の神の髮を握り」という所で接頭語「大」を一度だけ欠いている。本居宣長(3)は右の「神」を「大神」にあらためてこう記している。

前後みな大神とあるを、此にのみたゞ神とは必申まじければ、今補つ。

しかし諸本は「神」の本文で一致している。一所とはいえ「大」を付けられていない表現があるのは、受けてにつぎのようにも考えさせる。すなわち、『古事記』の文章は細かな所まではことばの用いかたに体系を備えていないのではないか、と。しかし「大」ということばが一所にだけ用いられていない部分も、受けてが「大神」と同じ神だと受けとることに差しさわりはなかったと考えられる。

「大神」と呼ばれている神は、「黄泉つ大神」「伊耶那伎の大神」など固有名と見てよい神の名のなかに現われているばあいの他に、スサノヲを呼んでいる右の例に加えては、「大国主の神」「海の神」(上巻)、「出雲の神」「住吉の三神」「天照らす大神」(中巻)、「一言主の神」(下巻)に対して用いられているにとどまっている。スサノヲが呼びかけているあいてである「大国主の神」と、その「亦の名」である「葦原色許男の神」を指している「出雲の神」とを除くと、残る神々に共通する性格として浮かぶのは、いずれもことに力の大きい神であるという点である。ひとたびは除いた「大国主の神」も、おって明らかにするようにこの例に漏れない。名づけるという重い行ないをするスサノヲがことに力の大きい神として表現されていることによって、ひいては「大国主の神」「宇都志国玉の神」という二つの名も高い地位を与えられていると受けとってよい。

名が高い地位を表わしているだけではなく、この神は敵対する「八十神」を亡ぼすことによって名に対応するなかみを備えてゆく。ところが②においてこの神は「八十神」に従者の扱いを受けている。そのうえ、その「八十神」によって二度殺されている。すなわち、この神は初めは力を持たない神として記されている。それがうってかわって敵対する神々を亡ぼすことができるのはスサノヲの力による。なかでもスサノヲの持ち物であった「生く大刀、生く弓矢」が直接的な役割りを果たしている。それらに付けられた「生く」は「活力がある意の美称」(西宮一民(4))と考えられ、「大刀」「弓矢」が呪術的な力を帯びた武器であることを示している。この呪術的な力は「大刀」および「弓矢」に備わった性質と見ることもできるであろう。が、二つの武器はともにスサノヲれているとうけとられる。の持ち物としてだけ記されており、武器自身の力を説かれていない。よって、スサノヲによって力を帯びさせら

この力の備えさせかたが思いおこさせるのは、イザナキ、イザナミの二神がオノゴロ島を作るときに「天のぬ矛」を用いている神話である。「天」という美称を付けられているうえに、地上界に初めて島を作りださせているところから見て、「天のぬ矛」は呪術的な力を帯びた「矛」であると考えられる。玉を表わす「ぬ」で飾られているのもその呪術的な力に関わっていよう。これを二神は「是のただよへる国を修理め固め成せ」という「命」とともに「天つ神」から授けられている。そこでも「矛」自身の力は記されていない。「命」を与える「天つ神」の力が「矛」に呪術的な力を帯びさせ、二神に島を作り出させていると考えられる。

「天つ神」の働きに似てスサノヲが呪術的な力を「生く大刀、生く弓矢」に与えているからには、この武器を用いた討伐もスサノヲの力に助けられていることが知られる。名づけともども、スサノヲを「大国主の神」の力のもとに据える記しかたが貫かれている。「大国主の神」がスサノヲの子孫であることを系譜が初めに記しているのを受けて、この神が祖先の神の力を得、名を与えられてなかみを備えるに至ることを、この神の現われている神話の前半は記していると捉えられる。

三　「国」の「主」

祖先の神であるスサノヲの力によって名となかみとを備えるに至る「大国主の神」「宇都志国玉の神」は、たがいに名を異にしつつも「国」という語をともに持っている。とりわけ「大国主の神」のなかの「国」は、スサノヲの呼びかけどおりこの神が「八十神」を亡ぼした後に、つぎのように記されている「国」を指している。

⑤始めて国を作りたまひき。

しかも、この神の物語りの初めにも、②のなかから取りだしてつぎに掲げるように「国」が用いられている。

⑥皆、国は大国主の神に避りまつりき。

これらの「国」はたがいに関わりつつ、おさめる、という見かたをともに備えている。すると「八十神」を亡ぼした後の⑤の「作り」は、物に形をとらせることを言っているのではなく、政治的なしくみを整えることを意味していると知られる。さらに、物語の初めの所である⑥に記されている「避り」は、「八十神」がしりぞくことによって、その「国」に「主」が立つに至ることを表わしていると受けとられる。この神の物語りが「国の主」を肉づけしているといえよう。しかも、「大国主の神」が、系譜の「亦の名」の順に従ってさきに引いた②において「大穴牟遅の神」に呼びかえられたとき、この神は「八十神」によって袋を負わされた従者である。ののちのスサノヲによる名づけまで、「大国主の神」はまったく現われず、「葦原色許男の命」の一例の他は六度に渡ってすべて、この神は②で呼びかえられた「大穴牟遅の神」と記されている。敵対する神々を斥けて「国」をおさめるに至った段階の神が「大国主の神」であることを、この明らかな名の使いわけが告げている。

対して「大穴牟遅の神」はしきりに名を現わしているけれど、「大国主の神」と異なり誰によって名づけられた名でもない。初めから名を伴なって『古事記』に現われていることに対応して、「大穴牟遅の神」は『古事記』の他の文献にもその動きを伝えられている。なかでも出雲の国『風土記』には、狩り（意宇郡）、稲作（飯石郡）、討伐（意宇郡、大原郡）、婚姻（嶋根郡、神門郡）、鎮座（楯縫郡、出雲郡）など、さまざまな動きが伝えられている。ほかに播磨の国『風土記』にもこの神の記事が残され、『万葉集』のなかに、つぎに掲げる歌も含めて四首に歌われている（巻三・三五五、巻六・九六三、巻七・一二四七、巻十八・四一〇六）。

大汝少彦名のいましけむしつの岩屋は幾代経ぬらむ　（巻三・三五五）

大久保正(5)が述べているように、これらは知識のなかにとどまっていた神々ではなく信仰のなかの神々を取りあげる歌いぶりを見せている。しかも、この神を現わしている四首がそれぞれ作者を異にして片よりをうかがわせない。くわえて『古事記』がこの神の名を「大穴牟遅の神」と書きしるし、『風土記』が「大穴持の命」(出雲の国)、「大汝の命」「大汝の神」(ともに播磨の国)、『万葉集』が「大汝」(巻三・三五五、巻六・九六三)、「大穴道」(巻七・一二四七)、「於保奈牟知」(巻十八・四一〇六)と表わし、さらに『日本書紀』が「大己貴」の三字に「於褒婀娜武智」という読みかたの注をつけつつ、「大己貴命」「大己貴神」と記している(巻第一)。これらのなかでその神は名をやや異にしている。八世紀に編まれた四つの文献に渡ってさまざまな動きを伝えられ、しかも、その名に揺れを伴なっていることは、この神が人々の口と耳とに生きていた神であったことを告げていよう。

『古事記』はこの神を取りこみながらも、「大穴牟遅の神」という名による動きに枠をはめている。すなわち『古事記』は、この神が「国」をおさめていない段階でその名を用い、この神が「国」をおさめる段階から「大国主の神」に名を変えている。この「大国主の神」の名が『万葉集』『風土記』に見いだされない。「大国主の神」が「大穴持の命」などと異なり、人々のあいだに生きていた神ではなく、日本の朝廷がみずからの歴史を編んだときにあらたに作りだした神であったらしいことを、この神のありかたは推しはからせる。

「大国主の神」に結びつけられている神たちのなかで、「葦原色許男の神」は「大穴牟遅の神」に似た性格をうかがわせる。というのは、播磨の国『風土記』が地名の起こりなどを「葦原志許乎の命」に結びつけてつぎのように伝えており、この神が人々のあいだで生きていた神であったかと思わせるからである。

葦原志許乎の命、国占めましし時、勅りたまひしく、「此の地は小狭さくて室の戸の如し」とのりたまひき。故、表戸といふ。 (宍禾郡)

御形と号くる所以は、葦原志許乎の命、天日槍の命と、黒土の志爾嵩に到りまし、各、黒葛三條を以ちて、足に着けて投げたまひき。その時、葦原志許乎の命の黒葛は、一條は但馬の気多の郡に落ち、一條は夜夫の郡に落ち、一條は此の村に落ちき。故、三條といふ。天日槍の命の黒葛は、皆、但馬の国に落ちき。故、但馬の伊都志の地を占めて在しき。（宍禾郡）

しかも『古事記』のなかでこの神はつぎの二つの所でアシハラシコヲノミコトの名を保ち、一つの神であったおもかげを強く残している。一つは、「大穴牟遅の神」の名でこの神が「根の堅州国」へおもむいたときに、スサノヲがこの神を「葦原色許男の命」と呼んでいる所（前掲④）、二つは、つぎに⑦として掲げるように、スクナビコナとの国作りの所で「大穴牟遅と少名毘古那と二柱の神」という組みで名を挙げられていながら、そのすぐ前ではカムムスヒがこの神を「葦原色許男の命」と呼んでいる所である。

⑦神産巣日の御祖の命に白し上げたまひしかば、答へ告らししく、「此は実に我が子ぞ。子の中に、我が手俣よりくきし子ぞ。故、汝、葦原色許男の命と兄弟と為りて、其の国を作り堅めよ」。故、それより大穴牟遅と少名毘古那と二柱の神相並びて、此の国を作り堅めたまひき。

『古事記』は「葦原色許男の神（命）」を、「大穴牟遅の神」に重ねあわせつつ「大国主の神」になる前の神として記していると捉えてよいであろう。

ただ⑦において、カムムスヒが呼んでいる「葦原色許男の命」そして「少名毘古那」と組みをなしているばあいの「大穴牟遅」がともに、スサノヲの呼びかけと八十神を斥けることとの後に現われている。すると、「大国主の神」は「国」をおさめる段階の名であるとたやすくは捉えられないように見える。しかも、「葦原色許男の命」「大穴牟遅」という二つの名の神の働きは、おなじく⑦に記されているように「此の国を作り堅」めることである。ところが、これら二神が「少名毘古那」とともに「作り堅」める内容を『古事記』は記していない。とはいえ、この「大穴牟遅の神」が八十神を斥けるときには『古事記』は後に⑧に引くように「作」とだけ記している。これと異なり、スクナビコナとの行ないに至って『古事記』は「作堅」と記し、「堅」を付けくわえていている。『古事記』は表現を変えることによって、「大国主の神」による「国」作りが「堅」まり進むことを表わしているようにも読める。そのときに、「大国主の神」の名ではなく人々に広く行きわたっていたらしい「大穴牟遅」を、「少名毘古那」との組みあわせのまま取りいれているのかも知れない。さきにも触れたように、『万葉集』のすべての例が同じ二神の組みあわせで歌い、『風土記』にもこの組みあわせがしきりに現われている。この二神を取りいれることによって『古事記』が記そうとしたのは、「大国主の神」と呼ばれている神に地上界をおさめる力を集めることだったのであろう。「葦原色許男の命」と「大穴牟遅の神」との二つの名が「大国主の神」の名の後にふたたび現われているのは、『古事記』の目ざそうとすることを受けてに確かめさせているといえよう。

「国」の「主」として形づくられる「大国主の神」とともにスサノヲが名づけている「宇都志国玉の神」は、物語りのなかで他に現われていない。したがって、どのような神であるのか捉えにくい。手がかりが少ないなかで、この神が名に持っている「国」は、すでに触れたように、おさめることに視点を置いているのであろう。この神が「大国主の神」を初めに立てる物語りに現われており、かつ、スサノヲがその名を「大国主の神」に並べて呼びかけているからである。この「国」のうえに付いている「宇都志」は、「宇都志伎青人草」(『古事記』上巻)、「宇都志おみにし有れば」(『古事記』下巻)の例から知られるように、地上界にあることを表わしている。「根の堅州国」にいるスサノヲの呼びかけであるから、ことに地上界にあることを表わす語を『古事記』は用いている(本居宣長(3))と考えられる。

「国」と「宇都志」という二つの語を見るかぎりでは、「宇都志国玉の神」と「大国主の神」との違いが明らかでない。「宇都志国玉の神」を他の名から分けさせている特徴は「玉」であろう。多くの注が述べているように、この「玉」は魂、霊の意のタマを表わしているのであろう。すると、この神は「国」の宗教的な面を担っている神と考えられよう。「国」をおさめるうえで宗教が大きな役割りを果たしていたらしいことは、『古事記』中巻の崇神の条、仲哀の条によって知られる。『三国志』「魏書　東夷伝」に記されているヒミコの例も、日本列島の一王国における宗教の役割りの大きさを伝えている。スサノヲが「宇都志国玉の神」を「大国主の神」とともにことばに表わしている理由は、「国」をおさめることが宗教に分かちがたく結びついていた八世紀までの日本列島における王国の政治のありかたを映しだしているのであろう。

ところが『古事記』は「宇都志国玉の神」が祭りに関わることを記していない。それどころか「亦の名」に記されている神々が各々の名で働いているなかで、この神だけがその働きを伝えられておらず、いかなる神としての側面をもその神の働きによって現わされていない。にもかかわらず「宇都志国玉の神」が「亦の名」に名をつらね、スサノヲの呼びかけに現われているのはなぜか。

神の名だけが記されている点に照らせば、この神はその名が現われることでその役割りを終わっているのではないかと考えられる。大野晋(6)が論じているように、物語りを伴なわずに神の名だけを連ねることによって神話を進めているらしいばあいが『古事記』に見いだされる。それと同じく、「宇都志国玉の神」は「大国主の神」とともに名をあげられていることによって、武力によって「国」をおさめる神が祭りにも関わっていることを示されているのではないか。

祭りとの関わりという捉えかたで見ると、「大穴牟遅の神」が「生く大刀、生く弓矢」とともに「天のぬ琴」をスサノヲのもとから持ちかえっていることが目を引く。「天のぬ琴」は、イザナキ、イザナミが与えられた「天のぬ矛」と同じ接頭語「天」を付けられているうえに、「ぬ」で飾られている。イザナキ・イザナミに呪術的な力を持たせている天つ神に代わって、「大神」であるスサノヲの呪術的な力が「天のぬ琴」に付けられている。やはりスサノヲの「大神」からさずけられた「生く大刀、生く弓矢」に似て、大きな神のミコトを受けた者がそのミコトを実行する器具であることを、「天」「ぬ」ということばが示しているのであろう。倉野憲司(7)は「宇都志国玉の神」を「天のぬ琴」に関わらせて、「呪的宗教的支配力の神格化」と捉えている。しかし、さきに引いた③において、この神の名を与えているスサノヲが「生く大刀、生く弓矢」を挙げこそすれ「天のぬ琴」に触れていない。「宇都志国玉の神」と「天のぬ琴」との関わりが、すくなくともスサノヲの考えではないことがそれによって知られる。しかも、スサノヲのことばに続いて「大穴牟遅の神」が八十神を斥ける所はこう記されている。

⑧故、其の大刀、弓を持ちて、其の八十神を追ひ避くる時に、坂の御尾毎に追ひ伏せ、河の瀬毎に追ひ撥ひて、始めて国を作りたまひき。

スサノヲのことばに対応して「其の大刀、弓」が用いられているけれど、「天のぬ琴」は働いていない。これより後にも「天のぬ琴」は現われていない。オキナガタラシヒメに神がよりつくときの琴の働きによって、琴と祭りとの関わりは知られる。が、「天のぬ琴」が「大穴牟遅の神」の祭りの面を示しているようには記されていない。「天のぬ琴」の働きは、この「琴」が鳴ることによってスサノヲの目をさまさせる所にあるのであろう。祭りの役割りの大きさを踏まえつつも、「宇都志国玉の神」を名だけにとどめているスサノヲのことばは、「大国主の神」の武力の面を押しだそうとする『古事記』の編みての考えをにじませているようである。

ただし「大国主の神」が祭りに関わっていないのではない。さきに触れた「宇都志国玉の神」を名の一つに持っている点に加えて、「大国主の神」が「御諸山の上に坐す神」を後に祭ることがこう記されている。

是に、大国主の神、愁へて告らししく、「吾独りしていかにかよく此の国を作らむ。いづれの神か吾と能く此の国を相作らむ」。是の時に海を光らして依り来る神有り。其の神の言らししく、「能く我が前を治めば、吾能くともに相作り成さむ。もし然あらずは、国成り難けむ」。しかして、大国主の神、「然あらば治め奉る状はいかに」と曰したまひしかば、「吾は倭の青垣の東の山の上にいつき奉れ」と答へ言らしき。此は御諸山の上に坐ます神ぞ。

この祭りは「大国主の神」による「国」作りのしあげをなしている。「大国主の神」を中心に立てる神話はこの祭りをもって閉じ、ついで、スサノヲから分かれた「大年の神」の系譜を記した後に、『古事記』は天つ神を中心に立てる後半へ記事を移している。

四　スサノヲとカムムスヒとのことば

「国」をおさめることと祭りとの二つの面を「大国主の神」に備えさせる記しかたを検討してきたけれど、「亦の名」のうちの一つ「八千矛の神」にまだ検討を及ぼしていない。「大国主の神」が「八十神」を斥けて「国を作」ったのち、この神はつぎのように始まる記事に現われている。

此の八千矛の神、高志の国の沼河比売を婚はむとして、幸しし時に、

はじめに置かれている「此」がすぐ前の「大国主の神」を指しているとは考えにくい。さきに引いた②における「此の大国主の神」のばあいと同じく、この指示代名詞はこの神の系譜を受けていると受けとられる。「亦の名」の神である「八千矛の神」によってその神の記事があらためて始まっているのは、「大穴牟遅の神」「葦原色許男の神」「宇都志国玉の神」とは異なる所を「八千矛の神」が担っているからであろう。たしかに、そのなかみはヌナカハヒメとの結びつきとスセリビメのねたみとであり、「国」をおさめることや祭りとは異なっているように見える。

もっとも「大穴牟遅の神」が「八十神」を斥けたときも、その初めはヤガミヒメへの求婚であった。『古事記』のなかの求婚は多くのばあい政治的なことに結びついている。神武の条が東への移りの後にかれの婚姻を記し、また、雄略の条がかれに四つの婚姻物語りを伴なわせたのち、かれの后を初めとする妻たちの歌でかれの条を閉

じている。さきに②に引いた「皆、国は大国主の神に避りまつりき」という書きだしで始まっている「大国主の神」の記事も、ヤガミヒメへの求婚を伴ないつつ、その中心を「国」をおさめることに置いており、それらの例のなかの一つに当てはまっている。これらと異なり、「八千矛の神」の所は「稲羽の八上比売」から「高志の国の沼河比売」へ求婚のあいてを広げながら、中心を私的な面に置いているように見える。その私的な面の中心は「八千矛の神」と「適后」であるスセリビメとの関わりかたである。その初めはつぎのように記されている。

又、其の神の適后、須勢理毘売の命、いたく嫉妬したまひき。故、其のひこぢの神わびて、出雲より倭の国に上りまさむとして、

これにつづいて「八千矛の神」はスセリビメに歌を歌いかけている。対してスセリビメはこの歌を受け、みずからの歌をこう歌いおこしている。

八千矛の　神のみことや　わが大国主

「八千矛の神」を「大国主」に並べているこの歌いかたが、「八千矛の神」の「大国主の神」への結びつけを受けてに知らせていることはただちに見てとられる。この結びつけを歌のなかに表わしているスセリビメは、スサノヲの呼びかけ（前掲③）のなかでこう言われていた。

其の我が女、須世理毘売を適妻と為て、

こう定められている「適妻」「適后」によって二つの名を結びつけられつつ、「八千矛の神」である「わが大国主」は、その「適妻」「適后」とのなかをつぎのようにおさめてゆく。

此く歌ひたまひて、即ち、うきゆひして、うながけりて、

「国」をおさめることと祭りとに加えて、スサノヲの娘との結びつきもスサノヲのことばのとおりになるという神話の進めかたがそこに見いだされる。さきに述べたように、このスサノヲのことばが「大国主の神」による

地上界の統治を実現させてゆくから、同じことばのなかで言われているスセリビメとの婚姻も「大国主の神」の地上界統治に組みこまれている、と受けとらなければなるまい。私的な思いを伴ないながらも、「八千矛の神」「大国主」も国をおさめることの一部として婚姻を記されていると読みとられる。「第一章　第五節　さまざまな営み」が触れた『万葉集』との関わりを振りかえると、その歌の集の初めの歌が雄略の婚姻の歌である。青木生子ほか(8)が解いているように、この歌が「雑歌」におさめられているのは、国をおさめる者の婚姻が公の行ないと見なされていたからであろう。日本のことばの営みのなかで、おさめる者をどのように描くかという点において、婚姻の扱いに共通するところが『古事記』と『万葉集』とのあいだに見てとられる。

他の文献への関わりをうかがわせつつ、『古事記』においてはスサノヲのことばのなかの婚姻も「大国主の神」を実現させてゆく。さらに『古事記』の作りかたのなかで「大国主の神」を成りたたせるうえで、スサノヲに加わってカムムスヒが関わっている。すなわち、スセリビメとの婚姻について「大国主の神」の系譜が記された後に、つぎのように始まる記事が記されている。

故、大国主の神、出雲のみほの御前に坐す時に、波の穂より、天の羅摩の船に乗りて、ひむしの皮を内剝ぎに剝ぎて、衣服に為て、帰り来る神あり。

「大国主の神」の前に現われた名の知られないこの神について、カムムスヒが「大国主の神」に告げていることば(前掲⑦)が、スサノヲのことばを補うように働いている。すなわち「汝、葦原色許男の命と兄弟と為りて、其の国を作り堅めよ」とカムムスヒが述べているのを受けて、「故、それより、大穴牟遅と少名毘古那と二柱の神、相並びて、此の国を作り堅めたまひき」と記されている。この部分で「其の国を作り堅めよ」「此の国を作り堅めたまひき」という繰りかえしが「国を作り堅め」ることを強く表わしているのは、スサノヲのことばによってこの神が「始めて国を作りたまひき」と記されている所(前掲⑤)に対応している。それにとどまらず、さきにも触れたように、カムムスヒの所では「作り」に「堅め」が付けくわえられている。「八十神」を斥けスサノヲの娘と結びつくことによってひとたび「作」られた「国」がカムムスヒの関わりで「堅」められたことを、この付けくわえが示している。しかも、カムムスヒはこの神を前にも助けている。すなわち、「八十神」に殺された「大穴牟遅の神」をこの神が生きかえらせている。

スサノヲともども「大国主の神」を成りたたせてゆくうえで大きな役割りを担っているカムムスヒは、『古事記』の初めの所で「高天の原」に現われている三神のなかの一柱である。「大国主の神」を『古事記』の初めの「高天の原」の神に関わらせている運びかたは、「第二章　第一節「「高天の原」による説きかた」で触れている『古事記』の作りかたの大もと、すなわち「高天の原」にすべての源を置くしくみが貫かれていることを見てとらせる。

五　天つ神の神話へ

スサノヲのことばとカムムスヒのことばとが、そのとおりになって「大国主の神」を成りたたせてゆくなかで、しかし、一つだけが果たされていない。スサノヲが「大国主の神」に呼びかけたことばのなかの終わりの一ことがそれである。

宇迦の山の山本に、底つ石根に宮柱太しり、高天の原に氷椽高しりて居れ。

スサノヲ自身「須賀の宮を作」っている。「高天の原」からくだったニニギの初めにすることが宮を作ることである。『古事記』の天皇たちが位についたときの記事にそれぞれの宮の名が書きしるされて例外がない。これらは国をおさめる者たちにとっての宮の営みの重さを告げている。『古事記』の記事において宮の営みは、敵を斥けること、祭り、婚姻とともに、地上界をおさめるものが備えなければならない条件の一つをなしているといえよう。
「大国主の神」が「国」をおさめる者であるからには、この神も宮を営まなければなるまい。しかしこの神の宮の営みに『古事記』が言いおよんでいるのは、この神の成りたちの記事のなかではない。それはこの神の神話の後半にはいってからである。天つ神にやぶれた「大国主の神」が「国」を去るに当たり、つぎのように一つだけ条件を付けている。

唯、僕が住所のみは、天つ神の御子の天つ日継知らしめすとだる天の御巣のごとくして、底つ石根に宮柱太しり、高天の原に氷木高しりて治め賜はば、僕は百足らず八十坰手に隠りて侍らむ。

この宮の作りかたの表現はさきのスサノヲのことばにほぼ一致している。ただし、祝詞などにほぼ同じ言いかたが見いだされる。柿本人麻呂も持統の吉野の宮を称えるに当たりその言いかたを踏まえて歌っている(『万葉集』巻一・三六、三八)。その言いかたの広がりのなかで、スサノヲのことばのなかの宮の営みのことが示されているのであろう。

ところが、「大国主の神」が付けた条件を天つ神が満たすことを『古事記』は記していない。これと異なり、『日本書紀』一書第二は、「高皇産霊の尊」による「大己貴の神」のための宮作りをこう記している。

時に、高皇産霊の尊、乃ち二神を還し遣して、大己貴の神に勅して曰はく、「…汝は以て神事を治すべし。又、汝が住むべき天の日隅の宮は、今供造りまつらむこと、即ち千尋の栲縄を以て、結ひて百八十紐にせむ。其の宮を造る制は、柱は高く太し。板は広く厚くせむ。又、田、供佃らむ。…」とのたまふ。

『古事記』がこれに似ることを記していないにもかかわらず、西宮一民(4)が「要求が容れられ」と注を付けているのは、右の『日本書紀』の記事によっているように見える。もっとも『古事記』においても垂仁の条でホムチワケがことばを話すことができないという所で、「出雲の大神の御心」としてその宮のことがこう記されている。

是に、天皇、患へたまひて、御寝ませる時に、御夢に覚して曰らししく、「我が宮を天皇の御舎のごと修理たまはば、御子かならず真言とはむ」とかく覚したまふ時に、ふとまにに占なひたまひて、何の神の御心ぞと求めしに、その祟は、出雲の大神の御心にありき。故、其の御子をして、其の大神の宮をおろがましめに遣はさむとせし時に、

ホムチワケは「其の大神の宮をおろがましめに遣はさ」れるから、『古事記』のなかで垂仁のときまでに「出雲の大神」の宮は作られてあった、とも考えられる。しかし右の所で「出雲の大神」が求めているのは「修理」である。イザナキ・イザナミによる「修理固成」を考えあわせると、「出雲の大神」が求めていることは、まだ形をとっていなかったその神の宮をその神が垂仁に作らせようとすることだとも考えられる（第二章 第六節 神武から崇神・垂仁へ）。

「大国主の神」の宮が天つ神によってただちに作られたにせよ、その子孫たちによって時を隔てて作られたにせよ、『古事記』はこの神自身による宮作りを記していない。『古事記』はスサノヲの言挙げにもかかわらず「大国主の神」に宮の営みを実現させず、「国」をおさめるものの要件の一つを天つ神たち或いはその子孫たちの手に握らせている。この神話の進めかたは、「国」の「主」を天つ神に従わせる『古事記』の主張に沿って、天皇たちによる地上界をおさめる力の引きつぎへの道すじを付けてゆく。その道すじのもとでスサノヲは「大神」であり「根の堅州国」にいて地上界に力を及ぼしても、アマデラスの司どっている「高天の原」から追いだされた神という枠ぐみにおさまっている。姉に対する粗暴な弟という神話の形（大林太良(9)）を生かしつつ、『古事記』はアマデラスを「高天の原」に据えてスサノヲのうえに立てつづけている。アマデラスの子孫たちが地上界をおさめるに至る条を、『古事記』はその神のことばによってこう始めている。

豊葦原の千秋の長五百秋の瑞穂の国は、我が御子正勝吾勝々速日天の忍穂耳の命の知らす国ぞ。

天つ神が地上界をおさめるのは、このことばの実現として記されている（第二章　第三節　地上界のおさめかた）。すると、スサノヲのことばの実現とアマデラスのことばの実現とが組みをなし、「大国主の神」の神話の前半と後半とを弟と姉とのことばによって導く構図が見てとられる。

対する『日本書紀』は『古事記』によく似ている記事を記し、天皇たちのおさめることの由来を伝えている点で軌を一にしながら、スサノヲのことばの実現という記しかたを取っていない。しかも地上界をおさめる条から天下りに至る条において、『日本書紀』はアマデラスを最高神と定めていない（三品彰英(10)）。したがって『日本書紀』においてはアマデラスのことばの実現という進みかたが明らかでない。さらに『日本書紀』の本書は「大国主の神」を現われさせず「大己貴の神」とだけ記しており、この神が地上界をおさめる行きさつをまったく記していない。他方で「大国主の神」の名を挙げている一書第六が「大己貴の命（神）」の国作りと平定とを伝え、各々の伝えが入りくんだありかたを見せている。このような伝えかたは、『日本書紀』の記しかたが『古事記』とはべつに読みとかれるべきことを求めている。

『日本書紀』ではない『古事記』は「大国主の神」を形づくりつつ、この神の関わっている記事を弟と姉とのことばの実現という構図におさめ、弟のことばのなかで実現されない宮の営みを通して、地上界をおさめる神々の入れかわりを説いている後半を導きだしている。『古事記』はこの記しかたによって、天皇たちの力を説くという上中下の三つの巻を貫いている主題に整った形を備えさせているように思われる。

【注】

（1）吉井巖『天皇の系譜と神話　一』「II　二　火中出産ならびに海幸山幸説話の天皇神話への吸収について」、塙書房、一九六七年。

（2）石母田正『日本古代国家論　第二部』「II　日本神話と歴史」、岩波書店、一九七三年。

（3）本居宣長『古事記伝九之巻』（『本居宣長全集　第九巻』、筑摩書房、一九六八年）。

（4）西宮一民、新潮日本古典集成『古事記』、新潮社、一九七九年。

（5）大久保正『万葉集の諸相』「第五章　四　万葉の神々」、明治書院、一九八〇年。

（6）大野晋「記紀の創世神話の構成」、『文学』一九六五年八月号。

（7）倉野憲司『古事記全註釈　第三巻』、三省堂、一九七六年。

（8）青木生子、井手至、伊藤博、清水克彦、橋本四郎、新潮日本古典集成『万葉集　一』一番歌頭注、新潮社、一九七六年。

（9）大林太良『日本神話の起源』「IV　アマテラスとスサノオ」、角川書店、一九七三年。

（10）三品彰英『建国神話の諸問題　三品彰英論文集　第二巻』「天孫降臨神話異伝考」、平凡社、一九七一年。

第三節　地上界のおさめかた

一　進めかた

『古事記』の上巻においてオホクニヌシを現われさせている神話は、この神が地上界をおさめるに至ることを記したのち、この神が天上界の神によって斥けられる行きさつを記している。この後半の部分のオホクニヌシは前半の部分とは逆の立ちばに置かれている。この後半の部分を『古事記』はつぎのような進めかたによって記している。

Ⅰ　「天照らす大御神」のことば

Ⅱ　天上界の神をつかわすこと

1　オシホミミをつかわすこと

2　ホヒをつかわすこと

3　ワカヒコをつかわすこと

4　タケミカヅチをつかわすこと

Ⅲ　オホクニヌシがやぶれること

1　タケミカヅチに対するオホクニヌシの答え

2　コトシロヌシがやぶれること

3　タケミナカタがやぶれること

4　オホクニヌシがやぶれること

Ⅳ　「天照らす大御神」「高木の神」のことば

まえの節に述べたように、後半に記されている部分が中巻、下巻に繰りひろげられている天皇たちの記事に連なり、『古事記』の主題に直接に関わっている。ならば、右のような進めかたによる後半の部分の記しかたには、『古事記』の主題を担うに足りる配慮がめぐらされているであろう。この節はオホクニヌシに関わっている神話の後半部分を検討することによって、『古事記』の主題の説きかたを解きあかそうとする。

二　神々のつかわしかた

天つ神が地上界をおさめるに至る神話を『古事記』はつぎのように始めている。

①天照らす大御神の命以ちて、「豊葦原の千秋の長五百秋の瑞穂の国は、我が御子、正勝吾勝勝速日天の忍穂耳の命の知らす国ぞ」と言依さし賜ひて、天降したまひき。

ここにおいて、地上界が「天照らす大御神」の子によっておさめられることを、「天照らす大御神」がことばに表わしている。これから後の記事は、この「天照らす大御神」のことばがどのような行きさつを経て実現されるかを記している。ある神のことばがそのとおりになるという形は、オホクニヌシに関わっている神話の前半におけるスサノヲのことばのばあいに似ている。これら二つのばあいだけではなく、神に関わる物語りに広く見られる神話の進めかたが、この二つばあいのうしろにうかがわれる。というのは、オホクニヌシが地上界をおさめることをスサノヲがことばに表わす前に、「稲羽の素兎」が「大穴牟遅の神」にこう言っている。

この八十神は、必ず八上比売を得じ。袋を負へども、汝みこと獲たまはむ。

「稲羽の素兎」のこのことばに対応して、「八上比売」はこう言っている。

八上比売、八十神に答へて、「吾は、汝等の言は聞かじ。大穴牟遅の神にとつがむ」と言ひき。

ヤガミヒメの答えが「稲羽の素兎」のことばに沿っているうえに、「第二章　第二節　大国主の神話」が述べているように、スサノヲの力を得て「大穴牟遅の神」がヤソガミとの妻争いに勝っている。そのことばを与えている「稲羽の素兎」は「今に兎神と謂ふ」と記されている。神が前もって与えることばがそのとおりになるという形が、スサノヲ、「天照らす大御神」「兎神」のばあいに見いだされ、それらの神話に共通する形を見せている。

この形に加わって、オホクニヌシの神話は異なる形をも備えている。すなわちスサノヲからオホクニヌシへ続いている系譜の部分のすぐ後に、この神の物語りはこう記している。

故、此の大国主の神の兄弟、八十神坐しき。然あれども、皆、国は大国主の神に避りまつりき。避りまつりし所以は、其の八十神、おのもおのも稲羽の八上比売を婚はむの心有りて、共に稲羽に行きし時に、大穴牟遅の神に袋を負はせ、従者として率往きき。是に、気多の前に到りし時に、裸の兎伏せり。

はじめの「故、この大国主の神」はすぐ前に記されている系譜を受けている。その系譜と右の部分とのあいだには何の記事もない。よって右の部分はどの神のことばでもないと確かに知られる。オホクニヌシが「国」をおさめるであろうことが、兎のことば、スサノヲのことばより前に『古事記』の編みてによって示されているわけである。この編みての現われかたを考えに加えると、オホクニヌシの記事の形はつぎのように捉えられよう。すなわち、ヤガミヒメをめぐるヤソガミとの妻争いにあたり、オホナムチが兎のことばを得、さらにスサノヲのことばを与えられるという重なりの形も、右の編みての示している進みかたに包まれている、と。オホクニヌシの神話の前半においては、神のことばがそのとおりになる進みかたの奥に、『古事記』の編みてのいることが見とおされる。

対して「天照らす大御神」の子孫が地上界をおさめるに至ることを記している部分は、さきの①において「天照らす大御神」が初めに述べていることばより他に何も記されていない。すなわち、『古事記』の編みても他の神も進めかたに加わらず、「天照らす大御神」のことばだけが実現されてゆく。地上界から引きかえしたオシホミミの知らせを「天照らす大御神」が受けたとき、「高御産巣日の神」と「天照らす大御神」とはつぎのように言っている。

この葦原の中つ国は、我が御子の知らす国と言依さし賜へりし国なり。

みぎの所は「高御産巣日の神」をも加えつつ、「天照らす大御神」の初めのことばをほぼそのまま繰りかえしている。さらに後にタケミカヅチもこう述べている。

汝がうしはける葦原の中つ国は、我が御子の知らす国ぞと言依さし賜ひき。

くわえて地上界をおさめることが成ったときに、オシホミミが「天照らす大御神」と「高木の神」とにこう命じられている。

言依さし賜ひしまにまに降りまして知らしめせ。

さらにまたオシホミミの子ニニギに対して、同じことばが与えられている。

この豊葦原の瑞穂の国は、汝知らさむ国ぞと言依さし賜ふ。

地上界をおさめることがさきの①のなかの「天照らす大御神」のことばの実現であることを、これらの繰りかえしがたえず表に立てている。オホクニヌシによる地上界のおさめかたが、スサノヲのことばの実現の内側に兎のことばの実現を備えているのに似ている進めかたを取りつつも、天上界の神が地上界をおさめるに至ることを記している神話は、「天照らす大御神」のことばでその神話を貫き、天皇たちが地上界をおさめていることの由来をこの神に結びつける姿勢を強く打ちだしている。

やはり天上界の神が地上界をおさめることを記していながら、『日本書紀』は本書、一書ともに神のことばの実現という形を押しだしていない。なかで一書第一において「天照らす大神」が初めにこう述べている。

豊葦原の中つ国は、是れ我が児の王たるべき地なり。

この神がホノニニギをくだすに当たり、それに対応することばがふたたび記されている。

葦原の千五百秋の瑞穂の国は、是れ我が子孫の王たるべき地なり。

ここには『古事記』の記しかたに似ていることばの対応が見いだされる。が、この一書第一は『古事記』と異なり、同じことばをおりに触れて繰りかえしているのではなく、右に引いた二所で対応させているにとどまっている。これら『日本書紀』の進めかたに比べるとき、天上界の神が地上界をおさめる行きさつのすべてを、初めの「天照らす大神」のことばの実現として繰りひろげてゆく『古事記』は、独自の進めかたを取っているといえよう。

「天照らす大神」のことばを受けて初めにつかわされている神は、「天照らす大御神」の子オシホミミである。この神は天の浮き橋に立ち、そこから地上界のありさまをうかがい、こう言っている。

豊葦原の千秋の長五百秋の瑞穂の国は、いたくさやぎてありなり。

オシホミミが地上界へ足を踏み入れていないらしいことを、「佐夜芸弖有那理」という表現が示している。この神は地上界の騒がしさを天の浮き橋から聞くことによって地上界のありさまを推しはかり、天上界へ引きかえしている。

オシホミミの知らせを受けて、天上界の神々はホヒをついで送りだしている。ホヒはオシホミミと異なって地上界に足を踏みこむけれど、天上界の神の命にしたがう動きをとっている。すなわちこの神は、

大国主の神に媚び付きて、三年に至るまで復奏さざりき。

「媚び付きて」がホヒのどのような行ないを表わすのか、『古事記』は具体的に示していない。が、その表現は「復奏さざりき」ともども、ホヒが天上界の神の側から離れてオホクニヌシの側へ立ちばを移したことを表わしているのであろう。

三番めにワカヒコがつかわされている。この神をつかわすに当たり、天上界の神々がさきの二神のばあいとは異なる考えにきりかえたことを、『古事記』はこう記している。

故、ここに天之麻迦古弓、天之波波矢を、天の若日子に賜ひて遣はしき。

さきの二神には何も持たされていないのに対して、ワカヒコには「天之麻迦古弓、天之波波矢」が与えられている。天上界の神々がオホクニヌシを敵と認めるに至っていることを、弓矢を与えていることが示している。

ところが、ワカヒコがその弓矢で天上界の神々の使いを射るという成りゆきは、ワカヒコもまた天上界の神々の命にそむいていることを天上界の神々に知らせる。ワカヒコの考えは「その国を獲むと慮ひて」と表わされているけれど、ワカヒコの射た矢でワカヒコ自身が死ぬのは、ワカヒコの考えが天上界の神々の命にたがっていたことの現われと受けとられる。

弓矢を持たせた使いの失敗を引きついで、四番めにタケミカヅチがつかわされている。この神に武器が与えられたことを『古事記』は記していない。が、タケミカヅチの親神の名とそのありさまとがこう記されている。

ここに思金の神、また諸の神、白ししく、「天の安の河の河上の天の石屋に坐す、名は伊都の尾羽張の神、これ遣はすべし。もしこの神にあらずは、その神の子、建御雷の男の神、これ遣はすべし。また、その天の尾羽張の神は、逆に天の安の河の水を塞き上げて道を塞きて居る故に、他神はえ行かじ。故、別に天の迦久の神を遣はして問ふべし」とまをしき。

タケミカヅチの親の神であるイツノ（アメノ）ヲハバリはイザナキの持っていた刀である。イザナミがヒノカグツチを生み、ヒノカグツチによって焼かれたとき、イザナキはこの刀ヲハバリによってヒノカグツチの首を切った、その血がほとばしって生まれた神々のうちの一つがタケミカヅチであると前に記されている。これまでつかわされた神々の親たちについてことさらには記されていないのに、タケミカヅチの親神についてくわしく説かれているのにはわけがあろう。

初めにつかわされたオシホミミも親との関わりを明らかに示されている。さきの①においてこの神は「天照らす大御神」によって「我が御子」と呼ばれている。このオシホミミが神武へつながっているから、オシホミミの所で「天照らす大御神」の系譜を『古事記』の編みてが確かめておくことには重い意味がこめられていると読みとられる。

対して二番めのホヒは「天照らす大御神」の系譜を確かめられていない。ただ、ホヒがオシホミミの弟であることがかれの生まれたときに記されている。これによって受けてにかれの系譜が分からないわけではない。しかし、さきのオシホミミが「我が御子」とあらためて述べられているのに比べ、親神との関わりは弱い現われかたで記されていると言えよう。三番めのワカヒコはかれの系譜をまったく記されておらず、後にも姿を見せていない。この神がオホクニヌシを斥けるのではないうえに、後に地上界をおさめる者とのつながりを持っていないから、親神を現わす必要がないのであろう。対してタケミカヅチの親神ヲハバリに『古事記』が言いおよび、そのヲハバリのありさまを描いているのは、それを受けてに知らせる必要があるからであろう。倉野憲司(1)が説いているように、刀の神であるヲハバリが水によって刀をといでいるさまをその記事は述べているのであろう。タケミカヅチがこの神の子であることは、タケミカヅチが親の性質を引きついでみずからも刀の神であることを示しているのであろう。ならば、すぐ前につかわされているワカヒコに弓矢を持たせる方針に沿いつつ、タケミカヅチには武器が与えられなくてよい。刀の神の子であるタケミカヅチ自身が刀だからである。事実、この神が地上界にくだったときのありさまがつぎのように記されている。

②ここを以ちて、この二神、出雲の国の伊耶佐の小浜に降り到りて、十掬剣を抜きて、逆に波の穂に刺し立て、その剣の前に趺み坐して、その大国主の神に問ひてのりたまひしく、

タケミカヅチは剣を持たされたことを述べられていないにもかかわらず、右の所で「十掬剣を抜」いている。ただ、記されているままに読むと、「十掬剣を抜」いているのが「二神」であるように見える。「二神」はタケミカヅチとともにつかわされたアメノトリブネを含んでいる。が、これに続いている記事はタケミカヅチの行ないを主に表わしている。トリブネが行なっていることは、コトシロヌシを呼びかえすためにミホに行くばあいだけである。しかもそのとき、「故、ここに、天の鳥船の神を遣はして」と記されている。この所で「遣はし」ているのはタケミカヅチである。ついでタケミナカタと戦っているのはタケミカヅチだけである。これらを受けて、地上界の神々が斥けられたことを天上界の神々に知らせているのはタカミカヅチである。トリブネはそれらの場面に姿を現わしていない。よって「二神」のうちでタケミカヅチが主な神であると受けとってよい。右に引いた②において「二神」がともにしているのは「降り到りて」までであり、それに続いている「十掬剣を抜きて」から後の行ないは、刀の神タケミカヅチの行ないを記していると受けとられる。

その描きかたを見ると、「建御雷の男の神」という名の意味について本居宣長(2)がこう述べているのに賛同される。

雷ノ字に付て意を思ふはひがことなり。

しかし「その剣の前に趺み坐し」についての宣長(2)のつぎのような受けとりかたは、みずからの思い入れを帯びている。

さて今此神の如比為たまふは、皆天ツ神の御使の、絶れて奇く霊き威徳あることを示せるなり、

宣長[2]が右に記していることは、この神のありさまの描きかたから宣長が受けた印象である。宣長[2]が記しているような印象を与えることを含みとして備えながらも、『古事記』の編みてが記しているのは刀の神の動きであろう。すなわち、剣が突きたっていることをその神の動きとして表わしているのが「その剣の前に趺み坐し」ではなかろうか。同じタケミカヅチが後に神武の条にも現われている。『日本書紀』はその神の現われかたをこう記している。

明旦に、夢の中の教に依りて、庫を（タカクラジが―遠山注）開きて視るに、果たして落ちたる剣有りて、倒に庫の底板に立てり。

人である神武の時代には剣の神は剣という物の形で現われているのであろう。対して神の時代には、剣の神は神のまま現われてみずからの「前に趺み坐し」ているのであろう。四番めにつかわされた神が力によって地上界をおさめようとしていることを、この神の具体的な行ないが示していると読みとられる。

三　おさめかた

タケミカヅチが初めのアマテラスのことばを繰りかえしているのに対するオホクニヌシの受けこたえはこう記されている。

僕はえ白さじ。我が子、八重事代主の神、是れ白すべし。

『古事記』の編みてはコトシロヌシについてオホクニヌシの子の一つに名をあげているにすぎない。そのコトシロヌシが地上界をおさめることについて第一に決める力を持っている神として、右の部分に立ちあらわれているのは不審である。

コトシロヌシのこの大きな力について益田勝実[3]はこう捉えている。すなわち、神のことばを司っていた人がみずからを神に高めたのが「事代主の神」であり、この人がオホクニヌシを祭って出雲地方をおさめていた、と。ある神のコト（言）の依りつくもの（シロ）がすなわち神であるという神のありかたは、同じ『古事記』のなかで仲哀の条に見いだされる。そこにおいてはアマデラスと住吉三神との依りついた神功が「神」と呼ばれている（第二章　第七節　神と応神と）。コトシロヌシがオホクニヌシのコトを司りつつみずからが神であるがゆえにオホクニヌシの大事を決める力を持っているというありかたが、この捉えかたによって解かれよう。しかし、オホクニヌシの子の一つとしか記されていないコトシロヌシがにわかに表だっている点には分かりにくさがつきまとう。

対して『日本書紀』本書は、オホクニヌシが地上界をおさめる行きさつを記さないまま、コトシロヌシがオホクニヌシに代わって答える形をとっている。コトシロヌシのありかたが同じであり、コトシロヌシが大きな力を持ちつつ、この神について説かれていない点に変わりがなくても、オホクニヌシも地上界をおさめる行きさつを記されていないことによって、地上界に対するそれら二神の関わりかたに不釣り合いが目だっていない。

コトシロヌシがオホクニヌシのことばを司って地上界をおさめる力を握っていたのであれば、『古事記』のつぎのような記事は、『日本書紀』本書と同じくオホクニヌシがしりぞくことにただちにつながるはずである。

③その父の大神に（コトシロヌシが―遠山注）語りて言ひしく、「恐し。此の国は天つ神の御子に立て奉らむ」といひて、即ち、その船を踏み傾けて、天の逆手を青柴垣に打ち成して隠りき。

ところが『古事記』においては、オホクニヌシはべつの神のことをさらに述べている。

亦、我が子、建御名方の神あり。

コトシロヌシがオホクニヌシの子の一つとしてその名を系譜に記されているのと異なり、タケミナカタはその名をここに初めて挙げられている。『日本書紀』は本書、一書ともにタケミナカタについてまったく記していない。『日本書紀』はタケミナカタを現われさせないことによって、コトシロヌシがしりぞくことをオホクニヌシがしりぞくことにただちに結びつけている。

タケミナカタのにわかな現われかたについて、松村武雄(4)はつぎのような考えを示している。すなわち、タケミナカタはもとは科野の国の神であった、その神が科野の国の領有を争った神話が「小型の「国譲り神話」」として別にあった、が、この神話が主題の似よりによって「大型の国譲り神話」に取りいれられた、と。タケミナカタがタケミカヅチに打ちまかされたときに科野の国へ逃げる理由をこの考えは説くことができよう。

故、追ひ往きて、科野の国の州羽の海に迫め到りて殺さむとします時に、建御名方の神が白しく、「恐し。我をな殺したまひそ。此地を除きては、他処に行かじ。亦、我が父大国主の神の命に違はじ。八重事代主の神の言に違はじ。此の葦原の中つ国は、天つ神の御子の命の随に献らむ」。

しかし『古事記』の進めかたは、そのもとになったらしい神話の跡づけではつくされない。すなわち、『日本書紀』の本書にも一書にも記されていない神話が『古事記』にだけ取りいれられているのはなぜかという点が、『古事記』の説きかたとして問われなければなるまい。

この問いかけをもって『古事記』における地上界をおさめる神話を見わたすと、IIの天上界の神々をつかわすこととIIIのオホクニヌシのやぶれることとが、それぞれの主題を繰りかえしていることに気づく。IIでは天上界の神々が地上界へ四たびつかわされ、IIIでは地上界の神々が三たびやぶれている。『日本書紀』に記されていない神話をも取りこんでいるこれらの繰りかえしは、『古事記』の編みてが神話のこの繰りかえしを作りだしているのではないかと思わせる。実際、IIIにおいてタケミナカタがにわかに現われているのに似て、IIにおけるワカヒコも前に名を記されていず、その系譜が明らかでないまま現われている。さきにも触れた松村武雄(4)は、ワカヒコの神話もべつの系統の神話の取りいれであることを述べている。

もっとも、ワカヒコに関わっている神話は『日本書紀』本書、一書第一、第六にも記されている。タケミナカタのばあいと異なり、ワカヒコを現われさせている進めかたは『古事記』だけのそれではない。しかし、IIIにおいて『古事記』の編みてがタケミナカタの神話を取りこみ、地上界の神々のやぶれることを繰りかえさせ、IIにおける天上界の神々をつかわすことの繰りかえしにほぼ均りあう形を持たせている点を見すごすわけにはゆくまい。タケミナカタの神話の取りこみは、『古事記』におけるワカヒコの神話に『日本書紀』のなかのそれとは異なった働きを与えていると考えられる。

しかもオホクニヌシがやぶれることを記すうえで、『古事記』の編みてはコトシロヌシのばあいとは対照的なありさまを、タケミナカタの神話によって示している。すなわち、タケミナカタはタケミカヅチと同じタケをその名に負い、力強い神であることを名によって表わしている。のみならず、その神の初めの現われかたがそのありかたをことさらに示している。

千引きの石を手末に挙げて来て言はく、「誰ぞ我が国に来て、忍び忍びにかく物言ふ。然あらば、力競べせむ。故、我、先にその御手を取らむ」。

この現われかたはタケミナカタの力を押しだしつつ、つぎに掲げるコトシロヌシの現われかたとの違いをきわだたせている。

ここに（オホクニヌシが―遠山注）答へ白ししく、「…然るに（コトシロヌシは―遠山注）鳥の遊びをし、魚取りて、御大の前に往きて、未だ還り来ず」。故ここに天の鳥船の神を遣はして、八重事代主の神を徴し来て問ひたまひし時に、その父の大神に語りて言ひしく、「恐し。この国は天つ神の御子に立て奉らむ」といひて、

コトシロヌシの行ないとして記されている「鳥の遊びをし、魚取り」が分かりにくいけれど、この神のしりぞきかた、「天の逆手を青柴垣に打ち成して隠りき」（前掲③）に関わる行ないであろう。本居宣長(2)の指摘のよう

に、「逆手を…打ち」は『伊勢物語』のなかの記事との似よりによって、まじないに基づく行ないだったらしいと推しはかられる。「逆手を打ち成して隠」れているコトシロヌシは、さきに触れたコトを司る神というありかたに連なっていよう。松村武雄(5)が説いているように、「鳥の遊びをし、魚取り」もこの神の宗教的な行ないだったのであろう。

コトシロヌシとタケミナカタとはそれぞれの性質をその名とその行ないとによって現わしながら、タケミカヅチの力によってともに打ちまかされている。二つの神たちのやぶれかたは互いに対照的でありつつ、オホクニヌシを支えている宗教と武力との二つの面がやぶられることを示しているのであろう。

宗教の力と武力との二つを失うことがオホクニヌシの支配の終わりであるらしいことは知られるけれど、不審が残る。というのは、「第二章　第二節　大国主の神話」が述べているように、オホクニヌシはスサノヲのことばに裏づけられつつ、みずからの力でヤソガミを斥け、みずからが神を祭っている。ところが、オホクニヌシの現われている神話の後半においては、この神は天上界の神々にみずからの力で対しておらず、二つの子たちにみずからの二つの力を分け持たせている。しかも、二つの子たちは斥けられて『古事記』のなかでふたたび現われていないのと異なり、オホクニヌシは天上界の神々の子孫たちによって宮を作られている(崇神条。第二章　第六節　神武から崇神・垂仁へ)。よって、それらの子たちと異なり、この神は亡ぼされていないと考えられる。或る神を祭っていた者が亡ぼされても、その神が残ってべつの者に祭られるという形として、雄略と葛城の一言主の神との関わりかたが見いだされる。井上光貞(6)の説いているように、雄略が葛城氏を亡ぼして葛城の神を祭る力を葛城氏から奪いとったことを、雄略の条のその神の記事は表わしているらしい。オホクニヌシのばあいも、神のこの残りかたが記されているようである。

オホクニヌシがやぶれたことによって、アマテラスが地上界をおさめる神話の初めに告げていることば(前掲

①がそのとおりになる。タケミカヅチの知らせを受けた天上界の神々がアマデラスの初めのことばをオシホミミの子ニニギに与えることによって、『古事記』に記されている地上界をおさめる神話は、初めと終わりとをその神のことばで整えつつ閉じている。

四　アマデラスとタカミムスヒと

ところが、『古事記』における天上界の神々が地上界をおさめる神話は、ことばを告げる神に揺れを伴なっている。ひろく行きわたっていたらしい神のことばの実現の形という捉えかただけではすまない問題を、この揺れは垣間見させる。というのは、地上界をおさめることをどの神がことばに表わすかによって、地上界をおさめる神の力のみなもとが異なるからである。天皇たちがアメノシタをおさめることの正しさを天上界の神々の力によって定めようとするところに『古事記』の主題があるから、地上界をおさめることをことばに表わす神の問題は、『古事記』の大もとに関わっている。

天上界の神のことばがさきに触れたように繰りかえされているなかで、そのことばを繰りかえし与えている神々がつぎのように入れかわっている。

ア　天照らす大御神
イ　高御産巣日の神・天照らす大御神
ウ　天照らす大御神・高木の神

イとウとのあいだに、「この高木の神は、高御産巣日の神の別の名ぞ」ということわりがはさまれているから、イとウとの関わりかたが受けてに知らされている。対して何も知らされていないのは、アの「天照らす大御神」からイ・ウの二神にかけて、もっとも大事なことばを告げる神のなかへ「高御産巣日の神」「高木の神」がはいりこんでいる点である。しかも、イにおいてタカミムスヒが現われた後に、天上界の神々を集め、神々をつかわす働きをする神々がつぎのような順に記されている。

高御産巣日の神・天照らす大御神

天照らす大御神・高御産巣日の神

天照らす大御神・高木の神

高木の神

天照らす大御神

入りくんだ行きさつを経ている地上界のおさめかたを推しすすめるに当たり、「高御産巣日の神」「高木の神」と「天照らす大御神」とが或るいは並びたち或るいはひとりで働いているさまは、地上界をおさめる力のみなもとに揺れを持ちこむように見える。すくなくとも、地上界をおさめる力がアマテラスだけに依るのではないことが記されていることを、右のありさまは見てとらせる。

対する『日本書紀』本書における地上界をおさめる条は、「天照らす大神」の名を一度出すのみであり、あきらかに「高皇産霊の尊」を中心に立てている。ところが『日本書紀』のなかでも一書第一は本書と異なり、「高皇産霊の尊」をまったく現われさせず、「天照らす大神」がすべてを司る記事を伝えている。一書第一は「高皇産霊の尊」を現われさせないことに揃えて、「天照らす大神」の子オシホミミの妻を「思金の神の妹万幡豊秋津媛の命」と記している。『古事記』『日本書紀』本書、第一以外の一書が、オシホミミの妻をタカミムスヒ（タカギ）の娘として、「思金の神の妹」と同じ名を一致して記している。よって、一書第一は「高皇産霊の尊」を斥ける特異な伝えを残しているといえよう。これを除くと、一書第二が「高皇産霊の尊」を主な神に立てつつ「天照らす大神」をも現われさせ、一書第四、第六が「高皇産霊の尊」を中心に置き、本書に近い伝えを記していると捉えられる。

『古事記』と『日本書紀』との右のような伝えかたについて、大林太良(7)はつぎの二つの点を論じている。すなわち（一）天から神がくだり地上界をおさめるという神話の形がアジア大陸の北よりの地域に広がっていたこと、（二）その神話の形のなかで主な神はタカミムスヒであったことの二点である。さらに三品彰英(8)は成りたちからの見かたによりつつ、こう論じている。すなわち、もとの主な神タカミムスヒを保っていた伝えのなかへアマデラスが後ではいりこんだ、と。

『古事記』とは異なる伝えの残されていることを照らしあわせた考えかたによって、タカミムスヒをもとの神と見なしてみると、この神にかわってアマデラスが中心を占めるようになっている記しかたは、『日本書紀』一書第一にもっとも著しい。というのは、この一書はタカミムスヒをまったく現われさせず、アマデラスだけを立てているからである。それについで『古事記』も、アマデラスを立てようとする姿勢をつよく押しだしているように見える。みずからの子が地上界をおさめることを『古事記』がアマデラスに初めに言わせている点に、その姿勢がまず現われている。さきのイに至ってアマデラスがタカミムスヒに並んで現われているときにおいても、タケミカヅチをつかわす所はこう記されている。

是に、天照らす大御神詔らししく、「亦、いづれの神を遣はさば吉けむ」。しかして、思金の神及諸の神の白ししく、

ホヒついでワカヒコをつかわす所ではアマデラスに並んで現われているタカミムスヒがここでは現われていない。タケミカヅチをつかわすことをアマデラスがひとりで計り、この後にタケミカヅチをつかわすことをやはりひとりで決めている。他の神々の失敗の後を引きついで、タケミカヅチが地上界をおさめることを成しとげているから、もっとも重要なこの神をつかわすに当たってタカミムスヒがはずされ、アマデラスだけが力を持たされ

ていると受けとられよう。ただ、地上界の神々を斥けた後に天上界から神をくだらせるときには、二神がふたたび並べられている。『古事記』の編みてはアマデラスを中心に立てつつも、すべての力をその神に集める進めかたを貫いているとは認めがたい。

『古事記』の編みてがもとの中心の神を保っているらしいあとを残しながら、アマデラスのことばの実現という進めかたによって初めと終わりとを整えようとする姿勢を見せているのに対し、『日本書紀』の本書はタカミムスヒを中心に立て、アマデラスにほとんど触れていない。ともに、『日本書紀』本書は神のことばによる枠ぐみを備えていない。本書に続いて記されている十二の一書は、各々で異なっている記事を含みつつも、本書に従う位置に置かれている。ことに一書第七から第十二までは、本書のなかの記事と少し異なるにとどまっている伝えを記していることによって、本書に従うことを著しく見せている。入りくんだ記事を含みつつ、計十二の一書を従えている本書がアマデラスについてほとんど説いていないからには、『日本書紀』における地上界をおさめる力のみなもとは、『古事記』とはべつの説きかたで記されていると受けとらなければなるまい。『日本書紀』が『古事記』よりも資料をよく保っているという見かたを梅沢伊勢三(9)が示している。けれど、『古事記』そして『日本書紀』も資料を保つことを目ざしているのではあるまい。これら二つの文献は資料に基づきつつ、それぞれの考えを説いているのであろう。

五　『古事記』の説きかた

『日本書紀』とは異なる説きかたによって『古事記』の編みては、アマデラスの子孫が地上界をおさめることをアマデラスのことばが実現させるという枠ぐみと、スサノヲのことばがスサノヲの子孫の地上界をおさめることを裏づける枠ぐみとの対応を組みあげている。これら二つの枠ぐみをなしているアマデラスとスサノヲとは、もともとは言えば姉弟の関わりにイザナキによって統べられている。しかもアマデラスが「高天の原」を司っているとはいえ、その神の力もイザナキによって与えられている。ところが、このイザナキより前に「高天の原」に初めに「成」っている神々がある。これらの神々の命を受けてイザナキは働いている。これら初めの神々の一つがタカミムスヒである。すると、アマデラスに並んでタカミムスヒが現われていることによって、アマデラスの子孫たちが地上界をおさめる力が「高天の原」の初めの神の力にも裏づけられていることを、『古事記』の編みては示していると読みとられる。

アマデラスがタカミムスヒに連なっている結びつきは、その弟であるスサノヲの子孫オホクニヌシとカムムスヒとの結びつきに光を当てる。すなわち、オホクニヌシがヤソガミに殺されたときに、オホクニヌシを助けているのがカムムスヒである。ならば天上界と地上界との二つの世界は、それぞれがつぎのような神々の連なりを伴なっていると捉えられよう。

タカミムスヒ――イザナキ――アマデラス――オシホミミ　――ニニギ
カムムスヒ　――イザナキ――スサノヲ　――オホクニヌシ

これら二つの連なりはタカミムスヒとカムムスヒとに行きつき、「高天の原」の初めの三神のうちの二つにみなもとを持つ形におさまっている。「第二章　第一節　「高天の原」による説きかた」が検討しているように、これら二神を「成」らせているのが「高天の原」である。「高天の原」にすべてのみなもとを置く『古事記』の編みての考えが右の二つの連なりを貫いていることが見てとられよう。

「高天の原」からの展開のなかで、スサノヲのことばが実現し、ついでアマデラスのことばが実現することによって二つのことばの枠ぐみが閉じているのを受けて、地上界にくだるニニギより後の三代の神話は、天上界の神に地上界の性質を備えさせつつ第一代天皇の記事へ連なってゆく。

【注】

（1）倉野憲司『古事記全註釈　第四巻』、三省堂、一九七七年。

（2）本居宣長『古事記伝十四之巻』（『本居宣長全集　第十巻』、筑摩書房、一九六八年）。

（3）益田勝実『火山列島の思想』「廃王伝説」、筑摩書房、一九六八年。

（4）松村武雄『日本神話の研究　第三巻』「第十四章　第一節　第二目　天稚彦物語及び建御名方神物語の別個独立性」、培風館、一九五五年。

（5）松村武雄『日本神話の研究　第三巻』「第十四章　第五節　事代主神の司霊者性」、培風館、一九五五年。

（6）井上光貞『日本古代国家の研究』「帝紀からみた葛城氏」（『井上光貞著作集　第一巻』、岩波書店、一九八五年）。

（7）大林太良『日本神話の起源』「天くだる神」、角川書店、一九七三年。

（8）三品彰英『建国神話の諸問題　三品彰英論文集　第二巻』「天孫降臨神話異伝考」、平凡社、一九七一年。

（9）梅沢伊勢三『記紀批判』「第二章　記紀両書の記事の比較による文献的相互関係の検出」、創文社、一九六二年。

第四節　神から人へ

一　ホホデミの名

『古事記』そして『日本書紀』は第一代の天皇として、カムヤマトイハレビコノミコトの名を記している。同時に、これら二つの書ともに、「亦の名」（『古事記』）、「亦の号」（『日本書紀』一書）として同じ天皇の異なる名を挙げている。

カムヤマトイハレビコに限らず、「亦の名」「亦の号」によって記されている神と人との名は、もとは各々の名によって表わされていた別々の神々あるいは人々であった、それらが一つの神あるいは人に、ある段階の編みてによってまとめられ、異なる名として残された、と考えられる（吉井巖（1））。カムヤマトイハレビコが、『古事記』と『日本書紀』との各々において、その理由によって複数の名を記されていると推しはかられるなかで、『日本書紀』の神武の条はその本書において神武の名をこう記している。

神日本磐余彦天皇、諱は彦火火出見。

しかも、『日本書紀』巻第三の一書の第二から第四がカムヤマトイハレビコホホデミノミコト（第二、第三）、イハレビコホホデミノミコト（第四）という名を伝えている。本書と一書とに記されているこれらの名にはホホデミという共通の部分が見いだされる。この共通のホホデミという部分には第一代天皇のありかたを解く鍵の一つがありそうである。

このホホデミの鍵で扉を開いてゆくと、同じホホデミという名を持っている神が第一代天皇の二代まえに見いだされる。すなわち、天上界からくだった神ホノニニギの子の生まれかたを、『日本書紀』本書はこう記している。

始めて起こる烟の末より生り出づる児を、火闌降の命と号く。…次に熱を避りて居しますときに生り出づる児を、彦火火出見の尊と号く。次に生り出づる児を、火明の命と号く。…凡て三子ます。

これら三つの子たちのなかで、第一代天皇につながってゆくのが傍線で示している第二の子「彦火火出見の尊」である。『日本書紀』は、その一書第二、第三、第五、第六、第七、第八においても、その神の名をヒコホホデミノミコトと記している。他方の『古事記』はその神の名をホヲリノミコトと記し、「亦の名」としてアマツヒコヒコホホデミノミコトと記している。

第一代天皇とその二代まえの神とがホホデミという名をともに持っている点には、本居宣長(2)が触れている。しかし、ホホデミは「美称奉れる御号」として共通に添えられた、と宣長(2)は述べたにとどまっている。この名をともにしていることに大きな視野を開いたのは津田左右吉(3)である。さきに触れた吉井(1)は、「亦の名」「亦の号」を神の名の成りたちという見かたから論じている。これに先駆け、津田(3)は、『日本書紀』本書・一書と『古事記』の「亦の名」との伝えているホノニニギの子ホホデミに、第一代天皇の古い痕跡を見ようとしている。すなわち、天くだった神ホノニニギのつぎの代の神ホホデミが東へ移り第一代天皇になったという伝えが古くにあった、それを後の編みてが二代あとの第一代天皇にずらせた、この結果、もとの神の名が第一代天皇の名に残ったという見かたを津田は示している。さらに、井上光貞(4)は津田(3)を支持し、つぎの二つの点をその理由として付け加えている。すなわち、(一)天孫降臨より後の部分が「政治的支配者としてのおもかげ」を欠いていること、(二)その部分が「農耕的な日の司祭者の祭り」を持っていないこと、である。天孫降臨より後の物語は「除き去つても少しも差支の無い、神代史の全体の組織からは遊離してゐるもの」と津田(3)がすでに述べているから、井上(4)の付け加えは津田(3)の範囲のうちに収まると見ることができよう。

「神代史の全体の組織」を津田(3)は考えているけれど、『古事記』も『日本書紀』も津田(3)の考えとは異なる記しかたを残している。すなわち、同じホホデミの名を持っている神と第一代天皇とのあいだにさらに一代、ウガヤフキアヘズがはさまれている。しかも、『古事記』と『日本書紀』とのあいだで、名の現われかたに片寄りが見いだされる。すなわち、地上界にくだった神ホノニニギの子に加えて、第一代天皇の名にもホホデミを伝えているのは『日本書紀』だけである。対して『古事記』は、ホノニニギの子ホヲリの「亦の名」にホホデミを記しているけれど、第一代天皇の名にホホデミをまったく記していない。『古事記』が伝えているのはつぎの名である。

是の天津日高日子波限建鵜葺草葺不合の命、其の姨玉依毘売の命を娶りて生みたまへる御子の名は、五瀬の命。次に、…。次に、若御毛沼の命、亦の名は豊御毛沼の命、亦の名は神倭伊波礼毘古の命。（上巻）

神倭伊波礼毘古の命と其の伊呂兄五瀬の命との二柱、高千穂の宮に坐して議りて云らししく、（中巻）

これまでに触れた「亦の名」「亦の号」が入りくみつつ記されている神々から第一代天皇への続きかたを主な名によって示すと、つぎのようにまとめられる。

ホノニニギ――ホヲリ（ホホデミ）――ウガヤフキアヘズ――カムヤマトイハレビコ（ヒコホホデミ、第一代天皇、神武）

これらの神々のなかで、ことにホホデミの名をめぐる『古事記』と『日本書紀』との伝えの違いが、梅沢伊勢三(5)の論じているように、資料からの隔たりの違いであるのならば、二つの書のあいだの資料の取りかたの違いを考えに入れないまま、『古事記』と『日本書紀』との二つから受けてが「神代史の全体の組織」を取りだすわけにはゆくまい。しかも『古事記』そして『日本書紀』はともに天上界から地上界におりた神に続く二代の神たちの記事を備えている。津田(3)が考えているように、この神話は「除き去つても少しも差支の無い」部分であるのか。津田が目ざしたのは後の時代に付け加えられたらしい記事を『古事記』と『日本書紀』とから取りのぞき、「物語の原形を摸索すること」(津田(6))であった。しかし、津田にとって「除き去つても少しも差支の無い」部分が『古事記』あるいは『日本書紀』を編んだ人々にとってもそうであったとは限らない。

二　ホノニニギの宮

地上界におり立ったホノニニギが初めにしたことを『古事記』はつぎのように記している。

①是に詔らししく、「此地は、韓国に向かひ、笠沙の御前に真来通りて、朝日の直刺す国、夕日の日照る国ぞ。故、此地はいと吉き地」と詔らして、底つ石根に宮柱太しり、高天の原にひぎ高しりて坐しき。

この記事が宮の営みを記していることはただちに読みとられる。地上界に宮を営む記事をさかのぼると、オホクニヌシのばあいが見いだされる。ただ、この神のばあい、その神の宮の営みが直接には記されていない。スサノヲがその神につぎのように告げているところに、その神の宮のことが述べられるにとどまっている。

②宇迦の山の山本に、底つ石根に宮柱太しり、高天の原に氷椽高しりて居れ。

オホクニヌシに宮を営ませているスサノヲについても、こう記されている。

故、是を以ちて、其の速須佐の男の命、宮造作るべき地を出雲国に求ぎたまひき。しかして、須賀の地に到り坐して詔らししく、「吾、此地に来て、我が御心すがすがし」とのらして、其地に宮を作りて坐しき。

宮の営みの記事はさらにさかのぼり、イザナキとイザナミとの営みにゆきつく。それら二神の行ないは、「天の浮き橋」から島を作りだした後のことについてこう記されている。

其の嶋に天降り坐して、天の御柱を見立て、八尋殿を見立てたまひき。

「見立て」がどのような行ないを表わしているのか、たしかには分かっていない（折口信夫ほか(7)）。が、それら二神による宮の営みを言い表わしていることは知られる。

これらをとおして見いだされるのは、宮の営みと地上界を治めることとの結びつきである。ホノニニギが地上界を治めるために天上界からくだり、オホクニヌシが地上界の神たちを従えているだけではない。スサノヲは地上界を治めることが記されていないけれど、その宮の営みの後にスサノヲがオホクニヌシに地上界を治める力を与えている。さらに、イザナキ・イザナミが地上界のもとをなしていることは述べるまでもあるまい。

みぎの神たちのなかで、オホクニヌシのばあいには他と異なる事情が加わっている。その神は地上界を治める力をひとたび得た後に、その力を天上界の神に明け渡している。明け渡しにあたり、その神はみずからの宮についてこう述べている。

③唯、僕が住所のみは、天つ神の御子の天つ日継ぎ知らしめす、とだる天の御巣の如くして、底つ石根に宮柱太しり、高天の原にひぎ高しりて治め賜はば、僕は百足らず八十坰でに隠りて侍らむ。

「第二章　第六節　神武から崇神・垂仁へ」が検討するように、オホクニヌシのこの求めは、垂仁のときまでかなえられていない。天上界の神たちがこの求めをかなえていないのは、オホクニヌシに宮を持たせると地上界を治める力をその神に保たせてしまうという考えかたによるのであろう。事実、傍線で示しておいた宮作りの言いかたは、さきに②に掲げたスサノヲのオホクニヌシへの宮作りのことばとホノニニギの宮の作りかたの言い表わしかた①とに、そのまま重なっている。

宮の営みと地上界を治める力との結びつきは、『古事記』においてはすべての天皇たちに認められる。各々の天皇の代は、かならずつぎの書きかたによって記されている。

○○宮に坐して、天の下、治らしめしき。

なかで、顕宗、武烈、敏達、用明、推古のばあい、それぞれの天皇の治めた年数がこの後に記されている。が、それらを含めて、みぎの書きかたが基本的であると認められる。くわえて雄略の条で、雄略が「志幾の大県主の家」を焼かせようとしている。そのわけは、その家が天皇の宮に似ているからである。天皇の宮がことに天皇の力を示しているらしいことをこの記事は推しはからせる。

宮の営みと治める力との結びつきは、『古事記』の編みてだけの考えではなさそうである。というのは、『万葉集』の巻一・巻二のなかで、ふるくに編まれたらしい部分（伊藤博(8)）は、「○○宮御宇天皇代」という書きかたによってそれらの天皇たちの代を示している。その巻一におさめられている歌においても、柿本人麻呂が持統による吉野の宮の営みをつぎのように歌っている。

八隅しし　我が大王の　聞こしめす　天の下に　国はしも　さはにあれども　…　御心を　吉野の国の　花散らふ　秋津の野辺に　宮柱　太しきませば　ももしきの　大宮人は　舟並めて　朝川渡る　舟競ひ　夕川渡る　（巻一・三六）

朝廷の人々が持統に仕えるのは持統の宮の営みの結果であるという関わりかたが、「宮柱太しきませば」という条件句によって表わされている（遠山一郎(9)）。しかも、この吉野の宮の称え歌は持統を称える歌をともなっている（巻一・三八―三九）。その歌は山の神と川の神とを従える持統をつぎのような歌いかたによって形作っている。

やすみしし　我が大王　神ながら　神さびせすと　…　高殿を　高しりまして　のぼり立ち　国見をせせば　たたなはる　青垣山　山つみの　奉る御調と　…　ゆきそふ　川の神も　大御食に　つかへまつると

（巻一・三八）

これら二つの歌群で人麻呂が歌っているのは、宮の営みと地上界の人たち・神たちを従えることとの組みあわせである。これらのなかの「宮柱太しきませば」(三六)、「高殿を高しりまして」(三八)が、さきのホノニニギ、オホクニヌシの宮の営みの言い表わしかた①②③のなかの「底つ石根に宮柱太しり、高天の原にひぎ高しりて」に連なり、さらに、祝詞に記されているつぎの表現に関わっていよう。

大倭日高見の国を安国と定めまつりて、下つ磐ねに宮柱太しき立てて、高天の原に千木高知りて、皇御孫の命の瑞の御舎仕へまつりて、

(六月の晦の大祓)

『日本書紀』にも宮の営みと治める力との結びつきが見いだされる。神武の条にはこう記されている。

天皇、橿原の宮に即帝位す。…故に古語に称して曰さく、畝傍の橿原に宮柱底つ磐の根に太立て、高天の原に搏風峻峙りて、始馭天下之天皇を号けたてまつりて、神日本磐余彦火火出見天皇と曰す。

しかし、ホノニニギの条において『日本書紀』本書はホノニニギの宮に触れていない。その一書第二にのみこう記されている。

時に皇孫、因りて宮殿を立てて、是に遊息みます。

『日本書紀』の記しているホノニニギは、『古事記』のそれとは異なっているようである。

三　ホノニニギの婚姻

『古事記』においては、地上界を治める者の宮の営みには婚姻が伴なっている。さきにホノニニギの宮の営みからさかのぼっていったすべてのばあいで、宮の営みと婚姻とが組みあわされている。ただホノニニギのばあいには、他とは異なる一つの要素がその婚姻に付け加えられている。「天皇たち」の死の起こりがそれである。

④故、是を以ちて今に至るまで、天皇たちの御命、長くあらぬぞ。

命の短い「天皇たち」と異なり、「高天の原」の神たちはその命のつきることがないようである。「高天の原」

に初めに成った神たちの一つ、タカミムスヒはタカギに名を変えつつ、オホクニヌシを従わせる条に現われている。さらに、この神は『古事記』の巻の区切りを越え、中巻の神武の条にも現われている。伊藤博(10)は、『古事記』三巻の巻の各々の切れめに時代を分ける編みての捉えかたを読みとっている。この巻の区切りを越えて現われている神たちが記されているのは、編みての時代分けに縛られない神たちのあることを編みてが認めているからであろう。

タカミムスヒと同じ二つの条にアマデラスも現われている。アマデラスはタカミムスヒよりもさらに後に及んで、仲哀の条でも神功によりつく形で現われている。このアマデラスを「成」らせているイザナキは後に現われこそしていないけれど、上巻にこう記されている。

故、其の伊耶那岐の大神は、淡海の多賀に坐す。

この神も『古事記』の今に至るまで「坐す」のであり、その命が尽きたと記されているのではない。対してその妻イザナミはつぎのように記されており、やや異なるところを見せている。

故、伊耶那美の神は、火神を生みたまひしによりて、遂に神避り坐しき。

この「神避り」を受けてつぎのように「葬り」が記されている。

故、其の神避りし伊耶那美の神は、出雲国と伯伎国との堺の比婆の山に葬りき。

「葬り」はヒバスヒメとヤマトタケルとのばあいにも見いだされる。ヒバスヒメはこう記されている。

狭木の寺間の陵に葬りまつりき。　（垂仁条）

ヤマトタケルのばあいは、かれの「崩」のあとに后たちと子たちとがかれの「御陵」を作り、四つの歌を歌っている。これらの歌を受けてこう記されている。

是の四つの歌は、皆其の御葬に歌ひたまひき。故、今に至るまで、其の歌は、天皇の大御葬に歌ふぞ。

（景行条）

すると、イザナミの「葬」もこれらと同じくイザナミの死に伴なうことを表わしているように見える。ところが、イザナミの「神避り」はその神の命の尽きたことを表わしていない。その神は「黄泉つ国」でイザナキに会い、ことばを交わし、争っている。すると、その神はべつの「国」へ移ったにすぎない。その移ったことが「避り」と記されていると受けとられる。これと異なり、ヒバスヒメ、ヤマトタケル、天皇たちがべつの世界に現われることを『古事記』はまったく記していない。ならば、イザナミとヒバスヒメ・ヤマトタケル・天皇たちとは、同じく「葬り」を伴なっていても、「神避り」と「崩」という異なる行ないをしていることを『古事記』の編みては記しているのであろう。ただし、ヒバスヒメには「葬り」の記事があるのみであり、その死については記されていない。

イザナミの「避り」に加えて、「高天の原」に初めて現われている七つの神たちが「身を隠したまひき」と記されているのもことば通りの意味なのであろう。さきにも述べたように、それら七つの神たちの一つタカミムスヒが名を変えつつ後に現われているだけではない。その七神の一つカムムスヒが、つぎに掲げるように、オホクニヌシを後に助けている。

（オホクニヌシの「御祖の命」が―遠山注）神産巣日の命に請はしし時に、𧏛貝比売と蛤貝比売とを遣はして、作り活けたまひき。

これらの神たちの行ないは「身を隠し」てこそいるけれど、「神避」ったイザナミの「黄泉つ国」での行ないに通うありかたで記されていると捉えられよう。

これらの神たちと異なり、「天皇たち」は死ぬ。「天皇たち」だけではなく「人草」が死ぬことを、イザナミがイザナキに告げた次のことばとその結果とによって『古事記』は前に説いている。

汝が国の人草、一日に千頭絞り殺さむ。…是を以ちて、一日に必ず千人死に、

この「人草」のばあいとはべつに、ホノニニギの婚姻に伴なって「天皇たち」の死の起こりをもたらしているのは、「大山津見の神」による「宇気比」である。

⑤石長比売を使はさば、天つ神の御子の命は、雪零り風吹くとも、恒に石の如く、常に堅に動かず坐さむ。亦、木の花のさくや毘売を使はさば、木の花の栄ゆるごと栄え坐さむ、と宇気比て貢進りき。かく、石長比売を返さ令めて、独り木の花のさくや毘売を留めたまひつれば、天つ神の御子の御寿は、木の花のあまひのみ坐さむ。

ここでオホヤマツミが「天つ神の御子」と呼んでいる相手はホノニニギをさしている。これに続いて、さきに④に引いた「天皇たち」の命についての記事がある。したがって、この部分が記しているのは、ホノニニギとその子孫たちとの死の起こりであると知られる。

『古事記』において、ホノニニギと「天皇たち」との死の起こりが「人草」のそれから分けられて説かれているのにはわけがあろう。すなわち、「人草」と異なってホノニニギは「高天の原」の神であり、その子孫ともども命が尽きないはずである。にもかかわらず「天皇たち」は死ぬ。そのわけが「人草」とはべつに説かれなければならない、と『古事記』の編みては考えたのであろう。この説きかたを支えているのは、しかし、「人草」のばあいと同じく神による定めという考えかたである。天皇の力の起こりを「高天の原」の神の定めによって説いているのに通う考えかたを、さらには「人草」の死の起こりの説きかたにも通う考えかたを、『古事記』の編みてはここでも用いている。

この説きかたはことに『古事記』のそれであるらしい。というのは、これとは違う説きかたがあったことを『日本書紀』が示しているからである。すなわち、ホノニニギの婚姻の条の本書は婚姻に伴なう死の起こりをま

ったく記していない。それを記しているのはその条の第二の一書だけである。

⑥磐長姫、大きに慙ぢて詛ひて曰はく、「…其の生むらむ児は、必ず木の花の如に移落ちなむ」といふ。一に云はく、磐長姫、恥ぢ恨みて唾き泣ちて曰はく、「顕見蒼生は、木の花の如に俄に遷転ひて衰去へなむ」といふ。此、世人の短折き縁なりといふ。

この一書はホノニニギの子の命短かさを述べている。対して、この一書とはべつらしい「一」においては、「世人」の命短かさだけが述べられており、ホノニニギが「世人」に含まれているのかどうか、あきらかには記されていない。この一書と「一」とが他に死の起こりをどこかで記しているのかどうか、明らかにできない。この一書と「一」とがどの資料の一部分であったか、あるいは、この部分だけがそれぞれ一つの資料であったか、まったく記されていないからである。この一書あるいは「一」とのつながりを問わずに『日本書紀』の他の部分を見わたすと、イザナキ・イザナミの争いが巻第一の一書にこう記されている。

吾は当に汝が治す国民、日に千頭縊り殺さむ。

とはいえ、だから「国民」が死ぬとは記されていない。また、その部分の前に置かれている本書には、死の起こりについてまったく記されていない。このような『日本書紀』本書と一書との記しかたは、「人草」とホノニニギ・「天皇たち」とを分けてそれぞれの死の起こりを説いているのが『古事記』の編みての営みであったろうことを推しはからせる。ただ、『古事記』の説きかたは『古事記』の資料に記されてあったと考えられないわけではない。しかし、この考えの成りたつ余地は小さい。というのは、みぎに示したように、『日本書紀』の本書・一書がそれを記していないからである。『日本書紀』の編みてたちの資料の集めかたがゆきとどかなかったと私たちが考えないかぎり、この考えは成りたたない。

ホノニニギの婚姻は子たちを生まれさせている。この婚姻は「一宿」のそれであり、神武、ホムチワケのばあいとともに聖なる婚姻の形を踏んでいるらしい（松村武雄(11)）。この形を受け継ぎつつ、『古事記』の編みてはホノニニギの婚姻のなかで、天皇たちの死の起こりとともに、天皇たちの位が父の血すじによって受け継がれるべきことの起こりをも説いている。というのは、一夜の婚姻で生まれた子が父の子であることを確かめる条を、『古事記』はこの部分にだけこう記しているからである。

しかして、答へ白ししく、「吾が妊める子、若し国つ神の子にあらば、産む時に幸くあらじ。若し天つ神の御子にあらば幸くあらむ」とまをして、即ち戸無き八尋殿を作り、其の殿の内に入り、土をもちて塗り塞ぎて、産む時にあたり、火をもちて其の殿に著けて産みたまひき。

こうして「幸く」生まれた子たちの三番めがホヲリ「亦の名」ホホデミである。

『日本書紀』は、ホノニニギの妻のばあいに加えて雄略の妻たちの一人について、その女の一夜はらみと雄略の疑いとをつぎのように記している。

目大連、対へて曰さく、「臣、女子の行歩くを観るに、容儀、能く天皇に以れり」とまをす。天皇の曰はく、「此を見る者、みな言ふこと、卿が言ふ所の如し。然れども朕、一宵与はしてはらめり。女を産むこと常に殊なり。是に由りて疑を生せり」とのたまふ。（雄略元年条）

『古事記』の編みては、この形をホノニニギのばあいの他に記しとどめないことによって、父の血すじによる引き継ぎが天皇たちの祖先の神の行ないによって定まったことをとくに説いている、と読みとられる。『日本書紀』本書も父の血すじを明らかに示している。くわえて、その第五の一書は、ホノニニギの四子たちが「父」に呼びかけてこう言ったと記している。

吾が父、何処にか坐します。（第一の子）

吾が父及び兄、何処にか在します。（第二の子）

吾が父及び兄等、何処にか在します。（第三・四の子）

これに対応してホノニニギがこう述べている。

我、本より是吾が児なりと知りぬ。但一夜にして有身めり。疑ふ者有らむと慮ひて、衆人をして皆、是吾が児、並に亦、天神は能く一夜に有娠ましむることを知らしめむと欲ふ。

『古事記』が説いているのも父の血すじとともに一夜の婚姻ではらませる力であるけれど、『古事記』の編みては『日本書紀』とは異なる集約のしかたによって、ホノニニギの血すじを確かめていると言えよう。この説きかたを受けて、『古事記』の記している神武はイスケヨリヒメとの「一宿」の婚姻によって子たちをもうけている。その条に神武の疑いは記されていない。『古事記』の説きかたのなかでは、神武の祖先であるホノニニギによって父の血すじがすでに定められているからである。対して『日本書紀』は神武の婚姻を一夜と記していない。また、『日本書紀』はホムツワケの婚姻について何も記していない。対して『古事記』のホムチワケは一夜の婚姻を記されている。が、それによって生まれる子については記されていない。その血すじが天皇に関わらないからであろう。

さらに一つ、ホノニニギの婚姻が持っている点を見落とすわけにゆかない。すなわち、木ノ花ノサクヤビメがオホヤマツミの娘である点である。吉井巖(12)が説いているように、オホヤマツミの土の呪力がその娘をとおしてホノニニギの子に引き継がれていることを、『古事記』の編みては記しているのであろう。ホノニニギは「高天の原」の神たちのあいだに、「高天の原」で生まれている。このホノニニギが地上界にくだりながらも、かれの内側が地上界に関わっていないのと異なり、かれの子たちが地上界を治める「天皇たち」に必要な要素を地上界の母によって内側に備えてゆくことを、『古事記』の編みては記していると受けとられる。

四　ホホデミによる仕上げ

「高天の原」の要素に加えて地上界のありかたを組みこまれたホホデミに、さらに一つ、地上界の要素が加えられる。水がそれである。さきにも触れた吉井(12)が述べているように、ホホデミが兄との争いをきっかけに海の神の世界にゆき、その娘と婚姻することによって、その付け加えが果たされている。

土と水との組みあわせは『万葉集』の歌にも見いだされる。舒明の「国見」の歌は聖なる山から見えたありさまをこう歌い表わしている。

国原は　けぶり立ち立つ　海原は　かまめ立ち立つ　（巻一・二）

柿本人麻呂が持統を称えた歌は、持統の宮の営みを歌いこんだ後に「山つみ」と「川の神」とを組みで現われさせている（前掲巻一・三八）。さらには、藤原の宮の御井の歌が、長歌で山々を、「短歌」で「ま清水」を歌い、同じ組みあわせを見せている（巻一・五二―五三）。くわえて『万葉集』の巻六は、笠金村、車持千年、山部赤人たちによる吉野の歌（九〇七ほか）をおさめている。これらの歌は直接には人麻呂の歌に源を持ちつつ、遠く舒明の歌に響きあい、ホノニニギ・ホホデミ二代の記事にも連なって天皇たちと土・水との関わりを歌いこんでいる。

これらの散文と歌とに地上界をおさめる者と土・水とが取りあげられ、土と水との二つがその順序で現われているのは、この組みあわせが七世紀から八世紀ころの朝廷とそのまわりとの人々に沁みこんでいたことをうかがわせる。その人々にとって、ホノニニギとホホデミとの二代に渡る婚姻による二つの要素の組みこみの意味は、ただちに読みとられたであろう。

ホホデミが水の要素を組みこむ行きさつは海幸山幸の話しとして今でもひろく知られている。この神話に重なる要素を備えている話しとして、『万葉集』に浦島子の歌が見いだされる

春日の　霞める時に　墨吉の　岸に出で居て　釣り舟の　とをらふ見れば　いにしへの　事ぞ思ほゆる　水の江の　浦島の子が　…　海つみの　神のをとめに　たまさかに　い漕ぎむかひ　あひとぶらひ　言成りしかば　…　海つみの　神の宮の　内のへの　たへなる殿に　携はり　二人入り居て　老いもせず　死にもせずして　長き世に　有りけるものを　…　吾ぎ妹子に　告りて語らく　しましくは　家に帰りて　父母にことも語らひ　明日のごと　吾は来なむと　…　墨吉に　帰り来たりて　…　玉櫛笥　すこし開くに　白雲の　箱より出でて　…　若かりし　肌も皺みぬ　黒かりし　髪も白けぬ　…　後つひに　命死にける　水の江の　浦島の子が　家所見ゆ

（巻九・一七四〇）

この歌は、つぎに挙げる四つの点で、ホホデミの神話に重なる要素を備えている。すなわち、二つの話しの男たちはともに、（一）海の神の世界へゆく、（二）そこで海の神の娘と婚姻する、（三）地上界を思いだし、そこへ帰る、（四）海の神の世界との行き来が断たれる、である。この（四）の後に、一方の浦島子は老い死ぬことが歌われている。他方のホホデミには老いと死とが欠けているように見える。が、ホホデミの条はつぎの記事によって閉じられている。

⑦故、日子穂々手見の命は、高千穂の宮に坐ししこと、伍百八拾歳ぞ。御陵は、高千穂山の西にあり。

このなかの「伍百八拾歳」と「御陵」とのうち、ことに「御陵」はホホデミの死に伴なったものに違いない。ならば、二つの話しには、（五）として、老い、死ぬ、という共通点が付け加えられなければなるまい。すると、この話しの形によって記されているホホデミは、かれの父ホノニニギの婚姻におけるオホヤマツミのウケヒをたとえ欠いていても、浦島子と同じく老いと死とを伴なっていたのであろう。一方の浦島子はもともと人であるから、海の神の世界にとどまっていたあいだは「老いもせず　死にもせずして」（前掲万葉一七四〇）であり、海の神の世界を離れたことが「若かりし肌も皺みぬ　黒かりし髪も白けぬ　…　後つひに命死にける」（同歌）である。

すなわち、浦島子にとっては死ぬ人であることが通常のありかたである。対して、「高天の原」からくだったホノニニギの子孫たちは、人の要素を付け加えられないかぎり（五）には至りつかない。大林太良(13)の指摘しているバナナ型神話をホノニニギの婚姻にあたって取り入れることによって、『古事記』の編みては、浦島子型の話しの終わりかたにその子ホホデミの条を重ねあわせるしくみを作りだしているのであろう。

『古事記』のしくみに対して『日本書紀』の本書は、ホノニニギの婚姻の条にかれの子孫たちの死の起こりを記さないまま、ホノニニギの「崩」とかれの子ホホデミの「崩」とを記している。すると『日本書紀』本書のホホデミは、かれの父ホノニニギの婚姻による死の起こりを記されないまま浦島子の形をとっていると解される。ホホデミとかれの父ホノニニギとは、ホノニニギが地上界にくだるやただちに地上界のありかたで記されており、そうなるわけを説かれていない。さきに引いた⑥において、ホノニニギの婚姻の条の一書第二がイハナガヒメのまじないを記しているけれど、『日本書紀』は本書によって基本的な伝えを記しているから、ホノニニギ・ホホデミの描きかたを『古事記』とは異にしていると受けとられる。

ホノニニギ・ホホデミの二代が地上界の土と水との要素を組みこんでゆく行きさつは、『古事記』のしくみのなかでは「高天の原」の神の性格をこれら二代が失ってゆくことでもある。そのゆきつく所がホホデミの条を閉じている「歳」と「御陵」との記事⑦である。『古事記』上巻が年齢を記しているのはここだけである。その巻に現われているのが原則として神たちだけであり、神たちが時を越えるありかたを備えているからであろう。ただし、「年」が過ぎることは記されている。アメノホヒとアメノワカヒコとはオホクニヌシのもとにそれぞれ「三年」「八年」とどまっている。ホホデミは海の神のもとに「三年」おり、地上界にもどってからその兄を「三年」苦しめている。しかし、これらはそれぞれの神の年齢を限っているわけではない。そのうえ、これらは「三」「八」という特殊な数を用いており、時の区切りを示しているのではなかろう。

さきに触れた「高天の原」の神たちばかりではなく、「国つ神」たちのなかにも時を越えてある神たちが現われている。木ノ花ノサクヤビメに対するイハナガヒメは、そのありかたを、その名イハとナガとによって示している。その父オホヤマツミは、その娘のありかたを、さきに⑤に引いたようにウケヒを解くなかであかしている。これらの神たちにとって「歳」は意味を持たない。したがって、これらの神たちに墓はない。ホホデミがこれらの神たちと異なり「歳」と「御陵」との記事を伴なっているのは、その父ホノニニギの婚姻が「天皇たちの御命、長くあらぬ」側面を組みこんだからである。

ところが、不審な点がある。神たちとは違うらしいにもかかわらず、ホホデミが「天皇」と記されていない点である。しかも、天皇でないホホデミの墓が「御陵」と記されている。

「御陵」という記しかたは、『日本書紀』のそれとも中国の文献におけるそれとも一致していない。「第二章第九節　仁賢たち」が検討をほどこすように、それらでは天皇、帝の墓が「陵」と記されている。対して『古事記』は「陵」を天皇以外の者に用い、天皇の墓を原則として「御陵」と記している。

この記しかたに関わる見かたが武田祐吉(14)に示されている。武田(14)は、『古事記』の上巻のなかで二つの部分を、「帝紀の面目を存してゐるか」と見ている。それらのうちの一つがさきのホホデミの記事⑦である。

武田(14)の言っている「帝紀」は天皇についての記事である。ならば、上巻にそれが見いだされないのがむしろ当然である。にもかかわらず、上巻のホホデミの条にそれが見いだされる理由を武田(14)は説いていない。その理由の一つとして、さきに触れた津田(3)の考えかたが浮かびあがろう。すなわち、天上界からくだった神の子が東へ移って第一代天皇になる形を津田(3)は示している。それをここに用いて、ホホデミが天皇だった時の「歳」と「御陵」との記事が残ったと説くこともできよう。ところが、いまに伝えられている『古事記』はホホデミを天皇と記していないうえに、第一代天皇の記事にホホデミという名をまったく残していない。『古事記』

の編みてはホホデミを第一代天皇から明らかに分けている。たとえホホデミがもとは第一代天皇であったとしても、『古事記』の編みてはそれを受けてに伝えようとしていない。にもかかわらず、天皇についての記事のように見える「歳」と「御陵」とのことがホホデミの条に見いだされる点については、二つの考えかたがあろう。一つは、その編みてがホホデミと第一代天皇とを分けてゆく手から漏れて資料が残ったという考えかた、二つは、その編みてがそれを残したという考えかたである。一の考えかたよりもむしろ二の考えかたが、『古事記』におけるホホデミの記しかたに矛盾の少ない読みをもたらそう。というのは、このホホデミに対して、かれの父ホノニニギは木ノ花ノサクヤビメを選んだことによって「天つ神の御子」の命の短さを定められているにもかかわらず、かれの歳・墓が記されていない。一の考えかたによるならば、ホホデミの条のその記事は編みての手から漏れて残り、逆にホノニニギの歳と墓との記事は編みての手から漏れて失なわれたことになろう。対して『日本書紀』本書は、ホノニニギの条にもホホデミの条にも「崩」「陵」「葬」を記している。『日本書紀』の編みてたちに比べて『古事記』の編みての記しかたはおろそかだったのか。さきに述べたごとくホノニニギの条で『日本書紀』の編みてたちが資料をよく集めなかったのではなかったであろうように、『古事記』の編みてはホホデミの歳・墓の記事をうっかり残してしまったのではなかったであろう。ならば、『古事記』の編みての営みは二の考えかたによって見られるべきであろう。すなわち、地上界にくだったホノニニギが「高天の原」の神のなごりをまだとどめて歳・墓を伴なわず、かれの子ホホデミがそれを失なって歳・墓を持つに至るというゆるやかな移りを、『古事記』の編みては受けてに伝えているのであろう。

ホノニニギを経たホホデミの段階で「高天の原」の神がその性質を失なってゆくことのもう一つの目じるしが、見るなの禁をホホデミがおかすことによって海の神の世界との行き来の閉ざされていることである。すなわち、ホホデミはかれの妻が子を生むさまを見るなとかれの妻から求められたにもかかわらず、その禁を破っている。

これによって別の世界に行き来のできる神の力はうせ、ホホデミの子に残されるのは『古事記』にとっての今の天皇たちの世界、すなわちアメノシタ（遠山一郎(15)）に限られる。すると、ホホデミの段階において、「高天の原」の神は地上界を治める「人」に移りおわっているように見える。さきに触れた津田(3)が述べているように、ホホデミは第一代天皇であることがやはりふさわしいのか。しかし、『古事記』はここからただちに第一代天皇へ続けず、あとにウガヤフキアヘズを置いている。

このウガヤフキアヘズの記事は、かれの母の妹タマヨリビメとの婚姻、四つの子の名、それらのうちの二つが「常世の国」と「海原」とへ去ったことである。さきの武田(14)は、『古事記』上巻のなかでホホデミの「歳」「御陵」の記事の他に一つ、ウガヤフキアヘズのこの記事に「帝紀の面目」を見いだしている。ホホデミが天皇への移りを著しく見せているしくみのなかに、ホホデミとかれの子ウガヤフキアヘズとの天皇の記事との似よりを位置づけることができるけれど、この位置づけは津田の考えのうちにおさまる。というのは、ホホデミと異なり、ウガヤフキアヘズにはその帝紀的記事が記されているだけである。しかも、その記事のなかのかれの妻タマヨリビメは、かれの母と同じく海の神の娘である。かれの妻は、かれの母トヨタマビメとともにタマに関わった女なのであろうけれど、あらたな要素が加わっているわけではない。しかも、オシホミミ、ホノニニギ、ホホデミと異なり、ウガヤフキアヘズはホという要素をかれの名のなかに備えていない。さらに、『古事記』はウガヤフキアヘズの条にかれの歳・墓を記していない。対して『日本書紀』本書はウガヤフキアヘズの「崩」「陵」「葬」を記し、ホノニニギとホホデミとの条に揃えている。この記しかたがあったなかで、『古事記』がホノニニギにかれの歳・墓を記しておらず、ホホデミのそれらを記しており、ウガヤフキアヘズのそれらを記していないのは、「高天の原」の神から天皇へのゆるやかな移りを『古事記』が記しているという捉えかたを疑わせる。ただし、『古事記』の第一代天皇より後の記事のなかでも、仁賢、宣化、欽明にかれらの死、墓が記されておらず、清寧が死を記されつつ墓の記事を欠いている。しかし、かれらが神として記されていないことは明らかである。すると、歳と墓とを記されているホホデミの子ウガヤフキアヘズも、仁賢たちと同じに扱われていると考えられないではない。ならば、ウガヤフキアヘズが第一代天皇の前に置かれているのはなぜか。これらのわけが説かれないかぎり、津田[3]の述べている「神代史の全体の組織」は説得力を失なわない。

五　五世の孫

地上界にくだった後の神たちから広げてアマデラスを考えに入れると、ホノニニギを含む三代と第一代天皇との系譜はつぎのように辿られる。

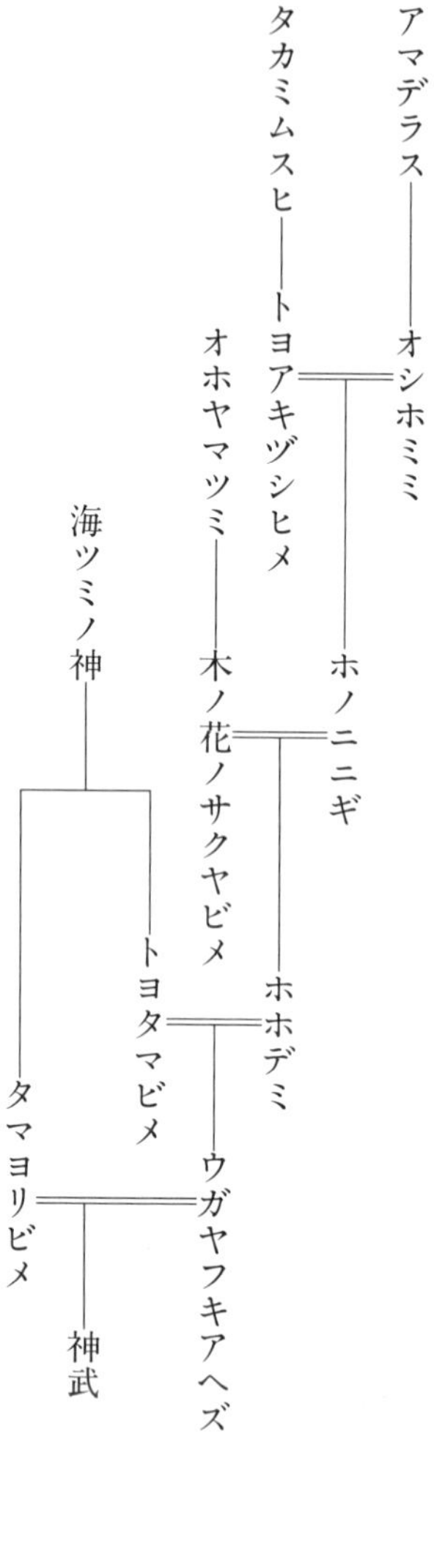

三代の前と後とを含めた系譜のなかで目を引く点がある。ウガヤフキアヘズの子である神武が、アマデラスの子オシホミミから数えて第五代に当たっている点がそれである。第五代が思い起こさせる系譜がある。継体が「品太の王の五世の孫」と記されている系譜がそれである。これら二つのばあいの「五世」の一致はつぎのこと

を考えさせる。すなわち、継体が応神の「五世の孫」と記されているのと同じく、神武はアマデラスの五世の孫に位置づけられているのではないか、ウガヤフキアヘズの一代が置かれているのは、この五世に合わせるためではないか。この数を作りだすためであったのならば、系譜だけであるにもかかわらず、その記事は一代を占めるに値する重みを備えていよう。八世紀はじめまでに定められた『令』の決まりでは、ある天皇の「五世」までが「皇親」だからである。

さきにも触れた津田(3)はアマデラスから五代めに神武の置かれていることに言いおよんでいる。が、その論文が説いているのは、ホノニニギからの三代とともに「三と五との数が要求されるやうになつてからの思想」という点であり、継体との関わりがかれの視野にははいっていない。ひろくは津田(3)の指摘している陽数による整えかたに基づきつつ、神武はことに継体との関わりのもとでアマデラスの「五世の孫」に置かれたのではないか。継体が「品太の王」から遠いところにありながらも「皇親」のうちにとどまっているように、第一代の天皇もアマデラスから遠くありつつ、その神の血すじの内に位置づけられている。すなわち、「天の下」の天皇であり「高天の原」の神でないためには、神武は「高天の原」の神であるアマデラスから遠く隔たっていなければならなかったであろう。とともに、第一代天皇をその神の血すじの内にとどめておくうえで、『古事記』が編まれた七世紀から八世紀においては「五世」がもっとも遠い代であった（第一章　第三節　血すじによる系譜）。

第一代天皇をアマデラスの「五世の孫」と捉える見かたは、ウガヤフキアヘズの置かれている理由を解きあかすだけではない。それはつぎの三つの点にも光を当てよう。一つは、アマデラスがその子オシホミミにつぎのようなことばを与えているにもかかわらず、オシホミミがくだっていない点である。

⑧天照らす大御神の命以ちて、「豊葦原の千秋の長五百秋の瑞穂の国は、我が御子正勝吾勝々速日天の忍穂耳の命の知らす国ぞ」と言因さし賜ひて、天降したまひき。

その理由として、つぎのことが考えられよう。すなわち、天上界の神たちが地上界の神たちを従わせるのに時がかかっていること、トヨアキヅシヒメを通してタカミムスヒの血すじをホノニニギのなかに組みこむ必要があったことである。そのうえに、地上界へくだる神がオシホミミの子すなわちホノニニギへ代変わりすることによって、五世に整えられている点を加えることができよう。

二つは「五世」の数えかたである。オシホミミから神武に至っている代々は各々が明らかに記されている。この結果、神武はアマデラスの子オシホミミを第一代と数えて第五代に当たっている、と確かに知られる。この代の数えかたの確かさが「品太の王の五世」の数えかたに根拠をもたらす。すなわち、継体は応神(「品太の王」)の子を第一代と数えて、「五世の孫」に当てられているのであろう。継体のばあい、「品太の王」(応神)から後の一代一代が明らかには記されていないまま「五世の孫」と書かれている。その結果、「品太の王」(応神)が第一代と数えられているのか、「品太の王」(応神)の子が第一代と数えられているのか、確かではない。「第一章　第三節　血すじによる系譜」が検討をほどこしているように、『釈日本紀』が引いている「上宮記」の記しかたも、それらのうちのどちらにも読める。しかも『令』の他の条を照らしあわせると、「世」を本人から数えるばあいと本人の子から数えるばあいとが見られる。二つの数えかたがあったなかで、神武がアマデラスの子から数えおこして第五代に当たっている記しかたは、同じ一つの文献である『古事記』のなかの「五世」の数えかたに根拠をもたらす。すなわち、神武と同じ数えかたによって、継体は「品太の王」(応神)の子の代から数えおこして「五世の孫」に当てられているのであろう。

三つは、神武をアマデラスの五世にとどめる記しかたが、神武に「高天の原」の神の性格を保たせている点である。神武は上巻から分けられて中巻に記されている。にもかかわらず、吉井巖(16)がくわしく説いているように、神武は「天の下治らしめしき」と記されるまで、「天皇」と記されていない。それまで神武は「天つ神の御子」と呼ばれている。

吉井(16)が明らかにしている「天つ神の御子」から「天皇」への変わりかたを、逆に上巻へ辿ってゆくと、「天つ神の御子」という呼びかたが五世の範囲に一致していることが見いだされる。すなわち、この呼びかたが『古事記』に初めて現われているのは、地上界をおさめる条でコトシロヌシが地上界を明け渡す相手をつぎのように呼んでいるところである。

此の国は、天つ神の御子にたてまつらむ。

この段階では、さきに⑧に掲げたアマデラスの「我が御子」に与えたことばが生きており、明け渡しの相手はオシホミミである。『古事記』のなかで、オシホミミからホノニニギ、ホホデミ、ウガヤフキアヘズを経て「天皇」になる前の神武の他に、「天つ神の御子」と呼ばれている神・人はいない。アマデラスの子から数えて五代のあいだ「天つ神の御子」という呼びかたが保たれているのは、その神の「五世の孫」までを「天つ神」の血すじのうちにとどめていることを、『古事記』の編みてが呼び名のうえに表わしているからであろう。

五世という見かたが解きあかすこれらの点は、アマデラスから神武に至る系譜が『古事記』に記されている形を整えたであろう時を私たちに知らせていよう。すなわち、『令』が八世紀の初めまでに「五世」を「皇親」のうちに定めたのに合わせてその系譜が整えられたのであろう、その系譜作りは「品太の王の五世の孫」として継体を位置づけたのに並んで行なわれた系譜の整備だったのであろう、と推しはかられる。

ホノニニギとホホデミとの二代をとおして地上界のありかたを組みこんでゆく神たちは、これまで述べてきたように地上界との関わりを主に記されている。とはいえ、かれらの「高天の原」の神の性質が斥けられているわけではない。それを示して、かれらが「高天の原」の神の子孫であることが折りに触れてことばに表わされている。すなわち、オホヤマツミが木ノ花ノ咲クヤビメを婚姻させるときに、ウケヒのなかでホノニニギについてこう述べている。

天つ神の御子の御寿は、木の花のあまひのみ坐さむ。

これに対応して、その木ノ花ノ咲クヤビメが子たちを生むときにこう言っている。

吾が妊める子、若し国つ神の子にあらば、産む時に幸くあらじ。若し天つ神の御子にあらば幸くあらむ。

こうして生まれた「御子」であるホホデミは海の神によってこう言い表わされている。

⑨此の人は、天つ日子の御子、そらつ日子ぞ。

さらに、ホホデミの子ウガヤフキアヘズの生まれるときに、その母トヨタマビメはこう言っている。

妾は已に妊めり。今産む時になりぬ。此れ念ふに、天つ神の御子は、海原に生むべくあらず。

こうして生まれた子に関わるトヨタマビメの行ないがこう表わされている。

しかして、豊玉毘売の命、其の伺ひ見たまひしことを心恥しとおもほして、乃ち其の御子を生み置きて、白しく、

これらのことばのなかで、ホホデミ・ウガヤフキアヘズは「天つ神の御子」と呼ばれているとともに、「天つ日子の御子」「御子」と呼ばれている。これらに共通している「御子」という呼びかたは、尊い子を広く言うことばである。たとえば、上巻のなかでスクナビコナがカムムスヒの「御子」と記されている。中巻においても、イスケヨリヒメが「神の御子」と言われている。が、「御子」という呼びかたの多くは、天皇の祖先と天皇とに関わる子を指している。なかで、さきに掲げた「天つ神の御子」「天つ日子の御子」「御子」はその対象がさらに絞られており、アマデラスがオシホミミをくだすに当たり、オシホミミを「我が御子」と呼んだことば（前掲⑧）に連なっている。この「我が御子」という呼びかたは、アマデラスのことばからのち三たび繰りかえされている。すなわち、タカミムスヒとアマデラスとが神たちに地上界をおさめることについて計るところ、タケミカヅチが

郵　便　は　が　き

料金受取人払

神田局承認

4754

差出有効期間
平成17年８月
19日まで

１０１-８７９１

004

東京都千代田区猿楽町2-2-5

笠間書院

営業部行

■注文書　お近くに書店がない場合は、直接小社へお申し込み下さい。送料は380円になります。
宅配便にてお手配しますので、お電話番号は必ずご記入ください。

書名	部数
書名	部数
書名	部数

お名前

〒

ご住所

☎　　　（　　　）

＊電話番号をご記入下さい。

ご愛読ありがとうございます

お名前　　　　　　　　　　　　　　　　　　　　（　　歳）

（ご職業　　　　　　　　）

〒

ご住所

☎　　（　　）

E-mail

この本の書名

ご感想・ご希望他、お読みになりたい新しい企画などをお聞かせ下さい。
ホームページなどに掲載させていただく場合があります。
（諾・否・匿名ならよい）

■この書籍をどこでお知りになりましたか。

1．書店で（書店名　　　　　　　　　　　　　　）
2．広告をみて（新聞・雑誌名　　　　　　　　　　）
3．書評をみて（新聞・雑誌名　　　　　　　　　　）
4．インターネットで（サイト名　　　　　　　　　）
5．当社目録・ＰＲ誌でみて
6．知人から聞いて
7．その他（　　　　　　　　　　　　　　　　　）

■小社ＰＲ誌「リポート笠間」（年一回発行）　いる・いらない

オホクニヌシの考えをたずねるところ、アマデラスとタカギとがアメノウズメに命じるところ、である。この計四たびの「我が御子」が「天つ神の御子」に重なっている現われかたは、この「御子」を限定している「天つ神」が「高天の原」の神たち一般ではなく、「我」であるアマデラスを主に指していることを告げている。

ただし、アマデラスの前にも「天つ神」が現われている。すなわち、初めの部分において「高天の原」に「別天つ神」が成っている。この「別天つ神」のなかで、タカミムスヒとカムムスヒとが後にも働いているうえに、アマデラスの子オシホミミがタカミムスヒの娘と婚姻している。しかし、『古事記』の編みてはタカミムスヒに重きを置いていない。『古事記』は地上界をおさめる条をアマデラスのことばによって説きおこしており（前掲⑧）、つぎに掲げる『日本書紀』本書の記しかたとは異なっている。

天照らす大神の子正哉吾勝勝速日天の忍穂耳の尊、高皇産霊の尊の女栲幡千千姫を娶りたまひて、天津彦彦火瓊瓊杵の尊を生れます。故、皇祖高皇産霊の尊、特に憐愛を鍾めて、崇て養したまふ。遂に、皇孫天津彦彦火瓊瓊杵の尊を立てて、葦原の中つ国の主とせむと欲す。

「第二章　第三節　地上界のおさめかた」が述べているように、『古事記』の編みてはこの条のもとの中心の神を背後に潜ませながらも、タカミムスヒをオシホミミにことには結びつけないことによって、アマデラスを軸に記事を進めている。「高天の原」の中心を占めてゆく「我」であるアマデラスを、「御子」にかかっている「天つ神」の主な神と受けとってよいであろう。これをさらに証して、神武の条でイツセがこう言っている。

吾は日の神の御子として、日に向かひて戦ふこと良くあらず。

この「御子」に含まれている神武を吉野で助けているのがアマデラスである。この条ではその神はタカギとともに現われている。この他に『古事記』の中巻と下巻とにおいてその神が現われているのは神功の条だけである。すなわち、応神の生まれるに当たり、その母、神功によりついているのがアマデラスと住吉三神とである。ここではタカギが消えて住吉三神が入れかわっているけれど、アマデラスは変わらずに現われている。このアマデラスが一体化した神功の腹から生まれている応神の「五世の孫」に、継体が位置を占めている。第一代天皇とともに継体もまた、アマデラスの流れを受け継いでいることを二つの五世の子孫たちが示す、という『古事記』のしくみが見てとられる。ウガヤフキアヘズの記事がホノニニギとホホデミとの記事のこまやかさを欠いているのは、この五世のしくみを作りだすことが優先したからであろう。

『日本書紀』も神武を継体と同じく「五世」に置く系譜を記している。が、さきに引いたところから知られるように、『日本書紀』本書はオシホミミをタカミムスヒの婿として地上界へくだらせている。しかも、『日本書紀』の神功の条は、神功によりついた神としてアマデラスを明らかには示していない。したがって、神武・継体についてともに『古事記』に重なる系譜の骨組みを記しているけれど、『日本書紀』は二人をアマデラスの五世という位置に据えていないと考えられる。

六　人への移り

ホノニニギから後の代には、アマデラスの血すじの受け継ぎとともに、その神からの離れが著しい。ホホデミは、さきに掲げた部分⑨で海の神によって「天つ日子の御子」と言われていると同時に、「人」と呼ばれている。この呼びかたはホホデミが海の神の宮に至りついた文脈から続いており、その文脈がホホデミを「人」扱いで貫いている。

⑩しかして、其の玉を見て、婢に問ひて曰ひしく、「若し人門の外に有りや」。答へて曰ひしく、「人有りて我が井の上の香木の上に坐す。いと麗はしき壮夫ぞ。…」。しかして、豊玉毘売の命、奇しと思ひて、出で見る乃ち見感でて、見合して、其の父に白して曰ひしく、「吾が門に麗はしき人有り」。

『古事記』上巻は原則として「人」を現われさせていない。なかで、右の所とともに、つぎのばあいに「人」という記しかたが見いだされる。イザナキがイザナミに対して、「女人、先づ言へるは良くあらず」と言っている。この「女人」は、人である女を表わしているのではなく、「女人」でヲミナ（『古事記伝』）、ヲトメ（兼永本）を言っていると考えられる。アメノウズメが「手弱女人」と言われているばあいと、ニニギの出会っている相手が「麗はしき美人」と表わされているのも、同じく取りたてて人として見られているのではない。「青人草」を助けよ、とイザナキが桃に対して言っているばあいと、イザナキ・イザナミの争いによって「人草」「千人」「千五百人」の死と生まれとが定められているのは、人の時代のことを述べている。「諸人の以ち拝く竈の神」もやはり人の時代のことを記している。鏡を作っている「鍛人」とクシヤタマが「天の御饗」をそなえているときの「海人」とは、その技を持っている点に重きを置いている呼び名。「翠鳥を御食人として」は「遊び」のときの「翠鳥」の役割りを言っている。

　これらが人の面を取りたてて言いあらわしていないのに対して、つぎのばあいはやや異なっている。

　　是に須佐の男の命、人、其の河上に有りと以為して、尋ね覓ぎ上り往まししかば、老夫と老女と二人在りて、
　　童女を中に置きて泣けり。

　この「老夫」はみずからを「国つ神、大山津見の神の子」と言っている。「国つ神」も人から分けられるけれど、「高天の原」の神たちに比べると人にはるかに近いらしい。アメノワカヒコがアジシキタカヒコネによって「死に人」と呼ばれているばあいも、「国つ神」に準じて考えてよいであろう。すなわち、アメノワカヒコが「天つ神」の命にそむいていることが、かれを「国つ神」に近づけているのであろう。海の神の娘トヨタマビメがみずからを含めて「凡て他し国の人は産む時になれば」と言っているのも、『古事記』の編みてがトヨタマビメを「国つ神」に準じて扱っていることの現われであろう。神武が位につくに当たりつぎのように記されている記事

は、「国つ神」と「人」との近さを私たちに知らせている。

故、此く荒ぶる神等を平和し、伏はぬ人等を退け撥ひて、

さらに、天くだりの守りとして「天の忍日の命・天津久米の命二人」がつかわされているのは、これらが地上界のありかたを初めから持たされているのであろう。ホデリが「汝命の昼夜の守護人となりて」と言っているのも、同じく地上界のありかたでのホデリの役割りを編みてが述べているのであろう。

『古事記』の上巻が「人」を現われさせているばあいの一つとして見ると、ホホデミは「高天の原」の神たちよりも「国つ神」たちに近づけられているらしい。とともに、つぎに引くオホクニヌシ（アシハラシコヲ）のばあいを見あわせると、ホホデミの「人」への傾きは「国つ神」よりも著しい、と受けては読みとらなければなるまい。オホクニヌシ（アシハラシコヲ）がスサノヲのもとを訪れたときのことがこう記されている。

⑪其の女須勢理毘売、出で見、見合ひして、相婚して、還り入りて、其の父に言ひしく、「いと麗はしき神来ましつ」。しかして、其の大神、出で見て告らししく、「此は葦原色許男の命と謂ふ」とのらして、

この場面がホホデミの海の神の宮の訪れ（前掲⑩）に似ていることはただちに知られる。似よりの場面のなかで、一方のホホデミが⑩で「人」と記され、他方のオホクニヌシ（アシハラシコヲ）は⑪に「神」と記されている。このオホクニヌシ（アシハラシコヲ）を含めて、地上界の神たちはタカミムスヒ・アマデラスによって「道速ぶる荒ぶる国つ神等」と言われている（地上界平定条）。オホクニヌシたちが「神」であることに比べるとき、「人」と記されつづけているホホデミが神から分けられていることが明らかに読みとられよう。

「人」と呼ばれつづけているホホデミは、アマデラスの子オシホミミから代を重ねるごとに「高天の原」の神から離れ、その血すじの限りにあたる五世として神武を生まれさせ、「天の下」を治める第一代天皇へ移してゆく役割りの一つを担っている。ホホデミは「人」と記されながらも第一代天皇に融けこまされることなく五世の

なかの一世を占めて、祖父オシホミミ、父ホノニニギ、子ウガヤフキアヘズともども、『古事記』上巻のしくみのなかで欠くことのできない位置を占めているように思われる。

【注】

(1) 吉井巖『天皇の系譜と神話 一』「II 二 火中出産ならびに海幸山幸説話の天皇神話への吸収について」、塙書房、一九六七年。

(2) 本居宣長『古事記伝十六之巻』(『本居宣長全集 第十巻』、筑摩書房、一九六八年)。

(3) 津田左右吉『日本古典の研究 上』「第三篇 第十六章 ヒムカに於けるホノニニギの命からウガヤフキアヘズの命までの物語」(『津田左右吉全集 第一巻』、岩波書店、一九六三年)。

(4) 井上光貞『日本の歴史 1 神話から歴史へ』「天孫降臨」、中央公論社、一九六五年。

(5) 梅沢伊勢三『記紀批判』「第二章 記紀両書の記事の比較による文献的相互関係の検出」、創文社、一九六二年。

(6) 津田左右吉『日本古典の研究 上』「第三篇 第十七章 神代史の結構 上」(『津田左右吉全集 第一巻』、岩波書店、一九六三年)。

(7) 折口信夫『古代研究(民俗学篇2)』「神道に現れた民族論理」(『折口信夫全集 第三巻』、中央公論社、一九六六年)。毛利正守「古事記の「見立て」について」、『古事記年報(十三)』一九六九年十二月。

(8) 伊藤博『万葉集の構造と成立 上』「第二章 第一節 巻一雄略御製の場合」、塙書房、一九七四年。

(9) 遠山一郎『天皇神話の形成と万葉集』「第二章 第六節 吉野における持統天皇の造型」、塙書房、一九九八年。

(10) 伊藤博『万葉集の構造と成立 上』「第三章 第一節 古事記における時代区分の認識」、塙書房、一九七四年。

(11) 松村武雄『日本神話の研究 第三巻』「第十六章 第三節 第一目 一夜娠みと神降臨」、培風館、一九五五年。

(12) 吉井巖『天皇の系譜と神話 三』「七 海幸山幸の神話と系譜」、塙書房、一九九二年。

(13) 大林太良『日本神話の起源』「VII 高天の原から日向へ」、角川書店、一九七三年。

(14) 武田祐吉『古事記研究－帝紀攷－』「第三 一 神代御記の組織」、青磁社、一九四四年。

(15) 遠山一郎『天皇神話の形成と万葉集』「第一章 世界の区分」、塙書房、一九九八年。

(16) 吉井巖『天皇の系譜と神話 三』「一 古事記の作品的性格(一)－天神から天皇へ－」、塙書房、一九九二年。

第五節　第一代天皇の造形

一　上巻とのつながり

『古事記』の中巻は、神武がやまとへ移る記事ではじまっている。

①神倭伊波礼毘古の命、其の伊呂兄五瀬の命と二柱、高千穂の宮に坐して議りて云らししく、「何地に坐さば、天の下の政を、平けく聞こしめさむ。猶東に行かむと思ふ」とのらして、即ち、日向より発たして、筑紫に幸行しき。

この始めかたは神武とかれの兄との名を初めに掲げることによって、これから後の記事の中心を占める人たちを定めている。それとともに、上巻がすでに記しているかれらの名を中巻の初めが掲げることによって、上巻の記事からの引きつづきであることを示している。

人の名だけではなく宮の名も上巻からの引きつづきを示している。すなわち、神武とかれの兄とがいると初めの記事が示している「高千穂の宮」は所の名によっており、そこにニニギは「高天の原」からくだり宮を営んだと上巻は記している。

他方でこの記事は新たなことの始まりを受けてに知らせている。すなわち、これより前の上巻では記されていない「天の下の政」をこの記事が示している。そのなかの「政」について、神武の条はつぎの三つを記している。一つは敵を斥けること、二つは宮を営むこと、三つは婚姻である。これらはすべて上巻におけるオホクニヌシとニニギとの記事にも記されている。新たなのは、それらが「天の下」の営みとして記されている点である。すなわち、上巻における神たちの右の三つの営みは、「葦原の中つ国」「豊葦原の瑞穂の国」のことである。それを中巻の初めが「天の下」に置きかえている。「葦原の中つ国」「豊葦原の瑞穂の国」が神の時代の地上界を指しているのに対し、「天の下」は人の時代の天皇たちのおさめている世界を指している（遠山一郎(1)）。この「天の下」は『古事記』のまとめられた七世紀から八世紀の天皇たちの世界でもある。したがって中巻の始まりは『古事記』の今の天皇たちの世界に連なっている。

この連なりの初めの「政」をしようとする二人は、国々を経て至ったナニハで大きな戦いをしている。二人はこの戦いにやぶれ、イツセが深手をおって死んでいる。初めに記されている二人のうちの一人が死んだ段階で、『古事記』はこう記している。

故、神倭伊波礼毘古の命、其地より廻り幸して、

この部分は神武の名だけを挙げ、これから後の中心の人を示している。この段階に至って、神武の名をイツセより前に記している書きかた（前掲①）がイツセの死から後の記事に対応していることが知られる。ひとりが戦いで死に、生きのこった人が敵を斥けるという進みかたは、地上界をおさめる神話の進みかたを思いおこさせる。そこにおいては、天上界の神たちの二つの失敗の後に敵を斥けることが成り、ホノニニギがくだっている。このような失敗から成功へという進めかたとして、地上界をおさめる条の他に「記紀の国生み伝承、崇神記の祭祀伝承、垂仁紀のホムチワケ皇子の伝承など」を吉井巖(2)はあげている。神武のばあいもその形を受けつぎ、敵を斥けることの難しさを記すことによって、それを成しとげる人の偉大さを受けてに伝えようとしているようである。くわえて熊野における神との戦いにおけるつぎのような表現によっても、『古事記』の編みては神武の偉大さを表わそうとしているようである。

神武とかれの軍とが熊野の神によって衰えさせられたときに、「横刀」がもたらされる。そこで初めに目ざめるのが神武であることがこう記されている。

②此の時に、熊野の高倉下、一の横刀をもち、天つ神の御子の伏しませる地に到りて献りし時に、天つ神の御子即ち寤め起きて、「長く寝ねたるかも」と詔らしき。故、其の横刀を受けたまひし時に、其の熊野の山の荒ぶる神、自から皆切り仆さえき。しかして、其の惑ひて伏せる御軍悉寤め起きき。

熊野の神が「切り仆」された後に、軍はようやく「寤め起」きたと記されている。神武とかれの軍とのさめかたのこの違いは、神武をかれの軍にすぐれて強い人として描きだそうとする『古事記』の編みてのねらいを受けてに告げていよう。

『古事記』がこのようにこまやかな表わしかたをしているかどうか疑わしい所は確かに見いだされる。神田秀夫(3)は三輪山伝説の他に五つの条の表わしかたについてこうまとめている。「安万侶が…意味だけとつて、話の筋を主にして、かいつまんで書いてしまつた」、と。それらの条の特徴として、「四字句の連綴」「そこだけ文体が前後の部分と異なつて、反つて上表文の序に似て来る」と神田(3)が述べているように、「話の筋を主にして」いる条は中国のことばに基づいた表わしかたをとっている。

神田(3)が目を注いでいる条とは異なり、ヤマトタケルの条に、益田勝実(4)はことばのこまやかな使いかたを探りあててこう述べている。

景行にまず「ねぎ教へさとせ」と言わせておいて、その「教へ」のほうだけ取り上げて、教えたか、とオウスに向かって尋ねさせ、オウスが逆に「ねぎつ」と教えるどころか、下手に出て頼んだように語り、一転して、つかみ殺していたことを描く『古事記』のこの部分の作者は、容易ならぬ曲者である。(傍点益田)

大国主のおさめかたが「作」から「作堅」へ進んでいることを「第二章　第二節　大国主の神話」が述べたの

に加えて、ヤマトタケルの条のばあいともども、神武の条のばあいも『古事記』の編みての表わしかたのこまやかさの例に加えられるべきであろう。

神武はかれの兄イツセを失うという形で失敗から成功への形を踏みつつ、東をおさめる記事の中心にひとり立てられ、かれの強さを押しだされてゆく。ところがかれの強さには限りがあることを、『古事記』は神武を上巻の神たちに関わらせるなかで説いている。

二　剣と神と

熊野において神武を助けている剣の由来をタカクラジはつぎのように語っている。

③己が夢に云はく、「天照らす大神・高木の神の二柱の神の命以ちて、建御雷の神を召して詔らししく、『葦原の中つ国は、いたくさやぎてありなり。我が御子等、不平みますらし。其の葦原の中つ国は、専ら汝の言向けし国ぞ。故、汝、建御雷の神、降るべし』とのらしき。しかして、答へ白ししく、『僕は降らずとも、専ら其の国を平らげし横刀あれば、是の刀を降すべし』とまをしき。此の刀の名は、佐士布都の神と云ひ、亦の名は甕布都の神と云ひ、亦の名は布都の御魂。此の刀は、石上の神宮に坐すぞ。此の刀を降さむ状は、高倉下が倉の頂を穿ちて、其れより堕し入れむ。故、あさめよく、汝、取り持ちて、天つ神の御子に献れ」といふ。故、夢の教へのまにまに、旦に己が倉を見れば、まことに横刀あり。故、是の横刀を以ちて献りしにこそ。

右の条で「天照らす大神」が「高木の神」とともに現われている点がまず目を引く。上巻においてアマデラスは三つの条に現われている。すなわち、その神が（一）「成」る条、（二）スサノヲと争う条、（三）地上界をおさめる条である。それらのなかでこの神がタカギと並んで現われているのは地上界をおさめる条だけである。神武があやうくなっている所でアマデラスがタカギとともにふたたび現われている記事は、上巻と中巻との隔てを越えて、神武の条を地上界をおさめる条に結びつけている。さらに、タケミカヅチに対するそれら二神のことばが、上巻における地上界をおさめる条との関わりを直接におもてに立てている。すなわち、③のなかのそれら二神のことばのなかで、上巻の地上界をおさめる条がこうまとめられている、「其の葦原の中つ国は、専ら汝の言向けし国ぞ」と。

ところが、くだることを右のように求められたタケミカヅチはみずからはくだらず、刀をくだそうと二神に答えている。③に記されているこの答えかたは「専ら其の国を平らげし横刀」という言いかたのなかで、「専ら」によって「平らげ」を強め、この「平らげ」が「横刀」にかかる構文をとっている。ところがこの「平らげ」の主語がかならずしも明らかでない。はじめの「僕は降らずとも」に現われている「僕」を主語と認めてよいであろうけれど、「平らげ」のかかってゆく「横刀」が主語のようにも見える。この点チェンバレン(5)は「平らげ」の主語をおもてに立ててこう訳している。

I will not descend myself, but I have the cross-sword wherewith I specially subsued the land.

主節と従属節との主語が同じばあいにも、英語は従属節のなかに主語を立てる。その構文にのっとりチェンバレンはこう訳している、「私は刀を持っている、この刀によって私はその国を平定した」と。

チェンバレンの訳と異なり、「横刀」が主語のようにも見える点を考えにいれようとしているわけは、タケミカヅチの言いかたが「横刀」に重みをかけて神武の条を繰りひろげているからである。実際、その言いかたのなかに用いられている「専ら」は、他でもないこの「横刀」を取りたてて示し、他のものを斥ける言いかたである。斥けられている他のものはタケミカヅチ自身である。というのは、タケミカヅチの言っている「専ら」の前に、アマテラスとタカギとが同じ「専ら」を用いてこう言っているからである、「専ら汝の言向けし国ぞ」と。このなかの「専ら」は、「汝」の行ないを取りたてて表わしている。すなわち、タケミカヅチの答えはこう言っているわけである、二神の言っている私ではなく、横刀が地上界をおさめるだろう、と。
しかもこの「横刀」が神武のもとへもたらされるや、つぎのようなことが起こったと前掲②のなかに記されている。

　其の熊野の山の荒ぶる神、自ら皆切り仆さえき。

この描きかたは「自ら」を用いて、あたかも「横刀」がみずから働いたかのように表わしている。上巻における地上界をおさめる条においても、タケミカヅチはこの刀をつぎのように用いている。

　是を以ちて、此の二神、出雲の国の伊耶佐の小浜に降り到りまして、十掬剣を抜きて、逆に浪の穂に刺し立てて、其の剣の前に趺坐て、其の大国主の神を、問ひて言らししく、

右の部分に現われている「二神」はタケミカヅチとトリブネとを指している。しかし剣を抜いているのは「二神」ではなく、タケミカヅチであると推しはかられる（第二章　第三節　地上界のおさめかた）。その条では敵を斥けるのが刀でなくタケミカヅチであり、その刀はタケミカヅチの持っている武器であることが明らかに表わされている。
ところがタケミカヅチがタケミナカタと「力競べ」をするとき、この剣が武器であるだけにとどまらず、タケミカヅチそのものであることがにじみ出てくる。それがこう記されている。

　故、其の御手を取ら令むれば、取成立氷亦取成剣刃。

タケミナカタがタケミカヅチの手をつかむことを求める記事が右の一文の前にある。よって右に引いた所の「其の御手を取ら令むれば」がタケミカヅチを主語にしていることは明らかである。対して、それに続いている文のなかの「取成」の受けとりかたが定まっていない。本居宣長(6)はその点についてこう述べている。

　取成《トリナシ》、取は手して捉《トル》なり、成《ナシ》は、…此物を彼物に変化《ナス》にて、建御雷《ノ》神の御手を捉《トリ》て、立氷に変化《ナス》なり、…此

は建御名方神の、自の心より如此《カク》変化《ナセ》るにはあらず、建御雷神の例の奇く霊き徳を以て変化《ナシ》て、御名方神を威せる所為なり、

この宣長(6)の解きかたは、一方で「取」についてタケミナカタの動きを表わしていると受けとり、他方で「成」の自動詞と他動詞とを分けておらず、ゆきとどかない所を残している。倉野憲司(7)は宣長の読みかたを引きついでいるなかで「成」の働きをつぎのように説き、宣長(6)の注が含んでいる問題をあらわにさせている。

取成　摑んで変させる、即ち摑むと変化するの意。

「変させる」と「変化する」とは、一方が他動詞、他方が自動詞という違いを持っている。「取成」についての倉野(7)の説きかたが他動詞から自動詞へ変わっているのは、「成」の主語をタケミナカタとタケミカヅチとのあいだで揺れさせている。他動詞か自動詞かによってそれぞれの主語が異なるからである。

宣長の考え、そして倉野の考えが自動詞と他動詞とを分けていない「成」には、つぎのような例があげられる。

おくれゐてなが恋ひせずは御園生の梅の花にも奈良ましものを　（万葉巻五・八六四）

大君は神にしませば赤駒の腹ばふ田居を宮処と奈之つ　（万葉巻十九・四二六〇）

右の各々の例は自動詞と他動詞とをナルとナスという別の語で表わしている。当面の「成」も、自動詞ナルか他動詞ナスかのどちらか一方を表わしており、これに対応する主語が定まっていると考えなければなるまい。

同じ「取成」が『古事記』のなかのつぎの一文に現われている。

しかして、速須佐の男の命、乃ち、於湯津爪櫛取成其童女而、御みづらに刺さして、　（上巻）

この「取成」が「速須佐の男の命」を主語にとる他動詞であることは確かである。ただ、この所には本文に異同がある。すなわち、真福寺本が「成」を欠き、道果本以下の諸本だけが「取成」の本文を伝えている。真福寺本の本文「於湯津爪櫛取其童女而」が意味をなさないわけではない。しかし、「童女」の形をスサノヲが変える

ことをその動詞は表わしているから、「取」だけでは分かりにくい。道果本以下の「取成」が整った本文であると認められよう。

「取成立氷、亦取成剣刃」が、「於湯津爪櫛取成其童女」と同じ構文であるならば、タケミカヅチの条の「取成」も他動詞であり、主語はタケミカヅチであると受けとることができる。この考えを示しているのが西宮一民(8)である。西宮(8)は「取成」を「取り成し」と訓み、傍注に「変化させ」と記している。

ただし、「取成立氷…」は「於湯津爪櫛取成其童女」とまったく同じ構文ではなく、目的語を欠いている。したがって、目的語として〈手〉を受けてが補い、タケミカヅチがみずからの〈手〉を「立氷に取り成し」と読みとらなければ、「取り成し」が意味をなさない。

二つの条の「取成」をともに他動詞と認める考えにおいては、しかし、一方のスサノヲが「其の童女」を「取り成し」が明らかな像を結ぶのに対し、他方のタケミカヅチがみずからの手を「取り成し」がどのような動きを表わしているのか、分かりにくい。考えられる受けとりかたは、「取り」と「成し」との二つの他動詞のなかで「取り」は働きが弱く、接頭語に近い使いかたと受けとることである。『古事記』のなかのつぎの歌の例によって、「取り」の接頭語的な使いかたが認められよう。

のちも登理見る　思ひ妻あはれ　（記歌謡八九）

ところが、タケミナカタに「手を取ら令むれば」を受けて「取成」が現われているから、この「取」は接頭語ではなく実質的な意味を持っており、タケミナカタの動きを表わしているとも考えられる。実際、本居宣長(6)がこの受けとりかたを示している。

他動詞、接頭語、自動詞のいずれにもそれぞれの根拠があり、定めがたい。この定めがたさは、他動詞、自動詞のどちらか一つで二つの動詞を解こうとするところから来ているのかも知れない。そこで、二つの動詞を一つ一つに分けて解くことを考えてみよう。

二つ続いている動詞のあいだで、主語の入れかわりが明らかに示されないまま主語が入れかわっている例として、『古事記』のなかのつぎの言いかたが挙げられる。

故、しかして、おのもおのも、天の安の河を中に置きて、宇気布時に、天照らす大御神、先、乞度建速須佐之男命所佩十拳剣　（上巻）

右の例における「乞度」について、本居宣長(9)は「乞取と云むが如し」と受けとっている。この受けとりかたは「乞度」の主語をアマデラスと解いている。これによって西郷信綱(10)は本文を「乞取」に改めている。対して倉野憲司(11)は「乞度」の本文によりつつ、つぎのような注を付けている。

「乞ふ」はこちらから、「度す」は先方からで、こちらから乞ひ、先方からそれを渡す意味で「乞ひ度し」と言ったのではあるまいか。

倉野(11)はそう決めることをさけつつも、二つ続いている動詞のあいだにおける主語の入れかわりを認めようとしている。タケミカヅチの条の「取成」においても二つの動詞のあいだで主語が入れかわっていると見れば、それに続いているタケミナカタの動きの表わしかた、「故、しかして、懼ぢて退き居りき」が効果的に働く。すなわちタケミナカタがあいての手を「取」ると、タケミカヅチの手が「立氷」「剣刃」に「成」ったので、タケミナカタはタケミカヅチの変わりかたに驚き、恐れたと受けとられよう。

もっとも、「取成」がタケミカヅチの動きを表わしていると受けとっても、タケミナカタの驚きと恐れとを表わす言いかたへの続きかたに差しさわりはない。しかしタケミカヅチの動きを表わしている「令取其御手者」は「者」によって条件を示している。したがって、この条件を受けて現われている「取」は、「令」という使役のあいてであるタケミナカタの動きを表わしている、と読みとるのがよいように思われる。

タケミカヅチの戦いかたを表わしている「取成立氷、亦取成剣刃」はこの言いかたのなかに、神武のもとにもたらされる「横刀」にただちに結びつく「剣刃」を含んでいる。「成」が自動詞であるにしても、あるいは「取成」が他動詞であるにしても、その「剣刃」はタケミカヅチの手にほかならない。タケミカヅチが剣の神であり（第二章　第三節　地上界のおさめかた）、その神の手が「剣刃」に変わるのは、この神の別の形の現われと考えられよう。すると神武のもとへくだされる「専ら其の国を平らげし横刀」は、剣の神であるタケミカヅチの持ちものであるだけにとどまらない。「横刀」がもたらされるや熊野の神が「自ら切り仆さえき」と記されている所が、剣の働きを神の働きと一つに見なしていることがふたたび意味を持ってくる。

剣の神と剣とが一つになっているにもかかわらず、上巻と中巻とのなかでそれら二つは異なった現われかたをとっている。すなわち、一方の剣の神は中巻の地上界に直接には現われず、タカクラジの夢のなかにとどまっている。他方の剣は上巻と中巻との地上界のどちらにも現われている。さきに引いている③のなかのタケミカヅチの答え「僕は降らずとも、専ら其の国を平らげし横刀あれば、是の刀を降すべし」は、剣の神が剣とともに現われる時代から剣だけが現われる時代へ時が移っていることを受けてに知らせている。

三　夢と神と

タケミカヅチは神武の前にその姿を現わすことがないにもかかわらず、タカクラジの夢には現われている。しかも、その夢にはアマデラスとタカギも現われている。すると、タカクラジの見ている夢は、その夢のなかの所を「高天の原」に設けていると考えられる。さきに掲げた③のなかで「葦原の中つ国はいたくさやぎてありなり。…故、汝、建御雷の神、降るべし」とアマデラス・タカギが述べていることもこの受けとりかたを支える。というのは、「葦原の中つ国」が「降る」所であり、アマデラスたちが高い所にいることが示されているからである。

この高みとして「高天の原」をおいて他の世界を『古事記』は備えていない。夢という枠どりのなかで、タカクラジの夢は「高天の原」の神たちの影を神武に投げかけている。

さらに「八咫烏」が神武を吉野へみちびいている。この烏のみちびきはタカクラジが伝えている夢の条に引きつづいてこう記されている。

④是に亦、高木の大神の命以ちて、覚して白ししく、「天つ神の御子を、此より奥つ方に、莫入り幸でまさしめそ。荒ぶる神、いと多にあり。今、天より八咫烏を遣はさむ。故、其の八咫烏、道引きてむ。其の立たむ後より、幸行ますべし」。故、其の教へ覚しのままに、其の八咫烏の後より幸行ませば、吉野河の河尻に到りましし時に、

タカギの「覚し」がどのような形でもたらされているのか、『古事記』の編みては記していない。「高天の原」の神が神武を助ける点が『古事記』の編みての言いあらわそうとする点であり、「覚し」がどのようにもたらされたか記されなくても差しつかえないのであろう。

右に引いた④で目を引くのは、そのすぐ前のタカクラジの夢（前掲③）ではタカギがアマテラスとともに現われているのと異なり、この④ではタカギだけが「覚し」ている点である。上巻の地上界をおさめる条に天から神がくだる神話の形が見いだされる問題について、松村武雄(12)、三品彰英(13)が『日本書紀』の伝えを含めて異なった伝えを考えあわせつつ、タカミムスヒを中心に立てている伝えの古さを指摘している。より『古事記』に即して神野志隆光(14)が述べているように、大もとにおいてアマテラスはタカミムスヒに統べられていると捉えることもできる。が、神武の条でタカギだけが与えている「覚し」は、上巻における地上界をおさめる条と中巻におけるタカクラジの夢とにおけるアマテラスのありかたに関わっていよう。

アマテラスが日に深く関わっていることは、上巻における天の岩屋戸の条のつぎのような記事によって推しは

かられる。

故是に、天照らす大御神見畏こみて、天の岩屋戸を開きて、刺し隠りましき。しかして、高天の原皆暗く、葦原の中つ国悉闇し。此に因りて常夜往きき。（上巻）

故、天照らす大御神出でましし時に、高天の原及葦原の中つ国、自から照り明かりき。（上巻）

しかも「八咫烏」のつかわされる前に、神武の兄イツセがこう述べている。

吾は日の神の御子として、日に向かひて戦ふこと良くあらず。

他方で大津皇子の詩「金烏西舎に臨らひ」（『懐風藻』）がうかがわせるように、「烏」が太陽の鳥であるという中国の考えかたが伝えられていた。とともに、烏を含めてよいであろう鳥が、人の魂の形への現われでありつつ人の体から離れるありかたが、『古事記』のヤマトタケルの条に記されている。天智挽歌群のなかの大后の歌「若草の　夫の　思ふ鳥立つ」（万葉巻二・一五三）に鳥のそのようなありかたがこだまを響かせている。これらの点を考えあわせると、「八咫烏」はアマテラスでありつつ、ヤマトタケルの鳥、天智の鳥のように、その神から離れてあることのできる存在だったのではなかろうか。ならば、「八咫烏」をつかわす所にタカギだけが現われ、アマテラスが姿を見せていないことは、こう考えられないか。この「八咫烏」はアマテラスの中巻における姿であろう、と。さきの③においてタケミカヅチそのものである剣がくだされながら、その神はタカクラジの夢のなかの「高天の原」にとどまっている。アマテラスも夢のなかの「高天の原」を越えて人の世界に現われることができないのであろう。

おなじく「頭八咫烏」が現われていながら、『日本書紀』においてはアマテラス自身がこの鳥をつかわし、神武たちをウダにみちびいている。さらに神武がシキヒコと戦うときには、神武がこの「頭八咫烏」をシキヒコのもとにつかわし、かれを従わせようとしている。『日本書紀』においては、この鳥はアマテラスとの直接的な関わりを保ちつつ、神武にも操られることによって、天上界に関わる使いの役を果たすにとどまっている。『日本書紀』の記している「頭八咫烏」はアマデラスそのものというありかたをうかがわせていない。

『古事記』の第一代天皇の条における剣と烏とは、「高天の原」の神たちをそこにとどめたまま、「高天の原」の神たちの助けを神武にもたらしている。『古事記』は、「高天の原」の神たちを神武の前に直接には現われさせず、剣、烏という間接的な形で、「高天の原」の神たちに神武を助けさせているわけである。神武の四代まえの神がアマデラスの子であり、アマデラスと同じ場に現われ、その神とことばを直接に交わしているのに、天上界から神がくだった後の三代のあいだに、アマデラスとその子孫とのあいだは大きく隔たっている。神武はアマデラス・タカギそしてタケミカヅチと異なる世界に置かれており、たがいに世界の境を越えることができない。「高天の原」を中心に備えている神たちの世界からきびしく分けられている人の世界に神武があることを、『古事記』の編みては熊野から吉野への道すじの記事であきらかに記している。

四　神武の条の作りかた

神武はイツセとともにヒムカからナニハまで戦いをまじえずに進んでいる。二人が「速吸門」で出あったあいてとの関わりかたはこう記されている。

又、「従ひて仕へ奉らむや」と問ひたまひしかば、「仕へ奉らむ」と答へ白しき。故しかして、さをを指し渡し、其の御船に引き入れ、即ち、名を賜ひて、槁根津日子と号けたまひき。

このような事無き移りかたから打ってかわり、二人がナニハに至った後には戦いが続いている。その戦いは五回おこなわれている。その初めはナニハにおけるトミビコとの戦いであり、そこでイツセが死んでいる。神武の側の誰かの死が記されているのはこの一度だけである。そのうえ神武が天皇の位につくまでに五回の戦いがあるうち、二回がトミビコとの戦いである。同じ相手と繰りかえし戦っているのはトミビコのばあいだけである。これらの点は、トミビコとの戦いにことに重みがかかっていることを受けてに見てとらせる。くわえて、やまとにはいる初めと終りとの戦いがトミビコとの戦いであるように見える。もし、そうであるならば、神武がやまとをおさめる条はトミビコとの戦いを枠ぐみに備えて作られ、その戦いに勝つことによって神武が天皇の位につくという進めかたを取っていると読みとることができよう。

ところがトミビコとの戦いはその終わりかたが分かりにくい。というのは、神武がトミビコとの戦いにはいろうとするところがこう記されている。

然る後に、登美毘古を撃たむとしたまひし時に、歌ひて曰ひしく

みつみつし　久米の子らが　粟生には　韮一本　そ根が本　そ根芽つなぎて　撃ちてしやまむ

又、歌ひて曰ひしく、

みつみつし　久米の子らが　垣下に　植ゑし椒　口ひひく　吾は忘れじ　撃ちてしやまむ

又歌ひて曰ひしく、

神風の　伊勢の海の　大石に　這ひもとほろふ　細螺の　い這ひもとほり　撃ちてしやまむ

「撃たむとしたまひし時に」のもとの文は「将撃…之時」と書かれており、トミビコとの戦いがこれからのことであることを確かに示している。これに応じて三つの歌すべてが「撃ちてしやまむ」と述べ、「む」によって戦いがまだ始まっていないことを示している。ただ、歌のなかの「む」は戦いの始まる前でも戦いのさなかでも言われうる。それらのいずれにしても、「撃ちてしやまむ」という歌いかたが戦いの終わったことを表わしていないことは確かである。

トミビコとの戦いの歌三つに続いてエシキ・オトシキとの戦いが、トミビコとの戦いとの関わりをまったく示

されないままこう記されている。

⑤又、兄師木・弟師木を撃ちたまひし時に、御軍、暫し疲れぬ。しかして、歌ひて曰ひしく、

楯並めて　伊那佐の山の　木の間よも　い行き目守らひ　戦へば　吾はや飢ぬ　島つ鳥　鵜飼が伴　いま助けに来ね

しかもこの戦いの終わりかたが記されないまま、「楯並めて」の歌にすぐ続いてこう記されている。

⑥故、しかして、迩芸速日の命、参赴きて、天つ神の御子に白ししく、「天つ神の御子、天降り坐しぬと聞きしかば、追ひて参降り来つ」とまをして、即ち天つ瑞を献りて仕へ奉りき。故、迩芸速日の命、登美毘古が妹、登美夜毘売を娶りて生みませる子、宇麻志麻遅の命。此は物部の連・穂積の臣・婇臣が祖ぞ。

ニギハヤヒはこれまでに『古事記』にまったく現われていない。このニギハヤヒが「登美毘古が妹、登美夜毘売を娶りて」と述べられ、その子ウマシマヂが物部氏らの祖になっている。

ニギハヤヒは神武のもとに至る前には「高天の原」にいたのであろう。「天つ神の御子、天降り坐しぬ」をニギハヤヒが「追ひて参降」っているからである。ニギハヤヒが神武の条に現われているのは、かれを祖とする物部氏らの求めがあり、天皇たちの側がそれを組みいれるという互いの関わりあいがあったのであろう。けれど、物部氏らとの関わりだけが『古事記』のこの記事を解きあかすとは思われない。というのは、さきに触れたように、「高天の原」からくだされる剣が神武を救うという所では、「高天の原」の神たちはタカクラジの夢に現われているだけである。しかも、『日本書紀』と異なって『古事記』においてはアマテラスは鳥をつかわすにとどまり、みずからは神武の前に現われていない。にもかかわらず、同じ中巻の神武の条にニギハヤヒが「高天の原」からくだってきているのは、上巻から分けられている中巻の設けかたをやぶっているように見える。それとも『古事記』は中巻を上巻からきびしく分けてはいないのか。

ニギハヤヒはトミビコとの戦いとの関わりを示されずに現われているものの、トミビコの「妹」と婚姻している。すると、ニギハヤヒの現われている条はエシキ・オトシキとの戦いの条を越えて、「撃ちてしやまむ」の歌三首を含むトミビコとの戦いの記事に続いているように見える。しかし、このように考えると、エシキ・オトシキとの戦いの条は他の戦いとのあいだにつながりを与えられず、別の戦いとして受けとらなければならない。そのうえ、「撃ちてしやまむ」を三たび繰りかえす強い言いあらわしがあった、だからニギハヤヒが天上界からくだったという進めかたも受けいれにくい。

そこで、さきの⑤のなかの「楯並めて」の歌が目を引く。神武が助けを求めたことをその歌の結びの句「今助けにこね」が表わしている。神武が助けを求めたので、⑤にただちに続いている⑥においてニギハヤヒがくる、という連なりかたが表わされているように見える。ただし、この読みかたではつぎの二点が差しさわりになる。一つは「今助けにこね」と呼びかけられているのが「鵜養が伴」であると⑤のなかの歌が明らかに述べている点である。二つは、この読みかたがエシキ・オトシキに対する戦いとトミビコに対する戦いとを分けなくなってしまう点である。これら二点のうち、前の差しさわりは『古事記』のなかのつぎの例を考えることによって解くことができよう。

上巻においてホヲリはこう歌っている。

沖つ島　鴨著く島に　わが率ねし　妹は忘れじ　世のことごとに

この歌の初めの二句のなかの「沖つ鳥　鴨著く島」について、この歌より前の条はまったく触れていない。この歌の中心は終わりの三句「わが率ねし　妹は忘れじ　世のことごとに」にあり、前の二句と文脈とのあいだの食いちがいは編みてにとって小さな問題だったようである。

さらに一つ、雄略の条で一人の采女が落ち葉に気づかないまま酒盃をささげ、雄略によって殺されようとする。

その采女の歌う歌は「纏向の日代の宮は」という宮ぼめで始まっている。その宮が景行の宮であることを本居宣長(15)がつとに指摘し、いぶかっている。この不審について上田設夫(16)はこう解いている、「古事記の編述者には『纏向の日代の宮』という歌の場よりも、『高光る日の御子』という天皇称辞が歌謡の内容を性格づけた」と。

「楯並めて」の歌のばあいも、この条にとって必要だったのは「今助けにこね」の句だけだったのであろう。神武の条では、その呼びかけのあいてがニギハヤヒであるにもかかわらず、「鵜養が伴」という別の呼びかけのあいてに結びつけられたのであろう。

同じ歌を含んでいるエシキらとの戦いを伝えている『日本書紀』でも、神武の歌「鵜養が伴　今助けにこね」の呼びかけに対して「鵜養が伴」はこず、椎根津彦の率いる男軍がきている。『日本書紀』においても歌の呼びかけのあいてと来るものとの結びつきは弱い。

呼びかけのあいての食いちがいが右のように考えられるならば、第二の差しさわりを解く糸口が見いだされる。すなわち、『古事記』と『日本書紀』との記事の重なりかたから見て、「楯並めて」の歌はエシキ・オトシキらとの戦いの所にもともとは置かれていたのであろう。そこから「今助けにこね」の句だけが『古事記』の神武とトミビコとの戦いの条に組みこまれたために、他の部分はこの条に関わりのないまま、その句に伴なって取られたのではなかろうか。

さきの二つの差しさわりが説かれても、トミビコとふたたび戦う所から後の『古事記』の進みかたには分かりにくさが消えない。すなわち、これまでの戦いではすべて終わりが示されているのに、ここに至り、トミビコとの戦いとそれに続いているエシキ・オトシキとの戦いがそれらの終わりを記されないままで連なり、神武が天皇の位につくという記事が現われているように見える。

この点について本居宣長(17)はこう述べている。

師は、書紀と合せて思フに、此御歌（「楯並めて」の歌—遠山注）の次に文脱たらむと云れつれども、然には非ず、上の登美毘古を討たまふ処も、歌のみを挙て、前後の事をば省ける、其例なるをや、

二つの戦いは宣長(17)の考えのように「前後の事をば省ける」記事であろうか。『古事記』の文脈を辿ると、助けの求めにこたえて「高天の原」からくだってきたニギハヤヒについて、さきに引いた⑥の後半にこう記されている、「登美毘古が妹、登美夜毘売を娶りて」と。

ニギハヤヒがくだってきた後にトミビコの名がふたたび記され、その「妹」があらたに現われている。この「妹」トミヤビメは本居宣長(17)がすでに述べているようにトミビコの妹であろう。兄妹がただちに考えさせるのは姫彦制である。伊藤博(18)が高群逸枝の論を踏まえつつ述べているように、「姫彦制とは、一族の族母が、氏神を祭って一族を統率し、その兄や弟や子などが実務を担当するという制度である」。トミビコ・トミヤビメという兄妹も、トミビコが戦いという「実務」を行ない、トミヤビメが「氏神を祭って」いたのではないか。このトミヤビメが「天つ瑞」をたずさえたニギハヤヒと婚姻するという記事は、トミビコの祭りの力が「高天の原」の力に取りこまれたことを伝えていると受けとられよう。トミビコはやまとの他の敵たちと異なり、武力によって滅ぼされこそしないものの、事実上やぶれたことをこの婚姻が伝えていると読みとることができよう。

伊藤(18)は姫彦制の他の例として、神武の条のなかのウサツヒコ・ウサツヒメのばあいをあげている。この二人は豊国で神武とイツセとに「大御饗」をささげている。二人が神武とイツセとに従ったことをこの記事は明らかに示している。トミビコのばあいは、食べ物をささげる形よりもはるかに強い従いかたをトミビコが取っていることが、婚姻という形によって示されているのであろう。

さらにこの婚姻は「娶」と記されている。吉井巖(19)が論じているように、「娶」は帝紀的部分に用いられている。ニギハヤヒの婚姻の記事は帝紀的部分の字を用いることによって、トミビコとの結びつきの大きさを受けて

に告げているのであろう。
これらを考えあわせると、トミビコとの戦いの条は、宣長の読みのように「前後の事をば省ける」ではなく、つぎのように進んでいるのではないか。すなわち、トミビコとふたたび戦うこと→助けを求めること→ニギハヤヒの助け→婚姻によってトミビコが従うこと、と。ならば、神武がやまとにはいる条は、戦いの初めと終わりとをトミビコとの戦いによる枠ぐみにおさめていると考えられる。この戦いをニギハヤヒとトミヤビメとの婚姻によって神武がおさめたすぐ後にこう記されている。

故、如此、荒夫琉神等を言向け平和し、伏はぬ人等を退け撥ひて、畝火の白檮原の宮に坐して、天の下、治らしめしき。

「如此」という表現が、東へ移る道すじのすべてのことをまとめた後に、熊の神に代表される「荒夫琉神等」とトミビコに代表される「伏はぬ人等」とをおさめた神武が位についたことを記すことによって、この文は神武の東へ移る条を閉じている。対して『日本書紀』は、一つ一つの戦いに明らかな終わりを記している。すなわちオトシキが神武に従い、エシキらは殺されている。その後でトミビコとふたたび戦ったことが別に記され、ニギハヤヒがそのトミビコを切っている。しかも『日本書紀』はその後にも三つの戦いを伝えている。『日本書紀』はそれらの戦いを並べて記しており、『古事記』のトミビコとの戦いによる枠ぐみとは異なる伝えかたをとっている。

五　第一代天皇の成りたち

『古事記』の神武が東へ移る条の枠ぐみのなかで、トミビコとの戦いが熊の神との戦いかたに似ている点を見おとすわけにはゆかない。すなわち、それら二つの戦いはともに「高天の原」の神の助けを得ている。さきにも触れたように、「高天の原」の神の助けは他の人々にすぐれて強い神武という伝えかたにそぐわないように見える。しかし、これが『古事記』を貫いている考えかたなのであろう。第一代天皇になる神武に「高天の原」の神の助けをつねに与えることによって、神武を「高天の原」の神に結びつけておくことを『古事記』は目ざしているのであろう。トミビコとの戦いを枠ぐみに備え、「高天の原」の神の助けによってやまとをおさめるという神武の条の作りかたは、『古事記』の主題の現われであるといえよう。

しかし、一方で「高天の原」の神たち、ことにアマデラスとタカギとの影を神武に投げかけつつ、他方で「高天の原」の神たちを直接に現われさせず、その神たちから神武を離すという記しかたは相入れない。この相入れない記しかたは神武の呼びかたに切れめを現われさせている。その目じるしが「天つ神の御子」から「天皇」への呼びかえである。吉井巖(20)が説いているように、この呼びかえによって「高天の原」の中心をなしている神である「天つ神」が「天皇」に移っている。神武が熊野においてあやうくなるまで『古事記』はかれをカムヤマトイハレビコと記し(前掲①以降の記事)、剣がもたらされたところで「天つ神の御子」と初めて呼び(前掲②)、かれが位についた後にはこの呼びかたをせず、これに代えて「天皇」を使っている。しかも『古事記』は第二代から後の「天皇」たちを「天つ神の御子」と呼んでいない。吉井(20)はこの使いわけを見いだし、『古事記』を貫いている編みての「強烈な意図」(同論文)を探りあてている。

オホクニヌシの子であるコトシロヌシ、タケミナカタは「天つ神の御子」に国をささげることをともに述べ、オホクニヌシもまた「天つ神の御子」という呼びかたを口にしている。上巻の地上界をおさめる条に繰りかえされているこの呼びかたを、熊野においてあやうい目にあっている神武に用いることによって、吉井(20)が述べているように、『古事記』は神武を上巻のアマデラスの子に強く結びつけ、「天つ神」からの連なりをおもてに立てている。他方で『古事記』は、上巻の地上界をおさめる条と異なり、中巻の第一代天皇の条に「高天の原」の神たちを直接には現われさせていない。神の現われかたの変わりかたは、すなわち神の世界から人の世界への移りである。上巻において「葦原の中つ国」「豊葦原の瑞穂の国」と呼ばれている地上界が、①としてさきに掲げた中巻の始まりの一文から後で「天の下」に呼びかえられ、そののち例外を持っていない（遠山一郎(21)）。「第二章第四節　神から人へ」が述べている人への移りを引きついで、『古事記』の編みては上巻と中巻との神と世界とを分けつつ、神ではない人の性格を神武に沁みこませて描いている。『古事記』における第一代天皇の記事は、上巻からの連なりと隔てという相入れない条件を満たしつつ、第一代天皇を人として形づくっているように思われる。

【注】

(1) 遠山一郎『天皇神話の形成と万葉集』「第一章　第一節　天皇の世界」、塙書房、一九九八年。
(2) 吉井巖『天皇の系譜と神話　二』「二　天若日子の伝承について」、塙書房、一九七六年。
(3) 神田秀夫『古事記の構造』「I　5　原文の文体はもっと凸凹したもの」、明治書院、一九五九年。
(4) 益田勝実『火山列島の思想』「王と子」、筑摩書房、一九六八年。
(5) チェンバレン訳『古事記』。一八八二年日本アジア学会にて朗読。タトル、一九八二年。
(6) 本居宣長『古事記伝十四之巻』（『本居宣長全集　第十巻』、筑摩書房、一九六八年）。
(7) 倉野憲司『古事記全註釈　第四巻』、三省堂、一九七七年。
(8) 西宮一民、新潮日本古典集成『古事記』、新潮社、一九七九年。
(9) 本居宣長『古事記伝七之巻』（『本居宣長全集　第九巻』、筑摩書房、一九六八年）。
(10) 西郷信綱『古事記注釈　第一巻』、平凡社、一九七五年。
(11) 倉野憲司『古事記全註釈　第三巻』、三省堂、一九七六年。
(12) 松村武雄『日本神話の研究　第三巻』「第一五章　第一節　この神話のゲネシス」、培風館、一九五五年。
(13) 三品彰英『建国神話の諸問題　三品彰英論文集　第二巻』「天孫降臨神話異伝考」、平凡社、一九七一年。

(14) 神野志隆光『古事記の達成』「5　ムスヒの神」、東京大学出版会、一九八三年。
(15) 本居宣長『古事記伝四十二之巻』(『本居宣長全集　第十二巻』、筑摩書房、一九七四年)。
(16) 上田設夫「古代説話と歌謡—雄略記にみる歌謡の機能—」、『文学』一九七六年十一月。
(17) 本居宣長『古事記伝十九之巻』(『本居宣長全集　第十巻』、筑摩書房、一九六八年)。
(18) 伊藤博「上代の結婚と歌」、『解釈と鑑賞』一九六四年一月。
(19) 吉井巖『天皇の系譜と神話　一』「I　三　帝紀と旧辞—娶の用字をめぐって—」、塙書房、一九六七年。
(20) 吉井巖『天皇の系譜と神話　三』「一　古事記の作品的性格(一)—天神から天皇へ—」、塙書房、一九九二年。
(21) 遠山一郎『天皇神話の形成と万葉集』「第一章　第二節　『古事記』『日本書紀』『風土記』における世界の区分」、塙書房、一九九八年。

第六節　神武から崇神・垂仁へ

一　神武から崇神へ

崇神の条は崇神の系譜をおもに記している部分に続けて、崇神の治めかたと神との関わりを説いている。神が天皇に関わって現われているのは、崇神の条が初めてではない。神武の条で神武がアマデラスたちに助けられているうえにミワノオホモノヌシの子を妻にしている。その女から第二代天皇がで、そののち天皇たちの位は、その天皇の血すじで引きつがれて崇神に至っている。神武の妻の血すじから見ると、神武の後の天皇たちはオホモノヌシの子孫たちに当たっている。目を引くのは、崇神の関わっている神々のうちで主な神が同じオホモノヌシであり、その神が崇神の条にふたたび現われている点である。するとオホモノヌシが崇神に関わっている記事は、神武の条とのつながりのもとにあると読むことができよう。

神武と崇神とのつながりは、他方で二人の天皇たちの違いをおもてに立ててもいる。というのは、一方の神武にもっとも深く関わっているのは、アマデラスとタカミムスヒ（タカギ）という天上界の神たちである（第二章第五節　第一代天皇の造形）。他方の崇神のばあいには、それがオホモノヌシという地上界の神である。各々の関わっている神たちの違いは、天上界から地上界へ、天皇たちのありかたが移っていることを受けてに知らせている。吉井巖(1)が見いだしている「天つ神の御子」は、神武が天上界の神たちに助けられているときの呼び名である。対して神武がオホモノヌシにその神の娘を通して関わっているのは、「天皇」に呼びかえられた後である。この神武と異なり初めから「天皇」である崇神とオホモノヌシとの関わりは、「天つ神の御子」から「天皇」へ移った後の治める者のありかたを引きついでいると見ることができよう。

神武から崇神までのあいだ、すなわち第二代綏靖から第九代開化までは系譜だけが記され、それらがどのような天皇たちだったのか示されていない。水野祐(2)が論じているように、それらは作られた天皇たちであるらしい。それらが治める者のありかたの記事を欠いているのは、それらが作られた天皇たちだったことに一つの理由を持っているのであろう。神武のありかたは、「天つ神の御子」から「天皇」へその呼び名を変えられ、綏靖から開化までの八代をすどおりして、崇神へ引きつがれているように見える。

二 『古事記』の夢

崇神の治めかたと神との関わりは、やまいの広がりから始まっている。その病のもたらす危うさを崇神に乗りこえさせているのは、崇神の夢に現われている「大物主の神」である。

夢に現われる神によって天皇が助けられるところは神武の条にもある。しかし、初めに述べたように、神武のばあいと崇神のばあいとで、それぞれの夢に現われている神たちが異なっている。のみならず、夢を見る人たちが各々で異なっている。すなわち神武のばあい、神たちの夢を見ているのはタカクラジである。対して崇神のばあい、それが崇神である。いいかえると、各々の夢は、一方で天皇に従っている人に見えており、他方で天皇自身に見えているという見る人の違いを伴なっている。この違いが『古事記』における崇神の記しかたにどのような役わりを担っているかを知るために、『古事記』、さらにその他の八世紀の文献における夢を考えあわせてみよう。

まず『古事記』においては、神武の条、崇神の条についで垂仁が夢で雨にあい、また蛇に首を巻かれている。

同じ垂仁が別のときに見ている夢では、ホムチワケが話せるようになる手だてを「出雲の大神」が教えている。さらに仲哀の条で建内の宿弥が見ている夢では、「伊奢沙和気の大神」がみずからの望みを告げている。

これら五つのばあいが『古事記』に記されている夢のすべてである。ただし、その「序」がさらに二つの夢を記している。この「序」の二例を含めても、同じ結論がみちびかれる。が、「序」は本文とは内容を異にしている。よって「序」の例は本文の例から分けておくべきであろう。実際、「序」のなかの「夢」の二つめの例は天武の見た「夢」を記している。『古事記』の本文は推古でその記事を終わり、舒明より後のことを記していないから、舒明の子である天武についてまったく触れていない。「序」が本文と異なる内容を持っていることは記事の範囲によっても知られる。

『古事記』の本文に記されている夢において目を引くのは、夢を見ているのが天皇を含めてすべて人である点である。中巻にも神たちが多く現われているけれど、これら神たちの見る夢はない。他方、上巻には、わずかの例を除いて人が現われておらず、神だけが出てきている。この上巻には夢がまったく記されていない。上巻に夢が見いだされず、中巻の神たちの夢がないという二点は、人だけが夢を見るという一点を指ししめしている。

さらに、五たびの夢のうち四たびに神が現われている点も目を引く。神が姿を見せていないのは、垂仁の見る二つの夢のうちの一つで垂仁が雨にあい、かつ蛇が現われているばあいである。ところがこの夢ののち、垂仁がこの夢の現わしていることを后に問うところがつぎのように記されている。

「此くの夢は、是れ何の表に有らむ」。しかして、其の后、争はえじと以為ほして、即ち、天皇に白して言ひしく、「…。必ず是の表に有らむ」。

垂仁は后であるサホビメに「何の表」と尋ねている。この尋ねかたはつぎの二つの点に基づいていよう。一つは夢の内容が異様であったこと、二つは垂仁の知る力を越える事がらを夢が現わすという考えを垂仁がいだいていること、である。しかも、尋ねられた后は「不応争」と思っている。

「争はえじ」が意味しているのはつぎのことであろう、すなわち、「何の表」という問いに対する后の答えが、まことか、いつわりかを后が「争」ったばあい、后が勝つことができないことであろう。その場面で后は垂仁と二人だけでいる。よって后が「争」うあいては垂仁であるとまず考えられる。后の同母の兄サホビコが垂仁の后を使って垂仁を殺させようとしていることを、垂仁本人はまだ知らない。隠されたこの計りごとを垂仁がまだ知らないことを、「何の表」と尋ねられたことによって后は知ったであろう。その計りごとを隠す余地が后には残されている。にもかかわらず、后は「争はえじ」と思っている。すると、后が「争」うあいてはその計りごとをまだ知らない垂仁ではない。そのあいては夢の現わしていることを知っているものであろう。具体的には夢をとく人が考えられよう。しかし夢をとく人は、この場面では「何の表」と尋ねられている后自身である。

そこで、神が現われている他の四例を考えあわせると、こう捉えられよう、すなわち、垂仁の后にとっていつわりが許されないのは、その夢に神の力が働いていると垂仁の后が思っているからではないか、と。実際、他の四例では、神はそこに現われているだけではなく、神武を助け、崇神と垂仁とが知らないことを教え、建内の宿祢に対してみずからの望みを伝えている。夢をとく人は、神の示すこれらの事がらを人に知らせる役わりを果たす人である。だからこそ、夢をとくことを求められた后は、垂仁に夢を見させた神をあいてには「争はえじ」と思い、みずからの身が亡ぶであろうとあらかじめ知られるにもかかわらず、「即ち」、垂仁にその計りごとを告げたと読みとられよう。后が垂仁の問いに対する答えを「必有是表焉」と結び、「必」を添えてそれがまことであることを強く言っているのは、みずからがその計りごとに関わっていることに基づくだけではあるまい。神がその計りごとを「夢」に現わした、と垂仁の后が思っているからであろう。西郷信綱[3]が、後の日記、説話などに記されている夢を考えにいれつつ、「夢は…神や仏という他者が人間に見させるもの」と述べているのが的を射ている。ならば、神が夢に現われているのは、人に夢を見させる神がそこにみずから出てきている状態であると捉えられよう。『古事記』において上巻の神の時代に夢がまったく記されていず、中巻の人の時代より後で人だけが夢を見ているという夢の片よりの理由に、右の捉えかたが答えをもたらす。

『古事記』の本文から広げ、『古事記』の「序」、『日本書紀』を視野におさめても、同じ考えを得ることができる。ただ、『日本書紀』仁徳三八年に「俗の曰へらく」と記されている条で、鹿が夢を見ている。神が鹿に夢を見させていると受けとってよいであろう。が、触れたように、『古事記』では、そして『日本書紀』の記事でも、このばあいの他は人だけが夢を見ている。「俗」の伝えが夢を見るものの範囲を広げている点を、『日本書紀』のばあいには考えに加えなければなるまい。

さらに『風土記』においては、人の見ている夢が記されているばかりでなく、「大神大穴持の命」が「夢に願ぎ給ひしく」と記されている（出雲国仁多郡）。べつの神が「大神大穴持の命」に「夢」を見させていると捉えられるものの、その神の見ている夢は神と人とのべつをぼやけさせている。

さらに『万葉集』には多くの夢が歌われている。所の名、枕詞を除き、その総数は一〇三例に及んでいる。右に述べた三つの文献のなかの例の合計が、所の名、人の名を除いて四五例であるから、『万葉集』の夢の多さがきわだっている。なかで、つぎの例はさきの三つの文献に重なっている。

事はかり　夢に見せこそ　剣刀　斎ひ祭れる　神にし坐せば　（巻十二・三二二七）

ちはやぶる　神の社に　照る鏡　しつに取りそへ　乞ひのみて　我がまつときに　をとめらが　伊米に告ぐらく　（巻十七・四〇一一大伴家持）

対してつぎの例においては、「うけひ」という神に関わる行ないが「夢」とのあいだに食いちがいをもたらしている。

みやこ路を遠みか妹がこのころはうけひてぬれど夢に見えこぬ

（巻四・七六七大伴家持）

「夢」がこの歌の作りての思いどおりにならないことが神による「夢」の支配を裏がきしている、とも考えられる。ところがこの作りては、食いちがいのわけを「みやこ路を遠みか」という人の行ないに求めている。この歌の作りてが久迩京におり、「妹」と呼ばれている女が寧楽の家にいるとこの歌の前に記されている（七六五題詞）。この情況のなかで、その作りては神の働きではなく、この二つの所の遠さを歌っている。

同じ作りてが右の歌の五首あとに詠んでいる歌は、人の営みという面をさらに強く押しだしている。

夢にだに見えむと我はほどけどもあひし思はねばうべ見えざらむ

（七七二）

この歌はあいてへの恨みごとを言ってみることによって、「夢」をこの歌の作りての思いで満たしている。この「夢」は神との関わりをかすかにうかがわせているだけである。

さらに出典不明歌にはつぎのように詠まれている。

うつつにか妹が来ませる夢にかも我れか惑へる恋ひのしげきに

（巻十二・二九一七）

この「夢」は「うつつ」に連なることによって神からいよいよ遠い。

くわえて、つぎの歌、

夢の逢ひは苦しかりけりおどろきて掻き探れども手にも触れねば

（巻四・七四一大伴家持）

この表現には、『遊仙窟』の影響が指摘されている（契沖(4)）。しかし、中国の文献がこの歌いかたを作りだしたのではあるまい。夢が神から離れて「うつつ」に重なっているさきの出典不明歌（二九一七）のような表わしかたが、作りてと受けてとに沁みこんでいなかったならば、この七四一の「夢」は歌のなかで意味をなさなかったであろう。「うつつ」に連なりつつ奥に潜んでいる神を失うことによって、「夢の逢ひ」は「手にも触れねば」という「うつつ」の感覚にまじりあっている。しかもこの感覚は、「触れね」という打ちけしが表わしている、無いという思いである。この無いの思いが「苦し」の内容をなしている。ないことの言いあらわしは、つぎに掲げる挽歌に連なっている。

ほつての占へを　かた焼きて　行かむとするに　伊米のごと　道のそらぢに　わかれする君

（巻十五・三六九四、六鯖）

「占へ」「かた焼き」という神の心を知ろうとする行ないに関わることばが、それらに続いている文脈のなかの「伊米」にも神の影を投げかけている。ところが「夢の逢ひ」(前掲七四二)が無いことを言いあらわしつつも、「夢」のなかでの「逢ひ」を伴なっているのに、三六九四の「伊米のごと」というたとえは夢を見ず、夢をたとえとして用いることによって、むなしさをおもてに立てている。この歌いかたは、『万葉集』の歌のなかでも神からもっとも遠い言いあらわしかたに至りついている。

人の思いや営みを言いあらわす歌からたとえに至る夢の歌は、『万葉集』のなかでおそくに現われている。夢を司っていた神の力が弱まり、人の面が夢のなかにより強くはいりこんでいったのであろう。とはいえ、神の司る夢だけを伝えている『古事記』が編まれた時代と、夢が神から離れてゆく『万葉集』の歌の時代とがおおきく隔たっていたのではない。すると七世紀から八世紀のころには、夢が神から離れつつあり、「うつつ」に混じりあって人の思いを表わすたとえにまで広がっていた、と私たちは考えなければなるまい。もっとも、『万葉集』は歌の集まりであり、用例がひとりの心のありかたを表わすことに片よりやすい。この点を考えにいれて、かりに『万葉集』を除き、『古事記』を『日本書紀』『風土記』だけと並べても、『古事記』の夢はその含んでいる内容が狭い。夢が広がっていたなかで、神が人に見させる夢だけを『古事記』はことに記していると考えられよう。

『古事記』のなかの夢はさらに限られた働きを持たされている。すなわち、そのすべてが天皇が治めることに関わっている。ただ、ホムチワケと建内の宿祢とのばあいがそれから遠いように見える。しかし、夢に現われている神たちにそれら二人が関わっているのは、ともに天皇の位の引きつぎを背景に持っているのであろう（第二章　第七節　神と応神と）。したがって、天皇が治めることとの関わりを、『古事記』の夢の性格にことに加えてよいであろう。対して『万葉集』の夢は、天皇が治めることにまったく関わっていない。すると「第一章　第二節　歌が開くことば」が述べているように、『万葉集』は天皇の朝廷の営みのなかで、天皇が治めることに直接的には結びつかず、それに伴なって編まれた文献であるというありかたを、その文献に記されている夢もまた示していると捉えられよう。

三　崇神の祭り

崇神の条で崇神が見ている夢は、『古事記』の夢のもっとも明らかな形を見せている。すなわち、その夢に現われている神は、「国も安平にあらむ」と崇神に告げている。崇神はこのことばを受けて、「天の下、平らぎ」と述べている。するとその神の告げている「国」は「天の下」を指している。「天の下」という呼びかたは天皇が治めることを中心に置く捉えかたである（遠山一郎(5)）。その神の告げていることを、崇神はみずからの治めかたに関わることと受けとっていると知られる。

天皇の治めかたに関わりながら、崇神のばあいと異なり、神武の条においては、神武その人ではなくタカクラジの夢に、天上界の神たちが現われている。神武の条の夢は、神が人に見させるという夢のありかたにおさまりつつ、神武が夢を見ないことによって、神武がまだ神に近いことを表わしているのであろう。ならば、崇神は神武の「天つ神の御子」の部分をますます失い、神武の人の面をさらに押しすすめられて、神武の条で夢を見ているタカクラジの次元に至っていることを『古事記』は説いている、と読みとることができよう。崇神のこのありかたにさらに応じているのが、崇神が神を祭ることである。

崇神の夢に現われている神への祭りは、崇神の条にこう記されている。

> 意富多々泥古の命を以ちて、神主と為て、御諸山に意富美和の大神の前を、拝ひ祭りたまひき。

神を祭っているのは、直接にはオホタタネコである。が、崇神がオホタタネコを用いて祭らせていることを、「為神主而」という表わしかたが確かに示している。この表わしかたは、崇神の夢のなかの神のことばに対応している。すなわち、その神はこう告げている。

> 是は我が御心ぞ。故、意富多々泥古を以ちて、我が前を祭ら令めたまはば、

この部分の「令祭我前者」の主語とさきの「為神主而」の主語とはともに崇神である。

崇神が祭らせている「御諸山」は、『古事記』の上巻にも祭りの所として現われている。

> 「吾は、倭の青垣の東の山の上にいつき奉れ」と答へのらしき。此は、御諸山の上に坐す神ぞ。

上巻においてこの「御諸山」の神を祭っているのは、オホクニヌシである。神武はこの「御諸山」の神の子を妻にむかえている。しかし、神武がこの神を祭ったことが記されていない。すると崇神の祭りは、巻の区分けを越えて、上巻でオホクニヌシの行なっている祭りを引きついでいるように見える。その「御諸山」の神をオホクニヌシが祭る理由が、その「御諸山」の神によってこう告げられているからである。

> 我が前を、能く治めば、吾、能く共與に相作り成さむ。若し、然あらずは、国、成り難けむ。

この神の告げている「国」はオホクニヌシのおさめている所を指している。この「国」すなわち「葦原の中つ国」がニニギをとおして神武に受けつがれて「天の下」に呼びかえられ、崇神の代に至っている。「御諸山」の神がオホクニヌシと「共與に相作」る「国」は、したがって、土ではなく、おさめるという見かたに基づく捉えかたを表わしていると考えてよい。すると、この神は、「葦原の中つ国」と「天の下」とを貫いて、いいかえると神の時代と人の時代とを通して、地上界をおさめるものが祭らなければならない神であると『古事記』は記し

ている、と読みとられる。
「御諸山」の神のこの位置をさらに確かめさせるのが神武とこの神との関わりである。神武は「天の下」をおさめることにただちに続いて、つぎのように記されている。

故、日向に坐しし時に、阿多の小椅の君が妹、名は阿比良比売を娶りて生みたまへる子、多芸志美美の命、次に、岐須美美の命の二柱、坐しき。然あれども、更に大后と為む美人を求めたまひし時に、

この「然あれども」ということばは、アヒラヒメが「大后」にふさわしくないことを言いあらわしている、と受けとられる。「天の下」をおさめる神武にふさわしい「大后」として、アヒラヒメにかわって現われているのが「美和の大物主の神」の娘である。「美和の大物主の神」は、これまでに触れたところで、「大物主の大神」「意富美和の大神」「御諸山の上に坐す神」などの異なる呼ばれかたを伴なっているけれど、それらは一つの神を指していると受けとってよい。これよりのち、この論はそれをみわの神という名で示す。このみわの神の娘が神武によって選ばれているところからも、オホクニヌシの地位を「天皇」に引きつがせる『古事記』の進めかたがうかがわれる。しかしその進めかたは、『古事記』の編みての考えだけを表わしているとは考えにくい。というのは、『万葉集』につぎの歌がおさめられているからである。

額田王、近江の国に下る時に作る歌、井戸王が即ち和ふる歌
うまさけ　三輪の山　青丹よし　奈良の山の　山のまに　い隠るまで　道の隈　い積もるまでに　つばらにも　見つつゆかむを　しばしばも　見さけむ山を　こころなく　雲の　隠さふべしや（巻一・一七）
反歌
三輪山をしかも隠すか雲だにもこころあらなも隠さふべしや（一八）
右二首の歌、山上憶良大夫の類聚歌林に曰はく、都を近江の国に遷す時に、三輪山を御覧す御歌なり。

へそかたの林のさきのさ野榛の衣につくなす目につく我がせ　（一九）

（左注、略）

一七・一八の歌の作りてとして、額田の名がそれらの歌の題詞に記されているだけではない。それらの歌は天智の「御歌」だと一八の歌の左注に記されている。「第一章　第二節　歌が開くことば」が検討しているところから推しはかられるように、天智と額田を含む天智の朝廷の人々とが、「三輪の山」に対してたがいに通いあう思いをいだいていたことを、この歌の作りての名の記されかたが私たちに知らせている。

「三輪の山」へのその人々の思いは、その山の神への思いだったであろう。しかも、その歌の題詞と左注とは、その歌の詠まれた情況を記している。その情況、すなわち天智がみやこを近江に移したのは、内政にまして、西嶋定生(6)が述べているように、唐・新羅の軍に対する備えだったであろう。天智のおさめていた国が危うかったときに、天智がみわの神に関わっているのは、崇神のばあいに似かよっている。しかし、一方の崇神のばあいが祭りであり、他方の天智、額田のばあいが歌を詠むことである。国の危ういときに、同じ神に天皇たちがともに関わっていながらも、それらの関わりかたは異なっている。

けれども、『万葉集』巻二十の防人歌につぎの歌いかたが見いだされる。これらの歌が崇神の祭りと天智、額田たちの歌との働きの似よりを見てとらせよう。

あられふり鹿島の神をいのりつつすめら御軍にわれは来にしを　（四三七〇）

歌いこまれている「鹿島の神」は、この歌の作りてにとって「いのり」の対象である。この歌は何の「いのり」かを歌っていない。この歌の作りてがその「いのり」にこめた願いはつぎの歌に通う思いであろう。

足柄の　み坂たまはり　…　馬の爪　筑紫のさきに　ちまりゐて　あれはいははむ　もろもろは　さけくと申す　かへりくまでに　（四三七二）

ふるさとに事なく帰ってくることが、この歌の作りて、そしてさきの歌の作りての願いであろう。あとの歌（四三七二）は、その願いに当たって「坂」の神の力を求めている。さきの歌（四三七〇）が「鹿島の神」を歌いこむのも、その神の力によってみずからが守られることを祈っているのであろう。つぎの防人歌も同じ願いをこめて、「筑波の山」を詠んでいるのであろう。

橘の下ふく風のかぐはしき筑波の山を恋ひずあらめかも　（四三七一）

この歌のばあい、「恋ひ」がことばのおもてに現われている。この「恋ひ」は、さきの二つの歌の「鹿島の神」「足柄のみ坂」への、それぞれの作りての思いにとても近い。天智、額田たちが表わしている「三輪の山」へのなごりおしさは、この「恋ひ」であろう。四三七一の歌の作りてが防人につかわされて「筑波の山」を離れたように、天智、額田たちは国の守りのために「三輪の山」を遠ざかろうとしていた。このようなばあいの歌はみずからの思いを表わすにとどまらず、その言いあらわしによってそれぞれの神の魂をしずめようとする働きを帯びていたのであろう（伊藤博(7)）。

では、天智、額田たちの神として、みわの神がことに選ばれているのはなぜか。こう問うわけは、つぎの歌が『万葉集』におさめられているからである。天智たちが向かったのと同じ近江へ、穂積皇子が後におもむいた。そのときに但馬皇女がこう詠んだ。

おくれゐて恋ひつつあらずは追ひしかむ道の隈みに標結へ我がせ　（巻二・一一五）

井手至(8)が述べているように、結び二句は「道の隈み」の神への祭りを表わしているのであろう。但馬が穂積に求めている祭りは、さきの防人たちの歌のなかの一つに「足柄のみ坂たまはり」と言われていることに通う願いを、おそらく奈良山の「道の隈み」に願う祭りであろう。

穂積が天智たちと同じ奈良山の道をとおったであろうことが、つぎの『万葉集』の歌によって推しはかられる。

大君の　みことかしこみ　見れどあかぬ　奈良山こえて　まきつむ　泉の川の　早き瀬を　棹さし渡り　ちはやぶる　宇治の渡りの　たきつ瀬を　見つつ渡りて　近江道の　相坂山に　手向けして　我がこえゆけば　ささなみの　志賀の韓埼　さきくあらば　またかへり見む　道の隈　八十隈ごとに　嘆きつつ　我がすぎゆけば
（巻十三・三二四〇）

この近江への道すじのなかで「奈良の山の　…　道の隈　い積もるまでに」と詠んでいながら、天智、額田たちは「奈良の山の…道の隈」の神ではなく、「三輪の山」へのなごりおしさを取りたてて言いあらわしている。みわの神がことに選ばれているわけの一つは、その神が祟りをなす神だったからであろう。益田勝実(9)は「大物主の神」という名のなかのモノに目を向けつつ、『古事記』『日本書紀』からうかがわれるその神のありかたを祟りという面で説いている。

しかしみわの神のありかたはこれに尽きない。すでに触れたように、『古事記』ではこの神はオホクニヌシを助け、神武の「大后」を通して地上界をおさめるものとの関わりを強く帯びている。それら二つの条においては、祟りは表だっていない。くわえて『日本書紀』の崇神の条では、崇神の位を継ぐものが夢によって決められており、そのときに崇神の子たち二人は「御諸山」に登る夢を二人とも見ている。岡田精司(10)が述べているように、これらの記事はみわの神を祭った「三輪大王家」を考えさせよう。天智たちがみやこを移すに当たり、みわの神をことに歌ったのはこの古い「大王家」のしきたりを天智たちが引きついでいたからだという説きかたができないわけではない。

もっとも、額田、天智たちがその歌を詠むにあたり、まだ編まれていなかった『古事記』そして『日本書紀』の記事を考えにいれたということはありえない。ただ、『古事記』そして『日本書紀』が基づいた文献を、額田、天智そして天智の朝廷とそのまわりとの人々は読んでいたかも知れない。あるいは文献の形をとっていなかった伝えに、その人々が触れていたことも考えられよう。というのは、一七・一八に対する「和ふる歌」（一九）が「へそかたの」と歌いおこしている。『古事記』の崇神の条に記されるに至るようなみわの神の表わしかたの伝えが、その歌いおこしをみちびきだしているようである。しかも、『万葉集』にはつぎの歌もおさめられている。

内大臣藤原卿、鏡王女を娉ふ時に、鏡王女が内大臣に贈る歌一首

玉くしげ覆ひをやすみあけていなば君が名はあれど我が名しをしも　（巻二・九三）

内大臣藤原卿、鏡王女に報へ贈る歌一首

玉くしげみもろの山のさな葛さ寝ずはつひにありかつましじ（或本歌、略）　（九四）

九四が「みもろの山」を第二句に現わしている。後のことばへの続きかたは、その山の名が序詞に用いられていることを示している。しかし、第一句「玉くしげ」から第二句の「みもろの山」への続きかたはその序詞だけでは分かりにくい。その山に関わることがその山と「玉くしげ」とを結びつけているようである。村田正博(11)が説いているように、前の歌（九三）の初めの三句のなかの「くしげ」「覆ひ」「あけていなば」が、『日本書紀』の崇神十年に記されているような伝えに基づいているのであろう。その伝えにおいては、オホモノヌシが一人の女のもとに通い、「櫛笥」に蛇の姿をひそませ、朝に「御諸山に登」っている。「内大臣藤原卿」はその伝えを踏まえて、「玉くしげみもろの山」という返しを詠んでいるのであろう。このやりとりが成りたっているからには、二人ともその伝えを知っていたと推しはかられる。

その「内大臣藤原卿」鎌足が天智に近かったことは、『日本書紀』そして『家伝』にくわしく記されている。しかも鎌足のあいての鏡王女は、額田と歌をかわしており（万葉巻四・四八八―四八九、巻八・一六〇六―一六〇七に同じ歌）、額田と何らかの関わりがあったらしい。ただ、これら二つの歌のやりとりが、額田に関わる何らかの資料に基づいていたか（身崎寿(12)）、作りごとか（伊藤博(13)）、考えかたが分かれている。しかし少なくとも、巻四

が編まれたころに、鏡王女と額田との関わりが歌に心をよせていた人々のあいだで信じられていたらしいことは知られる。この鏡王女が、「みもろの山」の伝えに基づく歌を鎌足と詠みかわしていることも、さきの井戸王の「和」えかたとともに、天智、額田のまわりでみわの神にまつわる伝えが広まっていたらしいことをうかがわせる。さらに『日本書紀』の雄略の条では、みわの神が蛇の姿を現わし、雄略を恐れさせている。

他の文献への広がりを伴なっているみわの神のこれらの伝えがすべて『古事記』そして『日本書紀』の資料さらには『日本書紀』自身から取られたとは考えにくい。『古事記』そして『日本書紀』の資料よりおそらく古くから、みわの神にまつわる伝えが天皇たちの朝廷とそのまわりとの人々に広まっており、その伝えが或るいは歴史書に或るいは歌にそれぞれの形を現わしているのであろう。

その神の伝えの広まりは、しかし、その神を祭った王朝のあったことをただちに示してはいない。天の香久山も天皇たちの政治に関わる祭りの記事を伴なっている。すなわち、『万葉集』巻一・二で、舒明がその山に登り、そこで国見をしている。また『日本書紀』の神武の条で神武が祭りにその山の土を用い、同じ文献の崇神の条でタケハニヤスビコが崇神にそむこうとしたときに、タケハニヤスビコの妻がやはりその山の土を用いて祭りを行なっている。そこではタケハニヤスビコの妻は香久山の土を「倭の国の物質」と言っている。神武のばあいとも、香久山がやまとを治める力を得ることに関わっているように、それらの記事は記している。その山はみわ山に似た宗教上の位置を占めていたようである。けれども、天の香久山を祭った王朝がそれによって示されているとは思われない。

みわの神を祭った王朝があったことを確かめることはできないけれど、みわの神はやまとを治める力に関わる信仰を伴なって天皇たちの朝廷とそのまわりとの人々に広がっていたようである。神武がこの神を血すじに取りいれているのに続き、崇神はこの神の助けを得、この神を祭っている。この神と天皇たちとのたび重なる関わりは、天皇たちにとってのこの神の重みを受けてに示している。しかも崇神のつぎの代の垂仁の条には、この神をかつて祭ったオホクニヌシへの祭りがさらに記されている。

四　垂仁の祭り

オホクニヌシへの祭りのきっかけは、垂仁の子ホムチワケがもの言わぬ子であったことにある。垂仁の夢に現われた神の教えによって、垂仁はホムチワケを「出雲の大神」への祭りにつかわしている。

この「出雲の大神」はオホクニヌシを指していると受けとってよいであろう。オホクニヌシが出雲の国にいることを、『古事記』はその上巻において記しているからである。ただ、このオホクニヌシの祭りの後に、「出雲の国の造が祖」に対してホムチワケがつぎのように告げているなかに、べつの神の名が現われている。

> 是の河下に、青葉の山の如きは、山と見えて山にあらず。若し出雲の石硐の曽の宮に坐す葦原色許男の大神を以ちいつく祝が大庭か。

『古事記』が垂仁の条に「出雲の大神」と記しているだけで、オホクニヌシという名をまったく現わさないまま「葦原色許男の大神」の名を出しているのには、なんらかの理由があるのかも知れない。というのは、「出雲の国の造が祖」の祭っているのがその「葦原色許男の大神」であり、垂仁がホムチワケに祭らせている神とはべつであるかのようにも読みとれるからである。

『古事記』の上巻は、「大国主の神」の名のもとに、「亦の名」を四つ掲げ、そのなかの一つに「葦原色許男の神」をあげ、「併せて五つの名、有り」と記している。一つにあわされた別々の神たちの名が「亦の名」によって示されているのであろう（吉井巖ほか(14)。第二章　第二節　大国主の神話）。しかし、『古事記』が「大国主の神」を出雲の国の神として上巻ですでに示しているからには、ホムチワケの言いあらわしている「葦原色許男の大神」をその「大国主の神」として受けてが受けとることを『古事記』の編みては求めていると考えられる。ホムチワケが「葦原色許男の大神」の名を言いあらわしたことばがつぎのように垂仁に告げられていることも、二つの神を分けない『古事記』の編みての扱いをうかがわせていよう。

是に、覆奏、言ししく、「大神を拝がみたまひしに因りて、大御子、物詔らしき。……」。

ここで「大神」と言われている神は、ホムチワケの条で「出雲の大神」と「葦原色許男の大神」とだけを指している。「大神」という呼びかたが、二つをまぎれさせない表わしかたを保っている。

垂仁はこの知らせを受けた後に、つぎのような対応をとっている。

①故、天皇、歓喜たまひて、即ち、兎上王を返して、神の宮を造ら令めたまひき。

これは、垂仁の夢のなかでオホクニヌシがこう告げていたことに対する答えである。

②我が宮を、天皇の御舎の如、修理ろひたまはば、御子、必ず真事とはむ。

このオホクニヌシの告げていたことは、『古事記』上巻において同じ神が天つ神につぎのように求めていたことを受けてに思いおこさせる。

③此の葦原の中つ国は、命の随に既に献らむ。唯僕が住所のみは、天つ神の御子の天つ日継ぎ知らしめすとだる天の御巣の如くして、底つ石根に宮柱ふとしり、高天の原にひぎたかしりて、治め賜はば、僕は、百足らず八十坰手に、隠りて侍らむ。

この求めがかなえられたことを『古事記』はその条に記していない。したがって、垂仁の夢のなかでオホクニヌシが求めているのは、③における求めを垂仁がかなえることであろう。

ただし、右のように受けとるうえで解いておかなければならない点がある。それは③のオホクニヌシの求めに続いているつぎの部分である。

④此く申して、出雲の国の多芸志の小浜に、天の御舎を造りて、水戸の神の孫、櫛八玉の神、膳夫に為り、天の御饗を献る時に、…天の真名咋を献る。

この部分について、さらにこまかく、つぎの二つの点が解かれなければなるまい。一つは「天の御舎を造り」の主語は誰か、二つは「天の御舎」は誰のための建てものかである。

本居宣長(15)は「造り」の主語を天上界の神、「天の御舎」をオホクニヌシのための建てものと受けとっている。ただし、さきに引いた本文のままでは、宣長(15)はそう受けとることができなかった。そこで宣長(15)はつぎの七字を「此く白して」の後に補っている。「乃隠也故随白而」がそれである。この補いによって宣長(15)はこう読みといている、オホクニヌシがしりぞいた、それでオホクニヌシのことばのままに、天上界の神がオホクニヌシのために「天の御舎を造り」、と。この受けとりかたは宣長(15)なりに筋を通しているけれど、『古事記』諸本の本文による裏づけを欠いている。

対して倉野憲司(16)は諸本のままの本文によりつつ、「造り」の主語を宣長(15)とは異なり、オホクニヌシと解いている。とともに、「天の御舎」はオホクニヌシのための建てものと倉野(16)は受けとっている。すなわちオホクニヌシがみずからのための建てものを「造り」とそれは解いている。が、その解きかたでは文脈が続きにくい。そこで、「此く白して」の後に、「天つ神の諒解を得て」のような語が略されていると倉野(16)は述べている。

倉野(16)の解きかたは本文批判の原則を保ち、伝えられている本文を尊んではいるけれど、その本文に記されていないことを受けてが補うことによって、宣長(15)と同じ本文の解きかたにおちいっている。そこにおちいっているのは、倉野(16)が「天の御舎」の解きかたを宣長(15)から引きついでいるからである。宣長(15)、倉野(16)が受けとっているように「天の御舎」がオホクニヌシのための建てものだと受けてが考えているかぎり、諸本の本文のままではその考えが成りたたず、何らかの補いを受けてはさけることができない。

この補いは、おそらく『日本書紀』の一書第二に基づいているのであろう。右の二つの注釈が触れている諸文献のなかで、オホクニヌシのための建てものを明らかに示しているのがそれだからである。

⑤時に、高皇産霊の尊、乃ち二神を還し遣して、大己貴の神に勅して曰はく、「…汝は以て神事を治すべし。又、汝が住むべき天の日隅の宮は、今供造りまつらむこと、即ち千尋の栲縄を以て、結ひて百八十紐にせむ。其の宮を造る制は、柱は高く太し。板は広く厚くせむ。又、田、供佃らむ。…」とのたまふ。

対して『日本書紀』の本書は、「大己貴の神」を斥ける条でその神の住みかにまったく触れていない。『日本書紀』のなかでは、本書と一書第二との他に一書第一が、「大己貴の神」を斥けることを伝えている。しかし、これもその神の住みかに触れていない。『日本書紀』の「大己貴の神」と、『古事記』の「大国主の神」とは各々の文献における位置づけを異にしているけれど、たがいに通いあうところがある。その一つが天上界の神に対して地上界をおさめる力をゆずりわたす神という点である。ところが『日本書紀』のなかで同じ「大己貴の神」と呼ばれて、天上界の神たちに対して同じ役わりを果たしていながら、この神の住みかを一書第二しか記していないからには、それに基づいて『古事記』を読みとくのは確かさに乏しい。一つにまとめられている文献である『日本書紀』のなかで本書と一書第二とが異なっているのに増して、べつの文献である『古事記』は『日本書紀』一書第二から遠いと受けてはまず考えなければなるまい。

そこで『古事記』が伝えている本文のままに受けとれば、さきに引いた④のなかの「白して」の主語が「天の御舎を造り」の主語でもあり、ともにオホクニヌシだと読みとられよう。「大己貴の神」のための建てものを、「高皇巣霊の尊」が作ることを記している『日本書紀』一書第二（前掲⑤）は、『古事記』とはそもそも建てものを作る神において異なっている。ところがこの読みかたは、宣長(15)によってつぎのように斥けられている。

此は本のままにては、如此之白而云々と、献天之真魚咋也と云るまで、一続きになりて、皆大国主神の為た

まふ事になりて、理かなはざれば

宣長(15)の言っている「理」がおそらく『日本書紀』一書第二に基づいているのであろうことにはさきに触れた。宣長(15)が斥けている「本のままに」受けとると、二つめの点の解きかたを宣長(15)、それを受けついでいる倉野(16)のそれから変えなければならない。すなわち、『古事記』のなかの④の記している「天の御舎」はオホクニヌシのための建てものではなく、天上界の神のためのものである、と。

この解きかたはつぎの諸点を整った考えかたで貫くことができる。まず、「天の御舎」という表わしかたの「天」が原則のとおりに認められる。すなわち、「天」を付けられた神、こと、などが天上界に関わる点についてはあらためて述べるまでもあるまい。実際、「天の御舎」に続いている文脈(前掲④)においても、「天の御饗」「天の真名咋」くわえて、④の部分で略したところに「天の八十びらか」と記され、すべて天上界の神にささげられているものを表わしている。一続きの文脈のなかでこれら三つの「天」と異なり、「天の御舎」だけがオホクニヌシのためだという解きかたは整っていない。

つぎに、あいてに従うことを記している他のばあいとの関わりかたである。『古事記』の神武の条にこう記されている。

故、豊国の宇沙に到りましし時に、其の土人、名は、宇沙都比古、宇沙都比売の二人、足一つ騰の宮を作りて、大御饗、献りき。

「足一つ騰の宮を作り」と「献り」との主語はともに「宇沙都比古、宇沙都比売」である。かれらが作っている「足一つ騰の宮」は神武とイツセとのための建てものであろう。その宮で二人は「大御饗」を神武とイツセとに捧げることによって、神武とイツセとに従うことを示していると受けとられる。オホクニヌシが天上界の神に対してしていることは、これと同じ形を取っているのであろう。

すると、『古事記』の上巻においてオホクニヌシが斥けられたときに、オホクニヌシの宮は作られていないと受けては読まなければなるまい。すくなくとも、それが作られたことを、『日本書紀』一書第二とは異なり、『古事記』は記していない。『古事記』の垂仁の夢のなかでオホクニヌシが求めているのは、この果たされていない求めであろう。

この文脈で読むと、さきに引いた垂仁の夢のなかの神のことば②と上巻のオホクニヌシのことば③との連なりが明らかに見てとられる。オホクニヌシが二度求めているのはつぎのことであろう。すなわち、「僕が住所」(上巻、前掲③)—「我が宮」(中巻、前掲②)が、「天つ神の御子の…天の御巣の如く」(上巻、前掲③)—「天皇の御舎の如」(中巻、前掲②)であることだろう。オホクニヌシのためのその宮を作るのは、天上界の神であるか、あるいは、その子孫である天皇たちのうちの誰か一人である。

この読みかたは、その宮の作りかたを表わすことば使いにも整った捉えかたをもたらす。すなわち、垂仁の夢のなかで、オホクニヌシはみずからの宮の「修理」を求めている(前掲②)。西宮一民(17)は、この「修理」をイザナキ、イザナミの条の「修理」とは違い、「修繕」の意と解いている。上巻のオホクニヌシの求めのところでオホクニヌシのための宮が作られているという受けとりかたにその解きかたは応じている。ところがこの神のための宮が作られたことを『古事記』は記していない。ならば、垂仁の夢のなかのことば「修理」を、イザナキ、イザナミに向けた「天つ神の諸の命」に、つぎのように用いられているばあいと異なる意味で解く必要はないであろう。

是のただよへる国を、修理、固め成せ。

このときに地上界はまだない。したがって、イザナキ、イザナミが地上界をあらたに作りだし、形を持たせることをこの「修理」は表わしていると受けとられる。垂仁の夢のなかでオホクニヌシが求めているのは、それと同じ「修理」であり、垂仁がその宮をあらたに作りだすことであろう。みぎの二例に、『古事記』仁徳の条の例、さらに『日本書紀』『風土記』『令』の例を考えにいれつつ、神野志隆光(18)は、日本古代の文献における「修理」を「あるべきすがたにととのえただす」という意味で捉えている。みずからの宮が「天つ神の御子の…天の御巣の如く」「天皇の御舎の如」くあることをオホクニヌシが求めていることも、この捉えかたのうちにおさまろう。

ホムチワケがことばを話すようになったときに記されている記事(前掲①)を上巻からの右のような連なりのなかに据えてみるとき、その文の位置が明らかな輪郭を現わしてこよう。すなわち、地上界をおさめる力をゆずりわたしたときのオホクニヌシの求め(前掲③)が天つ神の子孫である垂仁によって初めて果たされたことを、前掲①において「天皇、…神の宮を造ら令めたまひき」と『古事記』は記している、と読みとられよう。この宮作りによって、垂仁が夢によって神の教えを受ける人でありつつ、地上界をおさめる力をオホクニヌシから引きつぐ者であることを『古事記』の編みては説いているのであろう。

五　移りを記すこと

天上界からくだったニニギ、その子ホヲリ、その子ウガヤフキアヘズ、そして神武が地上界の神々の娘たちとの婚姻を記されているのは、天上界から地上界にくだった神とその子孫たちとが地上界との結びつきを強めてゆくことを表わしているのであろう(第二章　第四節　神から人へ)。しかしこれらの神たちとその子孫たちとは、「天皇」になった後の神武を含めて、どのような神をも祭ったことを記されていない。綏靖から八代を隔てたのち、崇神に至って天皇が神を祭ることを、『古事記』は初めて記している。すると、綏靖から開化までその系譜だけが続いている八代は、天皇のありかたをまったく示していないのではなさそうである。すなわち、神を祭るものへ天皇のありかたが移ってゆく時の流れを、その八代によって『古事記』は表わしているように見える。その八代の後に崇神が神を祭り、領土を定め、税をおさめさせたことを記した後に『古事記』がつぎのように記しているのは、神から人である天皇への移りが終わったことを示しているのであろう。

故、其の御世を称へて、初国知らしめしし御真木の天皇とまをす。

垂仁は崇神のありかたを引きつぎ、やはり神を祭っている。これら二代の祭っている神たちはともに地上界の神たちである。他方で、伊勢の神宮への祭りが崇神、垂仁の二代にわたって、各々の系譜のなかでつぎのように記されている。

故、伊久米伊理毘古伊佐知の命は、天の下、治らしめしき。次に、豊木入日子の命は、上毛野、下毛野君等が祖ぞ。妹豊鉏比売の命は、伊勢の大神の宮を拝ひ祭りき。（崇神条）

故、大帯日古淤斯呂和気の命は、天の下、治らしめしき。…。次に、大中津日子の命は、山部の別、…牟礼の別等が祖ぞ。次に、倭比売の命は、伊勢の大神の宮を拝ひ祭りたまひき。（垂仁条）

石塚晴通[19]が述べているように、これら二つの条の記しかたは『古事記』のもとの形を保っており、もともと注をはさみこむ記しかたなのであろう。これらを同じ二代におけるみわの神とオホクニヌシとへの祭りの記しかたの本文の詳しさに比べるとき、『古事記』の崇神、垂仁の条が天皇たちと地上界の神々との関わりをことに説こうとしていることが見てとられよう。

これと異なり、『日本書紀』は崇神六年、さらに垂仁二五年にアマテラスを伊勢の国に祭るに至った行きさつをやや詳しく記している。なかで崇神六年の条では、「天照らす大神、倭の大国魂、二神」をともに崇神の住まいから移したことを記している。この「倭の大国魂」がどのような神か明らかでない。が、その名は地上界の神であるように見える。『日本書紀』に記されている天皇の祭りは天上界の神と地上界の神との祭りを明らかには分けていないようである。これを裏づけて、神武の見た夢の教えによって神武が「天神地祇を祭」ったことを、

『日本書紀』はその即位前紀に記している。『古事記』の「天つ神の御子」と異なり、『日本書紀』の神武は夢を見ていることを記されている。その神武の即位前紀はつぎのように書きおこし、「天皇」を初めから表わしている。

神日本磐余彦天皇、諱は彦火火出身。…。天皇、生れましながらにして明達し。

天上界からくだった神から天皇への移りという捉えかたを、『日本書紀』はことばの使いかたのうえに示していない。この移りを記すことをめざさない文献には、地上界の神だけへの天皇による祭りを取りたてて記す必要がない。さらに『日本書紀』は、神武と崇神との各々に「始馭天下之天皇」「御肇国天皇」と記している。この文献が二人の天皇たちに「始馭天下」「御肇国」と記しているのは、神武から崇神への移りをことばに示すことをこの文献がめざしていないことの現われであろう。

【注】

(1) 吉井巖『天皇の系譜と神話　三』「一　古事記の作品的性格(一)―天神から天皇へ―」、塙書房、一九九二年。
(2) 水野祐『増訂　日本古代王朝史論序説』「第三章　謚号考」、小宮山書店、一九五四年。
(3) 西郷信綱『古代人と夢』「第一章　夢を信じた人々」、平凡社、一九七四年。
(4) 契沖『万葉代匠記　巻第四』(『契沖全集　第二巻』、岩波書店、一九七三年)。
(5) 遠山一郎『天皇神話の形成と万葉集』「第一章　第一節　天皇の世界」、塙書房、一九九八年。
(6) 西嶋定生『日本歴史の国際環境』「第3章　七―八世紀の東アジアと日本」、東京大学出版会、一九八五年。
(7) 伊藤博『万葉のいのち』「三　「家」と「旅」」、塙書房、一九八三年。同『万葉のあゆみ』「二　II　2　御言持ち歌人として」、塙書房、一九八三年。
(8) 井手至「万葉人と「隈」」、『万葉集研究　第八集』、塙書房、一九七九年。
(9) 益田勝実「モノ神襲来」、『法政大学文学部紀要』二十号、一九七四年。

(10) 岡田精司『古代王権の祭祀と神話』「第II部　第三　河内大王家の成立」、塙書房、一九七〇年。
(11) 村田正博「深遠の報贈」、『大阪市立大学文学部紀要　人文研究』第三七巻、一九八五年。
(12) 身崎寿『額田王』「第三章　二　風のおとない」、塙書房、一九九八年。
(13) 伊藤博『万葉集の歌人と作品　上』「第四章　第二節　遊宴の花」、塙書房、一九七五年。
(14) 吉井巖『天皇の系譜と神話　二』「I　三　帝紀と旧辞」および「II　二　火中出産ならびに海幸山幸説話の天皇神話への吸収について」、塙書房、一九六七年。日本古典文学大系『日本書紀　上』補注「大己貴神と出雲神話の歴史的背景」、岩波書店、一九六七年。
(15) 本居宣長『古事記伝十四之巻』(『本居宣長全集　第十巻』、筑摩書房、一九六八年)。
(16) 倉野憲司『古事記全註釈　第四巻』、三省堂、一九七七年。
(17) 西宮一民『古事記の研究』「第二章　第一節　修理固成」、おうふう、一九九三年。
(18) 神野志隆光『古代天皇神話論』「第一章　二　2「国作り」の文脈」、若草書房、一九九九年。
(19) 石塚晴通「本行から割注へ文脈が続く表記形式」、『国語学』第七〇集、一九六七年九月。

第七節　神と応神と

一　神が定める位

応神が国をおさめることを神が定めたことを『古事記』の編みては記している。

①建内の宿祢、沙庭に居て、神の命を請ひき。是に教へ覚したまふ状、具さに先の日の如く、「凡て此の国は、汝命の御腹に坐す御子の知らさむ国ぞ」とさとしたまひき。

この「御腹に坐す御子」はホムダワケと呼ばれ、第十五代の天皇になっている。『古事記』が三三人の天皇たちについて記しているなかで、神によって「国」をおさめることを定められているのは、このホムダワケ（応神）だけである。

ほかに、神の関わりが予想されるのは第一代天皇のばあいである。『古事記』の編みては第一代天皇の部分から巻をあらため、それより前を「上巻」としてまとめ、第一代天皇の前に区切りを置いている。「上巻」が神の時代を、「中巻」そして「下巻」が人の時代をそれぞれ記していることを『古事記』はこの区切りによって示している。第一代天皇はこの区切りのすぐ後に置かれており、『古事記』のなかで大きな位置を占めている。ところが第一代天皇が位につくことを『古事記』はつぎのように記し、神の定めをうかがわせていない。

故、かく荒ぶる神等を言向け平和し、伏はぬ人等を退け撥ひて、畝火の白檮原の宮に坐して、天の下、治らしめしき。

たしかに、ここに至る前に神武は熊野で神々に助けられている。しかし、かれを助けた神々がかれを第一代天皇にしたとは『古事記』の編みては述べていない。神武が敵対する「神等」「人等」を従わせて天皇の位についたことを、右の部分は押しだしている。

第二代天皇のばあいにも同じ記しかたが見られる。第一代天皇の子たちのあいだの争いののち、それをしずめたヌナカハミミに対し、ヤヰミミがつぎのように告げている。ヤヰミミはヌナカハミミの兄である。

吾は仇を殺すこと能はず。汝命、すでに仇をえ殺したまひき。故、吾は兄にあれども、上となるべくあらず。是を以ちて、汝命、上となりて、天の下を治らしめせ。

弟が天皇の位につくことを兄がすすめた、と右の記事は記している。このすすめかたは『古事記』における天皇の位の継ぎかたの二つの基準をうかがわせる。すなわち、（一）兄が位をつぐ、（二）（一）にもかかわらず、武力にすぐれ功績のあるものが天皇の位をついでよい。右のばあいにおいて、これら二つの基準のいずれにも神は関わっていない。

ただし、人の次元のこの決めかたには固い枠がはめられている。天皇の位につく人がホノニニギの血すじを受けているという点がそれである。ホノニニギが地上界をおさめることがアマデラスとタカギとによって定められていることを『古事記』の編みてはこう記している。

是を以ちて、白したまひし随に、日子番能邇邇芸命に詔科せて、「此の豊葦原の瑞穂の国は、汝、知らさむ国ぞ、と言依さし賜ふ。故、命の随に、天降るべし」。

この二神のことばは上巻に現われている。中巻で神武がみずからの力で位についたことが記されている部分も、ヌナカハミミが争いをおさめることによって位を継いでいる部分も、さきの二神によって定められた枠のなかのできごとである。この二つのばあいだけではなく、『古事記』の三三人の天皇たちの位の引きつぎが、この枠のなかにすべておさまる。にもかかわらず、なぜ天皇たちのなかの応神だけに神の定めが記されているのか。この節はその疑問を考えようとする。

二　天皇の位の引きつぎ

第二代より後の天皇たちは、かれらの父の系譜の記述のなかで天皇になることを記されている。アマデラスとタカギとによって定められた統治する力が一つの血すじのなかで受けつがれてゆくことを、この記しかたは各々の天皇の条で確かめている。応神も、かれの父仲哀の系譜の記事のなかにこう記されている。

②又、息長帯比売の命を娶りて、是は大后ぞ。生みたまへる御子、品夜和気の命。次に、大鞆和気の命。亦の名は、品陀和気の命。二柱 A此の太子の御名、大鞆和気の命と負ほせる所以は、初め生れましし時に、鞆のごとき宍、御腕に生りき。故、其の御名に着けまつりき。B是を以ちて、腹中に坐して、国を知らしめしき。

みぎの部分で、妻と子たちとの名に続き、Aの部分で、応神は「此の太子」と記されている。「太子」という制度については議論が重ねられている（井上光貞(1)）。そこで議論されているのは事実の問題である。『古事記』の記事から「太子」の制度の事実を知ることはとてもむずかしい。ホムダワケのばあい、そのむずかしさがことに著しい。そもそもホムダワケが実在したのかどうか疑わしいからである（吉井巌(2)）。応神が実在していたことが確かでないかぎり、応神の「太子」の記事は事実の次元では内容を持たない。知ることのできる確かなところはつぎの一点である。すなわち、応神が「太子」であったと記すことによって、『古事記』の編みてが仲哀から応神への位の引きつぎを前もって受けてに知らせている、という点である。

応神の「太子」の記事は、しかし、応神がつぎの天皇であることと同じではない。応神より三代まえの景行の条につぎの記事が残されているからである。

若帯日子の命と倭建の命、亦、五百木の入日子の命、此の三の王は太子の名を負ひたまひ、…。故、若帯日子の命は、天の下、治らしめしき。

みぎの記事によると、景行の子たちのうち三人が「太子」と記されている。これら三人のうち、二人は位についていない。ただ、これら二人のなかのヤマトタケルは、福田良輔(3)が論じているように、天皇であったかのような記事をともなっている。実際、『風土記』常陸の国の記事と阿波の国の記事の逸文とは、それぞれ「倭武天皇」「倭健天皇命」と記している。しかも、ヤマトタケルは仲哀の父である。その仲哀が天皇になる記事は、ヤマトタケルの妻たちと子たちとの系譜に記されている。その記しかたは天皇たちの系譜記事と同じ形をとっている。

これらにもかかわらず、ヤマトタケルが天皇の位についたと『古事記』の編みては記していない。したがって、『古事記』の記事では、「太子」とつぎの天皇とはただちには結びついていない。ただし、つぎのように考えることはできよう。すなわち、『古事記』が基づいた資料にヤマトタケルは天皇として記されていた、「太子」の記事はそれに連なっていた、が、かれを天皇にしないように後に変えられた、それでも、「太子」の記事だけはもとの資料の形が残った、と。

この考えかたには差しさわりが二つある。一つは、他の一人の「太子」イホキノイリヒコに同じ説きかたが当てはめられない点である。かれが天皇であると記している資料はない。『古事記』の編みてはかれの妻、子の記事をのせていない。これにともない、かれの系統から天皇の位につく人は現われていない。二つは、『古事記』の受けてが『古事記』に記されていない天皇を補いつつそれを読まなければならない点である。ところが『古事記』の「序」は天武のことばをこう記している。

朕、聞けらく、「諸家のもてる帝紀及び本辞、既に正実に違ひ、多く虚偽を加ふ、ときけり。…故惟、帝紀を討覈し、偽りを削り、実を定めて、後の葉に流へむと欲ふ」とのりたまひき。

『古事記』はこの目的に至るように編まれたであろう。ならば、この目的に沿う読みかたが、第一の読みかたとして試みられなければなるまい。『古事記』の主張を批判する読みかたは研究の一つの方法である。津田左右吉(4)にその典型をみることができよう。津田(4)は『古事記』そして『日本書紀』を資料に分ける手つづきによって、『古事記』そして『日本書紀』の基づいていたであろう事実を読みとこうとしている。その方法は、『古事記』そして『日本書紀』をそれぞれの形にまとめた編みてのこころみをときに見失わせる。

「太子」の在りかたをすでに記している『古事記』のなかで、その景行の記事の三代あとの応神が「太子」であると記している記事は、応神がつぎの天皇の位につくことをかならずしも表わしていない。Aが「太子」と記しているのを受けて、Bが「国を知らしめしき」と記している二つの記事の組みあわせによって、②は仲哀から応神への位の引きつぎを確かに示すことができる。

二つの記事のうち、「太子」と異なり、「国を知らしめしき」はここに初めて現われている書きかたである。これに当たる記事は応神より前ではつぎの書きかたをとっている。

(子たちの名)故(「…の中」の形も。ただし、安寧の条のみ)、○○は、天の下、治らしめしき。

まえの天皇の系譜のなかのこの書きかたに対応して、天皇たちは各々の記事の初めにこう記されている。

○○、○○宮に坐して、天の下、治らしめしき。

第一代天皇を除いてこの対応が保たれている。さきの三人の「太子」のなかの成務への引きつぎは、さきに引いておいたように、右の標準のとおりに書かれている。しかも、仲哀の条が終わったすぐあと、応神の条の初めにこう書かれている。

③品陀和気の命、軽嶋の明の宮に坐して、天の下、治らしめしき。

天皇の位の引きつぎの記事は『古事記』中巻、下巻のもっとも重要な部分を担っている。応神のばあい、位の引きつぎは①②に③が加わることによって、いよいよ確かに記されている。この三つの記事の組みあわせのなかの①と②とに神の定めがはいりこんでいる。

しかし、そのうちの②のなかのB「是を以ちて、腹中に坐して、国を知らしめしき」が神の定めを記している、という受けとりかたには分かりにくさが残る。というのは、「腹中に坐して、国を知らしめしき」は常と異なる「知らし」かたであるとはいえ、神がそうさせているとその部分が明らかに示しているわけではないからである。それが神のしわざであるという受けとりかたは、「是を以ちて」の受ける内容に依っている。すなわち、初めに引いている①が神の定めを明らかに示している。②のなかのBの「是を以ちて」はこの①を受けることによって、神の定めによって応神が天皇の位を継いだことを受けてに知らせている。ところが①は②の後に記されている。「是を以ちて」は前に記されていることを通常は受けている。本居宣長(5)はこの通常の受けかたを当てはめてこう受けとっている、すなわち、②のAに記されているオホトモワケの生まれながらの体つきの記事を、②のBの「是を以ちて」は受けている、と。

このオホトモワケの「亦の名」がホムダワケである。「亦の名」について、吉井巌(6)は「亦の名」にもとの神々、人々の名が保たれていることを説いている。オホトモワケとホムダワケとについてもその考えかたが当てはまりそうである。

ホムダワケ(応神)が武力によって「国」をおさめたことを、オホトモワケすなわちホムダワケの生まれつきの体つきが示している、と「是を以ちて」の続きかたを受けてが読みとれないわけではない。本居宣長(5)が触れているように、②のAの記事に現われている「鞆」が弓矢に関わる道具だからである。そのうえ、この続きかたは、オホトモワケすなわちホムダワケと神との関わりをも示している。生まれつきが人の力の及ばないことであり、神のしわざであるから。

しかし、この受けとりかたは『古事記』における応神の位置をぼやけさせる。神の現われかたが間接的であるうえに、どの神の働きであるのか明らかにならないからである。対して①は②の後に記されてはいるけれど、「神の命」をあきらかに示している。しかも、②のBの「是を以ちて」に続いている部分は「神の命」と同じ内容を記している。「是を以ちて」がいまだ記されていない記事を受けているという分かりにくさを含んでいるけれど、その「是」が「神の命」を受けているという受けとりかたが、文脈にもっとも合っていよう。

三　「国」のひろがり

②のBの記事はさらに一つ分かりにくさを含んでいる。それは、「国を知らしめしき」の意味である。この部分には異なる訓みがこころみられている。なかで注意されるのは、本居宣長(5)の訓みかたである。それは「定」の字が落ちていることを考えている。すなわち、本居宣長(5)が作りなおした本文はつぎのようである。

是以　知坐腹中[定]国也

この「定」は神功による白羅・百済の征服の記事に基づいている。その記事のまとめの部分はこう記されている。

故、是を以ちて、白羅の国は、御馬甘と定め、百済の国は、渡りの屯家と定めたまひき。

このとき応神は神功の「腹中」にいる。したがって右の部分による本居宣長(5)の字の補いがまったく文脈に合わないわけではない。しかし、「知坐腹中国也」の六字には、諸本のあいだに異同がない。たしかに、この六字のままで訓むには、「国」がどの語の目的語であるか分かりにくい。しかし、本居宣長(5)が基づいている部分ではなく、「国」について「神の命」が述べている部分①に、その六字と同じ語が見いだされる。すなわち①のなかの「神の命」の部分はこう書かれている。

凡此国者坐汝命御腹之御子所知国者也

傍線を引いてある部分にさきの六字の文のうちの五字が現われている。ほかの部分によって「定」を補うよりも、この①のなかの「神の命」の部分によって伝本のままに訓むのがよいであろう。

②のBの「腹中に坐して、国を知らしめしき」と、それが基づいている①のなかの「神の命」とは、「国」の語を計三回用いている。ところが、天皇の位の引きつぎに関わる記事では、「国」ではなく「天の下」を『古事記』は原則として使っている。事実、応神の条自身が「天の下」をおさめることを初めに記している（前掲③）。

この「国を知らしめしき」の部分が標準の書きかたからはずれる点に資料のなごりを考えるわけにはゆくまい。というのは、さきに触れたヤマトタケルの「太子」の記事についての考えかたに加えて、この部分では中巻、下巻を貫いて、背骨をなす記事に原則をやぶる書きかたを編みてが残したとは思われないからである。そこで、天皇が「国」を「知」らすという表現をさぐると、当面の文脈のなかに他に一個所見いだされる。

④しかして、其の神、いたくいかりて詔らししく、「凡て、茲の天の下は、汝の知らすべき国にあらず。汝は一道に向かひませ」。

これを告げている「神」は、さきの①において「神の命」を与えている神と同じ神である。したがって、この④のなかの「汝の知らすべき国」は、①における「国」に深く関わっていると知られる。その「国」が④では「天の下」の述部に現われている。するとこの「国」は「天の下」とほぼ同じ対象を指しているように見える。

神のことばをさらに辿ると、その神がことばを初めて告げている部分にゆきつく。

⑤西の方に国有り。金・銀を本として、目のかかやく種種の宝、多に其の国に在り。吾、今、其の国を帰せ賜はむ。

これらの「国」はすべて同じ対象を指している。注意されるのは、これらの「国」が天皇のおさめる領域として『古事記』に初めて現われている点である。ただ上巻に「韓国」が一度現われている。

是に（ニニギは―遠山注）詔らししく、「此地は、韓国に向かひ、笠沙の御前に真来通りて、朝日の直刺す国、夕日の日照る国ぞ。故、此地は、甚吉き地」と詔らして、

しかし、これは宮の地を称えることばに用いられており、ニニギがおさめる国を示していない。事実、ニニギのおさめる領域が天皇たちに引きつがれているなかに「韓国」がはいっていない。つぎに⑥に掲げる仲哀のことばがそれを裏書きしている。すなわち、仲哀は⑤の神のことばを与えられたときにつぎのように述べている。

⑥高き地に登りて西の方を見れば、国土は見えず、唯、大海のみ有り。

仲哀は「天の下、治らしめしき」とこの天皇の条の初めに記されている。したがって、⑤のなかの神の告げている「国」はこの天皇の知らない所であり、この天皇の「治らして」いない領域を指していると推しはかられる。「天の下」が天皇たちのおさめる領域を指す（遠山一郎⑺）という語の用いかたが仲哀の見かたに一致している。

神が⑤で告げている新たな「国」が、仲哀のことば⑥では「国土」と言われている。この「国土」は「国」と同じくクニと訓まれてよいであろう。が、「国土」という書きかたは、クニの意味のうちで土地に重きをおく捉えかたを表わしているのであろう。⑥のなかでこの「国土」に対比されている「大海」も物の面で捉えられている、と考えられる。すなわち、上巻に現われている海の神の国はこの文脈に関わらないであろう。事実、海の神の国への通い道は上巻でトヨタマビメによって閉じられている。仲哀が前の天皇から引きついでいる「天の下」は、⑥で仲哀の言っている「大海」の手前で尽き、そのさきに「国土」はないと仲哀は見ている。この見かたに

よって、かれは神のことばを疑っている。

仲哀の疑いのなかには、『古事記』が仲哀に引きつがせている領域の問題が潜んでいる。というのは、この天皇まで引きつがれてきた「天の下」が神話によって裏づけられているのに対し、そこに含まれていない「国」は神話の裏づけを欠いているからである。

『古事記』は上巻で神の時代のことを記し、地上界を「葦原の中つ国」「豊葦原の瑞穂の国」と呼んでいる。この地上界をおさめる力が中巻、下巻で天皇たちによって引きつがれている。これに伴ない、地上界の呼び名が「天の下」に変えられている(前掲遠山(7))。呼びかたこそ変わっているけれど、それら三つはもとを一つにしている。その主な部分が「大八嶋国」である。これはイザナキとイザナミとによって生みだされている。この後にもそれら二神は「六嶋」を生んでいる。『古事記』はそれらをあわせて「共に生みませる嶋、壱拾四嶋」とまとめている。

この神話に裏づけられつつ第一代天皇になる神武は、中巻の初めにこう述べている。

何地に坐さば、天の下の政を、平けく聞こしめさむ。

神武は、多くの神々と人々とを平定した後に「天の下」をおさめる位についている。ただ、神武がおさめている「天の下」は「壱拾四嶋」のうち、日向から倭までに限られている。崇神の代に至ってオホビコらがつかわされ、「高志」「東の方十二道」「旦波の国」まで「天の下」の範囲が広げられている。さらに景行の代にヤマトタケルが「西方」と「東の方十二道」とにつかわされている。第一代天皇からのち、「天の下」の範囲は広がってゆくけれど、「壱拾四嶋」を越えていない。

ところが、オキナガタラシヒメについた神が仲哀につげた「国」はこれを越えている。しかも、仲哀にはその「国土」が見えていない。仲哀の神のことばへの疑いは当然である。すると「腹中」の応神が、「天の下」ではなく「国」をおさめると①②に記されているのには理由のあることが知られる。すなわち、上巻の神話によって裏づけられ、仲哀まで引きつがれている範囲を越えるところを含めて、『古事記』の編みてはそれを「国」とあらたに呼んでいると考えられる。

「国」の指している所は「天の下」より広い。天上界の神々がイザナキ・イザナミに命じているのは、「是のただよへる国」を固め作ることである。イザナミが去った行きさきは「黄泉つ国」である。ツクヨミがおさめるのは「夜の食す国」である。スサノヲは「海原」をおさめることをイザナキに命じられた、が、泣きわめくのでイザナキがたずねた、「何の由にか、汝は、事依さしし国を知らさずて」と。ここでは「海原」が「国」と呼ばれている。また、スサノヲが天上界へのぼってきたときにアマテラスはこう言っている、「我が国を奪はむと思ふにこそ」と。これらの「国」はイザナキ・イザナミによって生みだされていない。さらに、これら二神の生みだしている所も「国」と呼ばれている。「大八嶋国」だけではなく、そのなかに小さな「国」がある、「阿岐の国」「紀の国」(神武条)、「針間の国」「稲羽の国」(垂仁条)、「吉備の国」(仁徳条)などのように。

「国」は上巻、中巻、下巻に渡って現われ、神の世界から人の世界まで、それぞれのばあいの地域を広く表わしている。『古事記』の編みては応神のおさめるべき所を表わすに当たってその語を用いることによって、仲哀に受けつがれている「天の下」を越える新たな部分を、応神の領域に加えようとしていると考えられる。神の告げている「国」が応神までの天皇たちのおさめている領域を越える所である点に、神野志隆光(8)ははやくに注目している。『古事記』はその「国」を天皇の領域に組みこむ記事によって、天皇たちのおさめる世界の新たな成りたちを説いていることをその論は読みとっている。

こう考えるうえでさらに視野におさめておくべき点が「知」の使いかたである。この語はヲサムさらにはウシハクに重なる意味を表わしている。が、ある動詞がおさめることを表わして「天の下」を目的語に取るばあいには、シラシメスが用いられたようである（大野晋(9)）。ただし、ヲサムも斥けられない、ヲサムが「宇」を目的語に取っているばあいが『日本国現報善悪霊異記』の訓注に見いだされるからである。が、①と②との当面の部分には「知…国」と書かれている。この「知」が「国」を目的語に取りつつ、シラシメスの使いかたによく合っている。

　すると、さきに引いている①と⑤とに記されている神のことばは、ともどもこう述べていると受けとられる、「白羅」「百済」は天皇の領域にまだ含まれていない、けれど神がそれらを繰りこませる「国」を、「腹中」の応神は「知」らすと神が定めている、と。

四　アマデラスとの関わり

応神による「国」の統治が神のことばによって定められるのに応じて、この「国」を応神に属させる行きさつにも神が深く関わっている。

⑦故、備に教え覚しの如くして、…故、其の御船の波瀾、白羅の国に押し騰がりて、既に国の半に到りき。是に、其の国王、畏惶みて奏言しく、「…天地のむた、退むこと無く、仕へ奉らむ」。

神のこの助けによって神功が「国」を平定しているあいだ、応神はかの女の「腹中」にある。それが生まれているのは神功が「筑紫の国」に戻ったときである。

⑧筑紫の国に渡りまして、其の御子は、阿礼坐しぬ。阿礼の二字は音を以ゐよ。故、其の御子の生れましし地を号けて、宇美と謂ふ。

この表現は地名の起こりという形のもとで、「阿礼」を「宇美」に引きくらべさせ、それら二語の含みの違いを押しだしている。アレは神聖な存在が現われることをいう(10)。地名の起こりのこの説きかたは、その地の名の由来を残すことを目的にしていないであろう。「阿礼」のもつ含みを受けてに意識させ、応神が「新羅の国」「百済の国」をおさめるように生まれついている、とことばの次元で示すことがその目的であろう。この目的は、さきの①⑤の神のことばとそれを実現している⑦とによって内実を与えられている。したがって⑧における応神の「阿礼」は神のことばと「国」の平定における神の助けとを、あらためて神聖な行ないとして表わすように働いていると考えられよう。

応神が生れた後にも神との関わりがさらに記されている。タケウチノスクネは応神を「禊」のためにツヌガに連れてゆく。そこで「夢」に「伊奢沙和気の大神」が現われている。応神とのあいだで名をかえたいとその神は告げている。古代に名は本体と同じに見なされている。イザサワケと応神との名の交換は応神をこの神に近い存在にさせるように働いている。応神が「腹中」にあるときに神に関わっているだけではなく、生れた後にも神に関わっていることを名の交換の条は受けてに知らせている。ことにツヌガにいる神がそこに現われているのは、「国」への「天の下」の広がりに関わっているのであろう。ツヌガは朝鮮半島との行ききの拠点の一つ（西宮一民[11]）であったから。

ツヌガと「国」との関わりが辿られると、応神をそこへ連れてゆくのがタケウチノスクネである点にも注意される。初めに引いた「神の命」の部分①にもタケウチノスクネが現われているからである。そこではかれは「神の命を請」う役わりを負っている。かれの求めによって神が神功についている。対して、イザサワケの現われかたはこう記されている。

⑨しかして、其地に坐す伊奢沙和気の大神の命、夜の夢に見えて云らししく、「吾が名を以ちて、御子の御名に易へまく欲し」。しかして、言禱き白ししく、「恐し。命の随に易へ奉らむ」。

誰の「夢」にこの神が現われているのか、右の表現が明らかにしているようには見えない。一方ではタケウチノスクネが「夢」を見ているように読める。というのは、イザサワケのことばが「御子の御名に易へまく欲し」であり、その神が応神を「御子」と呼び、「夢」を見ている本人とは異なる人を指しているようだからである。対してさきの「神の命」の部分①では、神のよりついている神功を「汝命」と神は呼んでいる。神が応神の夢に現われているのならば、〈汝命の御名に易へまく欲し〉と神はつげるであろうと想像される。しかも、「恐し。命の随に易へ奉らむ」ということば使いが、神功についた神に対するタケウチノスクネの言いかたによく似ている。仲哀が神のことばを受けいれないのに対して、タケウチノスクネはこう言っている、「恐し。我が天皇。猶、其の大御琴をあそばせ」「恐し。我が大神。其の神の腹に坐す御子は、何れの子にか」と。

他方で、それが応神の「夢」であるようにも見える。というのは、「禊」をするのは応神であり、この部分の中心が応神だからである。崇神の条では神は崇神の「御夢」に現われて崇神の政治を助けている。その条では中心に立っている人が夢を見ている。くわえて、このイザサワケの部分の終わりにこう記されている。

⑩是に、御子、神に白さ令めて、「我に御食の魚を給へり」と云らしき。

「御子」が「白さ令め」という使役の形は、誰にさせているかを右の部分でことばに表わしていない。けれども、タケウチノスクネをして「御子」がみずからのことばを「神」に告げさせていると受けとられよう。すると、さきの⑨のなかでイザサワケが応神を「御子」と呼んでいるのも、夢を見ている応神を神が「御子」と呼んでいると受けとれないわけではない。

「夢」を見ている人がどちらにも解けるなかで、仲哀の条の結びの部分の歌がタケウチノスクネと応神とのあいだがらに別の見かたをもたらしている。

ツヌガから応神が帰ってくるときに神功が酒を作って応神に捧げ、歌を詠んでいる。これに対してタケウチノスクネが答えて歌っている部分がこう記されている。

しかして、建内の宿祢の命、御子の為に答へまつりて、歌ひて曰ひしく、

この御酒を　醸みけむ人は　その鼓　臼にたてて　歌ひつつ　醸みけれかも　舞ひつつ　醸みけれかも

この御酒の　御酒の　あやに　うた楽し　ささ

此は酒楽の歌ぞ。

この歌はタケウチノスクネによって歌われている。が、かれが歌っているのは「御子の為に答へ」である。すると、「御子」すなわち応神が神功に対して「答」える歌としてこの歌は働いている。この働きかたがその文脈に合っている。神功は酒と歌とを応神に捧げているからである。

タケウチノスクネのこの歌いかたはさきの⑩における応神のことばに似かよっている。すなわち、応神がタケウチノスクネをして「神に白さ令め」たことばは、タケウチノスクネが述べつつ応神のことばである。それをあかしして、そのことば「我に御食の魚を給へり」のなかの「我」は応神を指している。すると、「夢」を見ているのが、たとえタケウチノスクネであっても、その「夢」は応神の「夢」としてこの場面で働いているのであろう。

右の受けとりかたは応神のツヌガ行きの部分の読みかたに目やすをもたらす。それを『古事記』はこう記している。

⑪故、建内の宿祢の命、其の太子を率て、禊せむとして、淡海及若狭の国を経歴し時に、高志の前の角鹿に、造仮宮而坐。

傍線の動詞三つのうち、一つめの「率」の主語は明らかに「建内の宿祢の命」である。対して三つめの「坐」の主語はにわかには定まらない。西宮一民(11)は「建内の宿祢の命」を主語と認め、「坐」を使役に訓んで「坐さしめき」と記している。この読みかたは右に引いている⑪のなかで一つの主語を保ち、意味を明らかに示してい

る。ところが、さきに触れたタケウチノスクネと応神との関わりかたは異なる読みを促す。すなわち、「太子」と呼ばれている応神が「坐」ではないか。

しかし、その「太子」は「建内の宿祢の命」が「率」る目的語である。したがって「太子」は、その目的語のままで「坐」の主語に立つことはできない。「太子」が主語になるためには、受けてが「坐」の前で文の続きをひとたび切り、「太子」を主語にあらたに立てて「坐」に続けさせなければならない。受けてによる主語の立てなおしに頼る読みかたは意味を揺れさせる。この揺れをさけ、タケウチノスクネだけを主語に立てる読みかたが使役という理解である。

けれどこの部分の論理は、タケウチノスクネか応神か二つに一つという進めかたではないように思える。すなわち、「坐」すのが応神であっても、応神はタケウチノスクネから離れて行動しているのではないであろう。二つめの動詞「造」も同じように考えられる。すると、傍線の三つの動詞のうちの二つ「造」「坐」は、それぞれツクル、イマスを表わし、タケウチノスクネと応神との一体の動作を表わしているのではないか。さきの⑨において「恐し。命の随に易へ奉らむ」と神に対して述べている人も、それがタケウチノスクネでありつつ、かれにそう言わせている応神でもある。

応神のタケウチノスクネへの一体化は応神にとって新たな在りかたではない。というのは、すでに触れたように応神が「国を知らし」ているのはオキナガタラシヒメの「腹中」である。「腹中」は応神とタケウチノスクネとの関わり以上に、応神を神功に一体化させている。しかも神功には神がついている。神功を通して応神はその神とも一体化している。

この一体化はタケウチノスクネのことばに確かな形をとっている。神功についている神に対してタケウチノスクネはこう尋ねている。

⑫恐し。我が大神。其の神の腹に坐す御子は、何れの子にか。

この表現によって、応神はその「神」の「御子」であると『古事記』の編みては示している。この示しかたをさらに確かめると、系譜部分がオホトモワケ、ホムダワケと記したのち、『古事記』の編みてはホムダワケをかれの即位まで、「御子」「子」「太子」と呼んでいる。これらのうちわけは、「御子」が九回、「子」が二回(「男子」一回を含む)、「太子」が二回である。なかで、「子」は二回とも「御子」の言いかえと受けとってよい。また、「太子」は制度のうえの呼び名であり、異なった見かたを通した表現である。が、『古事記』における「太子」は「日継ぎ知らす王」(清寧条)の意味である。したがって、「太子」も「日」のあとを継ぐ者を表わしており、誰かの子、ことにアマデラスの子を表わしている「御子」に重なっていると認められよう。「御子」「太子」「子」は応神を誰かとの関わりのもとに、応神が天皇の位につくまで置きつづけている。

応神は仲哀と神功との子であるには違いない。が、さきに⑫に引いているタケウチノスクネのことばが示しているように、神功の神がかりをとおして、応神は「神」の「御子」として現われ、その位置づけが呼び名によって保たれている。その神としてアマデラス、底筒の男、中筒の男、上筒の男という神々の名が神功の口を通して告げられている。あとの三神は、「墨江の三前の大神」と上巻に記されている。スミノエという海路の要路を占めている神という点で、ツヌガの神と同様に解されよう。注意されるのはアマデラスである。

アマデラスは中巻、下巻のなかで他に一度現われている。神武が熊野で神に打ちたおされたとき、剣をつかわして神武を助けている部分がそれである。そこではこの神がタカクラジの「夢」に見えている。かれの「夢」で、アマデラスとタカギとは神武を「我が御子等」「天つ神の御子」と呼んでいる。神武が位につくまで、この呼びかた、ことに「天つ神の御子」が保たれている点を吉井巌(12)がくわしく論じている。そこでの「御子」という呼びかたは、神武を「天つ神」につよく結びつけている。神武の条に現われている「天つ神」のなかでも、応神の部分に共通している神すなわちアマデラスを通して、「其の神の腹に坐す御子」（前掲⑫）である応神は同じく「御子」と呼ばれている神武に近い位置に置かれていると知られる。

しかも、アマデラスとタカギとは、タカクラジの「夢」のなかでこう言っている。

葦原の中つ国は、いたくさやぎてありなり。我が御子等、やくさみ坐すらし。其の葦原の中つ国は、専ら汝の言向けし国なり。故、汝、建御雷の神、降る可し。

みぎの表現は上巻の地上界をおさめる神話につよく結びつく。その神話はアマデラスのつぎのようなことばによって始まっていた。

天照らす大御神の命以ちて、「豊葦原の千秋の長五百秋の瑞穂の国は、我が御子正勝吾勝々速日天の忍穂耳の命の知らす国なり」と言因さし賜ひて、天降したまひき。

この部分でアマデラスによって「我が御子」と呼ばれている「御子」は、「其の神の腹に坐す御子」である応神に連なっている。応神は上巻と中巻との区切りを越えてアマデラスの「御子」として位置づけられていることが確かめられる。

とはいえ上巻と中巻とはきびしく分けられている。アマデラスは上巻では「高天の原」に現われ、そこでことばを述べている。対して中巻では、その神はタカクラジの「夢」に、ついで神功によりついて現われている。すなわち、その神は中巻では直接には現われていない。中巻が人の世界について記し、アマデラスの現われることのできる世界を設けていないからである。なかで特殊なばあいが夢と神がかりとである。これら二つのばあいは神の世界に通っている。したがって、一方で中巻におけるアマデラスの現われは二つの巻々の区別のきびしさを確かめさせている。他方で『古事記』の編みてはこの区別を越えさせて、中巻にもアマデラスを神武の条と応神の条とに現われさせることによって、神武そして応神をこの神に結びつけているといえよう。

五　応神の位置

第十五代天皇になっている応神は第一代より後の天皇たちの領域を受けつぎつつ、新たな領域を付けくわえられている。この付けくわえは主にアマテラスの力によって行なわれている。というのは、ニニギと神武とのばあい、タカギがアマテラスとともに現われ、応神のばあい、墨江の三神がアマテラスとともに現われている。三品彰英(13)が述べている成りたちかたとは異なる論理で、『古事記』の編みてがアマテラスを働かせていることを、応神のばあいが考えさせる。地上界をおさめる条のアマテラスも、その条の成りたちのあとを引きずってタカギとともに現われているのではなく、「高天の原」の初めの神とともにその条に現われている（第二章　第三節　地上界のおさめかた）。仲哀の条でアマテラスは墨江の三神とともに現われることによって、新たな所をおさめるに当たり、みずからを中心に据える神々の力を「御子」に帯びさせていると考えられる。

しかし、アマテラスは人の世界に直接に現われることができない。この現われかたは縛りであるとともに、人をはるかに越える存在にこの神を押しあげている。この縛りと人を越えることとの組みあわせのもとで、アマテラスは応神を直接には助けず、かれを「腹中」に持つ神功に新たな領域を平定させている。応神が「阿礼坐」すとき、新たな領域は応神にすでに属している。応神のこの「阿礼」かたは、応神を「御子」たちのなかでも神武にではなくニニギに近く位置づけている。というのは、ニニギが生まれたとき、地上界はかれに属するようにすでに平定されていたからである。生まれながらにおさめる者であるという性格がニニギと応神とを貫いている。ならば、応神は「御子」として生まれることにかれの役わりの中心を持っていると考えられる。かれの条はかれについての記事を持つ必要がない。はたして応神の条は応神の行ないをほとんど記しておらず、応神がつぎの天皇の父になり、それへの引きつぎを伝えているだけである。

新たな領域に及ぶ天皇の統治がアマテラスを中心に据える神々の力に基づいていることを、「其の神の腹に坐ます御子」としての応神の生まれかたは記している。神によるこの裏づけによって、『古事記』の編みては中巻を閉じている。『古事記』が下巻にアマテラスをまったく現われさせていないのは、この神の位置もまた、応神の条までで『古事記』の編みてが確かめ終わっているからであろう。このアマテラスの「腹に坐ます御子」である応神の「五世の孫」として、継体が天皇の位を継ぐことが下巻に記されている。継体の条では夢においても人への依りつきによってもアマテラスは現われていない。下巻においてはどの天皇もアマテラスに直接に関わることができないからであろう。下巻の天皇たちは天上界の神たちから遠く隔てられている。とともに、継体は「其の神の…御子」の血すじによって天皇の位を継ぐことによって、『古事記』の説きかたにおさめられているといえよう。

なお『日本書紀』には、本書と一書とを通して応神に関わってアマテラスが現われていない。ただ、応神が生まれた後にオシクマノミコが軍を起こすとき、その神が一度現われている。が、応神の位置づけにその神はまったく関わっていない。『日本書紀』における応神はアマテラスともども、『古事記』とは異なる論理のなかで読みとかれなければなるまい。

【注】

（1）井上光貞『日本古代国家の研究』「古代の皇太子」（『井上光貞著作集　第一巻』、岩波書店、一九八五年）。
（2）吉井巖『天皇の系譜と神話　二』「I　五　応神天皇の周辺」、塙書房、一九六七年。
（3）福田良輔『古代語文ノート』「倭建の命は天皇か」、南雲堂桜楓社、一九六四年。
（4）津田左右吉『日本古典の研究　上、下』（『津田左右吉全集　第一巻、第二巻』、岩波書店、一九六三年）。
（5）本居宣長『古事記伝三十之巻』（『本居宣長全集　第十一巻』、筑摩書房、一九六九年）。

（6）吉井巖『天皇の系譜と神話　一』「II　二　火中出産ならびに海幸山幸説話の天皇神話への吸収について」、塙書房、一九六七年。
（7）遠山一郎『天皇神話の形成と万葉集』「第一章　第二節　『古事記』『日本書紀』『風土記』における世界の区分」、塙書房、一九九八年。
（8）神野志隆光『古事記の世界観』「第九章　4　中巻第二部―新羅・百済の平定」、吉川弘文館、一九八六年。
（9）大野晋「アメノシタシラシメシシの訓」、『文学』一九七五年四月。
（10）『時代別　国語大辞典　上代編』、三省堂、一九六七年。
（11）西宮一民、新潮日本古典集成『古事記』、新潮社、一九七九年。
（12）吉井巖『天皇の系譜と神話　三』「一　古事記の作品的性格　（一）―天神から天皇へ―」、塙書房、一九九二年。
（13）三品彰英『建国神話の諸問題　三品彰英論文集　第二巻』「天孫降臨神話異伝考」、平凡社、一九七一年。

第八節　雄略の描きかた

一　下巻における神

『古事記』は雄略についての記事を下巻に収めている。『古事記』は記事を三巻に分かち、上巻に神々の時代を配し、中巻で第一代神武から第十五代応神までの事柄を記している。即位順に天皇たちの記事を並べているこの編みかたのなかで、第二一代雄略の記事は下巻に置かれている。

即位の順が雄略の記事の位置を決め、この配置が揺るがないけれど、記事の内容に立ちいるとき、下巻における記事としてはおかしな所が見いだされる。神が姿を現わしている点である。一言主の神が現われている条を『古事記』はこう結んでいる。

かれ、この一言主の大神は、その時に顕はれましき。

『古事記』には多くの神々が現われている。雄略の記事のなかに神が姿を見せているのもそのなかの一例であるように見える。ところが、神は巻によって現われかたを異にしている。すなわち、上巻が神の時代を記して神々の活動を伝えているのに続き、中巻からのち人の時代にはいっても、中巻は神々を現われさせ、その巻の天皇たちは神たちに深く関わっている。対して下巻にはいるや神々は姿を消している。下巻の初めに置かれている仁徳が民のための政治を行なって「聖の帝」と称えられているけれど、その天皇は神にまったく関わっていない。仁徳より後の天皇たちも神との関わりを記されていない。なかで雄略だけが例外をなしている。

雄略の記事は即位順の配列という編みかたのもとで下巻に置かれ、『古事記』のなかでことにおかしな記事ではないようでありながら、巻ごとの分布においては例外的な点を含んでいる。下巻のなかで異質なところを持っていることが『古事記』における雄略の記事にどのような性格を備えさせているかを、この節は考えようとする。

二　人としての記事

雄略の記事に神が現われている条をさきに掲げた。雄略の記事には他に二箇所、カミという語が用いられている。二箇所ともにさきの条と異なり、神を直接には現われさせていない。しかし、この二箇所は神を現われさせていないことによって、神を現われさせている条に考察の手がかりをもたらしている。

二箇所のうちの一つは引田部の赤猪子の条である。

①また、一時、天皇、遊び行して、美和河に致りましし時に、河の辺に、衣を洗ふ童女あり。其の容姿、いと麗しくありき。天皇、その童女を問ひたまひしく、「汝は誰が子ぞ」。答へ白ししく、「己が名は引田部の赤猪子と謂す」。しかして、詔らしめたまひしく、「汝は夫に嫁がずあれ。今喚してむ」とのらして、宮に還りましき。

ところが、雄略は女を呼びよせることを忘れる。八十年の後に雄略に会いにきた「老女」に対し、雄略が歌を与えるという記事が続いている。

②その歌に曰ひしく、

みもろの　厳白檮が本　白檮が本　ゆゆしきかも　白檮原をとめ　（九二）

また、歌ひたまひしく、

引田の　若栗栖原　若くへに　率寝てましもの　老いにけるかも　（九三）

しかして、赤猪子が泣く涙、ことごとその服せる丹摺りの袖を湿らしつ。その大御歌に答へて、歌ひしく、

みもろに　築くや玉垣　つき余し　誰にかも依らむ　加微能美夜比登　（九四）

また、歌ひしく、

日下江の　入り江の蓮　花蓮　身の盛り人　羨しきろかも　（九五）

雄略と女とが歌いかわしている四首のうち、第三首（九四）に「加微能美夜比登」という句が現われている。この「神の宮人」は歌を詠んでいる老女自身を指している（倉野憲司(1)）。老女がみずからをこう呼んでいるのは、雄略の歌の第一首（九二）に応じているからである（契沖(2)）。すなわち、雄略は第一首に「ゆゆしきかも　白檮原をとめ」と詠み、「白檮原をとめ」という呼びかたで老女を指しつつ、女をユユシと言いあらわしている。ユユシは神聖な存在に対する恐れを表わしている。「神ノ社の樹を恐み忌憚る由のつづけなり」と本居宣長(3)が説いているように、ユユシを導いているのは雄略の歌のなかの第一、二句「みもろの　厳白檮が本」である。

老女の歌の「神の宮人」に至る語の続きが雄略の歌の第一首から起こっていることが知られると、雄略が「みもろの　厳白檮が本」と歌いはじめている理由を問わなければなるまい。さらに辿ると、老女が八十年まえに現われる場面が「美和河」のほとりであるとさきの①に記されている。

「美和河」は初瀬川が三輪山にかかるあたりの名であろう。川の名に用いられている「美和」が地名であり、雄略の歌の「美母呂」に重なっていることは、本居宣長(3)が触れているように崇神の条によって確かめられる。崇神が神を祭っている所とその神の名とがこう記されている。

御諸山に、意富美和の大神の前を、拝ひ祭りたまひき。

くわえて、その崇神の条がこの神の祭りを記している部分の終わりに地名の起こりが記されている。

糸のまにまに尋ね行けば、美和山に至りて神の社に留りき。…かれ、其の麻の三勾遺りしによりて、其地を

名づけて美和と謂ふ。

みぎの記事によれば「御諸山」と「美和山」とは同じ山を指している。他方、ミモロと呼ばれながら別の所を言っているばあいがある。

神代より　言ひ継ぎきたる　神なびの　三諸山者　春されば　春霞立つ　秋行けば　紅にほふ　神なびの
三諸乃神之　帯ばせる　明日香の川の　（万葉巻十三・三二二七）

この歌の「三諸山」は「明日香の川」に近い所にあり、べつの山を指しているようである（伊藤博[4]）。『万葉集』の歌がその歌の五首まえ（三二二二）と四首あと（三二三一）とに詠んでいる「三諸」「三諸之山」も、やはり明日香のあたりと考えられる。これらは崇神の条の言っている「御諸山」ではない。そもそもミモロという語が神のくだってくる所を意味する普通名詞であろうから[5]、ミモロと呼ばれる所がいくつかあることに不思議はない。

このようなミモロのなかで、つぎの題詞と歌との示している地名が当面の雄略の条における「美母呂」と「美和河」との関わりかたを確かめさせる。

大神大夫、長門守に任けらゆる時に、三輪河の辺に集ひて宴する歌二首
三諸乃神の帯ばせる泊瀬河水脈し絶えずは我れ忘れめや　（巻九・一七七〇。一七七一略）

場所を定めることにこだわっているのは、その場所が引田部の赤猪子と名のっている女の性格に深く関わっていると推しはかられるからである。さきに触れた崇神の条に記されているように、ミワ、ミモロという所を「意富美和の大神」が占めている。その崇神の条においてこの神が女のもとに男の形でかよっている。さかのぼって神武の条にも、同じ神、「美和の大物主の神」がつぎのように現われている。

三島の湟咋が女、名は勢夜陀多良比売、其の容姿、麗美しければ、美和の大物主の神、見感でて、その美人

の大便る時に、丹塗り矢に化りて、その大便る溝より流れ下りて、ミワノオホモノヌシは水の流れによって女のもとにかよい、しかも「丹塗り矢」の形に身を変えている。対して崇神の条に至り、この神は水に依らず矢の形を取っていないことによって、人の通いかたに近づいている。神のありかたが人とは異なる面を衰えさせて人に近づいてゆく傾向を、この神の通いかたと形との変わりようがうかがわせる。『古事記』の記事が神武から崇神への向きで今に近づき、神の時代から離れてゆくことを（第二章第六節　神武から崇神・垂仁へ）、みわの神のこの変わりようも裏づけている。

神武の条から崇神の条へかけて、人と異なっている神の側面が衰えながらも、神武の条、崇神の条ともに神を現われさせている。それら二つの条は中巻に収められている。ところが、さらに時代がくだり、下巻に組みこまれている雄略の条においては、さきの①で女が「美和河」のほとりにいてもみわの神は現われていない。それでも、女は「その容姿、いと麗しくありき」と表現されている。

みわの神のかよう女が、神武の条でも「其の容姿、麗美しければ」と記されている。崇神の条でも、みわの神のかよう女は「其の容姿、端正しくありき」と伝えられている。かよう男の神も女に応じて「麗しき壮夫」（神武条）、「其の形姿、威儀、時に比ひなし」「麗美しき壮夫」（崇神条）と記されている。対して雄略の条においては、神武の条、崇神の条に続いて「其の容姿、いと麗」しき女が「美和河」のほとりに現われていながら（前掲①）、美しい神がかよっていない。そのうえ八十年のちの女の姿が「姿軆、瘦せ萎みて」と描かれている。この描きかたはその女の人の側面を押しだしている。その美しさにおいて神に通ずる要素を残しつつ人として描かれている女のありかたに、中巻から下巻への移りが見てとれよう。

さらに、①のなかで雄略が「汝は誰が子ぞ」と女に問い、女が「己が名は引田部の赤猪子と謂す」と答えている点が目を引く。本居宣長(3)が注を施しているように、女の答えは問いとのあいだにずれを生みだしている。

「汝は誰が子ぞ」という問いかけが、『古事記』において親を問うのではなく名を問うばあいの言いかたであるならば、ずれはない。ところが、ほとんど同じ問いかたに対して、女が父の名とみずからの名とを答えているばあいが他の条にある。すなわち、ニニギが地上界にくだる場面につぎのような問いと答えとが現われている。

笠沙の御前に、麗しき美人に遇ひたまひき。しかして、「誰が女ぞ」と問ひたまへば、答へ白ししく、「大山津見の神の女、名は神阿多都比売。亦の名は木花の佐久夜毘売と謂ふ」。

また、応神が「麗美しき嬢子」に出あうところには、つぎのような応神の問いと女の答えとが記されている。

しかして、天皇、其の嬢子に問ひたまひて曰らししく、「汝は誰が子ぞ」。答へ白ししく、「丸邇の比布礼の意富美が女、名は宮主矢河枝比売」。

雄略の問いも、ことばどおりに親の名をも尋ねているはずである。赤猪子がみずからの名しか告げていないことについて本居宣長(3)はこう説いている、「伝へに父の名は漏たるなるべし」と。倉野憲司(1)はこの考えを支持しているけれど、赤猪子の答えかたを資料や成りたちの見かたによって解くのは当たらないであろう。というのは、一方に、さきに見たように、問われたものが問いに対してそのことばどおりに答えを返すばあいがある。他方に、つぎに述べるように、問われたものが答えを意図的にずらせるばあいが見いだされるからである。

地上に降りたったスサノヲは、女をなかに置いて泣く足名椎・手名椎の神からヲロチのことを聞いた後にこう言っている。

「この汝が女は、吾に奉らむや」。答へ白ししく、「恐し。亦、御名を覚らず」。しかして、答へ詔らししく、「吾は、天照らす大御神の伊呂勢ぞ。かれ、今、天より降り坐しぬ」。しかして、足名椎、手名椎の神が白ししく、「しか坐さば恐し。立て奉らむ」。

スサノヲは、「御名を覚らず」と遠まわしに名を問われているのに対して、みずからの名を明らかにせず、「天照らす大御神」との関わりかただけを告げている。しかも、スサノヲは「伊呂勢」と言い、イロの間がらであることをことさら言いあらわしている。『古事記』においてイロが書かれているのが特殊なばあいであることを論じつつ、犬飼隆(6)が述べているように、右の条の前にスサノヲが天上界から追いはらわれることが記されているから、スサノヲはみずからの名を明かすことを不利だと考え、かつ、天上界をおさめ地上界を照らしていることがすでに記されている「天照らす大御神」との強い絆だけを表に立てることが有利だと考えた、と読みとられる。赤猪子の答えかたも、父の名が漏れおちたのではなく、何らかの意図が含まれているのであろう。

父の名を答えることが正式の婚姻の手つづきであるのに対し、この女は雄略と婚姻しないから父の名を告げていないという捉えかたが、西郷信綱(7)によって一案として示されている。本居宣長(3)ほかが述べている確かめることのできない資料との関わりをこの読みが考えに入れずに、『古事記』に記されている文脈によって解こうとする点に賛同される。が、より大きな文脈を受けては考えるべきではないか。すなわち、赤猪子の父は神であり、神を登場させない下巻の縛りによって父の名が明かされていないのではないか。

赤猪子みずからの考えに直接には関わらない巻の分けかたによって、赤猪子が父の名を告げていないという読みかたは、論理のうえでは西郷(7)の捉えかたにかよっている。すなわち、赤猪子が雄略に答えたときにはかの女は婚姻するつもりであった。そのためにかの女は八十年のあいだ待っている。すると、同じ答えのずらせかたでも、スサノヲがかれみずからの考えによって答えをずらせるのとは異なるずらせかたを、赤猪子のばあいが見てとらせよう。しかし、スサノヲのばあいにおいても、『古事記』の編みてから分かれてスサノヲが答えているのではない。すなわち、『古事記』の編みてがすでに記しているアマデラスの地位に、スサノヲの答えのずれへの足名椎、手名椎の対応は基づいている。というのは、足名椎・手名椎がアマデラスのその地位を認めているのかどうかを『古事記』は説かないまま、足名椎・手名椎がその地位を認めてスサノヲに対応しているからである。

すなわち、足名椎・手名椎は編みての意図から分かれないまま、編みての意図にしたがってスサノヲの意図を受けとっている。スサノヲの答えの意図的なずれとそれへの足名椎・手名椎の対応とを包みこんでいる『古事記』の編みてが、赤猪子の条においても、下巻の縛りによって神である父の名を告げさせないという記しかたをとっていることは考えられることであろう。

女の父が神であることを推しはからせるのは、さきに触れた女の現われている場所すなわち「美和河」のほとりである。さらに女の名が「引田部の赤猪子」である点も父のありかたに関わっているであろう。

「赤猪子」に付けられている「引田部」は地名に基づいた氏族の名であろう（本居宣長(3)）。ヒケタの地名は『倭名類聚抄』「大和国」の「城上郡」に「辟田」と記されている。この地名を負うている神社が『延喜式』神名に「曳田神社二座」と書かれている。このヒケタ氏がミワ氏の一族であることがつぎの記事によって知られる。

三輪引田君難波麻呂を大使とし、…高麗に遣す。（天武紀十三年五月）

大神引田朝臣、大神楉田朝臣…遠祖、同じといへども、派別、各異にす。（『日本三代実録』光孝天皇仁和三年三月）

ミワ氏がオホタタネコを祖とすることと、このオホタタネコがミワのオホモノヌシの子孫でありこの神を祭ったこととが、『古事記』の崇神の条に記されている（崇神紀にも）。ミワの神を祭るミワ氏の一族であるヒケタ氏もヒケタの地の神を祭りつつミワの神の祭りにも関わったであろうことが、同族という関わりの背後に推しはかられる。

「赤猪子」はこの氏族の娘であると名告っている。そのうえ、この女はみずからの名に「赤猪」を持っている。「赤猪」はオホナムチが手間の山でその山の「赤猪」を取ることを求められる条にも現われている。「赤」は荒々しさを表わす語であろうから、「赤猪」の示している対象の中心は「猪」であろう。その「猪」が『古事記』のなかのつぎの伝えにも見いだされる。すなわち、ヤマトタケルがイブキ山で出あった「白猪」が「神の正身」であったと説かれている（景行条）。さらに、香坂の王と忍熊の王とが「斗賀野」で「宇気比狩」を行なったときに「猪」が現われている（仲哀条）。これらを考えあわせると、オホナムチが取ることを求められた「赤猪」は山の神であったと考えられる。土橋寛(8)はオホナムチとヤマトタケルとの二つの伝えを照らしあわせつつ、「赤猪子」についてこう説いている、「引田部の巫女的存在で、この山の霊獣を名に負うたものであろう」と。支持される捉えかたである。

名にくわえて、赤猪子が現われるに当たり、「美和河」で「衣を洗ふ」という働きをさきの①のなかで記されている点が目を引く。

「衣を洗ふ」ことを詠んでいる『万葉集』の歌、「つるはみの衣解き洗ひ」（巻十二・三〇〇九）が見いだされるものの、この歌は「赤猪子」の働きには関わらない。「衣を洗ふ」のではないけれど、その動作の結果を歌っている例を考慮しなければなるまい。

春過ぎて夏来たるらし白栲の衣干したり天の香具山　（巻一・二八）

山本健吉(9)が述べているように、この歌の「衣」は神を祭るときの着物であろう。赤猪子が「洗ふ」のも祭りの「衣」であり、三〇〇九の詠んでいる日常の着物ではあるまい。このような「衣」を「洗ふ」女の働きはその名の「赤猪」が示しているかの女の神との関わりに応じている。

ただ上巻の「赤猪」と中巻の「白猪」「猪」とが神であり、ことに中巻のヤマトタケルの条における「白猪」が「神の正身」として人の代に姿を現わしているのに対し、当面の①の場面における神はその神につかえている女の名にその影を落としているにとどまり、直接には現われていない。「美和河」のほとりで「衣を洗ふ」ことを記されている「其の容姿、いと麗」しい女は、父の名を明かさず、さきの②における八十年の後に歌のなかで

「みもろ」の「神」に仕える点だけを示して、みずからを「神の宮人」と呼んでいる。下巻に収められている雄略の条において、女がつかえる「神」は「玉垣」の奥にしずまって姿を見せていない。

姿を現わしていない神に代わって女の前に現われているのが雄略である。美しい女が老い、「姿體、痩せ萎みて」と表現されているのに対し、雄略は老いを記されていない。雄略が老いていない点を西宮一民[10]は雄略の神的性格によって説いている。しかし、この部分の雄略のありかたは西宮一民[10]自身が示している神の婚姻を記す物語りの形という捉えかたによって説くべきであろう。すなわち、神の妻になる女の前に現われる神という形のなかで現われているがゆえに、雄略も神の影を帯びているのであり、雄略自身が神の性格を帯びているのではあるまい。

ただ、雄略の記事のなかに、さきの②の部分の他にもう一度カミの語が現われている。そこでは雄略が神として行動しているかのようである。もし雄略がそこで神であるのならば、かれが老いを記されていない点も雄略の神的性格の現われと捉えることが許されよう。

しかして、其の嬢子の好く舞へるによりて、御歌を作みたまひき。その歌に曰ひしく、

呉床座の　加微能美弖母知　ひく琴に　舞ひする女　常世にもがも　（記歌謡九六）

琴をひいているのが雄略であることがこの歌の前に記されている。したがって、歌のなかの「加微」は雄略を指しているかのようである。

ところがこの「加微」はこの語だけで現われているのではない。すなわち、「の」という格助詞をとおして「御手」にかかっている。それに続いている句は、この「手」が「琴」をひく「手」であることを示している。『古事記』の仲哀の条と『日本書紀』の神功の条とにおいてタケウチノスクネが琴をひいていることによって知られるように、琴をひくことは人の行ないである。しかも、『日本書紀』の神武の条において、「神策」という言

いかたに「神」が用いられている。この「神」は人である神武の「策」のすばらしさを「神」のたとえによって表わしている。また、同じ『日本書紀』の雄略の条も「神光」という言いかたを雄略に用いている。この「神」も、あたかも神であるかのような、の意味である。すると、この「加徴」も琴のひきかたが人のわざを越えていると称えているたとえとして捉える余地が残る。しかも土橋寛(11)が説いているように、この場面の背景である吉野と神仙思想との結び付きがうかがわれる。雄略を神あるいは神仙に結びつける表わしかたはいずれも雄略の外側からの描きかたにとどまっている。

雄略の性格が神であるとこの歌の「加徴」が表わしているとは限らないからには、雄略が老いを記されていない点を雄略の神的性格によって説くわけにはゆくまい。赤猪子と同じく、雄略は神の婚姻を記す形に現われながらも人として記されていると考えられる。

三　一言主の神への畏まり

「赤猪子」の条とは異なり、雄略が葛城山に登るときには神が現われている。雄略はそれを神であると思わず、こう問いかけている。

③この倭の国に吾を除きてまた王は無きを、今、誰が人ぞかく行く。

雄略があいてを神にあらざる「人」と見ていることをこの問いかたは示している。問われた「人」は「葛城の一言主の大神」と名のっている。この名のりによって雄略が見あやまっていたことが明らかになる。しかし、雄略の見あやまりが雄略だけの誤まりではないことがこの条の初めに示されている。

④又、一時、天皇、葛城山に登り幸しし時に、百の官の人等、ことごと、紅き紐著けたる青摺りの衣を給はりて服てあり。その時に、その向かへる山の尾より、山の上に登る人あり。

「葛城の一言主の大神」であることが後に示されている神を、その条の初めの記事④は「人」と記している。この④の部分は『古事記』の編みての目ですべて記されている。いいかえると、この記事④は雄略だけの見かたを示しているのではない。したがってさきの③において雄略があいてを「人」として扱っていても、それがただちに雄略の見あやまりにはならない。ただ、さきに述べた赤猪子の答えかた、スサノヲの答えかたなどに窺われるように、『古事記』において編みての考えと記されている神・人の考えとが確かには分かれていない。実際、③のなかの雄略の問いかけ「誰が人」は、④における編みてによる「山の上に登る人」という捉えかたに重なっている。したがって、雄略があいてに③で「誰が人ぞ」と問うている伏線として、この条の初めの④の部分の「山の上に登る人あり」が置かれている、と捉えるのが文脈に沿う読みかたであろう。

「人」の姿の神は雄略の判断をあやまらせているうえに、つぎのような行動を雄略に取らせている。

⑤天皇、是に惶畏みて白したまひしく、「恐し、我が大神、有宇都志意美者、覚らざりき」と白して、大御刀また弓矢を始めて、百の官の人等の服せる衣服を、脱かしめて拝みて献る。しかして、其の一言主の大神、手打ちて、その奉り物を受けたまひき。

刀などをたてまつる雄略の行ないは、雄略のことば「恐し」に応じている。すなわち、それらの行ないとことばとは、一言主の神を雄略より高い地位の存在として表わしている。この点は明らかであるけれど、雄略のことばのなかで「有宇都志意美者、覚らざりき」の部分に、かならずしも明らかでないところが残っている。「覚らざりき」が雄略の気づかなかったことを意味している点に問題はない。明らかでないのは「有宇都志意美者」である。この「有…者」という言いかたは、雄略が見あやまった理由を示している。この理由の解きかたの違いは一言主の神と雄略との関わりかたに違いをもたらす。ひいては、それが下巻に一つだけ現われている神と雄略との関わりかたに影響を及ぼす。

そこで解釈に立ちいると、「宇都志意美」を挟む「有…者」の訓みかたに受けてのあいだの揺れが大きい。しかし、この揺れは「宇都志意美」の解きかたの違いによってもたらされていると考えてよい。したがって、「宇都志意美」の意味を定めることによって、この揺れをおさめることができよう。この「宇都志意美」のうち、「宇都志」が「目の前に顕在している。この世に生きている」（前掲注（5））の意である点は動かない。すると問題点を「意美」に絞ることができる。

「宇都志意美」が一言主の神を指すと捉えている本居宣長（3）は、賀茂真淵（12）に従い、「意美」を「大身」と解している。ところが、大野晋（13）は上代特殊仮名遣の見かたから、真淵（12）、宣長（3）の理解とは異なる意味で解こうとしている。すなわち、『古事記』の記している「意美」の「美」が甲類の仮名であるのに対し、真淵（12）の解いている「大身」の「身」の意味の語を表わすミは乙類の仮名で記されるのが通例である、したがって「意美」は「大身」を表わしていない、ミ甲類の仮名の現われているオミに臣を表わす語があり、『類聚名義抄』の「臣」の訓に「ヒト」と記されている、そこで大野（13）は「意美」を人の意で解き、つぎのような捉えかたを示している、「有宇都志意美」は一言主の神が現世の人の姿でいることを表わしている、と。

ついで、西宮一民（14）が大野（13）の述べている上代特殊仮名遣に基づく考えに従いつつ、「意美」を「大霊」の意味にとっている。さらには、倉野憲司（1）が「意美」を未詳としながらも、「宇都志意美」は一言主の神のこの世の人の姿を言うと捉えている。

大野（13）は「意美」の捉えかたをおおきく変えている。が、「宇都志意美」が一言主の神を指すと考えている点では、これを受けいれている西宮（14）ほかとともに真淵（12）、宣長（3）の考えかたを引きついでいる。ところがこれらの解きかたは、後に記されている「覚らざりき」という雄略のことばへの続きかたにそぐわないところを残している。「有宇都志意美者」をウツシオミマサムトハ（宣長（3））、あるいはウツシオミニアラムトハ（大野（13））

と訓むにしろ、ウツシオミニシアレバ（西宮一民(10)）と訓むにしろ、一言主の神がこの世に姿を現わしていることがなぜ「覚らざりき」という雄略のことばを導いているのか明らかでない。この点を宣長(3)は神の現われかたに触れつつこう説いている。

大かた神は形は隠坐て顕には見え賜はざるを、是は御身の現しく見え賜へるを申給へるなり、

神がいつもは姿を現わさないのに、雄略の前には姿を現わしているという宣長の考えかたは、「覚らざりき」への続きかたに一つの道すじを示している。しかし『古事記』のヤマトタケルの条でイブキ山の神は「白猪」という姿を人の世に現わしている。また、『日本書紀』雄略の条では三諸丘の神がスガルに捉えられ、「大蛇」の形を雄略に見せている（雄略七年七月条）。これらの神の現われは宣長の説きかたと食いちがい、神が姿を見せることがまれでないことを示している。

もっとも、宣長は神をひろく捉えており、べつの部分の注にこう説いている(15)。

龍樹霊狐などのたぐひも、すぐれてあやしき物にて、可畏ければ神なり、又虎をも狼をも神と云ること、書紀万葉などに見え、

すると雄略のばあいに宣長が考えている神は、虎などとは別の神なのであろう。しかし、けものの形であれ人の形であれ、どのような形をも現わさない神は『古事記』の初めに記されているきわめて限られた神々である。そのような神は他の神には当てはまらない。一言主の神はみわの神やイブキ山の神のたぐいに属していると推しはかられ、『古事記』の初めの神と同じ性格の神とは考えられない。

宣長(3)の捉えかたを引きついでいる諸説は宣長ほど明らかには考えかたの道すじを示していない。したがって、「有宇都志意美者」から「覚らざりき」への続きかたを『古事記』の神々の姿との関わりのもとで充分に説いているようには見えない。

これらに対して奥村紀一(16)は大野(13)の仮名遣の指摘を考えに入れながらも、「宇都志意美」を臣の意味で読みとり、こう捉えている。「宇都志意美」はこの世の臣下であり、それが指している対象は一言主の神ではなく雄略である、と。さらに、奥村(16)は雄略の言いかたの背景に考えをめぐらせ、こう述べている、天皇たちを含む人を神よりも低くに置くのが当時の考えかたである、と。

たしかに雄略は一言主の神に対して⑤のなかで「恐し」と言っており、その神に刀などをたてまつっている。雄略が一言主の神をみずからよりも高い存在として扱っていることをこの行ないは告げている。ただ、人々がみずからを神の臣下であるとつねに考えていたように奥村(16)は述べているけれど、そうであったかどうか疑わしい。「宇都志意美」が雄略を指している点を認めつつも、神野志隆光(17)が神に対する臣下という考えかたの一般化に慎重であるのが省みられる。

奥村(16)に先だち、毛利正守(18)が「宇都志意美」を現実の臣下と認めつつも、それが指しているのは一言主の神ではなく、一言主の神の従者であると捉えている。「宇都志意美」の指している対象を異にする捉えかたを示している点が目を引くけれど、受けいれにくい。

真淵(12)、宣長(3)の解きかたに対して、大野(13)があらたに示している「意美」についての考えかたは一言主の神の捉えかたに新たな見かたをもたらし、その「意美」が指している対象を転じさせる切っかけをなしている。この大野(13)の見かたによって、ひいては、「宇都志意美」のすぐ前に記されている「我が大神」という言いかたが明らかに捉えられる。

「恐し、我が大神、有宇都志意美者」という文脈のなかで、「我が大神」という雄略の呼びかけが前と後とに対してどのような関係に立つかについては、二つの読みとりかたができよう。一つは「我が大神」が「恐し」の対象を示しているという読みかた、二つはそれが「有宇都志意美者」の主語を示しているという読みかたである。

「意美」の意味に連なりつつ、いずれの読みかたも決め手を欠いている。確かであるのは、「大神」に付けられている「我が」という言いかたが話しての側へ対象の「大神」を引きよせている点である。

みずからへ引きよせながらも、対象に接頭語「大」を付けて高く置く言いかたは、つぎの歌のなかの「我が大君」という呼びかたと同じ意識に基づいている。

やすみしし　我が大君の　朝とには　いより立たし　夕とには　いより立たす　脇づきが下の　板にもが
あせを　（記歌謡一〇四）

この「我が大君」はヲドヒメが雄略に対して言っている。また、

やすみしし　我が大君の　朝には　取りなでたまひ　夕へには　いより立たしし　御取らしの　梓の弓の
中はずの　音すなり　（万葉巻一・三）

このばあいは間人連老・中皇命が舒明に対して用いている。

これらと同じ「我が大…」という言いかたで雄略が一言主の神を呼んでいるのは、続く「有宇都志意美者」において雄略がみずからを臣として位置づけているという読みかたを成りたたせよう。

さらに、さきの奥村(16)も掲げているつぎの言いかたと「恐し、我が大神、有宇都志意美者」とのあいだの似よりを辿ることができる。

⑥奴にし有れば、奴ながら覚らずて、過ち作れるは、いと畏し。かれ、のみの御弊の物を献らむ。（記雄略条）

この部分の話しではあいてに対し「畏し」という思いを表わし、つぐないの物を「献」ろうとしている。この場面でこの人は雄略に対してみずからを「奴」と呼んでいる。⑥においてこの話してが「奴」であるがゆえに「覚らず」であるように、⑤において一言主の大神に向かいあっている雄略は「現し臣」であるがゆえに、その「人」が「我が大神」であることを雄略は「覚らざりき」と述べているのではないか。さらに、⑥においてその

できよう。

「奴」が「過ち作」ったことが「いと畏し」なので雄略に「物を献」っているように、⑤において雄略は一言主の大神を見あやまったことが「恐し」なので一言主の神に刀などを「献」っているという共通の形を辿ることができよう。

ただ、⑥で建てものをとがめられている人は、「志幾の大懸主」であり、その人がみずからを「奴」と呼んでいる。これを⑤の雄略に並べることができるかどうか考えておくべきであろう。『続日本紀』に記されている東大寺の盧舎那仏像に対する聖武のことばは、みずからを「三宝の奴と仕奉る天皇」と呼んでいる(19)。天皇もみずからを低く置くばあいのあることをこの例は裏書きしている。奥村(16)が「現し臣」を神と天皇および人との関わりかた一般に広げている点には同調できないけれど、「現し臣」が雄略を指しているという捉えかたは、「志幾の大懸主」や聖武のばあいと同じく、雄略が一言主の大神に向かってみずからを低く置いている言いかたとして受けいれることができる。

ところが、文脈に基づいて読みとろうとしている本論考の立ち場は、「宇都志意美」とウツソミ、ウツセミとの関わりかたに差しさわりを持ちこむ。大野(13)が「宇都志意美」からウツソミ、ウツセミへの音韻の変化を考え、川端善明(20)がその変化の起こりうることを認めているように、この世やこの世の存在を表わしている一般的な語ウツソミ、ウツセミに「宇都志意美」が転じたのであれば、「宇都志意美」は一言主の神と雄略との特殊なばあいに基づく言いかたではなく、一般的な言いかたであることが期待されよう。オミを君と臣との関わりにおける臣に限らずに、上と下との関わりに広げて一般的に捉えることができないわけではない。しかし、この捉えかたは裏づけに乏しい。

ウツソミ・ウツセミという派生語であるらしい語が持っている一般性を欠いているけれど、当面の⑤の文脈において雄略がみずからをウツシオミと呼んでいるのは、同じ文脈のなかの「恐し」「我が大神」ともども一言主の神と雄略との上下の関わりかたを明らかに表わしている。この上下の関わりかたは、続く雄略の「覚らざりき」ということばと刀などをたてまつる行動とに合っている。すると、「有宇都志意美者」はウツシオミマサムトハなどの訓みには当たらない。この訓みが一言主の神を主語に立てているからである。「有宇都志意美者」は雄略を主語にとりつつ、原因、理由を示す条件句ウツシオミニアレバを表わしていると考えられる。したがって、すぐ前の「我が大神」は「有宇都志意美者」の主語ではなく、「恐し」の対象すなわち一言主の神に向けられている独立句と考えられる。

　神の前で臣としてかしこまっている雄略のありかたは、『古事記』中巻の描いている神武、崇神そして仲哀、神功のありかたとの似よりを浮かびあがらせる。すなわち、神武は神の助けによってやまと入りを果たして天皇の位についている（第二章　第五節　第一代天皇の造形）。崇神はミワ山の神をはじめ多くの神々を祭ることによって国を安らかにしている（第二章　第六節　神武から崇神・垂仁へ）。これらとは逆に、仲哀は神のことばを信じなかったために神によって命を断たれている。この仲哀のあとを継いだ神功は神のことばに従い、天皇の支配する領域を海外に広げている（第二章　第七節　神と応神と）。これら天皇たちおよび天皇たちに準ずる皇后の描きかたに窺われるのは、神に助けられ神に従うことによって国をおさめることを押しすすめ、定めている姿である。雄略はそれらと同じ姿で描かれているのではないか。この雄略の描きかたは中巻と下巻との区分を越えて天皇の描きかたが保たれていることを見てとらせる。下巻に現われているただ一つの神は、下巻のなかで例外でありながらも、中巻における天皇にかよう性格を雄略に持たせていると言えよう。

　神に従うことによって中巻の天皇たちと皇后とに通じている雄略の性格は、井上光貞(21)の分析に矛盾しない。すなわち、葛城氏は仁徳の皇后を出し、その後の天皇たちに対しても或るいは妃を占め或るいは母となって、政治的に強い力を持っていたらしい。が、マヨワ王による安康殺しをきっかけに、雄略は葛城のツブラオホミを亡ぼしたことが記されている。雄略が葛城山で一言主の神に出あう記事がツブラオホミを亡ぼした後に記されているところに、井上(21)は宗教的意味とともに政治的意味を読み取ってこう述べている、「これは葛城氏がほろび、その祭祀権を皇室が奪ったことを意味する話ではあるまいか」と。

雄略が一言主の神に刀などをたてまつっているのは、雄略の見あやまりとそれに伴なう行ないとについての雄略からその神への詫びであり、かつ、雄略がその神を祭ることである。崇神の条でみわの神がみずからの子孫による祭りを求めているように、神は関わりを持つものによって祭られている。おそらく葛城氏の神であり葛城氏が祭ったであろう一言主の神を他氏に属する雄略が祭ったにもかかわらず、一言主の神がそれを受けていることを伝えている記事は、井上(21)の解きかたを裏がきしていよう。

仁徳のころから大きな力を誇っていたと覚しい葛城氏との関わりかたは、仁徳から後の天皇たちにとって長らく重要な政治課題であったろう。その課題を軍事と祭りとの両面に渡って解決した雄略は、天皇による統治を押しすすめた天皇として、天皇たちの歴史のなかで重い地位を占めるにあたいしていたのであろう。『古事記』は雄略のこの重みを、仁徳から後の下巻のなかでただ一人、神に関わらせることによって際だたせ、中巻の天皇たちによる統治の形を引きつがせているのであろう。

四　『古事記』における天皇たちのありかた

『古事記』の描いている雄略が一言主の神を上に立てているのと異なり、『日本書紀』における雄略は一言主の神との対等な関わりかたを記されている。『古事記』と異なる地位の記しかたは葛城山における狩りの記事に影を投げかけている。

『古事記』でも雄略は葛城山で狩りを行なっているけれど、かれは猪に追われて木に逃げ登っている。対して

『日本書紀』の雄略はみずからの手で猪を殺している。記事の順序も違い、一方の『古事記』では葛城山における狩りに続いて一言主の神の現われる条が置かれている。他方の『日本書紀』では一言主の神との出あいが記された後に他の記事が挟まれ、その後一年を隔てて狩りの記事が収められている。さきにも触れたように、猪が山の神である例が見いだされるから、葛城山における狩りに現われている猪も山の神であろう。この猪を「畏みて」逃げた『古事記』の雄略が一言主の神をやはり「惶畏みて」祭り、他方、一言主の神と対等であることを押しだされている『日本書紀』の雄略が猪を踏み殺している。二つの文献における雄略の記事が各々のなかで一貫性を保っていることが見てとられる。高木市之助(22)が雄略と猪との条を取りあげ、『日本書紀』の記している雄略像に比べつつ、『古事記』の描いている雄略には「天皇的なにものもない」と判定し、そこに『古事記』の描いている雄略像の「魅力」を見いだそうとしている。『日本書紀』の記しかたとの引きくらべによって『古事記』の描きだそうとしている雄略像を追いながらも、高木(22)の捉えかたは二つの文献各々の天皇のいずれからも遠い。

大きな力を持っていた葛城氏を斥けた雄略は、岸俊男(23)が論じているように、稲荷山古墳鉄剣銘のなかのワカタケル大王の名などの徴証によっても、天皇の統治を押しひろげたらしいことが知られる。『古事記』『日本書紀』の記事に雄略が大きな足跡を刻んでいるのは雄略のそのありかたによっているのであろう。この重要な天皇を伝えるに当たり、『古事記』は巻の区分の原則に従ってミワ川のほとりで衣を洗っている女の前に神を現われさせていない。とともに、下巻のなかで葛城山の記事にだけ神を登場させている。それらの各々で猪の姿が神として現われていず、葛城の神の人の姿が神であるとただちに認識されていないのは、中巻のなかの二つの神のばあいに似かよっている。すなわち、その一つは崇神の条で蛇であるミワ山の神の通う女があいてを男とのみ思って神であることに気付かないこと、その二つは景行の条でヤマトタケルが猪を山の神の使いだと見あやまっていることである。
それと分かりにくい姿で人の世界に現われて人を恐れさせる神を祭ることによって、『古事記』における雄略は古い天皇たちに連なる性格を与えられ、巻の区分を越える天皇としての普遍性を帯びている。『古事記』におけるこの描きかたが、雄略に豊かに伴う歌とあいまって、伊藤博(24)そして吉井巖(25)の説いている『万葉集』における古い時代の天皇の代表という雄略像に引きつがれている。雄略はひとり『万葉集』にとって古い時代の天皇の代表であるだけではなく、『古事記』においても古い時代の天皇たちのありかたを引きつぎ、中巻に置かれている天皇たちの姿をみずからの内にとどめていることによって、『古事記』のなかの天皇たちの典型として描かれているように思われる。

【注】
(1) 倉野憲司『古事記全註釈　第七巻』、三省堂、一九八〇年。
(2) 契沖『厚顔抄　下』(『契沖全集　第七巻』、岩波書店、一九七四年)。
(3) 本居宣長『古事記伝四十一之巻』(『本居宣長全集　第十二巻』、筑摩書房、一九七四年)。
(4) 伊藤博校注『万葉集』、角川文庫、一九八五年。
(5) 『時代別国語大辞典　上代編』、三省堂、一九六七年。
(6) 犬飼隆『上代文字言語の研究』「第三部　第三章　接頭辞「いろ」を万葉仮名と正訓字とで表記した意図」、笠間書院、一九九二年。
(7) 西郷信綱『古事記注釈　第四巻』、平凡社、一九八九年。
(8) 土橋寛『古代歌謡全註釈　古事記編』、角川書店、一九七二年。
(9) 山本健吉、池田弥三郎『万葉百歌』(二八の注は山本健吉)、中央公論社(中公新書)、一九六三年。
(10) 西宮一民、新潮日本古典集成『古事記』、新潮社、一九七九年。
(11) 土橋寛『日本古代の呪寿と説話　土橋寛論文集　下』「六　上代文学と神仙思想」、塙書房、一九九八年。

（12）賀茂真淵『冠辞考巻二』（『賀茂真淵全集　第八巻』、続群書類従完成会、一九七八年）。同『書入本　古事記』（『賀茂真淵全集　第二十六巻』、続群書類従完成会、一九八一年）。
（13）大野晋「「うつせみ」の語義に就いて」、『文学』一九四七年二月。
（14）西宮一民『古事記』、桜楓社、一九七三年。
（15）本居宣長『古事記伝三之巻』（『本居宣長全集　第九巻』、筑摩書房、一九六八年）。
（16）奥村紀一「「うつせみ」の原義」、『国語国文』一九八三年十一月。
（17）神野志隆光『柿本人麻呂研究』「五　天皇神格化表現をめぐって」、塙書房、一九九二年。
（18）毛利正守「「宇都志意美」考」、『万葉』一九七〇年十月。
（19）『続日本紀』天平勝宝元年四月、宣命第十二詔。
（20）川端善明『活用の研究　I』「第二章　交代の強弱的性格」、大修館書店、一九七八年。
（21）井上光貞『日本古代国家の研究』「帝紀からみた葛城氏」（『井上光貞著作集　第一巻』、岩波書店、一九八五年）。
（22）高木市之助「古事記文学に於ける英雄への途」『古事記大成　2　文学篇』、平凡社、一九五七年。
（23）岸俊男『日本の古代　6　王権をめぐる戦い』「古代の画期雄略朝からの展望」、中央公論社、一九八六年。
（24）伊藤博『万葉集の構造と成立　上』「第二章　第一節　巻一雄略御製の場合」、塙書房、一九七四年。
（25）吉井巖『ヤマトタケル』「六　2　雄略天皇以後の時代」、学生社、一九七七年。

第九節　仁賢たち

一　顕宗の怨み

仁賢と顕宗との兄弟について『古事記』はつぎのように記している。かれらの父イチノヘノオシハは雄略によって殺された、雄略とかれの子清寧との死んだ後に顕宗が天皇の位につき、かれらの父のために怨みをはらそうとした、と。その怨みのはらしかたがこう記されている。

①故、其の大長谷の天皇の御陵を毀たむと欲ほして、人を遣はす時に、其の伊呂兄意祁の命の奏したまひしく、「是の御陵を破り壊つは、他し人を遣はすべくあらず。専ら僕自ら行きて、天皇の御心の如く破り壊ちて参出む」。

この部分では雄略の墓が「御陵」と記されている。対して、それに続いている部分ではそれが「陵」と記されている。

②しかして、天皇、其の早く還り上らししことを異しびたまひて、詔らししく、「いかにか破り壊しつる」。答へ白ししく、「其の陵の傍の土を少し掘りつ」。天皇の詔らししく、「父王の仇を報いむとおもはば、必ず悉其の陵を破り壊たむに、何とかも少し掘りつる」。答へ曰ししく、「しかせしゆゑは、父王の怨みを、其の霊に報いむとおもほすは、是誠に理ぞ。然あれども、其の大長谷の天皇は、父の怨みにはあれども、還りては我が従父にいまし、亦、天の下治らしめしし天皇ぞ。是に、今単に父の仇といふ志のみを取りて、悉天の下

治らしめしし天皇の陵を破りつれば、後の人、必ず誹謗らむ。唯父王の仇のみは、報いずあるべくあらず。故、其の陵の辺を少し堀りつ。既に是の恥づかしめを以ちて、後の世に示すに足らむ」。此く奏したまへば、天皇の答へ詔らししく、「是も大きなる理ぞ。命の如くしてよし」。

「陵」に「御」を添えてあるばあいと添えていないばあいとを、右の記事のなかの雄略のばあいからやや広げて見ると、イチノヘノオシハのばあいが目を引く。顕宗と仁賢とがかれらの父イチノヘノオシハの体を探しあて、その墓を作ったことがこう記されている。

③其の御骨を獲て、其の蚊屋野の東の山に、御陵を作りて葬りたまひて、韓帒が子等を以ちて、其の御陵を守らしめたまひき。

『古事記』において天皇と記されている雄略と天皇と記されていないイチノヘノオシハとがともに「御陵」の記事を伴なっており、かつ、雄略に「陵」の記事がある。すると、その人が天皇であったと記されているいないに関わりなく、「御陵」と「陵」とが使われているように見える。

この節は「御陵」と「陵」との記事を手がかりに、天皇たちのありかたが『古事記』の「下巻」においてどのように記されているかという点に考察を加えようとする。

二 「御陵」と「陵」と

『古事記』には、「御陵」「陵」あわせて五三例が数えられる。うち、「御陵」が四二例、「陵」が十一例を占めている。対して『日本書紀』には、「陵」が一〇三例、「御陵」が一例見いだされる。一例だけの「御陵」は天武元年の記事に現われ、神武の墓を指している。この例のすぐ前に、同じ対象を指して「陵」が用いられている。これは神の教えによって天武がその「御陵」を祭らせたという記事に記されている。このばあいは神に関わる例外的な使いかたであり、『日本書紀』では天皇の墓を「陵」と記すのが原則であると考えられる。蘇我蝦夷、入鹿の墓が「陵」と呼ばれているのは（皇極元年是歳条）、かれらがみずからを天皇扱いしていたことを示している（第一章　第四節　天武の述べかた）。よって、これも「陵」の使いかたの原則のうちにおさまっていると認められる。

帝の墓について中国の文献に照らすと、『史記』『漢書』『後漢書』がこう記している。

葬二始皇酈山一。…胡亥極愚、酈山未レ畢、復作二阿房一。（『史記』秦始皇本紀第六）

覇陵山川因其故、毋レ有レ所レ改。（『史記』孝文本紀第十）

帝崩二于長楽宮一。…葬二長陵一。（『漢書』高帝紀第一下）

葬二光武皇帝於原陵一。（『後漢書』顕宗孝明帝紀第二）

さらに、『水経注』巻十九謂水はつぎのように記している。

秦、名二天子冢一曰レ山。漢、曰レ陵、故、通曰二山陵一矣。

これらのうちの「陵」は「御」を伴なわずに「天子冢」を指すのが中国のことばの使いかたであったことを、これらの文献は伝えている。『日本書紀』の使いかたはこれら中国の文献のそれに従っている。ただし、『日本書紀』の「陵」計一〇三例のなかに墓を指さない例が六つある。うち、土地の名（二例）、土地の形（一例）、人の名（一例）の他につぎのばあいがある。

有武健陵物之意。（巻第一）

不有陵奪之意。（巻第一）

これら二例はともにスサノヲについての記事である。この部分の「陵」は寛文九年刊本の本文である。対して、丹鶴本ほかが「淩」、醍醐三宝院本ほかが「凌」の本文を伝えている。この部分の意味の「陵」は中国の文献にもつぎのような例が見いだされる。

寇賊為㆑害、強弱相陵。（『後漢書』光武帝紀第一）

この用いかたは土地の名などの例とともに、この節の問題に関わらない。また、「山」を『古事記』『日本書紀』ともに墓を指すのに用いていない。ただし、『日本書紀』には「山陵」によって天皇の墓を指しているばあいが三例見いだされる。

右のような『日本書紀』における「陵」の用いかたと異なり、『古事記』は一方で「陵」を十一例に用いていながら、他方で「御」＋「陵」の形を四二例残している。『日本書紀』における「御陵」の一例とちがい、『古事記』においては「御陵」が通例であるように見える。『古事記』の「御陵」は中国のことば使いから離れて働いているようである。

そこでより詳しく見ると、『古事記』の「御陵」四二例のなかで三四例が天皇の墓を指しており、残る八例が、つぎに示すように天皇の位についていない人の墓を指すのに用いられている。

ホホデミ……………………一例
ヤマトタケル……………………四例
オトタチバナヒメ……………………一例
イチノヘノオシハ……………………二例

はじめのホホデミの「御陵」はつぎの箇所に書かれている。

故、日子穂々手見の命は、高千穂の宮に坐ししこと、伍佰捌拾歳ぞ。御陵は、高千穂の山の西に在り。

上巻のなかの記事に「御陵」が記されていることは、「御陵」の意味の範囲すなわち多くのばあい天皇たちの墓を指していることから、はずれているように見える。が、この「御陵」は、天皇たちの祖先であるホホデミが神でありながら死ぬ天皇たちのありかたへ移っていることを示しているのであろう（第二章　第四節　神から人へ）。

ヤマトタケルの四例はホホデミのばあいを思わせる。というのは、福田良輔[1]がヤマトタケルを天皇として構想された人と見ているからである。このヤマトタケルとホホデミとの似よりは、津田左右吉[2]が述べているように、ホホデミも天皇として記されていたらしいところにある。『風土記』常陸国が「倭武天皇」と記している点とともに『古事記』のヤマトタケルの「御陵」を、福田[1]はヤマトタケル天皇という見かたのあかしの一つにあげている。

ヤマトタケルの地位はかれの妻オトタチバナヒメの「御陵」に関わる。その「御陵」はオトタチバナヒメが海にはいった後のこととして、つぎのように用いられている。

故、七日の後に、その后の御櫛、海辺に依りき。乃ち其の櫛を取りて、御陵を作りて治め置きき。

吉井巌[3]はオトタチバナヒメについてこう述べている、オトタチバナヒメは「倭建天皇」の皇后とされた一時期があった、が、その地位を後に変えられ、「后」という用字をその地位のなごりとして残すだけになった、と。オトタチバナヒメの「御陵」もその地位のなごりの一つと見なされてよいかもしれない。しかし、この見かたは他の天皇たちの妻たちのばあいにかならずしも合っていない。すなわち、垂仁の「大后」ヒバスヒメのばあいが「狭木の寺間の陵」と記されている。仲哀の「大后」オキナガタラシヒメのばあいに「狭城の楯列の陵」と記されている。もっとも、これらの「陵」がオトタチバナヒメの「御陵」と異なるとは限らない。というのは用明と推古とのばあいがつぎのように記されているからである。

御陵は石寸の掖上に在りしを、後に科長中陵に遷しまつりき。（用明条）

御陵は大野の崗の上に在りしを、後に科長大陵に遷しまつりき。（推古条）

これら二例は「御陵は◯◯に在り」の書きかたを伴ないながら、それぞれが移されたさきでは「科長中陵」「科長大陵」と記されている。くわえて継体のばあいがこう記されている。

御陵者三嶋之藍陵也。

みぎは真福寺本の本文である。卜部系の本文はこの部分を「三嶋之藍御陵」と記している。本居宣長(4)は卜部系の本文を批判し、その「御陵」を削っている。とともに、この文の初めの「御陵者」の「者」を「在」の誤まりと宣長(4)は述べている。対して西宮一民(5)は真福寺本の本文「陵」をとりつつ、つぎのように訓んでいる、「ミハカハ　ミシマのアヰのミサザキゾ」と。これに合わせて西宮(5)はオキナガタラシヒメの「陵」も「ミサザキ」と訓んでいる。オキナガタラシヒメが「崩」と記されており、継体を含めて天皇たちも「崩」と記されていることを見あわせると、オキナガタラシヒメと継体との「陵」は天皇と同じ扱いを『古事記』の編みてによって与えられていると受けとられる。ただ、継体の「崩」とオキナガタラシヒメの「崩」「陵」とは二行小書きで書かれている。が、石塚晴通(6)の考えによって、それが古くからの書きかたであり、一行書きの部分と同じに受けては扱ってよいであろう。

オキナガタラシヒメのばあいを含めて、天皇たちの「陵」は所の名を伴なっている。この形は「陵」が単独で現われているばあいとは異なり、中国の文献における「陵」の使いかたによっていると受けとられる。

オキナガタラシヒメとはやや異なり、ヒバスヒメはその死について触れられないまま「陵」だけが記されている。ヒバスヒメはオキナガタラシヒメと同じくつぎの代の天皇の母であったと書かれている。しかしヒバスヒメは、オキナガタラシヒメのような朝廷の中心を占めたという記事を伴なっていない。それらを考えに入れたのであろう、西宮(5)はヒバスヒメのばあいを「サきのテラマのハカ」と訓み、オキナガタラシヒメのばあいとは違えている。

ヒバスヒメのばあいと異なり、オトタチバナヒメの「御陵」はヤマトタケル並みの扱いを示している。これだけが格別であるかのような「御陵」についてはつぎのように考えるべきであろうか。ヤマトタケルに対して深い思いいれを持っていたらしい『古事記』の編みて（益田勝実(7)、吉井巌(8)）が、ヤマトタケルにかわって海にはいったオトタチバナヒメの死をことに尊んでそう記した、と。

オトタチバナヒメのばあいを除いて『古事記』のホホデミとヤマトタケルとの五例の「御陵」は、中国の文献とそれにならっている『日本書紀』との「陵」にほとんど重なっている。残るイチノヘノオシハの二例は「陵」との対比のなかで現われている。

「御陵」に対して「御」を伴なわない「陵」は、敬意をすこし落とした表わしかたであろうと予想される。事実、「陵」と書かれている者たちのうち、つぎの四人が天皇の位についていない。イツセ、ヤマトヒコ、ヒバスヒメ、オキナガタラシヒメである。これらのうちヒバスヒメとオキナガタラシヒメとのばあいについてはすでに述べた。神武の兄イツセのばあいはこう記されている。

「賤しき奴が手を負ひてや死なむ」と男建びして崩りましき。…陵は紀の国の竈山に在り。（神武条）

イツセが天皇と記されていないという理由によってこの「陵」を読みとることができよう。とともに、右に引いた記事のなかで、かれは「死」「崩」とも記されている。「死」はみずからのことを述べることばに現われているから、地の文の「崩」に矛盾しているわけではない。地の文のなかで「崩」と書かれつつも「陵」と記されていることによって、イツセは天皇とは異なる扱いを施されているのであろう。崇神の子ヤマトヒコのばあいは「人垣」の起こりを記されているのみで不審なところはない。

ところが天皇たちのなかで、つぎの四人がそれらの墓を「陵」と書かれている。すなわち、雄略（四例）、継体（二例）、用明（一例）、推古（一例）である。これらのうち、継体より後の天皇たちの例が所の名とともに記される形におさまっているのに対して、雄略のばあいだけが異なっている。その四例はさきに掲げた②にすべて現われている。雄略に向けた顕宗の怨みに関わるところにその例がことごとく集まっていることは、雄略をおとしめようとする顕宗の思いが「御」を伴なわない「陵」によって表わされていることを、受けてに伝えているのであろう。よりこまかに見ると、その四例のうち三例が仁賢のことばに、一例が顕宗のことばに現われている。なかで仁賢は①で雄略の墓を「御陵」と言っているにもかかわらず、②ではそれを「陵」と言いかえている。これまで検討を加えてきたところから知られるように、『古事記』の編みては「陵」とそれに「御」を付けた形とを書きわけているらしい。すると、①と②とのあいだで仁賢が「御陵」を「陵」に言いかえることによって、かれの弟顕宗の怨みをかれが受けとめていることを、『古事記』の編みてが記していると考えられよう。

みぎのように受けとられる雄略の「陵」が、やはり『古事記』のなかで通例から外れているイチノヘノオシハの「御陵」を解きあかす。すなわち、天皇と記されていないイチノヘノオシハに、さきに掲げた③のなかで「御陵」が用いられているのは、顕宗と仁賢との雄略への怨みの裏がえしなのであろう。事実、イチノヘノオシハの「御陵」は二例ともに、③の文脈のなかで顕宗と仁賢との思いに支えられていることが読みとられる。

ただ、イチノヘノオシハが天皇の位についていたことを吉井巌(9)が論じている。この考えによるならば、イチノヘノオシハの例はヤマトタケルのばあいと同じに考えられる。この考えによっても、顕宗と仁賢との思いをイチノヘノオシハの「御陵」に見てとることはできよう。あるいは、仁賢の娘の血すじによって天皇の位を継いでいる継体系の人々が(第一章　第三節　血すじによる系譜)、仁賢の父の地位を高めるためにイチノヘノオシハの墓を「御陵」と記すことによって、みずからの系統の正しさを主張しているとも考えられよう。このばあいも、イチノヘノオシハの「御陵」は『古事記』における用いかたの例外ではなく、その用いかたに基づいたイチノヘノオシハの扱いの現われと見られよう。

『古事記』の本文が「御」を書いているばあいとそうでないばあいとに書きわけがあるのかどうか疑わしいばあいがあるなかで、「御陵」と「陵」とのばあいは、みぎに検討を加えたように、確かな書きわけとともに、それに基づいて人の思いを込めている表現が見いだされる。おなじく雄略のことを伝えている『日本書紀』にも雄略に向けた顕宗たちの怨みが記されている。が、そこでは雄略の墓はすべて「陵」と記されている。さらに『日本書紀』はイチノヘノオシハの墓もヤマトタケルのそれも「陵」と記している。『日本書紀』の編みてたちは、記されている人たちの思いとそれらへの編みてたちの思いとを、一つの接頭語の使いわけににじませる記しかたをとっていない。

三 仁賢の「理」

仁賢がさきの①で雄略の墓を「御陵」と呼んでいながら、②では「陵」と呼んでいる使いわけによって説いている考えかたは、顕宗によって②のなかで「理」と言い表わされている。とともに、同じ②のなかで、顕宗にとってかれの父を殺した相手への怨みをはらすことも「理」と仁賢によって言われている。顕宗と仁賢とにとって相入れない思いのそれぞれの基づく考えかたが、そのことばによって示されている。顕宗がそれらのうちの一つに強く捕われているのに対し、それと相入れない他方を考えにいれてこの「理」を説いている仁賢の考え深さが際だっている。顕宗が仁賢の「理」を受けいれているのは、顕宗そして仁賢にとってその「理」がわたくしの思いにまさっていることを、『古事記』の編みてが記しているのであろう。

相入れないことがより激しい形に行きついているのが反正のばあいである。かれがソバカリを殺そうとしたときのかれの考えがこう記されている。

④曽婆訶理、吾がためには大き功有れども、既に己が君を殺しつる、是れ義にあらず。然あれども、其の功を賽いぬは、信無しと謂ひつべし。既に其の信を行なはば、還りて其の情を惶りむ。故、其の功を報ゆれども、其の正身を滅ぼさむ。

ソバカリがかれの君スミノエノナカツ王を殺したことは「義にあらず」、しかし、その君殺しが反正にとっては「功」、ソバカリのその「功」に反正が報いないのは「信無し」、しかし、ソバカリの「情」はあやうい。反正にとって相入れないこれらのことを解決するためにかれがソバカリを殺すことも含めて、すべては人のありかたに関わることである。ソバカリをみずから殺した後に反正はミソキをしているけれど、この宗教的な行ないは、相入れないことの神による解決として働いているのではない。しかも、反正が苦しんでいるのは、その相入れないことの各々が人のありかたの正しさに基づいていると反正が思っているからである。さきの②において仁賢が顕宗に向かって説いている「理」は、それに反するとき「後の人、必ず誹謗らむ」と述べられている。この「理」が基づいているのも「人」のありかたである。「義」「功」「信」「情」をめぐって④において反正が求めている答えは、仁賢が説き顕宗が受けいれている②における「理」にかよっている。

人の正しさに思いをめぐらす顕宗、仁賢、反正のありかたはさらにさかのぼり、仁徳に行きつく。仁徳の条はかれの系譜、部の定め、池・堀江の記事の後に、こう記している。

⑤是に、天皇、高山に登りて四方の国を見て詔らししく、「国中に烟発たず。国皆貧窮し。故、今より三年に至るまで、悉人民の課役を除せ」。…故、人民富めりと為て、今はと課役を科せたまひき。是を以ちて百姓栄えて、役使に苦しびずき。故、其の御世を称へて、聖の帝の世と謂す。

みぎの条で仁徳は「国」を見ている。この「国」は「人民」「百姓」をそのなかに含んでいる。「四方の国」から「国中に烟発たず」「国皆貧窮し」「人民の課役を除せ」「人民富めり」「百姓栄え」へ連なっていることばが、その「国」の大もとのありかを受けてに知らせている。仁徳の見ている「国」のありかたが、これらのことばの連なりによって説かれている点は見すごせない。というのは、天皇たちにとって「国」がつねにそう見えていたわけではなかったらしいからである。

ひとりの天皇が山に登り「国」を見るという行ないは、『万葉集』のなかで舒明作と伝えられている歌にも見いだされる。

天皇、香具山に登りて国を望みましし時の御製歌

やまとには　群山あれど　とりよろふ　天の香具山　登り立ち　国見をすれば　国原は　煙立ち立つ　海原は　かまめ立ち立つ　うまし国ぞ　あきづ島　やまとの国は　（巻一・二）

この歌のなかでその天皇の見ている「国」にも「煙」が立っている。しかし、それは人々の営みではない。「煙」と対をなしている「かまめ」が人々の営みではないことがそれを確かに示している。土橋寛(10)が説いているように、「煙」と「かまめ」とはあいまって「国」の呪力の盛んであることをことばに現わしているのであろう。もっとも、この歌の言いあらわしている「国」のありかたが人々の営みに関わらないわけではない。その「国」のありかたが人々の豊かさに行きつくかも知れないからである。しかし、それは人々の営みによって豊かさをもたらすのではなく、その天皇を含む人の力を越えた呪術の働きに基づいた豊かさである。

異なる「国」のありかたを伝えているのが、『古事記』とは異なる文献における、異なる天皇の名を付けられた歌であることは、つぎのように考えさせもしよう。すなわち、それぞれの文献によって、そして各々の天皇によって、「国」のありかたが異なって見られていたことが記されている、と。ところが同じ『古事記』のなかの同じ仁徳の条に、つぎの歌がおさめられている。

⑥（仁徳が—遠山注）淡路島に坐して遥に望けて歌ひたまひしく、

おしてるや　難波の崎よ　出で立ちて　我が国見れば　淡島　おのごろ島　あぢまさの　島も見ゆ　さけつ島見ゆ

この歌のなかで仁徳に見えているのは実景ではあるまい。本居宣長(11)がつとに触れているように、歌いこま

れている島々のうち、「淡島」「おのごろ島」がイザナキ・イザナミによって作りだされている。それを『古事記』はその初めの部分にこう記している。

故、二柱の神、天の浮き橋に立たして、其のぬ矛を指し下ろしかかせば、塩こをろこをろにかき鳴して、引き上げたまふ時に、其の矛の末より垂り落つる塩の累なり積もれる、島と成りき。是、淤能碁呂島ぞ。（上巻）

然あれども、久美度に興して生みたまへる子は、…。次に淡島を生みたまひき。（上巻）

ほかの二つの島々「あぢまさの島」と「さけつ島」とは神話を伴なっていない。これらは各々の島の状態を表わしているのであろうけれど、仁徳がさきの神話の島々に並べて実景の島々を歌いこんでいるとは考えにくい。神話の島々を含む島々が仁徳に見えているという言いあらわしは、舒明に「煙」「かまめ」が見えているのと同じ働きをその島々が果たしていることを表わしているのであろう。

舒明の名のもとに伝えられている歌と仁徳の歌として記されている歌とに限らず、この歌いかたが広く見いだされることを、土橋寛(12)が国見歌として括りつつ説いている。『古事記』の記している仁徳の歌いかたはこの国見歌の形におさまりつつ『古事記』自身のなかの神話をみちびきいれている。ならば、この歌で仁徳が見ている島々は神々の営みであり、人々のそれではない。この歌いかたは、さきの⑤において同じ仁徳が「高山に登りて」見たと『古事記』に記されている「国」のありかたとかなり異なっている。しかも、舒明の歌と伝えられている歌の時からほぼ百年のち、七二五年（神亀二年）に聖武が吉野を訪れたときに、山辺赤人が称え歌を詠んだ。二群の長歌と反歌との組みのなかで第一群の反歌二首が「鳥」を歌いこんでいる。

み吉野の象山のまの木末にはここだもさわく鳥の声かも　（巻六・九二四）
ぬばたまの夜のふけゆけばひさき生ふる清き川原に千鳥しば鳴く　（九二五）

青木生子(13)が読みといているように、これらの歌は「鳥」のにぎやかさによって吉野の霊力の盛んであることを表わしているのであろう。続く第二群の反歌一首が人のにぎわいを歌いこんでいる。

あしひきの山にも野にも御狩り人さつ矢手ばさみさわきてあり見ゆ　(九二七)

「さわく鳥」「千鳥しば鳴く」と組みをなしていることによって、「御狩り人…さわき」は聖武の行なっている狩りに人のにぎわいを通して霊力を帯びさせていると知られる。ただ、「さわく鳥」の訓みに問題がないのに対して、同じくサワクと表わされている「御狩り人…さわき」の訓みに疑いがないわけではない。一方が「散和口」と書かれているのと異なり、他方が「散動」と記されているからである。が、岸本由豆流(14)の考えによって、それもサワクと訓んでよいであろう。同じ聖武がつぎの年七二六年(神亀三年)に印南野を訪れたとき、やはり山辺赤人が長歌と反歌とを詠んだ。なかに「海人舟散動」(長歌九三八)、「舟曽動流」(第一反歌九三九)と記されている。これらもサワクを表わしているのであろう。これら印南野の二首が人々のサワクことをとおした土地ぼめの歌いぶりをとっていることは、さきの「御狩り人…さわき」が「さわく鳥」「千鳥しば鳴く」ともども吉野の霊力を聖武に帯びさせることば使いだったことを知らせている。

仁徳が「淡路島に坐して遥に望けて歌」ったとさきの⑥において『古事記』が記している歌にとどまらず、『古事記』が記されおわった後までも霊力に裏うちされた景や人の行ないが歌われつづけていたことは、つぎのことを告げていよう。すなわち、人をも含む景のこの捉えかたが天皇たちの朝廷とそのまわりとの人々にふかく沁みこんでいた、と。にもかかわらず、それとは異なり、仁徳の条のなかに「人民」「百姓」の営みに基づいた「国」の見えかたが記されているのは、ひとりの天皇の「見」た「国」のありかたにそぐわないように思える。「人民の課役を除」した仁徳が儒教のすすめる帝のありかたに基づいていることは、本居宣長(11)、倉野憲司(15)などによって述べられている。この指摘が仁徳の「国」の見かたのそぐわなさの理由の一つを解きあかそう。しかし「聖の帝」仁徳が引きついでいるのは、中国の文献に書かれている帝だけではあるまい。というのは崇神の条にこう記されているからである。

しかして、天の下太く平らぎ、人民富み栄えき。是に、初めて男の弓端の調、女の手末の調を貢らしめたまひき。故、其の御世を称へて、初国知らしめしし御真木の天皇と謂す。

崇神も「人民」を「富み栄え」させたことが記されている。さらに、仁徳と同じく崇神も「其の御世を称」えられている。『古事記』において「其の御世を称」えられている天皇は、神武から仁徳までのあいだで崇神だけである。仁徳から後の天皇たちを考えに入れても同じ結果が得られる。が、仁徳の受けついだ者を尋ねるうえでは、後の天皇たちは関わりがない。

『古事記』のなかで仁徳が崇神とのこのようなつながりのもとで記されているからには、仁徳の「聖の帝」の記事を中国の文献による考えかたの取りこみという捉えかただけで括るわけにはゆくまい。ところが仁徳を崇神との関わりのもとに置いている記事は、仁徳の記事のそぐわなさをふたたび目だたせる。というのは、仁徳が称えられているのは「人民富」み、「百姓栄え」る世を「人民の課役を除」すことによってもたらしたからである。対して崇神はオホモノヌシともろもろの神たちとを祭ったうえに地方を従わせたことによって「天の下太く平らぎ、人民富み栄え」る世をもたらしたと記されている。二人の天皇たちの行ないは、「人民」「百姓」に栄えをもたらした点を同じくしながらも、その栄えをもたらす手だてが異なっていたことが記されている。すなわち、それぞれの手だてが一方の仁徳ではすべて人のことであり、他方の崇神では神と人とのことである。この違いも、仁徳の記事への異なる考えかたの取り入れによって解きあかされるように見えないわけではない。しかし、崇神の条と仁徳の条とのあいだには、『古事記』自身のうちに他の要素が見いだされる。それら二つの条が時代を異にしている点である。

天上界の神々から地上界の人である天皇たちへの移りを『古事記』の編みてがこまやかに記していることを、「第二章　第四節　神から人へ」が述べた。崇神と仁徳との違いはその移りのさきに位置を占めているのではないか。すなわち、人である崇神が神たちを祭り領土を定めたことから、同じく人である仁徳が「人民」「百姓」のありさまに目を向けたことへ天皇たちの政治が移っていることを、『古事記』の編みては記しているのではないか。仁徳の条から『古事記』がその下巻を立てているのは、この移りを巻の分けかたという形にその編みてが現わしているのであろう。

さきの②において仁賢が説き顕宗が受けいれている「理」は、反正の求めている答えとともに、かれらの考えている人の正しさに基づいている。この考えかたは仁徳の「人民」「百姓」の扱いかたにさかのぼる。しかし、この考えかたは巻の区切りを越えて中巻の天皇たちには及んでいない。すなわち、中巻の終わりには仁徳の父応神の記事が置かれている。その応神は主にアマテラスのことばに包まれて生まれ、生まれた後にも気比の大神とのあいだで名をかえ、神たちとの関わりをことさら強く記されている。この応神のありかたのもとは神の正しさであり、人のそれではない。さらに、応神の父であろう仲哀はアマテラスを主にする神のことばを受けいれなかったために、その命を奪われたことが記されている。その仲哀の妻オキナガタラシヒメは、仲哀を死なせた神たちの教えに従って政治を行なったことが記されている。神たちとの関わりに基づく天皇たちの行ないの記事が、崇神の条だけではなく中巻の終わりの天皇たちにまで見いだされるのに対し、下巻の始めに置かれている仁徳の条は人の営みを初めに押しだしている。巻のあいだのこの変わりかたは、神との関わりによって政治を行なっていた天皇たちから人の営みに基づいてそれを行なった天皇たちへの移りを見てとらせる。神と人とへの目の向けかたを基準に据えるばあいには、『古事記』三巻のしくみのなかで、上巻から中巻への移りよりも中巻から下巻への移りのほうに大きな隔たりが見いだされる。②において仁賢の説いている「理」は神にまったく関わらず、人のありかたに基づいている点で、『古事記』の下巻に記されている天皇たちのありかたを貫いている考えかたであるといえよう。

四　人の営み

『古事記』の下巻におさめられている天皇たちのなかで、仁賢たちに加えて允恭も人のありかたに基づいて記されている。しかもこの天皇のばあいには、天皇の位の引きつぎにまでそれが及んでいる。その行きさつはこう記されている。

天皇、初め天つ日継ぎを知らしめさむとせし時に、天皇辞びて詔らししく、「我は一つの長き病有り。日継ぎを知らしめすこと得じ」。然あれども、大后を始めて諸の卿等、堅く奏すに因りて、乃ち天の下治らしめしき。

允恭を天皇にしているのは「大后を始めて諸の卿等」である。中巻の終わりの天皇である応神がおもにアマテラスによって天皇の位の引きつぎを定められている（第二章　第七節　神と応神と）のに比べるとき、ことに「諸の卿等」が允恭の位の引きつぎに関わっているところに大きな違いが現われている。他方で、この允恭は継体のばあいとの共通点を見てとらせる。継体のばあいがつぎのように記されているからである。

品太の天皇の五世の孫、袁本杼の命、近つ淡海の国より上り坐さ令めて、手白髪の命に合わせまつりて、天の下を授け奉りき。（武烈条）

傍線のところはそれぞれ「令上坐」「授奉天下」と記されている。これらは傍線のところのように他のものが働きかける形で訓むのがよいであろう。それらのあいだにある「合於手白髪命」は「令上坐」のなかの「令」に統べられていると解され、やはり他のものの働きかけの形で訓むのがよいであろう。

継体を「上り坐さ令め」、かれに日本をおさめる力を「授け奉」ったのが誰かを『古事記』の編みては記していない。しかし、それが「諸の卿等」であったろうことが、允恭のばあいによって推しはかられる。この天皇の位の継ぎかたについて、『日本書紀』の継体の条がよりくわしい記事を残している。これによって、「諸の卿等」のなかでも大伴金村が大きな役割りを果たしたらしいことが知られる。が、『古事記』はその名を記さないことによって継体を允恭に似る位置に置きつつ、ひいては下巻に移っている時代のなかのひとりの天皇に位置づけているのであろう。

『古事記』下巻の天皇たちが各々の前の天皇との続きかたを多くのばあいに記されている点について、神野志隆光(16)がその理由を説いている。中巻と異なって下巻はアメノシタの引きつぎがすでに定まった後の天皇たちを記しているから、多くの天皇たちに続きかたが取りたてて記されているという指摘が、反正の「弟」允恭、応神の「五世の孫」継体のばあいにも、各々の違いを伴ないながらも当てはまるであろう。中巻の終わりまでで天皇たちの位の引きつぎがアマテラスの血すじのうちにとどまっていることが確かに記されているからには、天皇たちの位のつきかたに「諸の卿等」の力が働いても、その血すじが保たれるからである。

その一つの血すじを保つ力が神に基づいていることを、上巻、中巻を通して『古事記』の編みては繰りかえし記している。それら二つの巻を受けている下巻に至って「人民」「百姓」の営みを押しだすなかで、『古事記』の編みては仁徳の条につぎの歌をおさめている。

⑦なが御子や　つびに知らむと　雁はこむらし

雁が卵を生んだことを仁徳がタケウチノスクネに尋ねたところ、それに答えた後にタケウチノスクネが「御琴」にあわせてこの歌を歌ったと記されている。仲哀の条には、オキナガタラシヒメが神たちのことばを告げたところで、仲哀が「御琴」をひいていたことが記されている。そのうえ、その場にいたのがやはりタケウチノスクネだったことが記されている。タケウチノスクネによる雁の卵の歌も神の力に関わっていたらしいことが推しはかられる。さきに触れた⑥における仁徳の国見歌が神話をみちびきいれている点とともに、歌と神との関わりの深さが知られる。しかし、この雁の卵の歌は、さきに説いた下巻の天皇たちのありかたをも表わしている。というのは、それが「なが御子や」と歌いおこしているからである。

西宮一民(17)は、⑦の歌いおこしの「な」を「我」の意と解いている。が、この「な」は二人称を意味していると受けとられる。その場面で仁徳がタケウチノスクネに尋ねた歌が同じ「な」を用いている。すなわち、「たまきはる内の朝臣　なこそは世の長人」という仁徳の問いかけに対してタケウチノスクネが答えた歌である⑦においては、その「な」は歌いてにとっての相手すなわち仁徳を指していると受けとられる。

下巻の天皇たちのありかたとしてこの「な」を含む歌いおこしが目を引くのは、仁徳の「御子」の「知」りかたについて、ひとりの臣が言いおよんでいる点である。これと異なり、上巻、中巻においては神が「我が御子」の「知」ることをことばに表わしている。すなわち、アマデラスがつぎのように述べるところから、地上界をおさめる条が始まっている。

豊葦原の千秋の長五百秋の瑞穂の国は、我が御子正勝吾勝勝速日天の忍穂耳の命の知らす国ぞ。

「第二章　第四節　神から人へ」が説いているように、この「我が御子」が「天つ神の御子」「日の神の御子」とも記されつつ中巻の神武の条まで保たれている。さらに仲哀の条に至り、応神が「汝命の御腹に坐す御子」と呼ばれている。応神を腹のなかに持っているオキナガタラシヒメを「汝命」と呼んでいるのはアマデラスである。しかも、このアマデラスのことばにすぐ続いて、タケウチノスクネがこう尋ねたと記されている。

恐し。我が大神。其の神の腹に坐す御子は何れの子にか。

応神はアマデラスの「御子」として言いあらわされている。ところが、下巻の仁徳に至るや、「我が御子」にかわって「なが御子」が歌われている。すなわち、神の「御子」にかわって仁徳という人の「御子」がおさめることが歌われている。それに応じて、その「御子」ついて述べている者がアマデラスからタケウチノスクネに移っている。ただ、本居宣長(11)は「な」を二人称と解しつつも、「な」と「御子」とがともに仁徳を指していると受けとっている。この受けとりかたは、「なが御子や」の歌が仁徳の即位まえに歌われたという賀茂真淵の考えに基づいている。『古事記』がそう記していないからには、「な」がすでに天皇である仁徳を指し、「御子」がその仁徳の子孫を言いあらわしていると読みとられる。倉野憲司(15)が「な」を仁徳、「御子」を「その皇子達」と解いているのが支持される。ただし、この「御子」はより広く仁徳の子孫たちを表わしていると受けとるべきであろう。さきに触れた「我が御子」に連なっている「天つ神の御子」「日の神の御子」がつぎの代の者たちを越えた範囲に及んでいるからである。「なが御子」を仁徳の子孫たちと解く受けとりかたは、それに続いている句「つびに知らむ」にも仁徳の代を越える時の長さを帯びさせる。すなわち、この歌は仁徳から後の天皇たちすべてを祝う歌として働いていると考えられる。

「なが御子」の歌は予祝に包みこみつつも、人である天皇の「御子」がおさめることを一人の臣が祝っていることによって、神から人へ天皇たちの基づくところが移っていることを、『古事記』の下巻の初めの天皇の条において告げている。人の営みに目を向けている「聖の帝」仁徳から反正、允恭、顕宗、仁賢たちを貫いている下巻の天皇たちのありかたは、中巻の天皇たちから確かに分けられて、時代による天皇たちのありかたの移りを『古事記』のなかに記しとめているように思われる。

【注】

（１） 福田良輔『古代語文ノート』「倭建の命は天皇か―古事記の用字に即して―」、南雲堂桜楓社、一九六四年。

（2）津田左右吉『日本古典の研究　上』「第三篇　第十六章　ヒムカに於けるホノニニギの命からウガヤフキアヘズの命までの物語」（『津田左右吉全集　第一巻』、岩波書店、一九六三年）。
（3）吉井巖『天皇の系譜と神話　一』「II　三　ヤマトタケル物語形成に関する一試案」、塙書房、一九六七年。
（4）本居宣長『古事記伝四十四之巻』（『本居宣長全集　第十二巻』、筑摩書房、一九七四年）。
（5）西宮一民『古事記』、桜楓社、新訂版一九八六年。
（6）石塚晴通「本行から割注へ文脈が続く表記形式―古事記を中心とする上代文献及び中国中古の文献に於て―」、『国語学』第七〇集、一九六七年九月。
（7）益田勝実『火山列島の思想』「王と子―古代専制の重み―」、筑摩書房、一九六八年。
（8）吉井巖『ヤマトタケル』「七　4　白鳥の飛翔」、学生社、一九七七年。
（9）吉井巖『天皇の系譜と神話　二』「六　倭の六の御県」、塙書房、一九七六年。
（10）土橋寛『古代歌謡と儀礼の研究』「第五章　第三節　2　舒明天皇の「望国歌」」、岩波書店、一九六五年。
（11）本居宣長『古事記伝三十五之巻』（『本居宣長全集　第十二巻』、筑摩書房、一九七四年）。
（12）土橋寛『古代歌謡と儀礼の研究』「第五章　第一節　国見歌の性格、発想、素材」、岩波書店、一九六五年。
（13）青木生子『日本抒情詩論』「七　赤人における自然の意味」、弘文堂、一九五七年。
（14）岸本由豆流『万葉集攷証　第六巻』（同第二巻二三〇歌注参照。ともに『万葉集叢書　第五輯』、臨川書店、一九七二年）。
（15）倉野憲司『古事記全註釈　第七巻』、三省堂、一九八〇年。
（16）神野志隆光『古事記の世界観』「第九章　5　下巻への視点」、吉川弘文館、一九八六年。
（17）西宮一民、日本古典集成『古事記』、新潮社、一九七九年。西宮一民（5）の頭注も同じ。

むすび

一　『古事記』の主題

『古事記』にはいくつかの世界が見いだされる。初めに現われているのは「高天の原」である。ほかに「黄泉つ国」「根の堅州国」「葦原の中つ国」そして海の神の国について『古事記』は記している。これらは各々の世界として成りたっているように見える。これらの各々にたがいに異なる神々がいて、これらのそれぞれがまとまりを備えているように記されているからである。が、『古事記』が説こうとしているのは、これらの各々の世界のありかたではないであろう。というのは、これらが天皇たちのおさめている領域にどのように関わっているかを『古事記』が記しているからである。

天皇たちのおさめている領域に関わる世界のなかで中心をなしているのが、「高天の原」と「葦原の中つ国」とである。その中心の作りかたはつぎのように示されている。「高天の原」の神々が「葦原の中つ国」の神々を従え、この「高天の原」の神々の子孫たちが天皇たちになった、と。おさめる者たちが神々から天皇たちへ移るのにともない、「葦原の中つ国」は「天の下」に呼びかえられている。すなわち、天皇たちが「天の下」をおさめる由来と、それに基づく天皇たちのおさめかたとを説くことが『古事記』の主題をなしている。「黄泉つ国」などの世界それぞれは「葦原の中つ国」のまわりに置かれ、中心をなす世界との関わりのもとで記されている。

『日本書紀』では本書といくつかの一書とのあいだに伝えの違いが見いだされる。とはいえ、神野志隆光(1)が述べているように、その主張は本書によって代表されていると考えるべきであろう。その本書は「天」と呼ばれる世界を設けている。ここにいる神々が「葦原の中つ国」にいる神々を従え、「天」の神々の子孫たちが天皇たちになる。これら天皇たちが「天下」「宇」などと書かれている世界をどのようにおさめてきているかを『日本書紀』は記している。この主張の枠ぐみは『古事記』に似ているように見える。しかし、「天」と「葦原の中つ国」とは、たがいの違いを『古事記』ほどには際立たせていない。「天」と「葦原の中つ国」とが異なる神々によってまとめられていることを、本書がこまかく記していないからである。また、「根の国」が名を現わしているものの、そこでの神々の行ないはまったく記されていない。したがって、それがどのような世界であるのか受けてにはわからない。対して「海」には神々が現われており、「葦原の中つ国」との関わりも説かれている。けれど『日本書紀』の本書は「天」「葦原の中つ国」を中心に据え、他の所について世界としてのまとまりを描いていない。ただ、一書のいくつかがそれらについてこまかに記している。本書が『日本書紀』の主張の中心を受けてに与え、一書がそれを補う役わりを果たしているように見える。

『風土記』もまた世界の問題にふかく関わっている。というのは、天皇たちの領域の各々の行政区におけるありさまを、各々の行政区の官僚たちがそこに記しているからである。すなわち『風土記』は、天皇たちの領域の由来ではなく、その今のありさまを主に記すことによって、それらすべてを治めている天皇たちの世界のありさまを伝えている。『古事記』そして『日本書紀』が時間軸に沿って天皇たちの支配を説いているのに対し、『風土記』は空間軸によってそれを記している。これら二つの軸が交わるところ、すなわち七世紀から八世紀にかかるころのアメノシタにおける天皇たちの力のありかたを表わすことが、天皇たちの朝廷によって編まれたこれらの文献のめざしたところなのであろう。

右に触れた文献がすべて天皇たちの支配を説くことを主題に置いているのは、それらの文献が天皇たちの政治のうえの力を離れてはありえなかったからである。それらの文献のなかで天皇の力の行き渡りかたをもっともよく見てとらせるのは、さきに触れた世界よりも、むしろその外にある領域についての述べかたである。『古事記』では「新羅の国」「百済の国」（仲哀条）がそれである。これらの国々は天皇たちの祖先の神々によって作られたと記されていない。しかもその神々による征服も記されていない。「新羅の国」は「新羅」の「国王」の支配のもとにある。神功によって初めて、それらは天皇たちの支配のもとに組みこまれることが記されている。この組みこみにあたり、『古事記』はアマテラスの力をおもに説いている。すなわち『古事記』は「葦原の中つ国」「天の下」と同じ性格を「新羅の国」「百済の国」に与えている。その神の力による組みこみに応じて、これらの国々が天皇たちの支配から離れる記事を『古事記』は持っていない。その神の力によって天皇たちのおさめる力が裏づけられるというしくみがそこに働いているからには、天皇たちの支配は絶対的であり、それらの国々が天皇たちの支配から離れることはありえないからである。

対して「新羅」「高麗」が天皇たちの支配にそむく動きを『日本書紀』は記している。六六三年（天智二年）八月に白村江の戦いで天智の軍は「新羅」と「唐」との軍にやぶられた。こののち「新羅」が天皇たちの支配から大きく離れたことを『日本書紀』は記している。この動きを記しているのに応じて、『日本書紀』は朝鮮半島の国々について記すに当たり、「葦原の中つ国」平定との関わりを持たせていない。神功の条が「新羅」の征服と「高麗」「百済」の「朝貢」との記事のなかで神の力の働きを記しているけれど、それらの国々は天皇たちのおさめる領域のうちに置かれていない。「三韓」は「西蕃」という位置づけにより、天皇たちの支配する領域のまわりに置かれているにとどまっている。「新羅」「高麗」は六七三年（天武二年）などに日本の朝廷に使いを送ったことが記されている。が、これらの国々は「唐」の朝廷との関わりを深めており、その「唐」は初めから天皇たちの支配のそとにあるように記されている。

『日本書紀』の記していることは七世紀から八世紀の東アジアの現実に『古事記』より近いようである。もっとも『古事記』は推古の条によってその記事を終わり、六六三年に天皇の軍のやぶられたときにまで記事を及ぼしていない。したがって「唐」の力の現われが日本の朝廷に直接的な影響を及ぼしたときは、『古事記』の記しているときの範囲の外にあるとも受けとられよう。しかし『古事記』が編まれたとき、「新羅」と「唐」との動きはすでに半世紀まえに起こっていた。『古事記』はそれを視野から斥け、天皇たちの支配する世界に「新羅の国」「百済の国」だけを組みいれて説いている。

『古事記』のこの説きかたは、「高天の原」とそこに「成」った神々との力を大もとに据えている。『古事記』はその神々のなかでも、ことにアマテラスを天皇たちに強く結びつけている。とともに、『古事記』は神の時代と人の時代とをきびしく分け、この時代分けに対応させて天皇たちを人として記している。しかも、「高天の原」から地上界へくだった神を一代ごとに人に近づけ、天皇になる前の神武を神に結びつけ、天皇になった後の神武から呼びかたで分ける点にまで、その時代わけを行き渡らせている。この神から人への移りを受けて、神武から後の天皇たちがさらに時を経るに従って人の性質をいよいよ濃く帯びてゆくさまを、『古事記』はこまやかに記している。とともに、人である天皇たちの節めごとに、『古事記』は天皇たちに「高天の原」の神々との関わりを持たせ、その節めのうちの二人すなわち神武と継体とを「五世」の系譜に編みこんで神の血すじによる説きかたを貫いている。

『古事記』のこの説きかたと同じく天上界の神の力によって天皇の力を説きながらも、柿本人麻呂の歌いかたはその時代分けとは異なった時の設けかたによって天武たちを描いている。すなわち人麻呂は草壁挽歌で天武を天上界からくだる神として歌いつつ、天武の子、草壁を人の時代に置いている。この歌いかたのなかの天武は人ではなく、神の時代の神である。この時代の分けかたは『古事記』のそれと大きく異なっている。しかも安騎野の歌に至って、人麻呂は草壁挽歌で人としてひとたびは位置づけた草壁を天武に並ぶ高みへ押しあげ、草壁を神の時代の神扱いに変えている。とともに、吉野の宮を称えた歌においては天武の妻であり草壁の母である持統を、神々を従わせる神として歌い、持統に人の面を持たせていない（遠山一郎(2)）。ほぼ同じころに編まれ、歌われていながら、天皇たちについての『古事記』の説きかたと人麻呂の歌いかたとのあいだには、時代の分けかたとそれに伴なう天皇たち、それらの子の扱いとに大きな違いが見いだされる。

人麻呂の歌を編みこみつつ、『万葉集』は『古事記』『日本書紀』『風土記』と同じく七世紀から八世紀にかけて作られた。ところが他の文献と異なり、『万葉集』は天皇たちが世界をおさめていることを描くことをめざしているようには見えない。右の人麻呂の歌がすべてではなく、『万葉集』のなかの多くの歌が各々で別の主題を表わしているからである。ただ、巻一、巻二の古い部分が七世紀から八世紀にかかるころの天皇たちの朝廷における ことばの営みの豊かさを歌によって表わそうとしたという読みかたが、伊藤博(3)によって示されている。その明らかな現われは初めに据えられている歌であろう。巻一の一番の歌と二番の歌とは雄略の婚姻と舒明の国見とを各々で歌っている。二首ともにそれぞれの天皇を中心に置き、天皇の一族の栄えと天皇のおさめている領域の豊かさとを呪術によって祝っている。しかも、契沖(4)が十七世紀に述べているように、『万葉集』はその終わりにめでたい歌を据え、初めの歌に対応させている。その終わりの歌は、大伴家持が一つの地方の行政区で淳仁のつとめをその天皇にかわって行ない、その天皇のおさめている世の栄えを歌っている。ならば『万葉集』を編んだ人々は天皇たちの朝廷を中心に置いた世界を考えていた、と私たちは見ることができよう。しかし『万葉集』の編みてたちの意図がすべての歌いてたちの意図に一致しているのではない。

二　古代前期の文学の相対化

『古事記』が編まれてからほぼ一〇〇〇年ののち、本居宣長(5)は『古事記』の説きかたをよみがえらせることを試みた。宣長(5)はその視点をことばに置き、そこから古代の心を見とおそうとした。その視点が古代のすべてを現われさせると宣長は信じていたようである。宣長(5)の「古記典等総論」につぎのように記されている。

此記（『古事記』―遠山注）は、…その意も事も言も相称ひて、皆上代の実なり、是もはら古の語言を主としたるが故ぞかし、

この視点の置きかたが『日本書紀』をかれの視野から斥けている。それが中国のことばに主に基づいているからである。ところが天皇たちの力の及ばない「新羅」「唐」に『日本書紀』の記事は言いおよんでいる。宣長(5)が「直毘霊」で「きたなきからぶみごころ」をせめるとき、天皇たちの力の及ばない世界のあったことも宣長の視野から消されている。同じ「直毘霊」で宣長(5)はこう述べている。

いにしへの大御代には、しもがしもまで、ただ天皇の大御心を心として、天皇の所思看御心のまにまに奉仕て、

すでに八世紀初めの文献においてそれが世界の捉えかたの一つにとどまっていたことは、宣長(5)のことばの視野にはいっていない。

『古事記』そして『日本書紀』の記事のなかに事実の記録ではない記事のあることを、宣長(5)からほぼ一三〇年ののちに津田左右吉(6)は論じている。かれのいう事実の記録でない記事は、名と事績とを記されているけれど存在しなかったらしい天皇たちの記事をも含んでいる。津田(6)は一三〇年まえの本居宣長の考えかたばかりではなく、一九世紀後半から作られてきた日本のしくみをその大もとで揺るがした。というのは津田(6)が『大日

本帝国憲法』の主に第一条と第三条とに疑いを投げかけたように見えたからである。その第一条「大日本帝国ハ、万世一系ノ天皇之ヲ統治ス」とその第三条「天皇ハ、神聖ニシテ侵スヘカラス」とは互いに補いつつ、天皇たちの「神聖」をその祖先の神の血すじからの「一系」の受けつぎによって主張していた。何人かの天皇たちが存在しなかったのならばその主張が成りたたない。

津田左右吉は出版法違反によって一九四二年に第一審で有罪の判決を受けた。かれの目ざしたところは天皇をもっとも高い所に据えるしくみを合理的に強めることだったようである（家永三郎ほか(7)）。しかし津田(6)の読みとったことは、日本のしくみを支えていた考えかたの弱さを、その考えかたが基づいていた文献によって示している。さきの二つの条が基づいていた天皇の捉えかたは津田の読みかたを受けいれる強さを備えていなかった。その捉えかたはみずからの見かたの狭い強さを津田を罰することによって貫こうとした。

このしくみが連合軍の力によって壊されたのち、一九五二年に水野祐(8)が日本における王朝の入れかわりを論じた。この考えかたはさきの『大日本帝国憲法』の二つの条にするどく対立している。もしこの考えかたが先のしくみのもとでおおやけに示されたならば、この考えかたを示した人はその憲法のもとにあったどれかの法によって、有罪の判決を受けたであろうと津田のばあいが想像させる。この押しつけが除かれた後に、古代の前期の文学がみずからの内に世界の広がりを含んでいることを研究者たちが明らかにしはじめている。

額田王は長歌と反歌とによって三輪山への思いを表わしている（『万葉集』巻一・一七―一八）。天智が白村江の戦いにやぶれた後にみやこを近江へ移したときに、天智とかれの朝廷の人々との思いを額田がそれらの歌に表わしたらしい。その反歌がその長歌の述べていることをまとめて示している。

三輪山をしかも隠すか雲だにも心あらなも隠さふべしや　（一八）

額田は天智たちの思いにみずからの思いを溶かせあわせつつ、三輪山とその神とへの思いを表わしている。近江へのみやこ移しは天智の朝廷にとってとても大きな動きだったであろう。このときに当たって詠まれた歌がアマテラスにまったく関わらず、アマテラスから天智へ連なっていたはずの「一系」の主張をまったくうかがわせていない。アマテラスではなく三輪山の神を祭っていた王朝がかってあったという考えかたが、水野(8)の考えかたを受けつぎつつ、岡田精司(9)によって示されている。この捉えかたが額田の歌いかたを解くうえで一つの見かたを示している。

また『万葉集』は防人たちの歌をおさめている。これらの歌は天皇につかえる心を述べていると吉野裕(10)は一九四三年に論じている。対して防人たちの歌のほぼすべてが、かれらの子や妻、親への思いを詠んでいることを身崎寿(11)が一九七三年に説いている。農民たちが天皇に支配されて防人につかわされ、かれらの日々のくらしを変えられたときの思いに即した受けとりかたを身崎寿(11)が探りあてている。

くわえて同じく天皇の支配のもとにありながら、それに覆われない思いの現われを『古事記』にも見いだそうとする読みかたが現われている。「天皇、…吾、すでに死ねと思ほしめすぞ」とヤマトタケルがヤマトヒメに向かって嘆き、景行の命に従って死ぬ姿に、天皇の支配におさまりきらない人々の心が描かれている、と益田勝実(12)は一九五六年に主張している。『古事記』の各々の部分が全体の主張に組みこまれているなかで、その一部分に『古事記』の主題には尽くされない思いがこめられているという読みかたは、日本のしくみを支える文献という狭さを、人の心のことばへの現われという見かたによって乗りこえようとする試みの一つであろう。

防人たちやヤマトタケルが天皇たちの政治的支配に組みこまれてゆくなかでかれらの思いを表わしているのに通う思いの現われが、つぎの歌々にも見いだされる。

淡海の海夕波千鳥汝がなけば心もしのにいにしへおもほゆ　（巻三・二六六柿本人麻呂）

うらうらに照れる春日にひばりあがりこころ悲しもひとりしおもへば　（巻十九・四二九二大伴家持）

これら二首の「おも」いは異なっているように響いている。すなわち、一方は「いにしへ」を、他方は今を「おも」うのであろう。二首はそれぞれの思いについてくわしく述べていない。受けては各々の思いを推しはかるにとどまる。しかしこれら二つの歌は天皇たちの支配が及ばない心の深みを歌おうとしているように響いている。二首のうち、ことに後の歌は「ひとり」をことばに表わし、それを明らかに示している。この「ひとり」の思いは外へ広がらず、広がりを内へ向けつつ、その歌人のみの世界をことばに表わそうとしているようである。ことばのこの営みは古代後期の文学へ連なっている。この側面から見るとき、古代の文学は前期と後期とのあいだに途切れを持っていない。右にも触れ、また「第一章　第二節　歌が開くことば」が辿っているように、七世紀から八世紀にかかるころに日本の朝廷とそのまわりとの人々の心に根ざす思いが日本のことばに姿を現わしていたようである。が、そのことばの営みも、『古事記』『日本書紀』『万葉集』という天皇たちの力を表わす文献におさめられたことによって人々に伝えられている。天皇たちの力はひとりの思いのありかたをも強く引きつけていたといえよう。古代後期に天皇たちの朝廷の編んだものではない文献によって、おもに貴族の女たちがみずからの思いを日記、物語りに表わした営みが古代前期の営みとのあいだに区切りを刻んでいることも見おとすわけにゆかない。

天皇たちの力の及ばないひとりの内へ深まる世界が七世紀から八世紀にすでに開かれていたけれど、外へ広がる捉えかたにおいても、八世紀に編まれた天皇たちの祖先の神話のなかに系統の広がりを神話学が探りあてている。その神話が天皇たちの祖先の神のことに限られていたあいだ、天皇たちの支配はその神話に独占的に結びついていた。ところがそれによく似ている神話が朝鮮半島から北アジアに広がっていたことを、一九五五年に松村武雄(13)が多くの例を挙げつつ明らかにしている。ことに、同じ形でありながら別の天上界の神の祖先神話を朝鮮半島の国の王が持っていたことは、天皇たちの神話を著しく相対化するように働いている。すなわち、その神話は天皇たちの支配だけを天上界の神々に結びつけているのではなく、北東アジアの王たちのそれぞれの支配の語りかたの一つに位置を占めるにとどまる。くわえて、ニニギが地上界にくだった後にコノハナノサクヤビメを選んだために子孫たちの命が短くなったという天皇たちの祖先の神話が、南東アジアによく似ている形を持っていることを、大林太良(14)が一九七三年に論じている。すると天皇たちの祖先たちのもろもろの神話は、アジアの北東からさらに広く南東へ広がっていた神話のなかで位置づけられなければならなくなっている。

三　予定されていない受けて

マイケル・ボーダシュ(15)は『夜明け前』についてこう述べている、「米国人の私がこの作品を読む時、常に自分は予定された読者ではないということを思わずにはいられない」と。『夜明け前』が「国民物語」であり、「読者はその国民物語の現代の継承者として位置づけられている」というかれの読みがその思いに深く関わっている。それはボーダシュ(15)だけの思いではないであろう。二十世紀から二一世紀にかかるころの日本の受けてたちが古代前期の文学をその成りたちからほぼ一三〇〇年のちに読むときに、この受けてたちはその文学の「継承者として位置づけられている」のか。たしかに、その文学のことばはその受けてたちの母語の祖先に当たっている。しかし、それがすなわち「ただ天皇の大御心を心」(本居宣長(16))とすることではないであろう。むしろ予定されていない受けてたちが予定されていない見かたを備えているからこそ、ほぼ一三〇〇年まえの文学の含む豊かさを、その文学を作りだした人々の意図を越えてその受けてたちは説くことができるかも知れない。それはあたかも日本近代文学の研究について、イルメラ・ヒジヤ・キルシュネライト(17)が示しているつぎの見かたに似ている。「作品のなかに現われている「文化的無意識」…は、むしろその構造に囚われている日本の研究者よりも、われわれのほうが認識しやすい」。ヒジヤ・キルシェネライト(17)の言っている「われわれ」はヨーロッパの文学の考えかたになじんでいる人々を指している。

しかしヒジヤ・キルシュネライト(17)がヨーロッパの文学の考えかたの押しつけを慎重にさけているように、はるか後の時の受けてたちはその考えかたを古代前期の文学に押しつけるわけにはゆかないであろう。その文学がそれを担った人々の一度だけの営みだからである。たとえ後の時代の受けてたちの母語がそこに連なっていても、古代前期の文学を担った人々の思いをその受けてたちが直接に分けもっているわけではない。この隔たりが母語を異にする人々にはより強く意識されているのであろう。が、ほぼ一三〇〇年まえの文学の読みは誰にとっても著しくむずかしい。母語を異にする近代文学の受けてたちと、古代前期の文学のことばを受けついでいる母語を話している二十世紀から二一世紀にかかるころの受けてたちとは、通いあう位置に置かれている。これらの受けてたちの予定されていない受けとりかたは、古代前期の文学をより広く深く明らかにする可能性を秘めているであろう。二十世紀の主に後半の読みかたはその方向をすすめてきている。二一世紀の読みかたはそのさきに歩みを進めなければなるまい。

【注】

(1) 神野志隆光『古事記と日本書紀』「第五章　1「一書」の問題」、講談社(現代新書)、一九九九年。

(2) 遠山一郎『天皇神話の形成と万葉集』「第二章　人麻呂関係歌における神話の展開」、塙書房、一九九八年。

(3) 伊藤博『万葉集釈注　十一　別巻』「第一章　Ⅰ　巻一・二の生い立ち」、集英社、一九九九年。

(4) 契沖『万葉代匠記　巻第二十』、一六九〇年精撰本成る。

(5) 本居宣長『古事記伝』、一七九八年成る。

(6) 津田左右吉『古事記及日本書紀の新研究』、洛陽堂、一九一九年。(『津田左右吉全集　別巻第一巻』、岩波書店、一九六五年)。『日本古典の研究　上、下』、岩波書店、一九四六年(『津田左右吉全集　第一巻、第二巻』、岩波書店、一九六三年)。

（7）家永三郎『日本の近代史学』「記紀批判弾圧裁判考―津田左右吉筆禍事件始末」、日本評論新社、一九五七年。米谷匡史「津田左右吉・和辻哲郎の天皇論」（岩波講座『天皇と王権を考える第1巻』、岩波書店、二〇〇二年）。
（8）水野祐『日本古代王朝史論序説』（『増訂　日本古代王朝史論序説』、小宮山書店、一九五四年による）。
（9）岡田精司『古代王権の祭祀と神話』「第II部　第三　河内大王家の成立」、塙書房、一九七〇年。
（10）吉野裕『防人歌の基礎構造』「序章　「防人歌」と「防人の歌」」、伊藤書店、一九四三年。
（11）身崎寿「防人歌試論」、『万葉』第八二号、一九七三年。
（12）益田勝実『火山列島の思想』「王と子」、筑摩書房、一九七八年。初出一九五六年。
（13）松村武雄『日本神話の研究　第三巻』「第十五章　天孫降臨の神話」、培風館、一九五五年。
（14）大林太良『日本神話の起源』「VII　高天原から日向へ」、角川書店、一九七三年。
（15）マイケル・ボーダシュ「『夜明け前』と歴史的時間」『世界が読む日本近代文学III』、丸善、一九九九年。
（16）本居宣長『古事記伝一之巻』「直毘霊」（『本居宣長全集　第九巻』、筑摩書房、一九六八年）。
（17）イルメラ・ヒジヤ・キルシュネライト『私小説　自己暴露の儀式』「第V部　第五章　私小説現象の歴史的＝批判的解釈のためのいくつかのテーゼ」、ドイツ語版一九八一年。日本語訳、平凡社、一九九二年。

所収論文目録

本書のもとをなしている論文の題名、初出誌を掲げる。これらを本書におさめるにあたり、ほぼすべてにわたり書きあらためてある。

第一章　『古事記』の背景

第一節　母語の営み

原題「声のない文字から声をあらわす文へ」。稲岡耕二編『上代文学論集』、塙書房、一九九九年十一月。

第二節　歌がひらくことば

1原題「柿本人麻呂の歴史的位置」。義江彰夫、平川　南、神野志隆光編『日本の古代をひらく』、情況出版（『情況　別冊』）、一九九六年五月。

2原題「人麻呂の神話的表現」。『国文学　解釈と教材の研究』（学燈社）第三九巻第六号、一九九四年五月。

3原題「人麻呂作歌の読み」。『国文学　解釈と鑑賞』（至文堂）第六二巻八号、一九九七年八月。

4原題「人麻呂の歌の古代的性格」。『国文学　解釈と教材の研究』（学燈社）第四三巻九号、一九九八年八月。

第三節　血すじによる系譜
原題「アメの原理による天皇系譜の形成」。愛知県立大学国文学会編『説林』第三三号、一九八五年二月。
第四節　天武の述べかた
未公表
第五節　さまざまな営み
原題「多様性のなかの『古事記』と『日本書紀』と」。東京大学国語国文学会編『国語と国文学』第七一巻第十一号、一九九四年十一月。

第二章　『古事記』の構想

第一節　「高天の原」による説きかた
原題「「高天原」の創造」。西宮一民編『上代語と表記』、おうふう、二〇〇〇年十月。
第二節　大国主の神話
原題「大国主神の物語」。『国文学　解釈と教材の研究』（学燈社）第三三巻第八号、一九九八年八月。
第三節　地上界のおさめかた
原題「国ゆずり神話群の構成」。東京教育大学国語国文学会編『言語と文芸』第八〇号、一九七五年六月。
第四節　神から人へ
原題「古事記における五世の孫」。岩波書店編『文学』第四巻第二号、二〇〇三年三月。
第五節　第一代天皇の造形

1原題「ヤマト平定物語り試論」。東京教育大学国語国文学会編『言語と文芸』第八六号、一九七八年六月。
2原題「初代天皇像の構想」。古事記学会編『古事記研究大系　3』、高科書店、一九九四年五月。

第六節　神武から崇神・垂仁へ
原題「古事記の歴史叙述」。愛知県立大学国文学会編『説林』第五十号、二〇〇二年三月。

第七節　神と応神と
原題「ホムダワケの造形」。太田善麿先生追悼論文集刊行会編（中村啓信、菅野雅雄）『古事記・日本書紀論叢』、群書、一九九九年七月。

第八節　雄略の描きかた
原題「古事記における雄略天皇の造形」。古事記学会編『古事記研究大系　8』、高科書店、一九九三年九月。

第九節　仁賢たち
原題「「御陵」「陵」の用法」。東京教育大学国語国文学会編『言語と文芸』第八五号、一九七七年十二月。

むすび
原題「世界における日本古代文学」。『国文学　解釈と教材の研究』（学燈社）第四四巻十一号、一九九九年九月。

あとがき

『古事記』成立の背景と構想』の始まりは学部の卒業論文であった。「国ゆずり神話群の構成」はそのまとめであった。『言語と文芸』にそれがのったのは一九七五年、今から二八年まえであった。「第二章　第三節　地上界のおさめかた」はそれをもとにしている。しかし、『古事記』のほかの部分そして歌との関わりを考えに加えると、その論のもとの形を保つことができなかった。それでも、もとの論としてそれを所収論文目録に私が記したのは、私の思いいれにすぎない。

さらに一つの思いいれは、『天皇神話の形成と万葉集』との関わりである。『万葉集』の歌において天皇たちがどのように描かれていたかをその論で私が説いたからには、ほぼ同じころの他の文献における天皇たちの描きかたを私は述べなければなるまいとの思いが残っていた。まえの本からほぼ五年のちに、『古事記』の背景と構想』によってその思いに私なりに切りをつけることができた。しかし、私の思いはそこにとどまらない。一世紀から五世紀にかけて日本のなかの王国をおさめていたものたちが「王」「将軍」と記され、さらに、日本をおさめたものたちが七世紀から八世紀にかけて、一方で人として記され、他方で神として歌われた在りかたが、中世から近代にかけてどのように或るいは引きつがれ或るいは変えられてきたかへ、私の思いは広がっている。一世紀から五世紀に、さらに七世紀から八世紀にかかって編まれたもろもろの文献の受けとられかたの歴史は、あとの時代の受けてたちが心くだいてそれらに取りくみつつ、たがいに異なった受けとりかたをしていたことを私たちに知らせている。私が『天皇神話の形成と万葉集』と『古事記』成立の背景と構想』とで説いたことは、二十世紀から二一世紀はじめころのひとりの受けての読みとりかたという位置を占めるのであろう。すると、つぎの問いかけがおこる、私が受けとったことは、『後漢書』などの編みてたち、柿本人麻呂たち、『古事記』そして

『日本書紀』などの編みてたちが言いあらわしていたことにどのように関わるのか。すなわち、おそくとも一世紀からの中国のもろもろの王朝との関わりのもとで記された中国と日本との諸文献のなかで、日本のもろもろの王国の王たちが中国の帝の権威に寄りかかってみずからの王国をおさめていた在りかたとともに、神の力によっておさめていた在りかたを記されており、さらに、日本の王がみずから神になってみずからの内に権威を備えているると後に言いあらわされていたように私には読みとれる。さらには、十五世紀に至り足利義満が「日本国王之印」を明の帝から受けたのは、一世紀から五世紀ころまでの日本の王たちの在りかたの引きつぎであったように見える。一世紀からのちの日本の王たちが三つの異なった在りかたで記されていたように読みとられるのは、ひとりの受けてである私の思いいれが映しだされてそう見えるのか。しかし、そう私に見えるのは、日本の王たちが一世紀から八世紀までにそう記されたからではないか。

　私の二つの本のなかで私はこの問いに立ちいらなかった。あまりに欲ばるのは私の心の安らぎのさまたげになるであろうからである。

　この本の出版を引きうけてくださった笠間書院、そして編集、校正をこまやかに行なってくださった大久保勇作氏にお礼を申しあげる。

二〇〇三年七月十七日

遠山一郎

索　引

あ　行

か　行

さ　行

た　行

な　行

は　行

ま　行

や　行

ら　行

わ　行

■著者紹介

遠山一郎（とおやま　いちろう）

1946年　中国天津市生まれ
1970年　東京教育大学文学部ドイツ語学ドイツ文学専攻卒業
1974年　東京教育大学大学院文学研究科修士課程日本文学専攻修了
1979年　筑波大学大学院博士課程文芸言語研究科中退
1997年　文学博士（北海道大学）
現　在　愛知県立大学文学部同大学院教授

著書・論文
『天皇神話の形成と万葉集』塙書房、1998年
「文学史のなかの万葉集」（『万葉学藻』）塙書房、1996年
「『古今和歌集』が見た『万葉集』」（『平安朝文学　表現の位相』）新典社、2002年

『古事記《こじき》』成立《せいりつ》の背景《はいけい》と構想《こうそう》

平成15（2003）年11月30日　初版第1刷発行©

著　者　遠山　一郎

発行者　池田つや子

発行所　有限会社　**笠間書院**

〒101-0064　東京都千代田区猿楽町2-2-5
☎03-3295-1331㈹　FAX03-3294-0996
振替00110-1-56002

NDC 分類：913.2

ISBN4-305-70263-0

藤原印刷・渡辺製本所
（本文用紙：中性紙使用）

落丁・乱丁本はお取りかえいたします。
出版目録は上記住所までご請求下さい。
http://www.kasamashoin.co.jp